# EL

# ÚLTIMO

# JURAMENTO

VR
YA

*un sello de*
*V&R Editoras*

‣ **Título original:** *A Marvellous Light*
‣ **Dirección editorial:** Marcela Aguilar
‣ **Edición:** Melisa Corbetto con Ailén Garcia
‣ **Coordinadora de Arte:** Valeria Brudny
‣ **Coordinadora Gráfica:** Leticia Lepera
‣ **Armado de interior**: Florencia Amenedo
‣ **Diseño de portada:** Will Staehle

© 2021 Freya Marske
© 2023 VR Editoras, S. A. de C. V.
www.vreditoras.com

First published in English by Tor, trademark of Macmillan Publishing Group, LLC.
Por mediación de Ute Körner Literary Agent y Books Crossing Borders Inc, New York

**MÉXICO:** Dakota 274, colonia Nápoles,
C. P. 03810, alcaldía Benito Juárez, Ciudad de México.
Tel.: 55 5220-6620 · 800-543-4995
e-mail: editoras@vreditoras.com.mx

**ARGENTINA:** Florida 833, piso 2, oficina 203
(C1005AAQ), Buenos Aires.
Tel.: (54-11) 5352-9444
e-mail: editorial@vreditoras.com

Primera edición: abril de 2023

ISBN: 978-607-8828-60-9

Impreso en México en Litográfica Ingramex, S. A. de C. V.
Centeno No. 195, colonia Valle del Sur, C. P. 09819,
alcaldía Iztapalapa, Ciudad de México.

Traducción: María Laura Saccardo

# EL ÚLTIMO JURAMENTO

FREYA MARSKE

*A la línea al final del universo*
*y a todos a quienes el diablo recibió allí.*

# CAPÍTULO 1

Reginald Gatling encontró su perdición debajo de un roble, durante el último domingo de un verano que se esfumaba deprisa.

Desplomado contra el roble, cada respiración agitada era un aguijonazo. Sus piernas estaban inmóviles e insensibles, como si fueran masas de cera que, de alguna manera, habían sido adosadas al resto de su cuerpo. Apoyar las manos sobre esos bultos inertes le provocaba náuseas, por lo que, en su lugar, aferraba el césped con debilidad. La dura corteza del árbol alcanzó su piel a través de una de las rasgaduras sanguinolentas de la camisa. Los desgarros eran culpa suya por no haber empezado a correr a tiempo, de modo que la mejor ruta de escape había resultado ser a través de los arbustos espinosos que rodeaban el lago del parque Saint James. Las espinas le habían desgarrado la ropa; la sangre era resultado de lo que había sucedido después.

—Ve cómo jadea con la lengua afuera como un perro —comentó uno de los hombres con evidente desprecio en la voz. Lo mejor que podía decirse de él en ese momento era que se encontraba entre Reggie y el brillo del sol, que caía despacio a través del cielo de la tarde y que, acunado en un espacio azul entre las ramas de los árboles, parecía una roca en llamas sostenida por una honda. Al acecho. Expectante. En cualquier momento podía ser lanzado, volar hacia ellos y arrasarlos en una explosión de luz.

Reggie tosió e intentó espantar las ideas descabelladas que rondaban por su mente, y los espasmos renovaron el dolor en las costillas.

—Vamos, al menos seamos civilizados —dijo el otro hombre. Su voz no sonó desdeñosa, sino calma e indiferente como el propio cielo, y el último rastro de valor de Reggie quedó aplastado al escucharla.

—*George* —pronunció como apelación.

El hombre de voz tranquila miraba hacia el parque y le mostraba la espalda de seda de su chaleco y las mangas blancas de su camisa, con los puños arremangados de forma meticulosa, aunque estaba salpicada de sangre. Mientras tanto, contemplaba la expansión de césped al pie de la leve colina coronada por el roble.

Durante ese domingo veraniego, Saint James bullía con personas que saboreaban los últimos momentos de buen clima antes de que el otoño se cerrara sobre ellos. Hordas de niños chillaban mientras corrían, caían de los árboles o les arrojaban piedras a los patos indignados. Había grupos de amigos de picnic, parejas paseando despreocupadas, damas que chocaban sus sombrillas entre sí, al pasar, y aprovechaban el momento para acomodar sus mangas de encaje caídas. Los hombres dormían tendidos con los sombreros de paja sobre sus rostros o arrancaban briznas de césped mientras pasaban las páginas de un libro, apoyados sobre uno de sus codos.

Ninguna de esas personas se detenía a mirar a George, a Reggie ni al otro hombre. Si lo hacían, sus miradas seguían de largo sin hacer foco ni preocuparse por ellos. Nadie había desviado la mirada cuando habían comenzado los gritos. Ni cuando continuaron.

Reggie alcanzaba a ver la sombra perlada de aire peculiar, señal de un hechizo de pantalla.

George giró, se acercó, se acuclilló con cuidado de no dañar sus pantalones y limpió una mancha de tierra de la punta de sus zapatos lustrados. Todo el cuerpo de Reggie, incluso sus piernas de cera, intentó apartarse de la sonrisa del hombre. Al recordar el dolor, deseó presionar el cuerpo contra la dura corteza, atravesarla, disolverse en ella de algún modo. Sin embargo, la corteza era implacable, al igual que George.

—Reggie, mi estimado —suspiró—. Intentémoslo una vez más. Sé que encontraste una parte y pensaste que podías esconderla de nosotros. —Mientras Reggie observaba al hombre, desde lejos se oyó el chillido agudo de un niño que debía haberse raspado la rodilla—. ¿Qué clase de beneficio crees que le proporcione a alguien como tú? ¿A ti en particular? —De pie una vez más (la pregunta era retórica, por supuesto), George le hizo una seña cortés a su acompañante, quien ocupó el lugar frente a Reggie.

*Vamos*, pensó Reggie al mirar al sol expuesto con los ojos entornados. *Cae sobre nosotros. Este sería el momento ideal.*

—Encontraste algo y lo tomaste. Ahora dinos qué es —exigió el segundo hombre.

—No puedo —respondió él o, al menos, lo intentó. Su lengua tembló al hacerlo.

El hombre unió las manos con una técnica poco sutil, pero, por todos los cielos, era muy veloz; sus dedos se movieron para formar las figuras crudas y el brillo blanco de un hechizo, que cobró vida antes de que Reggie pudiera siquiera inhalar. A continuación, le sujetó las manos con una fuerza ineludible. Con el espeso ceño fruncido, contempló las palmas de Reggie como si fuera a leerle la fortuna y predecir su futuro.

*Será breve*, pensó con desesperación, antes de que el blanco crepitara por su piel y lo hiciera gritar otra vez. Cuando terminó, uno de sus dedos, que había escapado del agarre del hombre, se desvió en un ángulo extraño.

–¿Qué es?

En esa oportunidad el amarre percibió la desesperación de Reggie por obedecer y responder a la pregunta. Su lengua suave y palpitante se sintió igual que en el momento en que le habían lanzado el hechizo: marcada y crepitante. Se lamentó y presionó su rostro ante la sensación, pero, a pesar de que el chillido pareció colarse en el aire, no afectó el idilio del parque en lo más mínimo. Las personas que los rodeaban bien podían ser parte de una pintura, dichosamente ajenas al berrinche de un pequeño en el suelo de mármol de una galería, seguras detrás del marco.

–Con un demonio. Maldito gusano. Mire esto, mi lord –dijo el segundo hombre.

–Maldición –exclamó George al ver la lengua de Reggie desde arriba. El símbolo del amarre debía estar brillando, ya que así se sentía–. No se hizo eso a sí mismo. De todas formas, existen límites para los amarres de silencio, formas para burlarlos –aseguró con el ceño fruncido–. ¿Qué es, Reggie? Haz señas si es necesario. Escríbelo, dibújalo en la tierra. Encuentra una forma.

La idea despertó un rayo de esperanzas en Reggie; sin embargo, cuando intentó mover las manos, ardieron con una oleada de calor en reprobación y se volvieron tan inertes como sus piernas. No sería fácil para ninguno de ellos.

—Muy bien. ¿Dónde está ahora? —insistió George con los ojos entreabiertos. Reggie respondió encogiéndose de hombros con total honestidad—. ¿Dónde lo viste por última vez?

El dolor del amarre pulsó en advertencia, por lo que no se atrevió a hablar, pero sus manos se levantaron cuando se lo ordenó, así que las agitó con frenesí.

—Bueno, es un avance —comentó el otro hombre.

—Así es. —George dirigió la mirada hacia el parque una vez más. Comenzó por el norte y luego giró lento en círculo, como un hombre perdido en busca de puntos de referencia. Cuando terminó la vuelta completa, empezó a conjurar su propio hechizo con la experticia y elegancia de un joyero que engarza eslabones diminutos. Luego extendió las manos cubiertas de magia para desplegar un mapa frente a Reggie, como si hubiera colgado un trozo de tela de un cordel. Brillaron líneas azules en el aire sobre un fondo de vacío absoluto; la más gruesa formaba la familiar serpiente que era el Támesis, con la ciudad a su alrededor.

Reggie señaló la ubicación aproximada de su oficina. No sintió nada palpable, pero el mapa cambió para mostrar una sección más pequeña de Londres. El río delimitaba los extremos este y sur, se extendía hacia Kensington al oeste y seguía el límite norte de Hyde Park. Era un hechizo encantador, Reggie se preguntó qué nivel de detalle alcanzaría si seguía señalando un lugar puntual.

—No queremos saber dónde estamos ahora, imbécil.

Con eso, Reggie logró indicar el edificio en sí: irónicamente, era un manto de piedra lisa al este de donde se encontraban, aunque su dedo estaba más cerca de Whitehall que del límite de Saint James.

—¿Es tu oficina? —George sonó sorprendido por primera vez, y Reggie alcanzó a asentir antes de que el hechizo latente quemara como castigo.

Casi no se dio cuenta cuando el mapa se disolvió en un parpadeo, pues tenía la lengua afuera, como si así pudiera hacer que el dolor pasara, y lágrimas en las mejillas. Mientras tanto, los otros dos hombres miraban en dirección al edificio a través del parque.

—¿Debemos…? —arriesgó el primero.

—No —dijo George—. Creo que eso es todo lo que conseguiremos sacarle con el amarre de silencio. Es suficiente, terminemos con esto. Nos vamos —sentenció, sin mirar a Reggie.

El hombre de sombrero se movió rápido otra vez. Lo anteúltimo que Reggie vio fue una marea blanca que le cubrió todo el cuerpo como una tela de araña. Lo último que vio, con su aliento final, fue el destello del sol sobre el bastón de George, que atravesaba la cortina de su hechizo para bajar la explanada sin prisa, un hombre que no tenía un sitio en particular al que llegar.

# CAPÍTULO 2

Sin dudas, Robin golpearía a alguien antes de que terminara el día. Por el momento, los candidatos ideales en la lista eran el capataz de la finca familiar y el tipo que le había apuñalado el pie con el paraguas en la escalinata del Ministerio del Interior esa mañana. Y, a pesar de que nunca golpearía a una mujer, el repiqueteo incesante del anillo de la mecanógrafa contra el escritorio estaba por quebrar los límites tensos de su humor.

Decidió apretar los dientes, no deseaba ser un tirano y desquitarse con la joven por nimiedades, mucho menos en su primer día de trabajo. Se contendría pensando en ir más tarde al club de boxeo para descargar los sentimientos con un oponente predispuesto.

El tamborileo del anillo se detuvo de forma abrupta cuando el ruido de pasos anunció la llegada de otra persona a la oficina exterior. Robin se enderezó detrás del escritorio y movió una pila de papeles desordenados unos centímetros hacia la izquierda, en un intento fútil por hacer que el lugar no luciera como si un huracán hubiera arrasado con una biblioteca. Esa sería su reunión de las nueve, al parecer. Con suerte, la otra persona tendría una mínima idea del propósito del encuentro.

—¡Señor Courcey! —anunció la voz de la señorita Morrissey—. Buenos dí…

—¿Él se encuentra?

—Sí, pero…

Los pasos nunca se detuvieron, y el visitante se dirigió a la oficina sin pausa.

—¿Qué has estado haciendo? Estaba… —El hombre cerró la boca al encontrarse frente a Robin y se detuvo en seco a poca distancia de la puerta, también a pocos pasos del escritorio, ya que era una oficina pequeña.

Robin respiró hondo. El recién llegado había tenido un tono aliviado y una sonrisa bastante encantadora durante una fracción de segundo, pero se habían esfumado de forma tan absoluta que estaba casi convencido de haberlas imaginado. El hombre cambió de mano una carpeta de cuero. Era esbelto y pálido, de cabello rubio descolorido, y tenía una expresión desagradable en el rostro, como si hubiera pisado algo en la calle y el hedor acabara de ascender hasta su nariz. Era un rostro golpeable por excelencia, reflexionó Robin con pesar.

—¿Qué demonios es esto? ¿Dónde está Reggie?

—¿Quién es Reggie? ¿Y quién es usted, por cierto? —Ya era una mañana difícil, por lo que Robin no fue capaz de evitar responder con hostilidad al ser abordado con rudeza.

El par de ojos azules se entornaron. Eran el único destello de color en el semblante del hombre; en realidad, en toda su apariencia. Su ropa era impecable y de confección costosa, pero en tonos tan insulsos y monótonos como su cabello, del color del agua del fregadero.

14

—Soy la reina de Dinamarca —respondió con frialdad sardónica.

Robin apoyó las manos sobre el escritorio para contener el impulso de presionar el borde de madera. Él era quien pertenecía a ese lugar, por mucho que deseara lo contrario.

—Y yo soy Leonardo da Vinci.

La señorita Morrissey apareció en la puerta, quizás porque percibió que era probable que hubiera un derramamiento de sangre si las voces se volvían más ansiosas. Robin logró no mirarla igual que la primera vez que la había visto, hace apenas un cuarto de hora. Había conocido indios antes, por supuesto, e incluso se había topado con servidoras públicas, aunque fueran criaturas extrañas. Lo que nunca había imaginado era encontrar una representación de ambas categorías en una sola persona ni que se presentaría con tranquilidad como la señorita Adelaide Harita Morrissey, su única subordinada. Mucho menos que lo bombardearía con una serie de comentarios acusatorios acerca de que el Ministerio debería haber encontrado un reemplazo más rápido si había transferido al señor Gatling a otro puesto. Luego había procedido a disculparse por el desastre que había en el escritorio y a decir que quizás podían ocuparse de eso después de la primera reunión que sería, santos cielos, en cinco minutos, y que se sentara y si deseaba un poco de té.

En ese momento, la señorita Morrissey tocó el brazo de la reina de Dinamarca.

—Señor Courcey, él es sir Robert Blyth, el reemplazo del señor Gatling —explicó de prisa. Robin se sobresaltó y se maldijo por hacerlo. Tendría que acostumbrarse al título honorífico tarde o temprano—. Sir Robert, él es Edwin Courcey, el enlace especial. Trabajará en mayor parte con él.

—¿Reemplazo? ¿Qué sucedió con Reggie? —Courcey le lanzó una mirada aguda.

Robin dedujo que el dichoso Reggie era el señor Gatling. Si él y Courcey habían tenido una amistad y Gatling no se había molestado en comunicarle que se había transferido a otro puesto (o que lo habían transferido, según el funcionamiento habitual de la administración de Su Majestad), eso explicaría la sorpresa, a menos que su actitud desagradable fuera habitual.

—Nadie me ha informado nada. —La señorita Morrissey parecía disconforme—. Intenté decirle a la oficina del ministro y a la Asamblea que desaparecer de la noche a la mañana era extraño incluso para Reggie. El viernes recibí una notificación formal en la que informaban que el reemplazo estaría aquí el lunes. Y aquí está él.

—*Sir* Robert —apuntó Courcey—. ¿Con quién está relacionado que yo conozca?

—Estoy seguro de que con nadie en particular —respondió entre dientes. Aunque, quizás, no era del todo cierto, pues sus padres se habían asegurado de ser bien conocidos. Sin embargo, el esnobismo descarado lo hacía sentir contrariado.

—Ah, por todos los cie… —Courcey interrumpió sus palabras—. Creo que no tiene importancia. Gracias, señorita Morrissey.

Con eso, la mecanógrafa regresó a su escritorio y cerró la puerta. Por su parte, Robin se acomodó en la silla y se esforzó por no sentirse atrapado; la oficina era muy pequeña y oscura, por si fuera poco. La única ventana acechaba incómodamente cerca del techo como si estuviera allí a su pesar, sin intenciones de proporcionar una buena vista. Courcey se apostó en la silla al otro lado del escritorio, abrió la carpeta en una hoja en blanco, sacó una pluma de su chaleco y dejó ambas cosas sobre el escritorio; daba aires de no estar preparado para que lo hicieran perder el tiempo.

—Como dijo la señorita Morrissey, soy el enlace con el ministro, eso significa que...

—¿Qué ministro?

—Ja, ja —rio Courcey con amargura, como si Robin hubiera hecho un chiste malo en lugar de una pregunta desesperada.

—Hablo en serio, debe darme una respuesta directa. No puedo quedarme aquí sentado todo el día, fingiendo saber qué rayos se supone que debo hacer, porque no lo sé. Me tomó una hora encontrar este lugar esta mañana, y lo logré más que nada tocando puertas. *Asistente de la Oficina de Asuntos Internos Especiales y Reclamos.* ¡Y esto es todo! ¡Esta es toda la oficina! ¡No sé de qué departamento o comisión depende! ¡Ni siquiera sé a quién reporto!

—Le reporta directamente a Asquith.

—Yo... ¿qué?

No podía ser correcto. Esa posición insignificante, tan baja que nadie había oído de ella (y que, según mascullaba su mente, tenía a su *propia mecanógrafa*, en lugar de toda una habitación llena de ellas), había sido para Robin porque sus padres se habían ganado la enemistad de la persona equivocada y él estaba pagando las consecuencias. Healsmith no se hubiera mostrado tan presuntuoso si le hubiera asignado un puesto que reportara directamente al primer ministro.

—De verdad no sabe de qué se trata el trabajo. —La boca del hombre lucía agria. Robin se encogió de hombros con incomodidad—. Asuntos especiales. Enlace especial. —Hizo algo con las manos, acercando y alejando los dedos—. Especial. Usted sabe.

—¿Es alguna clase de... espía? —aventuró Robin.

Courcey abrió y cerró la boca como un pez.

—¡Señorita Morrissey!

—Señor Courcey, ¿me… —preguntó la joven al abrir la puerta.

—*¿Qué está haciendo su pluma?* —exclamó Robin.

Se hizo una larga pausa. La puerta volvió a cerrarse, pero él no alzó la vista para confirmar que la señorita Morrissey se había quedado del otro lado de ella por prudencia, estaba demasiado ocupado observando la pluma de Courcey que estaba parada sobre el papel. No solo eso, se estaba moviendo, y la punta dibujaba bucles ligeros en la parte superior de la hoja. En la esquina superior derecha, estaba escrita la fecha: martes 14 de septiembre de 1908. La tinta azul aún no se secaba. Ante los ojos de Robin, la pluma se deslizó hacia el margen izquierdo, donde se apostó como un lacayo que esperaba que nadie lo hubiera visto a punto de dejar caer el salero.

—Es bastante simple… —dijo Courcey, pero se detuvo, quizás al percatarse de que estaba aplicando la palabra *simple* a algo que era todo lo contrario.

Tal vez no era la indicada.

La mente de Robin estaba en blanco; se había sentido así al final de exámenes particularmente diabólicos, como si hubiera corrido la tinta del contenido trascendental con los dedos y hubiera quedado embarrada en una mancha sombría sobre la página. La última vez que se había sentido de ese modo había sido al enterarse de la muerte de sus padres. En lugar de sorpresa, esto; un espacio exhausto y vacío.

Sacudió la mano entre la pluma y el techo: nada. No había cables. Ni siquiera sabía cómo funcionarían los cables para crear algo así, pero le pareció necesario comprobarlo como último rastro de racionalidad antes de la aceptación.

—Así que, con *especial* se refiere a… —comenzó a decir, consciente de que fallaría en su intento de sonar casual.

Courcey lo estaba contemplando como si fuera una especie de animal salvaje singular, con una boca gigante llena de dientes aún más grandes. En pocas palabras, lucía como si se estuviera preparando para una batalla y se preguntara por qué Robin aún no había atacado.

Se observaban el uno al otro. La luz débil de la habitación resaltaba las puntas pálidas de las pestañas de Courcey. No era un hombre apuesto, pero Robin nunca se había sometido al escrutinio tan cercano de otro hombre, excepto como preludio del sexo, por lo que la intensidad íntima de la situación le enviaba señales confusas a su cuerpo.

—Empiezo a sospechar que ha habido un error —comentó.

—Qué astuto —respondió Courcey aún tenso como un domador de leones.

—Es posible que me falten una o dos habilidades para este puesto.

—Ya lo creo.

—Supongo que su amigo Gatling también podía conjurar palomas en los cajones del escritorio con un chasquido de dedos.

—No. —El hombre estiró la vocal como un caramelo masticable—. Este puesto es parte del Ministerio del Interior, no es trabajo de un mago. Yo soy el enlace con el jefe de ministros de la Asamblea de Magia.

—Mago. Mágico. Magia. —Robin seguía mirando la pluma, que flotaba serena sobre la hoja, y respiró hondo—. De acuerdo.

—¿De acuerdo? —La humanidad en el tono exasperado fue acompañada por una chispa en el rostro de Courcey—. ¿De verdad? Espera que crea que es la primera vez que ve magia y aun así se queda sentado sin reacción aparente. ¿Y lo mejor que puede decir es "de acuerdo"? —Volvió a estudiarlo con los ojos azules—. ¿Es una broma? ¿Reggie lo preparó para esto?

Parecía demasiado tarde para hacer esa pregunta, por lo que Robin quiso reír. Sin embargo, Courcey no hablaba con una emoción normal, como esperanza. La luz de su rostro se había aplacado, como si alguien que sostenía una vela contra un cristal hubiera dado varios pasos atrás. Era la resignación de una víctima frecuente de bromas, consciente de que esperaban que se riera aunque fueran más crueles que divertidas. Robin había visto atenuarse las velas en las cenas suntuosas de sus padres, en las que la bromista solía ser la propia lady Blyth.

—No es una broma. ¿Qué más quiere que diga? —respondió con firmeza.

—¿No dirá que está enloqueciendo?

—No me siento loco. —Robin extendió la mano para tomar la pluma. Esperaba que estuviera firme en el aire, pero, por el contrario, se dejó sujetar y manipular. Una vez libre, flotó sin prisa de vuelta hacia el margen del papel—. ¿Cómo sabe lo que quiere que haga?

—No es sintiente. Tiene un encantamiento —explicó Courcey.

—¿Un encantamiento?

El hombre inhaló y unió las manos. Robin había sufrido a muchos tutores habladores en Pembroke, de modo que reconoció el gesto y se preparó para prestarle atención. Como imaginaba, las palabras dejaron de tener sentido en poco tiempo. Al parecer, la magia era tan complicada como la gramática latina y requería la misma atención a los detalles, aun para crear lo que Courcey describió como el insignificante encantamiento de un objeto.

La pluma, al parecer poseída con el deseo de colaborar, transcribía todo lo que el hombre decía, con una caligrafía cuidada y angulosa. Las palabras no tenían mucho más sentido sobre el papel. La frase "como un juramento legal" atrajo la mirada de Robin, mientras Courcey explicaba que los magos británicos utilizaban gestos clave a los que llamaban "figuras" para definir los términos de los hechizos, incluso para aquellos que hacían que una inocente pluma pudiera deambular sobre un papel.

—¿La pluma firma el juramento por sí misma? —preguntó entre el esfuerzo por seguirle el ritmo. Con eso se ganó otra mirada de sospecha con labios apretados, señal de que Courcey creía que intentaba hacerse el chistoso—. Muéstreme otra cosa. Lo que sea —intentó en su lugar.

El hombre se mordió una esquina de los labios, lo que reveló sus dientes. Luego sacó algo del mismo bolsillo que había albergado la pluma mágica y miró hacia atrás sobre el hombro, como para asegurarse de que la puerta estuviera cerrada. Robin sintió un cosquilleo de excitación en el cuero cabelludo. No creía que Courcey tuviera intenciones de hacerle daño; era demasiado quisquilloso, por lo que le habría preocupado más que intentara cautivarlo.

Lo que había sacado del bolsillo era un círculo de cordel color café. Procedió a enroscarlo en sus manos y luego las separó unos treinta centímetros para tensar el círculo.

—El juego del cordel —comentó Robin—. ¡Ah! —agregó al comprender—. Es un juego de figuras.

—Sí. Ahora haga silencio. —Los labios de Courcey volvieron a desaparecer entre sus dientes, y sus cejas rubias se unieron.

El juego del cordel era para parejas: una persona debía sostenerlo, mientras la otra lo presionaba y retorcía para crear una nueva figura. Pero el hombre lo estaba haciendo solo, y el patrón intrincado que estaba creando al enlazar el cordel con los dedos no se asemejaba en absoluto a la cama de soldado, al pesebre ni a las figuras que Robin recordaba de sus días de infancia. Comenzó a sentir que sus propias manos, apoyadas sobre el escritorio, descansaban sobre un cubo de hielo. Incluso imaginó ver un vaho invernal en su respiración; en la de Courcey también.

Y así era.

El vaho se convirtió en una única nube densa entre los dos, una masa blanca del tamaño de una nuez. El visitante seguía moviendo los dedos como si fueran ganchillos flexibles hasta que, tras cerca de un minuto, surgió algo brillante entre ellos. Robin nunca había prestado especial atención a los procedimientos de la Sociedad Real ni había acercado los ojos a un microscopio, pero conocía esa forma. Era un copo de nieve del tamaño de un penique que atraía la luz, con lo que resaltaban los detalles diminutos y los destellos de color. Aún brillaba.

La expresión de Courcey reflejaba más que desprecio en ese momento, como una pincelada sutil de acuarela sobre un papel húmedo. Concentración. Satisfacción. Mantenía la vista en el copo de nieve mientras jalaba una porción del cordel enredado con el dedo índice una y otra vez a un ritmo estable. Cuando la figura alcanzó el tamaño de una manzana pequeña, aceleró el movimiento; entonces, el copo de nieve se deshizo en un charco de agua sobre el escritorio de Robin.

Debía ameritar alguna clase de reacción, pero Robin no sabía qué decir. Lo había impactado ver que el copo de nieve, construido con tanta dedicación, se derritiera. Le fascinaba y sorprendía más allá de las palabras que, con su actitud seca y práctica, Courcey haya elegido mostrarle una magia tan bella. Quería decirle que le recordaba a una pintura nevada del francés Monet, que había sido vendida en una subasta de caridad de sus padres el año anterior, pero sintió que sería extraño.

—Fue encantador —dijo al final—. ¿Cualquiera puede hacerlo? Si es cuestión de… hacer juramentos y de aprender a mover las manos.

—No. Naces con magia o no lo haces.

Robin asintió aliviado. Todo el asunto aún era extraño, fascinante y difícil de creer, pero él era crédulo, y nadie esperaría que creara alguna clase de contrato meticuloso con una fuerza intangible moviendo los dedos, así que podía vivir con eso.

—Si este es un trabajo para personas que nacieron *sin ella*, debe estar habituado a explicar toda la naturaleza especial que implica.

—En general, el jefe de ministros propone el candidato. El primo o pariente de alguien. Una persona sin magia, pero que sabe de su existencia. —Courcey frunció el ceño—. El secretario Lorne es amigo del ministro, siempre ha comprendido…

—No fue Lorne, él está de licencia por algún asunto con la salud de su esposa. Healsmith fue quien me asignó el puesto.

—No lo conozco. —El hombre negó con la cabeza con mayor seriedad—. Y si *él* no lo sabe… Con un demonio, será un desastre. Y nada de esto explica qué fue de Reggie ni por qué su puesto estaba vacante en primer lugar. —Se puso de pie, guardó la pluma y el cordel, tomó su carpeta y se dispuso a marcharse.

—Espere —soltó Robin—. ¿No se suponía que tuviéramos… una reunión?

—Lidiar con una iluminación es suficiente para un día. No tengo tiempo para explicarle su trabajo además de todo. Pregúntele a la señorita Morrissey. Al parecer, ella ha tomado las riendas de la oficina de todas formas. Esto puede esperar hasta mañana —declaró señalando la carpeta. Ya no tenía rastros de emoción, sino una mirada que dejaba entrever que no le apenaría llegar al día siguiente y descubrir que Robin había desaparecido de la oficina de forma tan abrupta como había aparecido.

Una vez que el visitante se fue, Robin extendió el pequeño charco de agua sobre el escritorio con la punta de los dedos.

—¿Sir Robert?

—Señorita Morrissey. —Él exhibió una sonrisa, el solo hecho de hacerlo le relajaba los hombros.

—Vaya, qué desastre —comentó la mecanógrafa tras cerrar la puerta.

—Lo mismo dijo el señor Courcey.

—Ignoraba que usted no supiera. —La versión del domador de fieras de la señorita Morrissey era menos temerosa que la de Courcey, lo que resultaba alarmante. Parecía estar calculando la cotización de la piel del león. Mientras tanto, Robin calculaba las probabilidades de que hubiera estado escuchando con un vaso detrás de la puerta—. Nunca estuve presente en una iluminación. ¿Qué le mostró?

—¿Iluminación?

—¿*Somos el brillo extraordinario del hombre*? No… La jerga inglesa es bíblica, por supuesto. Los franceses lo llaman *déclipser*, es su idea de juego de palabras. En Punjabi no tiene nada que ver con la luz, se habla del cambio de piel de una serpiente o del retroceso de la marea, dependiendo del lugar…

—Deténgase —intervino Robin. En verdad era como haber vuelto a la universidad—. Se lo suplico, señorita Morrissey, haga de cuenta que soy estúpido. Use palabras simples.

—Una iluminación es la revelación de la magia, una demostración. ¿Té? —sugirió la joven con una mirada apenada.

—Té, justo lo que necesito —respondió él, aliviado.

Quince minutos más tarde, habían vaciado una tetera entre los dos, junto con una bandeja de galletas de manteca. Robin se había enterado de que Adelaide Harita Morrissey había realizado el examen competitivo para trabajar en la Oficina General de Correo. Luego, el propio secretario Lorne la había sacado de su puesto como supervisora principiante porque su abuelo, miembro del club del hombre, la había nombrado en el momento justo en que él buscaba a alguien…

—Alguien como yo —concluyó la señorita Morrissey entre migajas de galletas—. Como Reggie… El señor Gatling.

—¿Usted no tiene…magia?

—Ni una gota —respondió animada—. Mi hermana la recibió toda. Ahora, debemos instalarlo como corresponde.

Con el correr del día, Robin descubrió que el puesto de asistente de la Oficina de Asuntos Internos Especiales y Reclamos era una desconcertante combinación de inteligencia, adivinación y mensajería calificada. Debía revisar reclamos, cartas e historias escandalosas en los periódicos y descifrar cuál de ellas podía hacer referencia a magia real. Debía reunir todo lo que resultara sospechoso para delegárselo al enlace, Courcey. A cambio, Courcey le informaría de cualquier suceso inminente que pudiera ser notado por el ciudadano común o que la burocracia mágica creyera que debía llegar a oídos del primer ministro. A las dos de la tarde del miércoles, él tendría que llevar un informe.

Al primer ministro en persona. Era una locura.

Una de las pilas caóticas sobre el escritorio era de cartas; algunas tenían el nombre de Gatling y permanecían cerradas. Las que estaban dirigidas a la oficina ya habían sido desgarradas con un abrecartas y devueltas al sobre con detenimiento.

—A decir verdad, he estado ocupándome de la mayor parte del trabajo hace semanas —confesó la mecanógrafa mientras recorría el extremo abierto de un sobre con los dedos—. Podría decir que Reggie me arrojó al tiradero, aun antes de desaparecer. Ha estado viajando por todo el país, según decía, siguiendo informes. Actuaba como si estuviera detrás de algo muy importante y misterioso, aunque yo creía que solo estaba aburrido. Estar sentado a la espera detrás de un escritorio nunca fue lo suyo. —Giraba el anillo en su dedo medio, pensativa.

—Es consciente de que este ha sido un error absurdo —afirmó Robin—. ¿Cómo se supone que distinga qué es… lo que necesita… de lo que son completos sinsentidos? No he crecido con esto. Sería una búsqueda a ciegas. —La mirada de la señorita Morrissey pareció acusarlo de intentar devolverla al tiradero, por lo que se conmovió—. Ayudaré todo lo posible, por supuesto. Hasta que el señor Courcey hable con su ministro para que solucionen esto y encuentren a alguien apropiado para que ocupe mi lugar. Estoy seguro de que serán pocos días.

# CAPÍTULO 3

Llovía cuando Edwin salió del Ministerio del Interior. Desde las calles mojadas ascendía humo de combustión, mezclado con aroma a madera húmeda y a algo intenso y sorprendentemente orgánico, como tierra recién removida. Edwin lo percibió con la misma parte de su mente que evitaba que se interpusiera en el camino de carros y vehículos a motor. La lluvia repiqueteaba con suavidad sobre su sombrero y abrigo y salpicaba el cuero de su maletín.

Al llegar a una esquina, se detuvo y se aferró a una farola metálica con un movimiento abrupto de la mano, cuyos nudillos palidecieron. Tomó varias inhalaciones profundas con los ojos cerrados.

Debería haberse quedado en la condenada habitación. Dejar a un completo extraño tras una iluminación sin planificar, aunque fuera en manos de una joven con mucho sentido común como Adelaide Morrissey, era una tontería. Y Edwin Courcey no era un tonto. Si de algo se enorgullecía, era de eso. Por supuesto que no podía sentirse orgulloso de su valor. De haber tenido apenas una pizca de coraje, hubiera intentado conocer mejor a Reggie. Hubiera aceptado la propuesta de acompañarlo a ese viaje inútil para perseguir fantasmas en North Yorkshire hacía un mes. O lo hubiera invitado a beber un trago, a un espectáculo o a lo que fuera que miles de hombres jóvenes hicieran con sus amigos. Quizás, así hubiera tenido una idea de los lugares que frecuentaba Reggie, además de la dirección de su casa. No había podido conseguir detalles con la casera desde el primer día en que había ido a verla. El señor Gatling no había estado en casa, como de costumbre. El señor Gatling se atrasaría en el pago de la renta si no aparecía pronto.

Entonces, Edwin no había tenido otra opción. Había estado evitándolo, pero ese día ya no era posible. La palabra "reemplazo" resonaba dentro de su cabeza y le decía que esa no era otra de las aventuras irresponsables de Reggie. Si lo habían reemplazado, eso significaba que alguien había dejado de esperar que volviera.

La caminata hasta Kensington fue de alrededor de una hora, en la que la lluvia no se detuvo ni se intensificó hasta el punto en que él se hubiera rendido y detenido un taxi. Su destino era una casa en Jardines Cottesmore, una combinación perfecta e intimidante de ventanas relucientes y ladrillos lavados. El mayordomo de los Gatling desapareció por un minuto después de solicitar el nombre de Edwin, y antes de reaparecer con Anne Gatling. La mujer lo invitó a pasar al salón, se detuvo en la entrada y emitió un torrente de chispas rojas de los dedos, una evidente señal privada entre hermanas.

–¡Dora! ¡Es Win Courcey! –exclamó hacia el corredor.

–Edwin –lo corrigió él.

Anne sacudió las últimas chispas de sus dedos y entró a la habitación.

No debía estar muy lejos de los treinta años y, a pesar de compartir la atractiva tez trigueña de su familia, recién acababa de comprometerse. Tener a Reggie, un joven sin magia, como hermano era una desventaja para las mujeres Gatling en su círculo, pues ¿cómo podría alguien asegurarse de perpetuar sus poderes con ellas?

—Hola, Win —saludó en tono amistoso. Edwin pensó en corregirla otra vez, pero desechó la idea antes de que la joven pudiera tomar aire para continuar—: ¿Cómo está Bel? Hace mucho que no la veo, creo que desde la boda.

—Bel se encuentra bien, Anne. Estoy aquí por Reggie.

—¿Qué hizo ahora?

—¿Sabe dónde está? Hace dos semanas que no va a trabajar.

—¿A trabajar? —preguntó ella—. Ah, sí. No se preocupe. Una vez oí que debes pararte en una mesa en ropa interior de volados y vociferar traición antes de que alguien se moleste en despedirte de un empleo público. Estoy segura de que regresará cuando se aburra.

—¿Así que no ha sabido de él? No ha pasado ni una noche en su apartamento; estuve allí. —Un aro de dolor sordo comenzaba a formarse alrededor de las sienes de Edwin, al tiempo que un ruido apagado, como ondas musicales, se colaba en la sala desde un armario cercano.

—Ese condenado reloj —protestó Anne al seguir la mirada de Edwin—. Creí que Dora lo pondría en el armario de blancos. Si no fuera una reliquia familiar, ya lo habría arrojado por la ventana. —Sacó un objeto grande, envuelto en tela, del armario; había dejado de emitir música antes de ser desenvuelto. Resultó ser un hermoso reloj de pie, con estructura de madera cobriza y frente de mosaico de nácar colorido—. Dio la hora a la perfección hasta el mes pasado, cuando se volvió caprichoso. Ahora anuncia la hora tres veces en toda la tarde o cuatro veces en diez minutos.

–¿Es mágico? –preguntó él, a lo que Anne asintió.

–No necesita cuerda, debería durar cuatro siglos. Bueno, nada dura para siempre, supongo. Le pedí a Saul que le echara un vistazo, pero no quiere tocarlo por temor a romper algo. Solo existe un *taumaturgo* en todo Londres, por lo que cobra un dineral. Esperamos que se le agote la energía antes de que se nos agoten las telas para envolverlo –dijo con una mirada resentida hacia el reloj.

–¿Me permite? –Edwin lo llevó a la mesa de café donde había buena luz. El panel trasero estaba encantado para abrirse con un toque del dedo en la unión. El interior aún hacía tictac, y Edwin se sintió como un cirujano a punto de hacer una operación pulmonar. Había eslabones y engranajes alrededor de una esfera pulida de lo que parecía ser más madera, dentro de un soporte de plata. En las paredes de la estructura interior había varios objetos colgados, como prendas en una casa de muñecas: un ramillete de césped seco, un anillo de plata con un calado triangular en un extremo, un listón rojo, un eslabón de cadena roto de color gris. Él no tocó nada, solo observó el movimiento de los engranajes por un instante y volvió a cerrarlo–. Creo que tiene un mecanismo con corazón de roble. He oído de ellos. Con un buen trato, el roble absorbe gran cantidad de poder, que luego libera poco a poco, como un reloj a cuerda. Y tiene razón, no funciona para siempre. Alguien tiene que infundirle mucha más magia al corazón, eso es todo. Es como regar una planta, si fuera una que solo necesita agua cada cien años.

–Suena sencillo.

–Lo es y no lo es. El encantamiento necesita de parámetros claros. La mayoría de los magos con nivel medio de entrenamiento podrían hacerlo. ¿Tiene papel…? –De uno de los bolsillos de la falda de Anne emergió lo que parecía ser el cuaderno de cuentas domésticas, y ella indicó que podía usar la última página–. ¿Saul es su prometido? ¿Tuvo entrenamiento en Inglaterra?

Tras la confirmación de Anne, Edwin escribió una página de instrucciones para el hombre, en la que detalló muy bien las figuras a emplear. El encantamiento de la pluma respondía solo a la voz y, por primera vez, Edwin se preguntó cómo sería enlazarlo al movimiento de la mano. O a otros sonidos, ¿podría escribir música en un pentagrama? Tendría limitaciones de velocidad y dificultad, pero, quizás...

–Es una pena que no pueda hacerlo usted mismo –comentó la mujer.

–Sí, lo es. –Edwin dejó la mano quieta y terminó las últimas líneas: *Debe tener la precaución de evitar los otros componentes del dispositivo al infundir magia en la madera. Al parecer, es un sistema muy meticuloso.*

–No quise ser *grosera*. Pero seguro que usted...

–Sí.

–Como sea, ¡fue más fácil que llamar a algún viejo experto pretencioso! –comentó ella al ver el papel. Las instrucciones bien podían estar escritas en chino para ella, pero cualquier mago entrenado en el sistema inglés podría seguirlas–. ¿Qué le debemos por sus servicios, Win?

–Envíeme una nota si tiene noticias de Reggie –respondió, a pesar de que había sido una broma–. Me alojo en el Cavendish.

–Con honestidad, estoy segura de que no es nada. –Anne pareció enfocarse en el rostro de Edwin por primera vez, y frunció el ceño–. Pero déjeme preguntarles a Dora y a mamá.

Llamó a una mucama, a quien envió a buscar a los demás miembros de la familia de Reggie. Ambas confirmaron no haber oído nada de él desde hacía más de un mes. Era claro que no les resultaba inusual. Y era aún más claro que se les dificultaba expresar algún rastro de preocupación real por su bienestar.

31

Los Gatling eran una familia de magia antigua, aunque no tan antigua como los Courcey. La viuda trataba a Edwin con la cortesía distante y lastimosa con la que alguien trataría a un niño enfermo, lástima que no hizo más que aumentar cuando le preguntó por su madre. Ya sin la agradable distracción del reloj, Edwin ansiaba marcharse, y logró escapar después de escribir su dirección y de hacer que Anne volviera a prometer enviarle cualquier noticia de su hermano.

La lluvia era más fuerte, así que Edwin levantó el cuello de su abrigo y se apresuró a llegar a la estación Knightsbridge, donde tomó el subterráneo rumbo a Leicester Square. No estaba de humor para hablar con nadie y, sin embargo, como solía suceder, sentía el perverso deseo de rodearse de gente a la que ignorar. Mientras el tren traqueteaba por las vías, siguió preocupándose por la ausencia de Reggie, como si fuera un diente flojo que no podía dejar de mover. Tener un compañero tan fácil de tratar como Reggie había sido un golpe de suerte, ya que no se llevaba bien con la mayoría de las personas. Pero dada su desaparición, tendría que lidiar con sir Robert Blyth, alguien con el vocabulario y los modales de todos los jóvenes ricos, enérgicos y tontos que había ignorado durante sus años de universidad. El perfecto espécimen insulso de hombre inglés, desde la onda gruesa de cabello castaño hasta la mandíbula fuerte. Sin astucia suficiente para ser escéptico ni suficiente sentido común para tener miedo.

¿Qué demonios lo había poseído para que le mostrara a Blyth una de sus propias creaciones?

*Vamos, ya sabes la respuesta*, se dijo a sí mismo sin piedad. La respuesta era que Blyth era nuevo para la magia, como una manzana recién pelada, y resultaba tentador. No sabía que podía desdeñarlo por haber usado el cordel como guía para sus figuras, como si él fuera un niño aprendiendo las posiciones de las manos. Antes del copo de nieve de Edwin, lo más impresionante que había visto había sido una pluma flotante. Su rostro se había iluminado al verlo, y nadie había visto los hechizos de Edwin de ese modo.

*Encantador*, había dicho.

No había pensado en el aspecto estético del asunto antes. Era el resultado de un experimento de cristalización que le había tomado medio año y, hasta donde sabía, era el único mago de Inglaterra capaz de hacerlo. Aunque no podía hacer las figuras sin el cordel.

De vuelta sobre la superficie, se dirigió a una de las librerías más pequeñas en Charing Cross Road, ubicada entre dos más grandes, como un niño flanqueado por sus padres en una banca.

—¿Cómo se encuentra, señor Courcey? —saludó Len Geiger cuando la campana sobre la puerta tintineó.

Edwin se sacó el sombrero, respondió al saludo y se obligó a preguntar por la familia del librero, a pesar de que sus pies querían arrastrarlo detrás del mostrador sin interrupciones. El calor de la tienda, sumado a la humedad de la lluvia, hacían que el interior se sintiera como un invernadero, pero la sensación desapareció a medida que Edwin avanzaba por los anaqueles hacia el fondo de la librería. Allí, el aire era como debía: seco y cargado de aroma a polvo, cuero y papel.

El espejo colgado en la esquina trasera tenía la altura de un hombre, estaba descolorido y reflejaba las sombras y lomos de los libros. Edwin tocó la superficie y la ilusión se agitó en respuesta a lo que él era; no un gran mago, pero suficiente. Luego él lo atravesó para ingresar a la habitación que ocultaba.

A primera vista, lucía como un reflejo reducido de la habitación que acababa de dejar atrás: más libros en más anaqueles. Era silenciosa como una capilla vacía o como una biblioteca. Edwin dejó el maletín, el sombrero y el abrigo cerca del espejo que acababa de atravesar y exhaló. Iba allí al igual que otros hombres iban a salas de juego, burdeles, óperas o fumaderos de opio. Todos tenían un vicio para relajarse, solo que el suyo podía considerarse más aburrido que la mayoría.

Revisó el lugar durante una agradable media hora, en la que recorrió los lomos de los libros con dedos reverentes y, en ocasiones, sacó alguno para revisar la tabla de contenidos. Resistió el impulso de regresar la tesis fatal sobre ilusiones visuales de Manning a las sombras de otros libros más valiosos. En medio de la estantería titulada CIENCIAS NATURALES Y MAGIA, distinguió la cubierta color índigo con el título dorado: *Trabajar con la vida: afinidades y manipulaciones de Kinoshita*. La respiración se le atoró en la garganta y la dejó salir con un silbido bajo.

El rostro de Geiger se arrugó con una sonrisa al ver el libro en las manos de Edwin. Luego tomó un papel color madera y un cordón para envolverlo.

—Sabía que le gustaría este ejemplar, señor. Lo recibí en una donación hace dos días y pensé en dejar que tuviera el placer de encontrarlo usted mismo.

Al salir Edwin se dirigió a otra librería, de aspecto aún más raído. Allí, hizo un comentario casual sobre el clima, que fue respondido con un gesto solemne, seguido por el deslizamiento de un libro mucho más delgado y de papel avejentado por el mostrador.

Cuando llegó al Cavendish, ya estaban sirviendo el almuerzo en el comedor. Después de comer llevó las compras a su habitación, que había sido aseada y tenía un fuego encendido en la chimenea más grande. Su ropa recién lavada estaba colgada en el armario o doblada con cuidado sobre el tocador. Él podría tener su propio sirviente, su dormitorio rentado incluía una habitación modesta a tal fin; sin embargo, en la universidad había perdido la costumbre de recibir atención personal. En su lugar, se había habituado a estar en silencio y en soledad, y no tenía intenciones de cambiarlo. El Cavendish tenía muy buen servicio y acostumbraba atender las necesidades de hombres solteros.

Abrió una hendija de la ventana en su sala de estar, con lo que el aire cargado de lluvia le refrescó el rostro. Junto con el aire también se filtró el ruido de la ciudad, aunque era tan lejano y familiar que Edwin dejó de percibirlo en pocos minutos. En el proceso de prepararse el té, se quemó un dedo con la tetera, luego resintió la cantidad de magia que requirió para curarse y la necesidad de evitar que el cordel le tocara la zona sensible durante la próxima semana.

El paquete más pequeño contenía un libro púrpura, que parecía más un folleto pretencioso. Edwin lo abrió en una página al azar y leyó suficiente como para que sus labios y su miembro se agitaran al unísono. Lo dejó a un lado y tomó el libro de Geiger para llevarlo a su sillón de terciopelo preferido frente a la chimenea. En circunstancias normales, se hubiera dejado llevar por las palabras secas y fascinantes con la misma dicha que había experimentado en la librería, pero ese día le resultaba difícil. Comenzaban a aflorar los magullones producto de su visita a la familia de Reggie: la lástima, la familiaridad, el reflejo descarado de su propio disgusto ante lo que *era* en comparación a lo que *debía ser*. No le sorprendía que Reggie, que no tenía magia, hubiera afrontado las dificultades de vivir fuera de su hogar familiar en Londres, al igual que él, y que los visitara con tan poca frecuencia. Como si fuera poco, al día siguiente tendría que volver a Whitehall para lidiar con Blyth otra vez.

Al menos ese sería un momento de irritación limitado. Edwin le explicaría el error al ministro, Blyth recibiría una taza de té y retomaría su vida. Mientras tanto, encontrarían a alguien más apropiado para el puesto. Tarde o temprano Reggie regresaría y se reiría de él por haberse preocupado en vano.

Edwin ojeó la página dos veces, pero como las palabras se rehusaban a alinearse para ser vistas, reemplazó la guía de la mirada mareada por la de la punta de un dedo; la rugosidad del papel le resultó placentera; tenía una serie de pequeños placeres cultivada con detenimiento. Al exhalar sus preocupaciones, imaginó que las chispas de la chimenea se las llevaban, y pensó en los engranajes meticulosos del reloj de los Gatling y en el color avellana singular de los ojos de sir Robert Blyth.

En los respiros entre las pequeñas cosas, podía sentir la quietud de su magia como si fuera una gota de sangre en una cubeta de agua: más notoria de lo que debería ser dado su tamaño. Podía llevar la respiración a los nudos en su nuca. También percibía los límites del espacio anhelante y doloroso que ningún silencio ni cantidad de palabras habían podido llenar hasta entonces.

Sin embargo, Edwin no tenía idea de *qué* anhelaba, no tenía una imagen formada de su futuro ideal. Lo que sí sabía era que si mejoraba un poco cada día (si se esforzaba más, estudiaba más; *más* que cualquiera), lo descubriría.

# CAPÍTULO 4

**El ataque llegó mientras Robin pensaba en carne asada.**

En el camino de vuelta del club de boxeo, la calle Charlotte bullía con ruedas que traqueteaban y pies que se arrastraban. La lluvia del día había cesado para dejar un cielo gris sombrío. A Robin le dolían las muñecas por haber dejado que la irritación y el impacto de la confusión de los eventos del día (*magia, magia*) lo distrajeran durante la última ronda contra lord Bromley. Luego, Scholz, el excampeón alemán de ceño fruncido, que era el dueño del club, le había dado un sermón respecto a que debía mantener las muñecas y los hombros en el ángulo correcto.

Carne asada. Con patatas crujientes por fuera y tiernas por dentro, budín de Yorkshire dorado, todo coronado por los jugos de la carne.

Robin soltó un suspiro. La cena en casa sería buena, sin dudas, y el club solo servía ese plato los lunes. En una noche normal hubiera preferido ir con sus amigos al comedor del club al bajar del cuadrilátero, y volver a casa tarde como para evitar cualquier conversación que lo aguardara. Sin embargo, esa no era una noche normal. No había sido un día normal, ni siquiera bajo los nuevos estándares de normalidad que habían dominado su vida tras la muerte de sus padres.

—Disculpe, señor, me concede un minuto de su tiempo.

Robin no hubiera levantado la vista, pero la voz ronca, acompañada por el contacto en el dorso de la mano, lo hizo preguntarse si estarían hurgándole los bolsillos. Entonces, bajó los brazos, listo para atacar, y redujo la velocidad. Fue un error. Un lazo de hilo se deslizó por su mano y se cerró en su muñeca. El primer pensamiento absurdo que le inspiró fue sobre el cordel que Courcey había usado para crear el copo de nieve.

—Oiga, ¿qué hace? —exclamó con sequedad, dispuesto a seguir avanzando, pero el lazo apretó más y lo dejó sin palabras. Quizás ese primer pensamiento no había sido absurdo, el hilo emitía un *brillo* amarillo blanquecino sobre la manga oscura de su abrigo. Parecía caliente, como si fuera a quemar la tela, a *él*, por lo que intentó alejarse.

Su cuerpo se rehusó a sacudirse, al igual que su voz se rehusaba a elevarse y gritar. Un calor horrible y adormecedor lo invadió, similar al estupor de las mantas mullidas en las primeras mañanas de invierno, solo que sin la comodidad. Su cuerpo colgaba como harapos. Inmóvil.

Una vez lo habían derribado de un golpe tan fuerte que lo habían dejado sin aliento. Recordaba a la perfección el miedo animal que había sentido durante esos largos segundos previos a recuperarse, en los que había sido incapaz de respirar, una acción que debía haber sido instintiva, mientras su garganta adolorida batallaba contra su tórax aletargado.

En ese momento todavía respiraba, pero, de alguna manera, se sentía peor. Su mentón se elevó en contra de su voluntad, de modo que su mirada se dirigió al frente. Al menos así pudo mirar el rostro del atacante y...

Se sobresaltó con una nueva oleada de horror. El hombre frente a él (o asumía que era un hombre; al menos la voz había sido masculina), *no tenía rostro*. Tenía una camisa arrugada, un par de manos bronceadas en el otro extremo del hilo brillante y un cuello igual de bronceado. Sobre el cuello había una figura vacía con forma de cabeza, una niebla inestable.

—Eso es, tranquilo y callado.

Había pasado menos de una hora desde la puesta del sol, por lo que aún no era la noche cerrada que cualquiera imaginaría como escenario para los rufianes. Había suficiente luz como para que cualquiera notara si Robin agitaba los brazos con desesperación, y más que suficientes personas en la calle como para detenerse a hacer preguntas si él gritara por ayuda. *Sí, sí...* En realidad, no podía hacer ninguna de esas cosas. Así que siguió al hombre, dócil como un niño confiado, atrapado en el extremo de una correa. Visto desde atrás, el captor tenía una cabellera rubia muy normal, hasta que llegaba a una línea definida en la que el cabello ya no era cabello, sino que se convertía en niebla.

El captor lo guio fuera de la calle, hacia un callejón que olía a manzanas podridas, donde esperaban otros dos hombres. Ambos usaban máscaras de niebla y estaban vestidos como obreros. Uno de ellos era fornido; el otro tenía una capa gruesa de vello negro en los nudillos. La mente de Robin registraba un detalle irrelevante tras otro, como si intentara memorizar una pintura que ocultarían en cualquier momento para un examen. Su corazón estaba haciendo un escándalo terrible contra sus costillas.

—Bueno, señor Blyth Cómosellame, liberaré sus manos —anunció el que sostenía el hilo—. Usted se quedará quieto y tranquilo y responderá mis preguntas, ¿de acuerdo? Estoy seguro de que sabe contar y de que incluso un hombre del club de Scholz es consciente de que no puede contra tres personas, en especial cuando solo cuenta con los puños. Y no nos han ordenado que lo asesinemos, pero tampoco nos han dicho que *no* lo hagamos. Usted me entiende. –Robin se preguntó si esperaba que él asintiera y cómo se suponía que lo hiciera, pero el hilo lo libró sin más preámbulos, así que jadeó aliviado cuando volvió a tener control de su cuerpo. Mientras sacudía las manos, sintió cómo le temblaban las rodillas–. Ahora… –continuó el hombre, pero él retrocedió y le lanzó un puñetazo a donde supuso que tendría el mentón.

Lo siguiente que supo fue que despertó presionado contra el muro del callejón. El olor a podrido se sentía muchísimo más cerca de su nariz, y algo húmedo atravesaba la tela de sus pantalones. La combinación no era alentadora.

–Esa fue una decisión muy estúpida –comentó el hombre. A Robin le hubiera gustado verle el labio partido, había sentido cómo su puño golpeaba carne contra dientes, pero la máscara de niebla lo ocultaba.

–¿Los otros dos hablan? ¿O cumplen el rol de mantener silencio de forma amenazante? –preguntó al señalarlos con la cabeza. La rabia era tanta que lo mantenía en pie más allá del miedo. El captor lo ignoró.

–Señor Blyth, llenó los zapatos del señor Gatling. Ahora ocupa su oficina.

–¿Y el señor Gatling está muy disgustado? –exigió él–. ¿Ese es el problema? Puede volver, entonces. Su mecanógrafa está molesta. –Era una exageración. Courcey había parecido molesto; la señorita Morrissey había parecido… ofendida.

–El señor Gatling ocultó algo muy importante en su oficina, ¿no es así? Pero nos está resultando muy difícil de encontrar. Usted nos ayudará.

Robin sintió las palabras "En sus sueños" en la boca y las saboreó con deseo, pero fue cauteloso. Esos hombres lo habían seguido desde la oficina hasta el club y sabían su nombre, no se desharía de ellos con facilidad.

—¿Qué es? ¿Dónde lo escondió? ¿Y cómo saben que está en la oficina? Si es tan importante, debió llevárselo con él a donde quiera que se haya largado.

La niebla se sacudió un poco, y Robin sintió frío en el cuello.

—No, el juramento está allí. Él mismo lo dijo, y no mentía.

—Hay muchísimo papeleo en esa oficina. —Fue todo lo que a Robin se le ocurrió.

—No se haga el tonto, señor Blyth. —El hombre bufó con impaciencia—. Gatling debió haber hecho que alguien lo cubriera por él. Ya no se siente su poder, pero tiene que estar ahí.

—¿Qué?

—No le dio más detalles que a nosotros, ¿eh? Es lo que hacen los amarres de silencio. Suponemos que es algo oculto, algo fuera de lugar.

La situación se estaba convirtiendo en uno de esos sueños en los que volteaba el examen de Latín y descubría que había sido reemplazado por uno del Antiguo Egipto.

—Nada de lo que dice tiene ni una sola pizca de sentido. Y… —Logró guardarse lo que iba a decir, el instinto le decía que admitir que ese día había visto magia por primera vez, en ese preciso momento, le haría más mal que bien.

Como Robin no continuó, su interlocutor le hizo señas a uno de los amenazantes, que se arrodilló y tomó el brazo de Robin de la muñeca y de arriba del codo. Su miedo se disparó de inmediato, pero reconocía cuando se enfrentaba a una fuerza superior y supo que al intentar liberarse lo único que conseguiría sería un hombro dislocado. Cerró los puños con tanta fuerza que sintió el filo de sus propias uñas. Le tomó un segundo percatarse de que lo que el hombre a cargo estaba haciendo eran figuras mágicas, lo mismo que había hecho Courcey; solo que Courcey había

41

usado un cordel y había sido mucho más lento. Lo miró con atención porque, por un segundo, pareció *haber* un cordel, el mismo hilo brillante que lo había inmovilizado antes, pero no había nada. El brillo estaba en los dedos del hombre, y cuando extendió las manos hacia abajo, el brillo se reunió en sus palmas sobre el antebrazo de Robin, y lo esparció como si fuera pintura. A su paso, las manos delinearon un patrón sobre la manga de Robin. Era un diseño geométrico, quizás un alfabeto antiguo; él no tuvo tiempo de ver los detalles antes de que se desvaneciera despacio a través de la tela. Como si nunca hubiera existido.

Cuando le soltaron el brazo, Robin lo acunó contra su pecho, pero no tenía nada extraño. Los huesos estaban intactos y los músculos funcionaban a la perfección.

—¿Qué hi…? —De repente, un dolor desgarrador comprimió su antebrazo, como si lo hubieran presionado con una red de alambres calientes. La sensación hizo que emitiera un ruido gutural entre dientes; se había roto huesos antes, siendo niño y también adulto, y nunca se había sentido así. No podría decir cuánto duró. Los alambres presionaron, pero luego desaparecieron, y dejaron la garganta de Robin como si hubiera gritado por los Light Blue durante tres días consecutivos de carreras.

—Eso le dará algo en qué pensar mientras revisa todo el papelerío en la oficina nueva —dijo el hombre—. Encuentre el último juramento. Imagino que la próxima vez estará mucho más feliz de ayudarnos.

Robin les dijo entre jadeos que sus madres los habían concebido en comunión con animales de corral infectados por la plaga. Saber que a sus padres les hubiera horrorizado oír a su primogénito ejemplar pronunciar palabras salidas de una alcantarilla compensó, en parte, la patada demoledora que los hombres le dieron en el estómago antes de marcharse del callejón.

Después de una larga cuenta hasta diez, se sostuvo las costillas y se levantó con dificultad.

Los símbolos ya no brillaban en el brazo de Robin, sino que eran negros como un tatuaje. De hecho, eran más negros y nítidos que las muestras de arte corporal que había visto; se veían más que nada en marinos en las calles, pero una vez lo había encontrado en un compañero de estudios, que había conseguido a alguien capaz de tatuarle unas líneas de Horacio en la curva atractiva de la espalda baja.

No quedaba dolor residual ni irritación alrededor, solo las formas y lo que parecían letras, firmes sobre la piel de Robin. Si las miraba por mucho tiempo, parecía que reptaran por su brazo.

Cuando Bowden llamó a la puerta del vestidor, Robin se bajó la manga enseguida.

—Creo que no escuchó el llamado a cenar, señor —dijo en tono de reproche. Había sido el ayudante de cámara del difunto sir Robert y se estaba esforzando por adaptarse a los hábitos de vestido de Robin. Lo hacía en igual medida por afecto y por la comprensible ansiedad de conservar el empleo, a pesar de que su cabello ya era tan blanco como la camisa de Robin.

El joven dejó que los dedos con artrosis de Bowden desprendieran sus mancuernillas y lo ayudaran a ponerse la chaqueta para cenar. Mientras tanto, hizo un recordatorio mental para conversar con Gunning respecto a una pensión para el hombre.

Robin ocupaba la cabecera de la mesa y lo odiaba. Si dependiera de él y de Maud, hubieran abandonado toda esa ceremonia para tener una cena más informal. Pero las muecas de enfado del ama de llaves y del mayordomo habían expresado igual desaprobación cuando él había osado proponer algo menos que una cena familiar apropiada, a pesar de que la familia en cuestión estuviera reducida a dos personas. Al menos estaban en el salón comedor pequeño, acogedor entre madera y recuerdos, y no en la habitación cavernaria que había sido escenario de los triunfos sociales de sir Robert y lady Blyth.

–... *todo* el estanque, con patos y todo. –Maud estaba concluyendo una historia acerca del hermano de su amiga Eliza, Paul, y una hazaña con una bicicleta fugitiva–. Y Paul y sus amigos irán al Gaiety mañana y prometieron contarnos todo –agregó con un dejo provocativo en la voz–. Liza dice que su hermano perdió la cabeza por una rubia del coro.

–Suena divertido –respondió Robin antes de comer un bocado de chuleta de cordero.

Se produjo un silencio incómodo cuando Maud se percató de que no tenía caso que atormentara la cena con comentarios impropios de una dama porque Robin no intervendría con desaprobación. Él pensó que era un reflejo vacío de la joven en ese entonces. Algo arraigado en ella. Aún era muy pronto para que desaprendiera cosas como esa. Al observar el retrato de su padre, que los observaba con seriedad benevolente desde la pared, un pesar indeseado se elevó como bilis por su garganta.

–Tengo un anuncio que hacer. –Fue la siguiente ocurrencia de Maud.

–¿Cuál, Maudie? –Él sonrió porque su hermana hacía al menos tres anuncios a la semana.

–Quiero ir a Newnham.

–No lo harás.

–¡Sí! ¡Moriré si no lo hago!

–No morirás. Pásame la mermelada de menta.

—No, no moriré, pero entiendes lo que quiero decir —insistió desalentada.

—¿Por qué demonios quieres ir a Cambridge?

—¿Por qué lo quisiste tú?

—Es diferente y lo sabes.

Maud levantó el mentón y apuñaló una zanahoria como si la hubiera ofendido; emitió una pequeña sombra irritada en su vestido negro con ribetes de crepé. Se había rehusado a comprar joyería y aún no se había atrevido a las perlas, así que su cuello y orejas vacíos eran transgresores. Los vestidos de luto eran injustos, en particular para las jóvenes de dieciocho años; eso le había dicho a Robin con lujo de detalles.

—Está bien, vuelve a preguntármelo la próxima semana —dijo él.

—Siempre dices eso cuando quieres esquivar algún asunto.

—Sabes lo que dijo Gunning ayer —repuso en busca de una buena excusa—. No tenemos dinero suficiente para despilfarrar.

Martin Gunning era el principal administrador de negocios de sus padres en Londres (el suyo, dadas las circunstancias, aunque el posesivo aún se sentía inseguro). Robin había cancelado sus reuniones con culpa, hasta que no había podido postergarlo más y había marchado a su estudio con la sensación de que iba a la horca.

Gunning, con el rostro teñido de frustración, le había recordado la última voluntad de sir Robert y lady Blyth, que era tan radiante, altruista y llamativa como cualquiera de las palabras que habían dicho en vida. Habían cedido la suma de sus activos líquidos a varias fundaciones, orfanatos y proyectos que, probablemente, les harían el favor de inmortalizar sus nombres; luego habían dividido lo demás entre sus hijos, como si lo hubieran recordado a último momento. En sus días más comprensivos, Robert creía que había sido la voluntad de dos personas en la plenitud de sus vidas, que nunca habían pensado con honestidad que fueran a morir. Eran documentos de exposición. Y Robin no podía darse el lujo de sentir resentimiento real, la ironía era que esos documentos debían haber hecho el bien para muchos. A los huérfanos, enfermeras y familias hambrientas de East End no les importaba en absoluto el *carácter* de sus difuntos benefactores. La caridad hecha por autopublicidad seguía siendo caridad.

Robin y Maud eran los únicos a los que les interesaba que *el resto*, una vez pagados los préstamos, fuera mucho menos de lo necesario para que los dos sobrevivientes de la familia Blyth continuaran con sus vidas como habían sido hasta entonces.

Gunning había dado un discurso agobiante acerca de los deberes fúnebres y de que Robin debía permitirle invertir lo que quedaba del capital familiar con sensatez, con miras al futuro. Había sugerido recolocar una parte en la propiedad de Thornley Hill para que, llegado el momento, volviera a dar réditos.

Mientras tanto Robin seguía siendo miembro de la administración de Su Majestad porque, de algún modo, el capricho laboral de sus padres se había convertido en la fuente de ingresos más confiable para la familia. En un trabajo como enlace con la magia.

Con la mirada en un espacio en blanco del plato, entre la espinaca a la crema y el cordero, pensó en copos de nieve y en niebla.

—Comprar diez trajes nuevos sería despilfarrar —sentenció Maud—. Newnham es diferente. La educación de las mujeres es la promesa para el futuro.

—¿Esa joven Sinclair ha estado arrastrándote a mítines de sufragistas otra vez? —suspiró Robin. La mirada de acero de su hermana se endureció, y él se debilitó—. Volveré a hablar con Gunning mañana. Aún quedan muchas cosas que podríamos vender.

—Algo de este arte aburrido por empezar. Y, en cualquier caso, tienes ese trabajo nuevo...

—Otra vez, trabajo en el Ministerio del Interior. Es lo único que te diré al respecto por ahora —dijo él de prisa.

Distraída, Maud lo miró con una mezcla de admiración y de gracia. Era evidente que creía que su hermano había conseguido un trabajo en inteligencia y que decía proteger secretos de estado. Mientras tanto, la mano con la que él sostenía el tenedor flaqueó al recordar el dolor. Por suerte, la conversación se desvió hacia los deportes y la investigación del accidente fatal en la exhibición francobritánica de globos aerostáticos del mes anterior. Al terminar el postre, Robin escapó a la sala de estar pequeña con un vaso de oporto. Amaba a su hermana y, en general, no le hubiera importado pasar el resto de la noche con ella, pero ese día sus pensamientos estaban descarriados y sus hombros, tensos. Se percató de que todo el tiempo estaba preparándose para sentir otra vez el dolor del alambre caliente. Después de quitarse la chaqueta de la cena, se sentó en una silla cómoda y dejó que el calor del fuego aflojara sus músculos tensos. Desde allí, sus ojos recorrieron los marcos familiares que cubrían las paredes.

Un curador de arte hubiera tenido comentarios poco gentiles respecto al arte que adornaba la casa. Era una colección caótica, sin un tema unificador, llena de piezas que sus padres solo habían deseado poseer por su valor material. La mejor pieza se encontraba en esa sala de estar: un retrato de su madre realizado por John Singer Sargent, terminado cuando Robin aún era niño. El afamado retratista acababa de llegar a Londres desde París, y sir Robert Blyth había aprovechado la oportunidad para hacerle el encargo, en el preciso momento en que la opinión pública estaba poniéndolo a la moda. El artista había capturado la esencia de Priscilla, lady Blyth; la mirada un tanto pícara y la sonrisa eran perfectas. En cuanto a las sombras que cubrían un costado del rostro y la mano detrás de la falda, oculta… bueno. De aquellas personas que habían visto el verdadero rostro de la madre de Robin, solo Sargent se había atrevido a exhibirla de ese modo mientras aún vivía. El pintor debió haber sabido que ni ella ni su esposo captarían la ironía, pues ninguno de ellos era amante del arte en sí mismo.

Lord Healsmith había sido otro de los pocos en ver más allá de la fachada reluciente de los Blyth. Sir Robert, que solía ser un buen juez de carácter, había cometido un error al calcular la cantidad de lisonja que podía dedicarle al lord antes de que sonara falsa. Lady Blyth, con el tiempo, se había vengado de un desaire público con una de sus campañas de envenenamiento social más frías y edulcoradas. Como resultado, lady Healsmith había huido hacia su finca de Wiltshire para escapar de las miradas que la seguían por la calle.

Robin había oído la risa de su padre cuando su madre se había proclamado victoriosa. Healsmith había aceptado la advertencia y se había guardado la rabia para dejarla fermentar hasta que fuera seguro expresar el disgusto. Robin no podía *culparlo* del todo, aunque sí deseaba que hubiera elegido otra forma de expresarlo. Por ejemplo, comprando un espacio publicitario en una zona de edificios y empapelándola con denuncias hacia los tan elogiados Blyth. Pero nadie hablaba mal de los muertos.

En cambio, castigaban a sus hijos.

Un llamado suave a la puerta anunció la llegada de Maud, que cruzó la habitación y se apostó en el apoyabrazos de la silla de Robin. Antes de mirarlo a los ojos, se mordió el labio inferior.

—No lo decía en serio… Respecto al arte.

—Lo sé —afirmó él.

—Pero sí hablaba en serio respecto a Cambridge. —El rostro en forma de corazón de la joven lucía más solemne de lo habitual. Era casi como la expresión de su padre en el retrato de la sala.

—Siempre dices las cosas en serio, Maudie, es parte de tu encanto. Pero nunca habías mencionado la universidad.

—Antes no estaba segura. Ahora sí. Sé lo que piensas, pero seguiré deseándolo la próxima semana. El próximo mes.

Robin se forzó a considerar la idea con seriedad. Era como intentar balancear un huevo sobre uno de sus extremos.

—Pensé que deseabas ser debutante el año próximo.

—Quizás quiero ambas.

—Maudie…

—Al diablo con eso, Robin. Ellos ya *no están* —explotó la joven. Luego cerró la boca y lanzó una mirada sorprendida hacia la puerta abierta.

La mente de Robin completó las palabras sin pronunciar: *No están aquí para oponerse*. No estaban allí para insistir en que su única hija siguiera los pasos de la nobleza: de la escuela a debutar en la temporada social, luego al matrimonio, sin ocupar las manos ni la mente en la creciente independencia de la clase media. No importaba que los *baronets* de Thornley Hill fueran el peldaño inferior de la nobleza terrateniente. Menos que la hija de un *baronet* que había desmantelado sus propiedades para financiar la vida en la ciudad distara de ser la mejor opción.

—Lo sé —respondió él. Sentía que su reticencia flaqueaba al verla a los ojos.

—¿Lo pensarás?

—Lo pensaré.

Maud asintió, se inclinó para darle un beso en la mejilla, una muestra de ternura poco característica, y se marchó.

*Lo pensaré*. No era mentira; no más que "trabajo en el Ministerio del Interior". Él no le mentía a su hermana.

Cualquier otra noche Robin se hubiera ahogado alegremente con una almohada o hubiera recitado verbos griegos para evitar pensar en eso. Para evitar pensar en qué demonios haría con la casa (con el arte y todo lo demás) y en cómo les pagarían a los sirvientes en actividad, mucho menos en cómo pensionarían a los que eran mayores. No tenía idea de cómo hacer nada de eso. De seguro todo funcionaría de una manera u otra, pero en el entretanto, cualquier conversación sobre el futuro era como una patada en el cerebro de Robin, y él lo odiaba.

*Vaya, mírate*, murmuró una parte incontenible de su ser. *El retrato de un aristócrata enfurruñado en reposo*. Sin dudas, alguien debía retratarlo: descansando allí entre sus grandes posesiones, con una bebida en la mano, desanimado por los temibles infortunios de tener un trabajo bien remunerado y un título de *baronet*.

Rio por lo bajo ante lo absurdo de la situación y pasó una mano por su rostro, pero luego se encontró frotando la base del vaso de oporto por su brazo, sobre el tatuaje mágico. O lo que fuera. El ataque se había grabado como una fotografía en su mente: captado en forma vívida, pero desprovisto de color. Cuando buscaba el recuerdo del miedo, era elusivo, pero la voz del hombre no. Podía escuchar la orden hostil.

El juramento está allí.

Algo fuera de lugar. En lo que fuera que Reggie Gatling se hubiera involucrado, también había caído sobre Robin, como una trampa. Al igual que cada vez que estaba inquieto por algo, tomó su encendedor y lo giró en sus manos. No le tentaba buscar un cigarrillo; la mitad de las veces olvidaba que el objeto tenía una utilidad. No era más que un trozo de oro rectangular, que lo consolaba al pasar el pulgar por la "R" grabada en la superficie.

El calor del salón era desagradable. Robin estaba sofocado y veía destellos de luz en su visión periférica. Guardó el encendedor, se aflojó el cuello de la camisa y se desabotonó el chaleco, pero no sirvió de nada. El siguiente trago de oporto tuvo un sabor mentolado extraño, que pareció permanecer en los bordes de su lengua mucho después de haber tragado el líquido. El tiempo se extendió como si fuera de hule. Robin se inclinó hacia adelante en la silla y frunció el ceño. Y luego...

No era como estar mirando un libro o un lienzo, ni siquiera como estar sentado en la primera fila de un teatro, de modo que la imagen se extendiera hasta los límites de la visión. No tenía caso poder ver, tener ojos ni cuerpo en absoluto. Solo existía la imagen.

Un enorme jardín aterrazado por la noche, iluminado con farolas y avivado por una vasta proliferación de flores. El cielo tenía una suave cobertura oscura de nubes, que se difuminaban sobre el brillo de la luna oculta. Había estatuas en los balcones de piedra, enmarcadas en contraste con ese brillo. Un enorme faisán dorado de cola colorida pasó de prisa sobre un césped recortado y desapareció en las sombras de un arbusto.

Luego la imagen cambió. Era una especie de cueva con luz tenue. Una mujer rubia, con un vestido de cuentas color fresa, lloraba con el cabello despeinado alrededor del rostro. Aunque las lágrimas rodaban por sus mejillas, movía las manos con las figuras de un hechizo.

Cambio. Una vista desde el interior, hacia arriba, a través de un techo de cristal transparente, creado en formas intrincadas dentro de un marco de plomo, como si un enorme ventanal de vitral hubiera sido desteñido y dispuesto allí acostado. Por encima de él, zapatos y figuras humanas se movían con el ajetreo propio de la estación King's Cross.

Cambio. Un hombre recostado en una cama. Tan pálido que sus venas azuladas resaltaban a través de la piel blanca; el cabello rubio pegado a la frente cubierta de sudor; la boca formando palabras mudas o gemidos de placer. Pasó una mano por su rostro y, con la otra, aferró en vano un puñado de sábanas. Arqueó la espalda y elevó el pecho. Abrió los ojos y sus facciones se relajaron.

Edwin Courcey.

Robin volvió en sí de un salto, con la mitad del cuerpo fuera de la silla y la respiración agitada como si hubiera corrido una maratón. El vaso de oporto había caído al suelo; la alfombra lo había salvado, pero el líquido había creado una mancha oscura. Le ardieron los ojos durante unos segundos por haber mirado fijo el fuego antes de volver a la normalidad. Entonces, sacó la mancuernilla de la manga y se arremangó hasta el codo: el tatuaje seguía intacto. Parte de él esperaba ver que se moviera o que cambiara de color. No sabía nada sobre todo esto.

Edwin Courcey.

Robin sacudió la cabeza como para deshacerse de las cosas que había visto, más que nada del flujo de excitación inesperada que lo había recorrido ante la visión delirante de Courcey; un cuadro de sudor, liberación y un pecho desnudo. Recuperó el vaso de oporto y se tambaleó hacia el decantador para servirse más. Hasta la triple golpiza de ese día, había logrado vivir veinticinco años sin que la magia se revelara ante él. Era evidente que los miembros de ese mundo eran expertos escondiendo sus verdaderas identidades cuando lo deseaban, y el Courcey *real* había dejado muy en claro que consideraba a Robin como un foráneo y un incordio; quizás hasta una amenaza. Robin no lo conocía en absoluto y, a pesar de que era su mayor esperanza de obtener respuestas, no era confiable.

Bebió todo el oporto de un trago, con esperanzas de que aplacara la sensación de que su cerebro había recibido una patada. Se preocuparía por eso cuando planeaba preocuparse por todo lo demás: al día siguiente.

# CAPÍTULO 5

Al llegar a la oficina de enlace a la mañana siguiente, Edwin tuvo que parpadear varias veces antes de aceptar que la imagen frente a él era real. El ruedo de la falda de la señorita Morrissey estaba oculto detrás de un mar blanco de papeles esparcido por el suelo de la oficina. Estaba sentada sobre una caja de madera que, después de un momento, Edwin reconoció como uno de los tres cajones robustos que habían formado el archivador, convertido en un marco vacío. Entre el caos de papeles, se encontraba lo que solía ser el contenido de la estantería. El estómago del hombre se revolvió al ver los papeles desparramados y los lomos de los libros doblados.

Sir Robert Blyth estaba sentado de piernas cruzadas en el escritorio, rodeado de un campo minado de deshechos, que debían haber salido de los cajones del escritorio, y de más papeles. También tenía una pila de sobres sobre la falda y estaba leyendo algo.

—¿Qué hizo? —exigió Edwin.

—Pase y cierre la puerta —respondió Blyth animado tras levantar la vista—. No, espere, ya no puede hacer eso.

—¿Qué?

—Cerrarse.

Los dedos del mago cayeron en el espacio vacío. Donde solía estar la manija de la puerta, había un agujero astillado, de bordes quemados.

—Alguien estaba enojado. Las cerraduras no tienen encantamientos, así que un fuerte hechizo de apertura debió ser suficiente —explicó la señorita Morrissey. Edwin colgó el sombrero y el abrigo en el perchero de la oficina exterior y se abrió paso por el campo de batalla.

—Me disculpo —dijo con rigidez—. Asumí que…

—¿Que había puesto mi propia oficina de cabeza?

—Así estaba cuando llegué a las ocho de la mañana —agregó la mecanógrafa.

—Alguien buscaba algo. —Cuando Edwin volvió a mirar alrededor, fue evidente.

—Sí. Su amigo Gatling se había metido en graves problemas —explicó Blyth. El otro se demoró en notar que la emoción en su voz era demasiado intensa.

—¿A qué se refiere? ¿Qué sabe al respecto? —preguntó ansioso.

Blyth esperó a que se acercara por un camino de alfombra despejado. De cerca, lucía como si no hubiera dormido bien. Sus ojos color avellana claro tenían surcos de tensión, y su boca tenía un aspecto tenaz.

—Me refiero a que anoche fui atacado por… magos… que parecían creer que, al haber ocupado el puesto de Gatling esa mañana, tendría que haber pensado en revisar su oficina en busca de documentos secretos. Y que estaría feliz de entregárselos.

–¿Documentos? –La mano de Edwin fue de forma inconsciente hacia el bolsillo en el que tenía el pequeño vial de hierba de Leto, que había preparado esa mañana. Se forzó a bajarla por el costado de la pierna antes de que el movimiento fuera demasiado evidente.

El nuevo se desabotonó una manga, la subió y procedió a contarles una historia, que Edwin tuvo que interrumpir varias veces. Incluso hubo una pausa obligada para buscar un papel y poner la pluma a trabajar. Máscaras de niebla: ese sería un hechizo de ilusión sencillo. Algo que Reggie había escondido. Formas brillantes que se convirtieron en un tatuaje. La voz del joven se quebró al hablar de eso. Edwin frunció el ceño y le pidió que repitiera la conversación que había tenido con los atacantes.

–¿Está seguro de que no dijeron nada más respecto a dónde podría estar Reggie ahora?

–No, no estoy *seguro* –respondió mirándolo con disgusto.

–Bueno, entonces…

–Estaba *distraído* porque me habían golpeado, torturado y arrastrado con un hilo.

Una ficha pequeña asomó del fichero en la mente de Edwin. Había un hechizo con el nombre desgraciadamente creativo de Brida de duende, que podía ser utilizado para tranquilizar a caballos asustados y volverlos dóciles. La idea de usarlo en una persona le daba náuseas.

–Dolió y, cuando lo miró más tarde, ¿estaba en su brazo? ¿Recuerda algo más? ¿Cómo eran las figuras? Ah, es *inútil*, cómo si supiera algo.

–No, nada más. –Blyth le sostuvo la mirada otra vez, por más tiempo. Su testarudez se había duplicado.

–Lo siento, sir Robert. Parece que ha tenido una noche terrible –dijo la señorita Morrissey.

–Gracias. –La mirada de disgusto desapareció cuando le sonrió a la joven–. ¿No mencionó que Gatling había estado comportándose extraño antes de desaparecer?

–Sí. Desde que regresó de su viaje al parque North York Moors –respondió ella con el ceño fruncido–. Los habitantes de un pequeño pueblo minero habían reportado que había fantasmas caminando por las calles.

–¿Fantasmas? –Las cejas del hombre ascendieron con sorpresa.

–Cuando regresó dijo que todo había sido un malentendido, que no había nada mágico involucrado, pero fue vago al respecto. Fue *entonces* que comenzó a actuar de forma misteriosa –explicó la mecanógrafa.

–Fue una misión inútil desde un principio –sentenció Edwin–. ¿Avistamiento de fantasmas? Es un disparate, no existen fantasmas visibles.

–Parte de su irritación era consigo mismo. Disparate o no, si hubiera aceptado la invitación para acompañarlo (si se hubiera mostrado *interesado* en lugar de decirle que era una pérdida de tiempo), ¿le habría agradado más a Reggie, el hombre habría confiado más en él? ¿Suficiente como para contarle acerca del embrollo peligroso en el que se había involucrado?

–Bueno, ansío encontrar a Gatling tanto como ustedes porque me gustaría decirle algunas verdades –afirmó Blyth–. Él les dijo que lo que buscaban estaba en la oficina. Fue él quien los envió aquí. Esto es *su* culpa. –Sintió una ola de irritación a través del brazo.

Edwin quiso tomarle la muñeca para observarlo mejor, pero él la apartó enseguida; luego presionó los labios, como si estuviera molesto consigo mismo por una clara reacción instintiva. A continuación, descruzó las piernas, las dejó colgando del escritorio, como una barrera entre los dos, y extendió el brazo con actitud desafiante. Su antebrazo estaba surcado por músculos y salpicado por pecas y lunares; la piel era cálida. El hombre analizó los símbolos a los que Blyth había llamado tatuajes, que comenzaban en la muñeca y terminaban a unos centímetros del pliegue del codo. No eran ningún alfabeto que él conociera, pero su disposición (todos enlazados con un tentáculo oscuro, en una especie de oración cíclica), le revolvió el estómago. Solo cuando el joven flexionó los dedos, como si fueran hojas secas en el fuego, se percató de que estaba delineando los símbolos con la punta de un dedo.

—Es una especie de maldición de runas. Eso es todo lo que puedo decir sin investigar más a fondo —dijo al soltarlo.

—Una maldición —jadeó Blyth—. El sinvergüenza dijo que me daría algo en qué pensar. Pareció creer que me haría más dócil. ¿Eso es posible? ¿Puede hacerme algo así? ¿Como si pusieran láudano en mi bebida? —preguntó con una sombra de temor en el rostro.

—Señorita Morrissey, ¿reconoce algo en los símbolos? —Quiso saber el mago.

La joven examinó la maldición en cuestión, tan cerca que Edwin sintió el aroma químico floral de su cabello negro y exuberante, que llevaba en su habitual recogido.

—Vaya, no tengo idea. Y dudo ser la mejor persona a la que podría preguntarle.

No lo era. El continuo remolino en el estómago de Edwin le indicó a quién debía preguntarle, y la sola idea le dio deseos de abordar un tren a Dover y saltar de un acantilado.

—Algo escondido en la oficina —comentó mientras recorría el caos con la mirada.

—Si sabían que estaba aquí, cualquiera hubiera pensado que lo primero que harían sería revisar la oficina. Pero no, tenían que esperar hasta que *yo* llegara —bufó Blyth.

—Hay formas de buscar elementos mágicos sin recurrir a algo tan irritante –explicó Edwin mientras se agachaba para recoger el libro con el daño más atroz al alcance de su brazo. Tras estirar las páginas dobladas, lo dejó en el escritorio.

–Eso fue lo que más me confundió. Podrían haber revisado la oficina mil veces en busca de algo que tuviera poder, y nunca nos hubiéramos enterado –reconoció la señorita Morrissey.

–No, el hombre dijo que era un juramento. –El nuevo miró con intención todo el desparramo de papeles–. Lo recuerdo porque usted estuvo hablando de que toda magia es… Ah, rayos. ¿Entonces *no* es un trozo de papel?

–Si se hubiera referido a un hechizo, habría dicho hechizo –afirmó Edwin, aunque no estaba seguro. Pensó con anhelo en el mago francés del siglo XVI que había afirmado haber encontrado un método para revivir los recuerdos de una persona junto a ella. Era irritante tener que confiar en el relato de un novato no mago, que había tenido su iluminación apenas el día anterior.

–Aún no he encontrado nada que tenga el menor atisbo de legalidad. Antes de que usted llegara, estaba abriendo la correspondencia, aunque no es que haya servido de mucho. –Blyth revisó una pila delgada de sobres sin abrir–. Estos tampoco parecen muy prometedores. Tres en dos semanas de alguien que firma como Grimm de Gloucester…

–Un chiflado de primera –afirmó la señorita Morrissey, y Edwin asintió con la cabeza. Grimm había estado escribiendo cartas aterradoras, ilegibles y divagantes a la oficina durante décadas.

–Y aquí hay una de una señora Flora Sutton, en un sobre que huele… eh… como si la hubieran sumergido en esencia de rosas. ¿El tipo estaba teniendo una aventura con una viuda elegante? ¿O, quizás, con una mujer que aún no era viuda?

—Si fuera el caso, no le habría escrito a la oficina. No sea imprudente —sentenció Edwin.

—Cálmese, hombre, solo bromeaba. —Blyth lo miró con las cejas en alto.

*Solo bromeaba*. Las palabras fueron un recordatorio desagradable de los jóvenes que pretendían ser amigos de su hermano Walt: con una inmunidad obstinada al sarcasmo y alegres de ser conscientes de su poder. La mayoría de sus bromas no tenían ni una mínima pizca de gracia. Edwin sabía que mostrar cualquier clase de reacción solo los animaba más; sin embargo, no pudo evitar mirarlo con rabia.

—Le han hecho una maldición y, aun así, ¿cree que es momento de hacer bromas?

—*Yo* soy el maldito, así que haré todas las bromas que *a mí* me plazca. —El hombre se bajó la manga otra vez.

Edwin volvió a pensar, con una sorprendente pizca de culpa, en el vial de hierba de Leto que tenía en el bolsillo. *Como si pusieran láudano en mi bebida.* El joven se había aproximado mucho, había sido inquietante. Con un demonio, él no podía permitir que Blyth retomara su vida a tientas, cargando con una maldición desconocida. No creía en esa clase de crueldad. Sin importar qué clase de persona fuera, el joven merecía que lo liberaran por completo. Eso implicaba que no iría corriendo con el ministro para exigirle que asignara una nueva contraparte para el Ministerio del Interior. Debía conformarse con la que tenía, al menos hasta que supiera lo suficiente sobre la maldición para removerla.

—Como dije, tendré que investigar. Y... —Mierda, *mierda*, no debía evadirlo—. Hay alguien que podría echarle un vistazo a esa maldición. Su familia siempre ha sido hábil trabajando con runas. —Si tan solo lo dejaran cruzar la puerta de entrada.

—Bien, si cree que merece la pena intentarlo. Nosotros estaremos aquí, revisando papeles. Puede traer a esa persona —concedió Blyth.

—*Traer*, por supuesto —repitió Edwin—. ¿Puedo traerle algo más, sir Robert?

El otro pareció pasar por alto la intención de esas palabras.

—En realidad, no tengo ni la más mínima idea de lo que estoy buscando. ¿Por qué no se queda a ayudar? Será más rápido si somos tres.

No había magia en la voz ni en el tono de orden casual que resonó en sus cuerdas vocales, pero algo en ella intentó atrapar los pies de Edwin de todas formas. Tragó un bocado ardiente de resentimiento y miró la hora. Eran casi las diez de la mañana; podía inventar un compromiso impostergable e insistir en que lo verían después; Blyth no lo cuestionaría, pero la mirada despectiva de la señorita Morrissey, desde su lugar en el suelo, lo desafió a intentarlo. Además, las probabilidades de que Hawthorn se dejara llevar a algún lado eran tan altas como las de que Edwin ganara, de forma espontánea, la habilidad de congelar la superficie de un lago con las manos. Algo que, de hecho, había visto hacer a Hawthorn cuando eran niños.

—Sí, de acuerdo —dijo, consciente de que sonó desganado—. Al menos poner todo esto en orden lo ayudará a familiarizarse con algunos aspectos del puesto. —Del puesto de *Reggie*. Aún era de él.

—Chiflados y muchísimo papeleo, suena como trabajo gubernamental —comentó Blyth. Le sonrió a la señorita Morrissey, pero el gesto había iniciado (quizás por error) cuando aún miraba a Edwin, y fue como si lo hubieran bañado los últimos rayos del sol de la tarde.

Dejaron a la señorita Morrissey en una oficina a medio ordenar. En cierta instancia del proceso de reacomodación, ella había dejado de fingir que no estaba aprovechando la oportunidad para imponer orden en lo que, al parecer, antes había sido una organización superficial. Por poco los había echado de Whitehall con la promesa de que tendría un informe listo para que Robin le entregara al primer ministro al día siguiente.

Él comenzaba a hacerse una idea de cómo había funcionado la Oficina de Asuntos Internos Especiales y Reclamos bajo el mando de su predecesor. O, mejor dicho, de su coetáneo. A su pensar, tal vez.

Era extraño. Courcey no parecía un hombre que tolerara la dejadez y el desorden, y nada de lo que había dicho sobre Gatling lo había pintado como una persona demasiado agradable. De todas formas, la personalidad del hombre no echaría luz sobre el enigma de su desaparición ni sobre el juramento misterioso; ni, llegado el caso, sobre el gran misterio de la magia. Robin sentía que estaba absorbiendo su concentración con más intensidad que el día anterior, dado que el impacto inicial había empezado a disminuir.

La garúa de ese día no podía considerarse lluvia, excepto por la alta humedad en el aire. No merecía la pena abrir un paraguas mientras Courcey lo guiaba a través del parque Green en dirección a Mayfair. Sobre las extensiones de césped había patos acechando lombrices, y los senderos estaban surcados por charcos aquí y allá. Robin estuvo a punto de caer en uno de ellos cuando el dolor empezó.

Apareció de la nada, repentino como cuando le habían echado la maldición. La misma red invisible de alambre caliente, tan intenso que su mente quería gritar ante la imposibilidad. Logró contener el chillido audible detrás de la lengua, donde escoció en silencio. No tenía sentido hacer un escándalo en medio de un parque público, aunque, *cielos*, sí que dolía. Cuando pasó, estaba doblado sobre su propio brazo, respirando con dificultad, y un músculo en su nuca se tensó como si hubiera lanzado un mal golpe. Los ojos de Courcey estaban desorbitados, y su tono azul se veía apagado en contraste con el cielo.

·–Dolió, como cuando pusieron la maldita cosa en primer lugar –explicó, anticipándose a las preguntas.

–Eso pareció… –Por un momento, Robin pensó que Courcey le tendería una mano, pero el hombre cerró el puño con incomodidad–. Bien, al menos ahora sabemos lo que hace. Eso podría ayudar. ¿Puede caminar? –agregó.

–No soy un maldito inválido –respondió él, irritado por la determinación con la que dijo *bien*; como si él no fuera más que el problema en su estúpido brazo. Avanzó a paso firme para probarlo, y Courcey no dijo nada más. A su pesar, pudo oír la voz de su madre murmurando en aprobación ante su lugar de destino. Era una casa pequeña para el vecindario, pero era el vecindario *correcto*, eso sí. Un hombre imponente de color, con un ligero aspecto estresado, abrió la puerta después de un momento y, de inmediato, cambió por la fachada de calma imperturbable de los mejores mayordomos del país.

–Buenos días, señor Makepeace, necesitamos hablar con lord Hawthorn –dijo Courcey.

–Señor Courcey. –El mayordomo lo miró como si le resultara familiar, pero, al mismo tiempo, sin revelar si esa familiaridad aumentaría sus posibilidades de que los dejaran entrar–. Me temo que mi señor está muy ocupado…

–Es importante –insistió él.

Makepeace hizo una pausa. Era evidente que había muchas cosas en juego en las partes silenciosas de la negociación. El mayordomo dirigió la mirada impasible hacia Robin, que intentó asentir como una persona que no pondría el pie en la puerta si lo despachaban sin oportunidad de recibir ayuda. Sin embargo, la puerta se abrió. El mayordomo tomó sus sombreros y abrigos sin mediar palabra y, para sorpresa de Robin, los guio por una escalera pulida en lugar de dejarlos en el recibidor. La decoración de la casa era escueta, pero la pared lateral de la escalera tenía un empapelado de seda con un patrón color verde esmeralda que merecía cada centímetro que ocupaba.

—¿Quién es ese amigo suyo? —murmuró Robin mientras los llevaban por otro corredor descomunal y a través de una puerta abierta.

—John Alston, barón Hawthorn. Hijo del duque de Cheetham —explicó Courcey con una mirada de reojo—. Yo… no diría que somos amigos.

La primera impresión que Robin tuvo de John Alston, barón Hawthorn, fue que lucía como el caballero en uno de los libros de historias ilustradas que leía cuando era niño. Era aún más alto que Makepeace, de cabello oscuro, con un perfil demasiado atractivo, nariz irregular y boca implacable. Daba la sensación de que, con un corcel ilustre y una lanza, estaría listo para posar para una estatua de bronce.

La segunda impresión fue que lord Hawthorn *también* había recibido la visita de ladrones revoltosos la noche anterior, la habitación a la que los llevaron era una montaña de cosas desparramadas sobre todas las superficies. El mayordomo se aclaró la garganta y, una vez que la pausa se hubo extendido suficiente para dejar en claro que la nobleza podía darse el lujo de ser grosera, Hawthorn giró hacia ellos. Tenía una bota en una mano y una jarra de plata en la otra.

Otra pausa, más larga y más grosera.

—Eres un maldito traidor, Makepeace —dijo por fin con voz profunda y aburrida—. Estás despedido. Fuera de mi casa.

—Empacaré mis pertenencias de inmediato, mi lord —respondió el hombre.

—Hawthorn, ¿se irá a algún lado? —preguntó Courcey en cuanto la puerta se cerró detrás del mayordomo despreocupado.

—Sí, lo haré. —El dueño de casa dejó caer la bota al suelo y arrojó la jarra en el arcón más cercano—. Una excelente observación, Courcey. Supera tu promedio habitual.

—Tenía esperanzas de que ya hubiera aprendido a tener una conversación civilizada.

—¿Cuánto tiempo ha pasado? —Hawthorn mostró una expresión demasiado lupina como para ser una sonrisa.

—No lo suficiente —respondió Courcey, tan inexpresivo y frío como siempre. Quizás fuera por haber estado pensando en caballeros que Robin tuvo la sensación helada de estar frente a una armadura: una pieza metálica estirada y extendida como protección—. No estaría aquí si no fuera importante.

—Asumo que no vienes a verme empacar. —El lord se apoyó en el aparador—. Si quisiera que un pichón asustado me atormentara diciendo que doblar calcetines no es digno de mi estatus, hubiera dejado que Lovett empacara por mí en lugar de enviarlo a buscar mis camisas nuevas.

—Necesito su ayuda —dijo Courcey. Cada una de sus palabras estuvo medida como una pieza de ajedrez.

—*Necesitamos* su ayuda —agregó Robin, cansado de jugar a ser invisible, y comenzó a arremangarse otra vez. A ese ritmo, tendría que inventar una manga removible, sostenida con botones en el hombro. O, quizás, Courcey pudiera hacer un hechizo que descosiera costuras y las volviera a unir en un instante.

—Ya veo. —Hawthorn lo ignoró, pues seguía con la mirada en Courcey.

—Sé que no…

—Con honestidad, espero que busques un consejo respecto a las carreras de Derby. ¿O el nombre de mi sastre?

Courcey palideció.

—Si tan solo me dej…

—Porque de verdad no sé cómo "Estoy harto de todo esto" podría dejar lugar a dudas. En especial para ti, Courcey, con tu mente tan hábil. —La carga de desprecio autoritario en la voz de Hawthorn fue avasallante.

—Lord Hawthorn —dijo Robin en voz alta, luego dio un paso al frente y levantó el brazo. Con eso, la mirada del hombre por fin se fijó en las marcas de la maldición.

—A Blyth, aquí presente, le han hecho una maldición, como podrá ver. Le provoca ataques de dolor brutales. Además, Reggie Gatling desapareció.

—No veo por qué debería importarme.

—Solo échele un vistazo. Dedíquele diez malditos segundos de su preciado tiempo. Las runas siempre han sido el fuerte de su familia —insistió Courcey.

—Fuerte —repitió el hombre—. ¿Eso es lo que soy? Los celos son una emoción desagradable, Courcey.

—¿Celos? Puede que no tenga demasiada magia, pero tengo más que usted.

—Y yo he perdido más de lo que jamás tendrás. ¿Eso no te enfurece?

—*Lord Hawthorn*. —Robin perdió la paciencia—. No lo conozco, usted no me conoce, y es evidente que estamos importunándolo. Pero, al parecer, Courcey piensa que usted puede ayudarme. Y… solicito su ayuda. Por favor.

El hombre lo observó como si buscara defectos en un caballo que pensaba comprar. Robin logró no arruinar el efecto de la súplica preguntándole si, luego, le gustaría revisarle los dientes.

—Este muchacho tiene buenos modales —le comentó el lord a Courcey—. Mucho mejores que los tuyos. —Courcey se quedó callado por la sorpresa ante tamaña hipocresía, algo por lo que Robin no podía culparlo—. Y tú, comoquiera que te llames. No, no me importa —continuó Hawthorn—. Te han arrastrado hasta aquí con falsas esperanzas. No soy mago, no tengo opiniones respecto a asuntos mágicos ni interés en que me arrastren a ellos, ni siquiera por diez segundos. Algo que el señor Courcey sabe muy bien.

—No tiene de qué preocuparse, si me hace un favor, no vendré a llamar a su puerta a todas horas, mi lord. En especial cuando es evidente que está por partir hacia… ¿Dónde? —preguntó Robin.

—Laponia —respondió en tono pausado.

—¿De verdad? Leí que… —comentó Courcey enseguida.

—No, no es verdad. Iré a Nueva York —lo reprendió el hombre—. Aparta tu obra de caridad de mi vista, Courcey. Tengo que terminar de empacar.

—Podría haber terminado de ayudarnos en el tiempo que le tomó detallar lo mucho que disfruta no colaborar. —El mago entornó los ojos, y Hawthorn lo imitó y se alejó del aparador para acercarse a ellos. Courcey no era más bajo que Robin, pero su complexión delgada hacía que los centímetros que el lord les sacaba parecieran una exageración.

—Y no deberías haber intentado acercarte con esa excusa. Si estuvieras aquí para un echar un polvo, sería diferente. Supongo que estaría dispuesto a inclinarte sobre mi cama, por los viejos tiempos.

A Robin se le heló la sangre. *Tenía* que haber escuchado mal. Junto a él, Courcey estaba congelado por completo. Al mirarlo, supo de inmediato por su expresión que, de hecho, esas precisas palabras habían salido de la boca de Hawthorn. Era impensado; nadie confesaría ese crimen en particular a la ligera frente a un extraño. A menos que el hombre, de algún modo, hubiera adivinado… hubiera *reconocido*…

Una parte más tranquila y menos aterrada de Robin pensó que, aunque fuera la clase de persona que se apegaba a la moralidad escandalizada y corriera a buscar a la policía, no tenía evidencia. Sería la palabra de un *baronet* empobrecido contra la del barón Hawthorn, hijo de un duque. Basada en una broma de mal gusto.

—Pero quizás no lo haría —continuó el hombre—. Los bibliotecarios paliduchos nunca fueron mi tipo. —La expresión de Courcey fue bañada de humillación y furia, como si le hubieran arrojado una cubeta de agua. Robin apartó la vista, con el pecho cargado de rabia—. No me prestes atención, solo estoy jugando con él. ¿Puedes culparme? Es muy fácil de hacer —agregó Hawthorn en su dirección.

—En realidad, creo que *puedo* culparlo, mi lord, dado que se está comportando como un bastardo sin razón —respondió el joven.

Después de otra eternidad gélida (en la que la piel de Robin cosquilleó al pensar en que se había ganado la enemistad de la única persona que Courcey creía que podía ayudar), Hawthorn soltó una carcajada ronca pero genuina.

—Buena suerte con su maldición, señor Nadie. Y no tema: el gran Courcey ama un buen acertijo. Enloquece más por investigar algo en los libros que por cualquier cosa que yo haya…

—Bastardo —susurró Courcey con rabia—. Eres un *maldito* bastardo, Jack.

—La maldición cambió. —Robin estaba desesperado por cambiar de tema, y por fin encontró la excusa. Evitar mirar a su compañero lo había hecho analizar más de cerca el patrón que tenía en el brazo.

–¿Cómo? ¿Está seguro? –preguntó Courcey al mirarlo con el ceño fruncido.

–Sí, se extendió. Tiene más líneas y son más intrincadas. Cubre unos centímetros más de piel que anoche. ¿Qué significa eso? –Tragó saliva ante la inquietud renovada.

–Nada bueno –respondió Hawthorn. Cuando lo miraron, se encogió de hombros de forma despreocupada, pero su mirada era más aguda.

–Jack –sentenció Courcey, y el hombre soltó un suspiro largo y forzado.

–Que una maldición de runas se replique sobre sí misma es una mala señal. Cualquiera sea su propósito, se pondrá peor.

–¿Cómo me deshago de ella? –Una oleada de pavor helado sacudió los hombros de Robin.

–No lo sé. De verdad, Courcey. –La agudeza del lord tenía un tinte de algo más… No era lástima, de lo contrario, Robin hubiera lanzado más ataques insensatos. Más bien parecía compasión sincera–. Te deseo suerte, pero no soy la solución que buscas. –Cuando miró a Courcey, Robin esperó que saliera otra muestra de humor subido de tono de su boca; sin embargo, el hombre hizo una leve reverencia–. Fue un gusto verte, Edwin, viejo amigo. No le envíes mis respetos a tu familia, nunca me agradaron.

Courcey se dio la vuelta sin responder a la reverencia ni al saludo. Había recorrido la mitad del pasillo cuando Robin, que seguía en la puerta, sintió que un calor nauseabundo se extendía debajo del cuello de su camisa y vio manchas de luz en su visión periférica. Se aferró al marco de la puerta, con la misma sensación picante en la lengua de la noche anterior. Olía a caramelo a punto de quemarse y a una repentina ráfaga de sal y flores, como esencia a verano destilada…

68

El océano dividía la escena a la mitad: una línea eterna de horizonte sobre el cielo rojizo; los colores aguados del atardecer en degradé hasta un azul más oscuro. Lord Hawthorn estaba parado con un codo sobre un barandal, con la mirada hacia un lado, asintiendo como si respondiera a una conversación. De repente, giró y sacó un reloj de bolsillo con cadena para mirar la hora. Luego alzó la vista, hizo un gesto y señaló algo.

Aún mientras la imagen se desvanecía, Robin era consciente de la ardiente curiosidad por saber qué estaba pasando fuera del cuadro. Intentó sumergirse más en la visión, al igual que alguien que intenta extender un sueño después de despertar. Le ardían los ojos. *Muévete, muéstrame más*, pensó; la imagen se sacudió y casi pudo ver…

Le sorprendió comprobar que seguía en pie. Su mano era una garra pálida sobre el marco de la puerta. Sus piernas eran como plumas mojadas, pero alguien estaba sosteniéndolo del otro brazo.

—… con nosotros. Eso es.

Una vez que la mirada de Robin hizo foco, notó que la persona que lo sostenía era Hawthorn, que debía haber atravesado la habitación a toda velocidad. Courcey estaba a unos centímetros de distancia, con el ceño fruncido.

—Estoy bien. Lo siento —dijo Robin.

—¿Fue otro ataque? ¿El mismo dolor que antes? —quiso saber su compañero.

—No —negó antes de poder ordenar sus pensamientos para decir que *sí* y buscar una excusa. Pero la visión inmersiva no había implicado dolor en el brazo ni en ningún otro lado. Al menos había un costado piadoso—. Solo me sentí mareado. Estoy recuperándome de un resfriado.

El hombre alzó una ceja, y Robin esperó algún comentario desdeñoso comparándolo con una colegiala mareada. Los ojos de Hawthorn eran deslumbrantes, de un azul que, en una mujer, podía describirse como soñador. De cerca, su atractivo era inmoral, y su agarre en el brazo de Robin era fuerte y cuidadoso. Sin embargo, era evidente por la curva de sus labios que deseaba causarle daño. Robin prefería besar a un pez.

—Intenta no desmayarte sobre nada valioso en el camino —advirtió el lord.

Makepeace, que no lucía como un hombre cuyo trabajo peligrara en absoluto, los acompañó a la puerta y los ayudó con sus abrigos. Allí, intercambió una mirada resentida con Courcey.

—¿Por cuánto tiempo irá a Nueva York?

—Adiós, señor Courcey.

—Sí, adiós. —La puerta se cerró tras ellos con determinación. Robin pensó en Nueva York, un viaje al otro lado del océano, y se estremeció un poco al seguir a su compañero por la calle. Courcey le lanzó una mirada—. ¿Se encuentra...?

—Estoy bien —repitió él. Se preguntaba si confesar que tenía visiones, mientras había estado en la casa, hubiera hecho la diferencia, pero lo dudaba. Si Hawthorn no estaba preparado ni siquiera para ver la evidencia física de la maldición, nada lo hacía pensar que oír sobre efectos más allá del *dolor* hubiera ayudado a convencerlo. Courcey asintió con la cabeza e hizo un silencio crispado como la brisa de un río. Robin tan solo podía imaginarse en qué estaría pensando; necesitaba hacer un comentario para romper el hielo—. Qué sujeto tan encantador.

—Sí. —Courcey emitió un sonido bajo, como si se aclarara la garganta. Si había querido reírse, se había contenido enseguida—. Así es Hawthorn. No puede pasar una conversación de lo más simple sin aprovechar la oportunidad para insultar a todos los presentes.

Robin logró, a duras penas, no señalar que él tampoco se había favorecido al reaccionar de forma tan evidente. De hecho, le había sorprendido la facilidad con la que Hawthorn le había quitado la máscara de competencia y reserva. En realidad, quizás no fuera sorprendente si la broma, que no había sonado como una broma, había hecho referencia a un verdadero… ¿enredo, relación?… entre los dos hombres. Lo miró de reojo: la máscara se había endurecido otra vez. El rostro de Courcey estaba tenso, pálido e inmutable, enmarcado entre el cuello de la camisa y el sombrero. Al imaginar esa imagen superpuesta con la del hombre tendido desnudo y jadeando sobre la cama… fue ridículo. Parecía una figura de porcelana y daba la sensación de que, si alguien intentaba quitarle la ropa, descubriría que estaba pintada sobre su cuerpo. Robin ajustó la mandíbula, incómodo ante la consciencia de su propia ropa. Había pasado algún tiempo desde la última vez que había tenido intimidad sexual con otra persona. Y lo habían estado atormentando *visiones lujuriosas* de la persona que tenía delante, contra su voluntad.

—Sabía que se comportaría así —masculló Courcey.

—Gracias.

—¿Por qué? —Otra mirada cautelosa, a la espera de que siguiera una burla.

—Por intentarlo de todas formas, supongo. No debió haber sido agradable.

—No fue peor que un puñado de espinas al cortar ramas de un vergel.

—¿Qué significa eso?

—Nada, es solo un dicho. Una especie de proverbio —dijo el mago, sonrojado.

—¿Un proverbio mágico? ¿Como eso del brillo extraordinario? La señorita Morrissey lo mencionó cuando estaba explicándome sobre la iluminación —agregó cuando el hombre lo miró con sorpresa.

*—Somos el brillo extraordinario del hombre / Cargamos los dones del alba / De aquellos que ya no volverán / Y los guiamos en la noche.* —Habló con tanta calma que tardó en generar ritmo—. Es la estrofa de un poema antiguo, de un mago llamado Alfred Dufay. Los niños aprenden un juego de hechizos con él. Lo otro es solo un decir. —Un suspiro—. El poema es largo y no muy bueno. Puedo mostrárselo, tenemos un libro de los trabajos de Dufay en la biblioteca familiar en Penhallick.

—Gracias, supongo.

—Tenemos una de las colecciones privadas más grandes del país, que incluye algunos libros con información sobre maldiciones de runas. Iré este fin de semana para intentar encontrar algo. —Courcey hizo una mueca. Después de un momento, con cualquier rastro de disgusto disfrazado de neutralidad, tanto que Robin no lo percibió, agregó—: Y creo que debería ir conmigo. No puedo confiar en un dibujo de la maldición, en especial si está cambiando, y puede que tenga que hacer algunas pruebas.

Robin se contuvo de chillar "¿pruebas?" y de bufar por instinto, ya que para él investigar siempre se sintió como empujar una piedra de mármol colina arriba.

—De acuerdo. Al menos creo que los libros no insultan a las visitas —concedió.

—Ese es uno de sus mayores atractivos —admitió Courcey, y Robin se descubrió sonriendo de forma inesperada.

# CAPÍTULO 6

Las plataformas de la estación estaban atestadas esa tarde de viernes. Era el tercer fin de semana de otoño. La temporada había terminado y el clima prometía ser frío, con ocasionales dosis de sol, y la mitad de Londres estaba escapando al campo para jornadas de cacería extendidas o fiestas que durarían de sábado a lunes. Edwin vio a un grupo de jovencitas que reían y saludaban por sobre una pila de equipaje mientras un tren arrancaba, el viento agitaba los listones de sus sombreros.

Blyth había comprado boletos de primera clase para ambos por cuenta de la oficina, por insistencia de la señorita Morrissey. Había señalado, con una mirada significativa hacia el brazo de su acompañante, que se dirigían a Penhallick para investigar una intromisión del mundo mágico en el no mágico, y eso encajaba en las responsabilidades del trabajo.

Durante el primer tramo del viaje al norte compartieron un cubículo con una pareja elegante que hablaba en murmullos como un matrimonio de larga data. Blyth iba leyendo el *Times*; Edwin leyó dos capítulos de Kinoshita, sin molestarse en ocultar la cubierta. En su mayoría, las personas no notaban lo desconocido hasta que se lo lanzaban en el rostro. O se lo grababan en el brazo, supuso al levantar la vista de un párrafo confuso acerca de usar peces para navegar por el océano. Cuando el tren estaba por detenerse en Harlow, la pareja comenzó a reunir su equipaje. Blyth esquivó un golpe con una maleta sombrerera, dobló el periódico y, mientras la puerta se cerraba para dejarlos solos, miró a Edwin a los ojos.

—Vamos, cuénteme todo acerca de esa casa solariega a la que nos dirigimos —pidió.

—No hay mucho que contar. —Kinoshita mordió el dedo de Edwin cuando cerró el libro de mala gana—. No puedo decir que haya estado en mi familia por generaciones. Mis padres compraron Penhallick después del nacimiento de mi hermana y, por lo que dicen, estaba en ruinas. Creo que les gustó la idea de poder volcar sus propios gustos en la casa. —Recorrió el lomo del libro con el dedo—. Es una casa grande, con mucho lugar para tener privacidad. Si eso es lo que quieres.

—¿Por qué hace esto? ¿El trabajo de enlace? —preguntó el otro de forma abrupta.

No era difícil seguir su razonamiento: la familia de Edwin tenía dinero, entonces *Edwin* tenía dinero, aun cuando no tuviera los modales de alguien que no necesitó de una beca para ir a Oxford. Incluso un observador distraído podía notar que no estaba para nada conforme con su puesto de trabajo.

—Me solicitaron que lo hiciera. El jefe de ministros es amigo de mi padre. —Cuando Edwin había intentado rehusarse, algo poco característico de él, Clifford Courcey lo había puesto como condición para seguir manteniéndolo. Edwin recordaba muy bien la humillación de ese momento, y la insinuación de que no sería bueno para nada más–. No es extenuante y tengo mucho tiempo para mi investigación. ¿Por qué lo hace usted? –le devolvió la pregunta.

–A duras penas pasé mis exámenes en Cambridge y de seguro en el examen para el servicio público me fue aún peor. Nunca conseguiría un puesto destacable. Pasé unos años como empleado raso en la oficina de Gladstone. Pero el asunto es que lord Healsmith odiaba a mis padres y buscaba un modo de desquitarse conmigo, así que aprovechó la oportunidad para conseguirme un empleo que parecía no tener futuro.

–Pero tiene un título de nobleza –comentó Edwin–. Jamás hubiera pensado que…

–Soy *baronet* –explicó Blyth. Algo que Edwin ya había adivinado porque no tenía edad para ser caballero. El hombre parecía abatido al respecto–. Heredé el título el mes pasado.

–Lo lamento. –Blyth volvió a encogerse de hombros, y Edwin renunció a ser políticamente correcto–. ¿Por qué se molesta en hacer un trabajo como este? ¿Por qué no está administrando una casa en el campo o lo que sea que haga un *baronet*?

–¿Por idealismo? –repuso tras una pausa.

–Los funcionarios públicos no pueden elegir a sus líderes. Ahora son Asquith y los liberales; en unos años podría ser otra persona.

Blyth frunció los labios, pero no pareció ofendido.

–¿No cree que sea posible que alguien quiera servir a su país?

–¿Lo haría si no le pagaran por eso? –replicó Edwin. Fue un comentario desatinado, que mató los ánimos.

–No –respondió Blyth y giró hacia la ventana.

Edwin unió las piezas. Unos años en el Ministerio del Interior sonaban bien para terratenientes de inteligencia mediocre, a pesar de la supuesta igualdad garantizada por el examen de ingreso. Y habían arrojado a Blyth a un puesto que, visto desde afuera, era degradante. Pero él lo había aceptado de todas formas porque era pago. Tras hacerse la imagen en su mente, la hizo a un lado y se aclaró la garganta. Fue una oferta de paz.

La poca práctica que tenía en intercambios amistosos era penosa, pero podía tener una conversación casual.

—¿Y su familia…? —Entre una palabra y la siguiente, Blyth emitió un gemido estrangulado y se dobló en el lugar sobre su antebrazo derecho—. ¿Blyth? —Edwin se lanzó desde el otro lado de la cabina y maldijo cuando casi cae al suelo. Se sonrojó, aunque el otro no lo había notado. Tampoco hubiera notado si el tren descarrilaba y caía de costado—. *Blyth* —repitió Edwin con una mano en la rodilla del hombre para estabilizarse y sentarse junto a él. El cuerpo de Blyth temblaba con más intensidad que el vagón del tren. Edwin apartó la mano cuando, con aparente esfuerzo, su acompañante se enderezó y levantó la cabeza. Tenía el pecho agitado, respiraba con dificultad y parecía que intentaba tocarse el antebrazo con su pulgar izquierdo. Luego, tan pronto como se había tensado, se desplomó en el asiento con una inhalación larga y sonora.

—Esa maldita… *maldición* —protestó.

—¿Cuántas veces ha ocurrido desde el parque? —exigió Edwin.

—Solo una hace dos días. Esta vez duró más tiempo.

Hacía dos días había sido miércoles. Ojalá no hubiera sido mientras Blyth llevaba su informe a Asquith; *esa* hubiera sido una impresión fuerte.

—Que el ataque fuera más largo encaja con lo que dijo Hawthorn respecto a la réplica —admitió Edwin a regañadientes. Estaba *empeorando*. Sí que era una maldita maldición. Tendría que haber llevado a Blyth a Penhallick el día en que se la habían hecho. ¿Quién podía saber lo rápido que se extendería?—. Tendría que haberme dicho que había sucedido otra vez.

Blyth lo miró con excesiva necedad. Que Dios salvara a Edwin de la estúpida madurez masculina inglesa.

—He sufrido golpes peores en el cuadrilátero. Y una bola de críquet me fracturó el dedo en mi segundo año en Cambridge. Tampoco fue un paseo en el parque. —Sacudió el dedo en cuestión, que era oscuro, redondeado y fuerte. Al verlo, Edwin se percató de que sus propios dedos estaban aferrando el cordel que tenía en el bolsillo; un reflejo inútil y tardío.

—¿Está seguro de que… terminó?

—Sí. Ayúdeme a distraerme. ¿Qué estaba diciendo antes de que me afectara? —Edwin tardó un momento en recordarlo mientras su corazón palpitaba en su garganta. Luego volvió a su extremo del cubículo.

—Sobre la familia. No sobre sus… Bueno, ¿es el mayor? El primero en la línea de herencia del título.

—Solo somos mi hermana Maud y yo. —Las marcas de dolor comenzaban a borrarse del rostro del hombre—. Me hace un enorme favor al invitarme a pasar el fin de semana lejos. Estoy huyendo al menos de tres conversaciones incómodas. Maudie está furiosa, creo que esperaba una discusión que sacudiera las paredes. Le gusta tener un jefe de familia con el que pueda pelear de verdad. *Jefe de familia* —repitió—. Para ser honesto, es una idea horrible y soy inútil en eso. Desearía que sir Robert hubiera tenido la consideración de tener algunos hijos más antes de concebirme. —Negó con la cabeza, con el indicio de una sonrisa—. Lo siento. Debería dejar de quejarme como si hubiera caído en desgracia cuando hay hombres que con gusto darían un brazo por un título nobiliario.

—Sir Robert Blyth. —Un recuerdo se abrió paso en la mente de Edwin—. Y lady Blyth. *Conozco* esos nombres. He oído hablar de ellos.

—Les hubiera gustado saber eso. —Blyth parecía un hombre directo, pero era fácil sentir su ambivalencia.

—¿Eran filántropos? ¿Hacían caridad?

—Sí.

La ambivalencia era casi un virus en la cabina para entonces, por lo que Edwin no presionó más, y los hombros de Blyth cayeron unos centímetros. Padres renombrados y sentimientos contrariados: Edwin sentía compasión por ello.

—Debería tutearme y llamarme Edwin —dijo antes de perder el valor.

—¿Disculpe?

—En Penhallick no somos formales. Y estará entre un mar de Courceys.

—¿Así es como te llama tu familia? ¿Solo Edwin?

Walt lo había llamado *Eddie* durante casi un año, cuando Edwin tenía nueve y él trece, pero solo porque Edwin lo odiaba demasiado. Su madre le había suplicado a su padre que le pusiera fin, después de que el más pequeño hubiera llorado desconsolado en su falda. Walt había esperado dos semanas para tomar represalias, con cuidado de que los magullones quedaran fuera de la vista. Luego había afirmado que Edwin era culpable de las quemaduras en sus manos; nadie lo había *obligado* a revolver brasas encendidas en busca de lo que quedaba de un cuaderno, en el que había registrado todo un año de experimentos incipientes con hechizos nuevos. Un cuaderno que creía haber escondido muy bien.

Había pagado el precio para enterrar a *Eddie*. No pudo hacer nada respecto a *Win*, excepto mentir y retrasar lo inevitable.

—Sí, me llaman Edwin. ¿Por qué? ¿Cómo lo llaman a usted?

—Los riesgos de ser nombrado en honor de mi padre: me dicen Robin. —Su sonrisa lo hacía verse como un joven recién salido de la escuela—. Deberías llamarme igual si seremos amistosos.

—No… —Edwin comenzó a contradecirlo, pero se detuvo—. De acuerdo, Robin.

Se reclinó contra el cuero del asiento. Eso era real. El temblor de la ventana en el marco era real. Robert Blyth no era imaginario; era demasiado sólido, de hombros demasiado anchos, voz demasiado fuerte y cálida; la voz de alguien que nunca había tenido motivos para sentirse menos. Sin embargo, el impulso de acercarse a esa calidez y de imaginarse que, de algún modo, podía ser para *él*... eso era una ilusión. Robert, *Robin*, era la clase de persona a la que había aprendido a despreciar, y la que nunca había necesitado incentivos para corresponder el sentimiento. Que a veces pareciera interesado por lo que Edwin pensara también era una ilusión. Solo había dos personas en el mundo a las que les importaba, al menos un poco, la opinión de Edwin. Len Geiger era una de ellas, solo porque se hubiera ido a la quiebra sin la considerable subvención que recibía de su parte cada mes.

No. La realidad era que Edwin era el único mago al que Robin Blyth había conocido hasta entonces que no intentaba hacerle daño. Jack, es decir, Hawthorn, no contaba. De hecho, el lord estaba decidido a que no lo tuvieran en cuenta. Aunque eso no había evitado que reforzara el punto: Edwin era, siendo leve, una molestia, algo que debía sacudir de su abrigo y echar de su casa.

A Edwin tampoco le importaba la opinión de ese casi extraño de voz cálida. *No* le importaba, pero sí podía odiar que Hawthorn hubiera dejado su inferioridad en evidencia frente a él. Y, para peor, se dirigían a un lugar en donde la dejarían más en evidencia. Edwin se metió la mano en el bolsillo, enroscó el cordel con los dedos y observó los álamos que pasaban por la ventana, de ramas amarillas apuntadas al cielo.

Un vehículo que apenas superaba a un carro de perrera los llevó desde la estación diminuta hasta un pueblo de dos tabernas, por un camino que serpenteaba hacia el este, luego los dejó a ambos con sus equipajes en el inicio de un camino mucho más angosto mejor conservado, con un letrero que anunciaba: FINCA PENHALLICK. Era un nombre extraño para Cambridgeshire. Robin inhaló de forma tentativa, como si, de alguna manera, quizás mágica, pudieran haber aparecido en Cornwall. Pero no había aroma a mar en el aire, así que exhaló, sintiéndose como un tonto.

—Es una caminata sencilla desde aquí —dijo Courcey. Edwin. Edwin. El nombre le quedaba bien, de un modo quisquilloso. Excepto por la paja del sombrero, posado sobre su cabello pálido, lucía como un elegante hombre de ciudad. No parecía alguien que propondría que arrastraran el equipaje por un camino largo y empinado solo por el placer del paseo.

—No me importa caminar —respondió Robin, más que nada porque Edwin parecía esperar una discusión. Se acercaba el crepúsculo y no había ni una gota de aire que agitara las hojas. Mientras los dos hombres caminaban, las aves chillaban desde los arbustos y ramas—. Atrás quedó el silencio del campo. Luce como la escena campestre de un artista de los últimos dos siglos, pero suena como un mercado de pescado.

—Y la gente habla de la tierra de campo como si fuera tierra *limpia*, como si eso la hiciera más fácil de sacudir de los pantalones. —Edwin no estaba sonriendo (en realidad, parecía un tanto disgustado), pero se miraron como si fueran más cercanos de lo que Robin hubiera imaginado.

*Administrando una casa en el campo*, sí claro. No tenía nada en contra del campo, pero no podía borrar la idea de que la tierra preferiría que todos se largaran de vuelta a la ciudad y la dejaran volver a su estado salvaje. Era consciente de que esa opinión no valía nada en boca de un *baronet*. Sin dudas, a Gunning le hubiera encantado que se retirara a

Thornley Hill, comenzara a deambular por sus tierras con ropa de franela y un arma colgada del brazo, y a discutir sobre rotación de cultivos con granjeros de cabello cano.

Robin aclaró su mente y alcanzó a Edwin, que lo esperaba en la cresta de la pendiente ligera que habían estado subiendo. Finca Penhallick yacía acunada en los albores del crepúsculo, al igual que un niño mimado en el pliegue del codo de su madre. El césped terminaba en la gravilla blanca de la entrada y se fusionaba con los jardines, adornados aquí y allá por árboles que competían con la casa en altura.

Cuando se acercaron a la casa en sí misma, la imaginación de Robin viró de forma abrupta de un romance pastoral a una fantasía religiosa, ya que un ángel apareció a la vista, flotando detrás de una chimenea gruesa. Estaba vestido de blanco y cubierto de luz, pensó con tontera. O, más bien, bañado de luz.

—Santo Dios —jadeó cuando la idea cobró forma y dejó caer los bolsos.

—Y así comienza —comentó Edwin, en tono suave y resignado.

El ángel emitió un chillido que distó de sonar etéreo y saludó en dirección a los recién llegados. Era una mujer joven de cabello rubio, que caía en una trenza fuera de estilo sobre un hombro. Lucía un vestido blanco, que más bien parecía una túnica clásica, y, sin dudas, estaba… *flotando*, como si estuviera sentada en un columpio grande, al que le habían cortado las cuerdas, pero no se hubiera dado cuenta. La mujer también sostenía un arco y flecha que lucían peligrosos. Ante los ojos de Robin, colocó una flecha en la cuerda, jaló y apuntó hacia ellos.

No, hacia Edwin.

—Espera… —dijo Robin, alarmado. La mujer soltó la flecha. Él saltó de costado y empujó el hombro de Edwin con el suyo, con intención de que ambos bajaran al suelo. Sintió un dolor sordo por el choque de cuerpos,

81

seguido por uno más intenso cuando su mano impactó contra la grava. En el suelo sacudió la cabeza y se levantó de encima de Edwin; en ese momento, percibió un nuevo foco de dolor en la pierna izquierda.

—¡Ay! —protestó Edwin, aunque sonó más ofuscado que adolorido.

—Qué *menso*, ¿por qué hiciste eso? —gritó una voz exasperada sobre la cabeza de Robin—. La confundiste.

Bajó la vista hacia la zona adolorida de su pierna, en donde tenía un agujero reciente en los pantalones. Al tocar el lugar, sus dedos se tiñeron con gotitas de sangre. Era una herida diminuta, casi amable, podía decirse. *¡Bienvenido, disfruta tu estadía!* pensó con un ataque de risa. Ese lugar ya le resultaba increíble.

—Este lugar es asombroso —le dijo a Edwin. Se sentía benevolente y quería compartirlo. Se arrodilló para ayudar a Edwin a levantarse, pero el hombre lo sorprendió tomándolo del mentón y mirándolo a los ojos, como si fuera a leer su fortuna. Tenía una mancha de tierra en la mejilla y la luz hacía que su cabello tuviera reflejos con colores de frutas.

—¡Albaricoque! —exclamó Robin.

—Mierda —masculló el otro y bajó las manos.

Robin se tapó la boca, pero luego se percató de que, en realidad, había querido tapar la de Edwin, así que se rio del error. Luego se rio con más fuerza al ver la expresión en el rostro de su acompañante.

—¡Bel! Baja aquí y ayúdame a arreglar esto —gritó el mago. Estaba haciendo esos movimientos hábiles con los dedos, con los que el cordel cobraba vida. Ante la mirada encantada de Robin, la figura se llenó de luz verde pálido. Luego, Edwin se arrodilló a sus pies, con la seriedad que podía anticipar el toque de una espada en el hombro.

—No soy un caballero —le recordó Robin—. Tampoco puedo nombrarte caballero a *ti*.

—Quédate quieto —ordenó Edwin, y llevó la luz verde hacia la herida en la pierna de Robin, donde cosquilleó de forma encantadora.

—Se sintió bien —confesó él y se sentó de golpe con pesadez para poder mirarlo sonriente—. ¡Hazlo otra vez!

—Demonios, Bel, ¿qué pusiste en esas flechas?

—Una mezcla que encontré en Whistlethropp. La etiqueta tiene una imagen muy cómica, te reirás cuando la veas —respondió el ángel llamado Bel que había aterrizado cerca de ellos.

Robin, solícito, rio con anticipación.

—Si salió de una tienda, al menos no debe ser muy fuerte —balbuceó Edwin.

—*Soy* fuerte —contradijo el herido con alegría—. ¿Te lo demuestro? —Se levantó y se lanzó hacia adelante. El intento de pararse de manos fue recibido con una carcajada de aprobación, que compensó el hecho de que perdió el equilibrio enseguida y cayó de espaldas, con una sonrisa hacia el cielo. Se habían reunido más personas en la entrada. Había más voces. ¡Cuantas más personas, mejor!

El ceño fruncido de Edwin apareció entre Robin y las nubes. Él intentó tocarle el mentón.

—¿No fue impresionante? ¿No estás impresionado?

—Estás eufórico, pero al menos sigues lúcido. La salvia debería revertirlo; la usaban en la medicina de campo. Quédate quieto. —Edwin movió los dedos para crear otra chispa de luz entre las manos, de un tono amarillo intenso en esa oportunidad. Pero Robin no quería quedarse quieto, quería correr alrededor de la casa. Edwin tenía una rodilla huesuda en su muslo para inmovilizarlo, con tan poca fuerza que el hombre podría haberlo apartado en un instante. Solo que… eso hubiera herido los sentimientos del otro. Entonces, en lugar de hacerlo, Robin se relajó, rio y dibujó patrones pequeños en la grava con manos y pies mientras el mago murmuraba.

—Ángeles —dijo al imaginarse tendido sobre la nieve y giró la cabeza para ver si Bel seguía allí.

—Ella no es un ángel. Es mi hermana. Y debería saber que alguien que nunca jugó sus juegos no puede adivinar que debe quedarse quieto cuando le dispara una flecha encantada.

—Terminará pronto. Es diversión sana —dijo una profunda voz masculina—. Debe ser un nuevo récord, mi estimado. No llevas aquí ni diez minutos y ya comenzaron los sermones.

Robin levantó una mano para darle una palmadita a Edwin en el cabello color albaricoque, pero falló. A continuación, se oyó una aguda risa femenina.

—Mira, Bel te ha hecho un favor. Te consiguió un amigo, aunque tuviera que jugar a Cupido para lograrlo.

—Eso fue demasiado, Trudie —agregó una voz más apacible.

—¿Podrían callarse? —bufó Edwin. Llevó las puntas de los dedos, veloces y fríos, debajo de la barbilla de Robin, luego se alejó y comenzó a seguir otro patrón con el cordel. El invitado estaba más que feliz de ver la danza de los dedos. El hechizo comenzó dudoso y, una vez terminado, fue algo pequeño, una punta roja, diminuta, similar a la de un cigarrillo.

—No fumo. Solía hacerlo, pero lo dejé —comentó Robin. Edwin bajó las manos y le abrió la boca con el pulgar. En ese momento, Robin sintió que sus ojos caían y que su pecho se agitaba con una inhalación prometedora y placentera. Edwin le llevó la chispa roja a la boca, y él la tragó, más que nada por reflejo.

Diez minutos después, Robin estaba sentado sobre su maleta en el vestíbulo, debatiéndose entre sentirse molesto e indignado o echarse a reír por el absurdo de la situación. La rabia había silenciado la risa por el simple hecho de que nadie en Penhallick, a excepción de Edwin, parecía pensar que él tuviera algún *motivo* para enfadarse.

Le habían presentado de forma oficial a la señorita Belinda Walcott (Courcey de soltera), a su esposo Charles, de bigote lacónico y elegante, y a algunos de sus amigos. William, "llámame Billy, todos lo hacen"; Byatt, un joven pecoso de cabello color arena, que permanecía a la sombra de Charles Walcott y tenía una sonrisa bastante amigable, Francis Miggs, un muchacho robusto y colorado, que miraba a Robin como un jugador ambicioso que estaba pensando en apostar contra él. La única mujer además de Bel era Trudie Davenport, una morena de facciones agudas, nariz estilo Da Vinci y la risa aguda de una actriz, que apenas con diez segundos de conocerla, daba la impresión de ser como una canica suelta en un tazón: siempre intentando volver al centro de todo.

—No sabía que Bel daría una de sus fiestas —le comentó Edwin—. Pensé que habría más tranquilidad.

—¡Tendrías que haber telegrafiado! —El rostro de Belinda lucía mucho menos angelical con el labio interior fruncido—. En serio, Win, fue *muy* desconsiderado de tu parte. La balanza ya estaba desequilibrada porque Laura está enferma y Walt regresó de la ciudad con papá, y ahora llegas con un amigo, cuando *nunca* traes invitados. —Observó a Robin con evidente curiosidad—. Si les hubieras avisado a mamá y a papá que vendrías, le hubiera dicho a Charlie que invitara a sus primas. Ambas son un absoluto tedio, pero al menos hubieran inclinado la balanza a nuestro favor. Y supongo que tú podrías haberlas entretenido por mí.

—Porque soy tan aburrido como ellas —comentó él sin expresión.

—¡Exacto! —afirmó Belinda. Luego los envió a ambos arriba a que se alistaran para la cena. En el camino, gritó—: Allí no, Win. Ubiqué a

Miggsy en tu habitación porque la vista es mucho mejor desde ese lado de la casa y no te esperábamos. Como sea, estarás bien en el corredor sur. Creo que será mejor que usen las habitaciones sauce.

Robin iba detrás de Edwin, así que tuvo una vista perfecta de cómo apretó los puños, que palidecieron a los lados, y luego los aflojó.

—Claro —fue todo lo que dijo.

—Win —dijo Robin y comprobó la teoría: los nudillos volvieron a palidecer—. O mejor no, si no te agrada —agregó con soltura.

—No me agrada —respondió el otro después de una pausa.

—Me sorprende que no sea Eddie. —Llegaron al primer descanso, y los pasos de los sirvientes que cargaban el equipaje desaparecían por el corredor del piso siguiente. Robin observó con admiración un jarrón oriental azul y blanco de porcelana, exhibido sobre un expositor de madera—. Charlie, Trudie, Miggsy y Billy. Tendré suerte si logro pasar el fin de semana sin que me conviertan en Robbie o Bobby.

—Te lo advertí.

Lo había hecho. La informalidad impuesta era extraña, como saltar a una piscina helada en los baños públicos, pero Robin la prefería antes que la alternativa. Nadie había mostrado la más mínima intención de llamarlo sir Robert por el momento.

Las habitaciones sauce eran dos dormitorios iguales al final de un corredor. Los muebles eran modernos, de patas delgadas, las paredes estaban pintadas de color verde oliva de la cintura para abajo y hacia arriba tenían un empapelado con motivo de ramas de sauce. Una vez en la suya, Robin ignoró el ir y venir de la mucama, que se estaba esforzando para preparar la habitación con cinco minutos de sobre aviso, y se acercó a tocar el empapelado.

—Es un diseño de William Morris.

—Sí, señor —afirmó la mucama, en cierto modo, de forma inesperada. Robin aclaró la vista: la mujer estaba encendiendo el fuego en la chimenea, con magia. Hacía las figuras como el hombre que lo había atacado, sin cordel. Sopló chispas hacia una llama débil y luego miró sobre su hombro con una sonrisa—. La mayoría de las habitaciones tienen sus diseños. La señora Courcey no aceptaba nada más.

La señora Courcey. Se preguntó por qué la madre de Edwin no había salido a recibirlos en persona, aunque quizás fuera una de esas mujeres que se tomaban una hora para vestirse para cenar. Robin cayó en la cuenta de que tendría que estar haciendo lo mismo. Los horarios del campo seguían sus propias reglas.

—Gracias, eh…

—Peggy, señor.

—Peggy. ¿Podría terminar después? No quiero llegar tarde a la cena.

—¿Quiere que envíe a uno de los criados? El hombre del señor Courcey, Graves, es el único ayudante de cámara apropiado en la casa, pero…

—No es necesario —aseguró él—. Sí necesitaré que remienden estos pantalones. Los dejaré en el perchero, ¿está bien?

La herida de flecha en la pierna ya había dejado de sangrar. No quedaba tiempo para planchar la camisa, pero la mayoría de las arrugas quedaban ocultas debajo del chaleco negro y del saco para la cena. Ya había caído la noche por completo y, cuando Robin salió arreglándose el cabello con un puñado de cera, el corredor estaba iluminado por lámparas artificiales.

No, no era luz de lámpara. Había una esfera del tamaño de un puño de luz color crema, como una estrella de van Gogh, flotando a la altura de los ojos de Robin; tenía la amabilidad de mantenerse a un costado para no encandilarlo. Cuando él avanzaba, la luz avanzaba; cuando él se detenía, se detenía. Sintió algo más fuerte que una carcajada y más vacío que una risa entre las costillas, una sensación nueva, pero que se sentía mundana de un modo indefinible. Humana. Le echó otra mirada a la bola de luz (*magia, magia*), luego cerró los ojos con fuerza, apoyó el brazo en la pared, escondió el rostro en él y respiró como si estuviera aprendiendo a hacerlo.

—¿Es la maldición? —preguntó Edwin detrás de él. Robin se sobresaltó, pues no había escuchado la puerta, pero no se sintió para nada avergonzado. Su dignidad había volado por la ventana en algún momento entre el ataque de dolor en el cubículo del tren y cuando rodó en la tierra bajo la influencia de la flecha de Belinda. Nada de eso había sido su culpa, así que se rehusaba a sentirse mal al respecto. En respuesta, negó con la cabeza—. ¿O es el resfrío? —El tono no dio indicios respecto a si había creído o no la excusa sobre su reciente malestar.

Robin hizo todos sus pensamientos a un lado y se enderezó. Había aparecido una segunda luz, esta vez sobre el hombro de Edwin.

—No estoy muy seguro de que no vaya a tropezar, golpearme la cabeza y despertar para descubrir que todo fue un sueño. Aunque supongo que, si el dolor fuera a despertarme, ya lo habría hecho —dijo. Los ojos de Edwin se ampliaron con una mirada irónica.

—Resiste este sueño por unos días. Te regresaré a tu vida lo más pronto posible. —Lo haría, sin dudas. Robin desentonaba allí; era un libro al que habían tirado al suelo, y él quería devolverlo a donde pertenecía. Eso estaba claro desde un principio.

—Esta luz me está espiando —comentó el otro.

—Es una luz guía. Un encantamiento ligado a la habitación, y ahora a ti. Iluminará el camino si quieres ir a algún lugar después de que oscurezca.

—¿Aunque solo vaya a cenar?

—Lo agradecerás cuando vuelvas.

—Creo que haría que las actividades nocturnas típicas de una fiesta en tu casa sean más difíciles de esconder, si todos los invitados tienen una —señaló Robin antes de poder contener su lengua.

Una pausa. Edwin se miró los pies antes de levantar la vista. No sonreía, pero sus ojos azules brillaban con ironía.

—Si le dices que se quede, lo hará.

—Quédate —ordenó Robin hacia la luz, sintiéndose un gran tonto. Dio un paso tentativo, y la luz comenzó a flotar a su posición junto a la puerta, donde había estado cuando él había salido—. Ponte a mis pies —arriesgó. La luz mostró absoluto desinterés.

—Aunque esto sea muy entretenido, nos esperan para cenar —advirtió el anfitrión.

—Dime la verdad. ¿Mi tenedor se dará a la tarea de alimentarme por sí solo?

—Solo si Belinda aún tiene ganas de jugar. —Edwin inició el camino por el corredor, con su luz flotando frente a él, antes de que Robin decidiera si bromeaba o no.

# CAPÍTULO 7

**A Robin Blyth le gustaba la casa, eso era evidente.**

A pesar del ataque de ¿nervios, dudas? que tuvo arriba, estaba cómodo en la mesa; hacía comentarios cuando alguien le hablaba y se quedaba en silencio de forma cortés cuando la conversación tocaba temas concernientes a la sociedad mágica. Su único traspié había sido al inicio de la cena, cuando había preguntado si esperarían a la señora Courcey. Una creciente incomodidad había recorrido el salón antes de que el padre de Edwin respondiera: "Me temo que mi esposa no se siente bien esta noche", seguido de una mirada a su hijo que decía, con bastante claridad, que no estaba ordenando sus propios embrollos.

Después de eso, Edwin bebía su sopa sin saborearla, mientras veía cómo la sonrisa de Robin desaparecía y se ampliaba según dictara el ambiente. Era la sonrisa de un hombre que sabía comportarse en compañía, sin importar que dicha compañía fuera extraña. Al diablo con los enemigos de los padres y con el Ministerio del Interior; el Ministerio de Relaciones *Exteriores* tendría que haber encerrado al dueño de esa sonrisa devastadora para cultivarlo como una planta de invernadero. Por su parte, él se consideraba afortunado de retener la comida. Cuando estaba en la ciudad, siempre se olvidaba cómo se sentía atravesar el letrero de Penhallick, que su magia se agitara confundida y que la presión de su sangre aumentara en sus venas. La finca estaba construida sobre unas tierras cedidas por la Corona a alguien que extrañaba sus raíces de Cornualles, luego había sido vendida, con nombre y todo, a los padres de Edwin. Desde entonces, era la tierra de su familia, nueva en la magia, y cada minuto que él pasaba allí sentía que intentaba *conocerlo*, encontrar poder donde había tan poco. Tenía la sensación inquietante de que la propia tierra se alzaría y lo derribaría con un corcoveo como un caballo de salto. La sensación era idéntica al mensaje en los ojos de su padre: en el mejor de los casos, codificada, en el peor, estridente. *Veo lo que eres, y no es suficiente.*

—Creí que el chico Gatling tenía el trabajo de enlace. Se cansó de vivir con su propia inutilidad, ¿no? —comentó Walt.

Edwin tardó un momento en percatarse de que su hermano le hablaba a él y otro en aplacar la oleada estúpida e infantil de cautela. Debería haber superado la cobardía. Eran hombres mayores. Walter Courcey era el representante de negocios de confianza de su padre y miembro del consejo de asesores del jefe de ministros, por lo tanto, tenía cosas más importantes que hacer con su tiempo, en lugar de pensar nuevas formas creativas de atormentar a su hermano menor. Edwin se dijo eso a sí mismo en silencio y con convicción. Pero no ayudó, no cambió el hecho de que, con una maldición peligrosa o no, hubiera dudado antes de ir a Penhallick de haber sabido que Walt también estaría allí.

—No lo sé. No he visto a Reggie en semanas.

—Un gran golpe para Sylvester Gatling —comentó su padre. Con eso, la mesa se quedó en silencio, todos con expresiones de respeto. Clifford Courcey no era un hombre corpulento, pero tenía la actitud agresiva de autoseguridad que Walt y Belinda habían heredado. Sus socios de negocios no magos de seguro la confundían con la seguridad que daba el dinero, pero el hombre había nacido con el poder subyacente a su actitud. Amasar una fortuna solo la había potenciado—. Era su único hijo. Es terrible ver que una rama de la magia inglesa desaparezca así.

—Sus hijas lo remediarán a su tiempo. Oí que la mayor está por casarse —comenzó Billy Byatt.

—Eso no perpetuará el apellido —respondió el dueño de casa en tono sombrío.

El cuello de Edwin se acaloró, pero él mantuvo la boca cerrada mientras servían el plato siguiente. Billy lo miró a los ojos y le ofreció un gesto de compasión; era el mago menos poderoso en la mesa después de él. Edwin no podía evitar pensar que siempre había sido el más amistoso con él, en el grupo de Bel y Charlie, por compasión.

—Quizás usted pueda aportar algo sobre el paradero del hombre, sir Robert. ¿Gatling es su amigo? Es triste que algunas personas nunca le agarren la mano a la amistad, pero usted no parece de esa clase —aseguró Walt con una sonrisita que invitaba a Robin a que siguiera el chiste a expensas de Edwin. Era una actitud tan familiar como agotadora. Walt disfrutaba, más que nada, detenerse a admirar sus victorias previas; para cuando terminó la escuela, ya había arruinado dos posibles amistades de Edwin de forma definitiva. La primera, dando la opción de sufrir los tormentos junto a Edwin o escapar; la otra, más sutil, envenenándola en su contra con verdades a medias. Había dejado tierra arrasada a su paso, y Edwin había aprendido la lección. Ya no había intentado hacer más amistades que pudieran ser blancos tentadores para su hermano. Pero estaba bien, siempre había estado más cómodo en su propia compañía.

—Me temo que no. Nunca conocí a Reggie Gatling —respondió Robin con total cortesía, pero ya sin calidez.

—*Blyth* —pronunció Walt después de una pausa—. Creo que no conozco a nadie de la familia. ¿La magia es del lado materno?

—Yo, eh… —Robin miró a Edwin, en un claro pedido de ayuda. Edwin había estado pensando en qué decir. Belinda y Charlie eran chismosos insensatos; no más que la mayoría, pero nada de lo que escucharan podía permanecer en secreto. Se esparciría por su círculo de la sociedad mágica inglesa como el té sobre un papel. Había presentado a Robin como el nuevo enlace y nada más, y los modales del joven habían logrado ocultar su ignorancia hasta entonces, pero no había forma de que pasaran todo un fin de semana sin revelar la verdad. Menos con la clase de actividades de entretenimiento que le gustaban a Belinda.

—Robin no es de una familia mágica —confesó. Era mejor sacarse ese peso de encima rápido—. Alguien del Ministerio del Interior le asignó el puesto por error. Tuvo su iluminación hace pocos días.

Los cubiertos se detuvieron y el silencio de la mesa se hizo más pesado. Walt miró al invitado con detenimiento, hasta que sonrió, y Edwin sintió un escalofrío de reconocimiento que lo hizo desear clavarse las uñas en la pierna. Para un observador imparcial, debía ser una sonrisa normal, coloreada por la luz guía, que emitía un brillo acogedor desde el jarrón de vidrio junto a la copa de agua. Esa noche, los jarrones de todos los lugares en la mesa eran del mismo juego, un mosaico abstracto de tonos verdes y púrpuras. De repente, el jarrón vacío de Robin pareció una metáfora bastante desafortunada.

—¿Y lo trajiste aquí? –preguntó Walt.

—Es una presentación tan buena como cualquiera si él hará el trabajo –respondió Edwin y se esforzó por sostenerle la mirada. Todo lo que tuviera que ver con la maldición podía esperar hasta el día siguiente. Walt y su padre planeaban volver a Londres para entonces de todas formas.

—Supongo que debe ser agradable para ti no ser la persona con menos magia en la habitación, Win –bromeó Bel. Trudie miró a Robin como un niño con la nariz asomada por la reja de una jaula del zoológico, con esperanzas de que el elefante hiciera algo entretenido.

—Debe ser muy nuevo, raro y salvaje para ti.

—El juego de Cupido fue una sorpresa –afirmó él.

Con eso, Trudie y Bel estallaron en carcajadas.

—¡Ya entiendo por qué esquivaste la flecha, criatura tonta! Es un juego de control de los nervios. La flecha está hechizada para buscar movimiento. Si te quedas congelado a tiempo, no te atrapa. Si te sobresaltas, es más probable que salgas con rasguños y que pagues el castigo.

—Como el instinto de los perros de caza –comentó Robin sin ánimos–. ¿Solo rasguños?

—Hasta ahora, nadie murió –dijo Francis Miggs con una risa, como si hubiera sido gracioso. Rozó el codo de Edwin con el de él al buscar la salsera, y el otro evitó mirarlo a los ojos. Con algunas copas encima, Miggsy se alteraba con facilidad, y su humor se había vuelto más vulgar, pero no había progresado en esencia desde la escuela.

—Es mejor jugar en parejas –continuó Bel.

—Sí. No es bueno confiar la seguridad de la esposa al hechizo de otro tipo, después de todo –agregó Charlie.

—Así que uno dispara y el otro controla el… –Robin hizo flotar el cuchillo.

—Las damas disparan. No se puede esperar que una dama controle levitación dirigida, ¿cierto? Requiere entrenamiento —explicó Charlie—. Pero algunas son expertas con el arco. —Le ofreció una sonrisa amplia y complacida a Bel, que sonrió con alegría en respuesta.

Robin hizo algunas preguntas más acerca del funcionamiento del hechizo, y Charlie le hizo una demostración. Se limpió la mantequilla de los dedos antes de empezar con las figuras, al tiempo que explicaba sus acciones en tono condescendiente. Erró en varios detalles técnicos, pero el hechizo funcionó de todas formas y la silla de Bel se elevó unos noventa centímetros sobre la mesa; ella bebió su copa de vino de forma melodramática.

—En la cena no, Charles —advirtió el padre de Edwin, aunque no sonaba molesto. Charlie y Bel siguieron conversando animados con Robin después de eso. A Charlie siempre le agradaban más las personas después de haberles dado una mala explicación de algo, mientras que a Bel tan solo le gustaba lo que era de Edwin.

Terminada la cena, el señor Courcey se retiró a su estudio, y Charles propuso jugar al billar y beber una botella de oporto.

—No cuenten conmigo. Iré a ver a mamá —se excusó Edwin.

—Iré contigo, si no te importa. No quisiera ir a dormir sin darle mis respetos a la dama de la casa —dijo Robin.

—De acuerdo —concedió Edwin, no se le ocurría una buena excusa ante las miradas de todos los presentes. Sin embargo, una vez que estuvieron solos, con la luz guía otra vez en su hombro, no pudo ocultar la irritación—. ¿Qué haces? Pensé que te gustaría estar en compañía. Ve a beber con los demás y a jugar billar.

—Temo que me hieran con un taco y no estés ahí para curarme. ¿Cómo se juega al billar en una fiesta como esta? ¿En el techo?

—Haciendo trampa. Dudo que Billy y Miggsy sean competencia para Walt y Charles si siguen las reglas de Killworth. El marfil es difícil de encantar sin una gran cantidad de poder. Puede que esta noche jueguen sin magia. Estoy seguro de que tendrás oportunidad.

—Intentas deshacerte de mí —espetó Robin—. Yo solo... De verdad... ¿Ella está muy mal?

Edwin podría haberse deshecho de él con dos oraciones, diciéndole que se estaba inmiscuyendo de forma grosera en un asunto familiar. Cosa que sí estaba haciendo. Pero recordó sus hombros caídos en la puerta de la habitación y vio la tensión alrededor de sus ojos. Robin, entre todo el mundo, era muy capaz de ser descortés con *Edwin*. Si hubiera querido ir con los demás, lo habría hecho.

—No sé cómo está en este momento, pero le gusta conocer gente nueva. Vamos —respondió al recapacitar.

De camino a la habitación de la madre de Edwin, Morton, el gato bicolor, estaba en medio de la escalera más pequeña, mirando un punto en la mitad de los paneles de madera de la pared. Maulló en tono interrogativo, hizo una pausa, agitó las orejas y maulló otra vez.

—Creo que el gato olió un ratón —señaló Robin.

—No, solo está hablando con el fantasma.

—¿Fantasma?

Cuando Edwin lo miró, la resignación en el rostro del otro encajaba con la de su voz. Era la expresión de un hombre tan empapado por la lluvia, que había arrojado el paraguas al desagüe y abierto el cuello de la camisa para dejar pasar la tormenta. Tuvo que desviar sus pensamientos de la imagen del cuello desnudo de Robin salpicado por la lluvia. Fue un desliz comprensible. Estaba cansado y preocupado. Odiaba el campo y la forma en que su hermano y Penhallick lo hacían sentir. Él mismo había estado parado bajo la maldita tormenta desde que había entrado a la oficina de Reggie ese lunes por la mañana. Pero aferraría el paraguas por su vida.

—Sí, un fantasma. No te preocupes, no son peligrosos.

—En la ciudad dijiste que no existían. Que era un disparate.

—Los fantasmas visibles son un disparate. No se pueden ver. Y no pueden hablarte a menos que haya un médium, y debe haber unos tres médiums auténticos en toda Inglaterra.

—Entonces, ¿cómo sabes que están ahí? —Robin observó la pared.

—Con los gatos. Existen hechizos de detección, pero los gatos son más fáciles.

Cuando la criada de la señora Courcey, Annie, los dejó pasar a la habitación con la advertencia sonriente de que no la mantuvieran despierta mucho tiempo, la mujer estaba sentada en una silla, no en cama. Era alentador. Aún más los rizos impecables en su cabello y los rubíes en sus orejas. Con la chalina alrededor de los hombros, bien podría haber sido un ama de llaves agotada por una larga noche de baile, en lugar de una mujer que de seguro no se movía de la silla en todo el día.

Edwin atravesó la habitación para besarla en la mejilla y percibió el aroma a lirios.

—Hola, cariño. Debiste avisarnos que vendrías —dijo ella y devolvió el beso con calidez.

—Quería sorprenderte.

—Y lo has hecho. —Le echó un vistazo a Robin, que estaba en la puerta de la habitación. Annie tenía muchas responsabilidades, y una de ellas era llevar los chismes hacia la habitación de la mujer—. ¿Sir Robert Blyth? Bienvenido a Penhallick.

—Gracias, señora. Lamento que no haya estado muy bien últimamente.

La señora Courcey palmeó el brazo del sofá, y Robin hizo una pausa antes de sentarse con incomodidad. Con él al lado, ella lucía aún más delgada, más hundida en el terciopelo. Miró a Edwin del otro lado, y el hombre tuvo la sensación desagradable de ser el extremo de un par de sujetalibros. Pero no había mentido: a ella le gustaba conocer gente nueva. Y, con certeza, le agradó que Robin comenzara a preguntar de inmediato acerca del empapelado de sauce, la superficie de madera incrustada del tocador extenso en el vestíbulo y las cerámicas alrededor del cuenco en su habitación.

—Tiene buen ojo para el diseño, sir Robert —observó encantada.

—A mis padres les interesaba el arte y, en consecuencia, me interesé más de lo que pensaba —explicó y sonó como una respuesta ensayada—. Nunca había visto una casa que estuviera dedicada por completo a estilos nuevos. Es extraordinario.

—Puse este lugar patas arriba cuando lo compramos. —La mirada de Florence Courcey era cansada pero brillante—. Del ático al sótano. Luego trajimos la mitad de las creaciones de los artistas De Morgan y Morris.

—Encantador —comentó Robin con una sonrisa.

—Debe saber que mi esposo hizo su fortuna en los ferrocarriles de Estados Unidos. Pasamos varios años allí, cuando mi salud me permitía hacer esa clase de viajes.

—No lo sabía. Edwin no mencionó que vivió allí —respondió Robin como si le dijera que continuara.

—Fue antes de que yo naciera —intervino Edwin.

—Fue una época maravillosa. Incluso tuvimos el placer de hacer amistad con el gran señor Tiffany —murmuró su madre con una mirada distante—. Desde que volvimos a Inglaterra de forma definitiva, le hemos hecho muchos encargos a su estudio.

–Eso pensé. ¿Los jarrones pequeños de la mesa? –El invitado se animó.

–¡Sí! Es uno de mis tesoros particulares, aunque, claro, no pude explicar lo que era un portador decorativo de luz guía cuando hice el encargo. Extraño verlos en la mesa. Ah, desearía tener la energía para reunirme con la familia para cenar más a menudo. Siento desde lo profundo del corazón que debería estar presente…

–Nadie puede esperar que toleres al grupo de amigos de Bel, mamá. No te preocupes. Cenaré contigo mientras esté aquí, ¿qué te parece? Podemos hacer picnic –sugirió su hijo.

–¡No! No, cariño. No puedo imponerte semejante tedio.

–¿Y si dijera que lo prefiero?

–Edwin, cariño, no debes dejar que te molesten. –Florence tenía los ojos de Bel, de un azul más claro que los de Edwin. No emitían más que amor y, de todas formas, Edwin sintió que el susurró decepcionado fue como el corte de un papel.

–Blyth. Eh, Robin, me gustaría hablar un momento a solas con mi madre.

–Esperaré afuera. –Robin se puso de pie de inmediato–. Dejé mi luz guía afuera de la habitación, en contra de la advertencia de Edwin de que no lo hiciera. –Con un guiño al hombre, se fue.

–Qué joven agradable. Me alegra mucho que traigas a un amigo. –Su madre acomodó los pliegues de la chalina.

–No es mi amigo. –Edwin se sentó a sus pies, algo que no había hecho en meses. El primer contacto de su mano en el cabello le dio ganas de llorar, pero, en cambio, tomó otra bocanada de su perfume–. ¿Puedo contarte un secreto, mamá?

–Sabes que me encantan los secretos –murmuró ella.

Con la mirada en el fuego, él dejó que su madre le acariciara el cabello con los dedos frágiles e hinchados y le relató la historia inquietante de Robin Blyth, *baronet* y funcionario público, nuevo en la magia, pero ya marcado por ella en circunstancias desconcertantes. Se sintió mejor al contárselo a alguien. Y se sintió bien, normal, que solo fueran ellos dos. Edwin y su madre compartiendo secretos contra el mundo.

—Pobre muchacho. ¡Y qué carga para ti! No podías hacer otra cosa, por supuesto. Lo mejor es encargarse de esto. Supongo que le darás hierba de Leto cuando esté resuelto, ¿no?

—Por supuesto —afirmó Edwin.

—Puede que necesite más que eso si pasa más de una semana. Estoy segura de que sabes qué es lo mejor, mi querido. Y puedes pedirle a Charles que haga el hechizo.

—Por supuesto. —Edwin inhaló y exhaló. Hubiera estado feliz de dormirse allí mismo, pero tenía un invitado, así que se despidió de su madre y salió. Robin estaba analizando los cristales coloridos de la ventana más cercana, aunque estaba oscurecida por la noche. Edwin padecería con una conversación sobre Tiffany si era necesario. Sin embargo, el hombre giró hacia él con una pregunta en los labios—. Es una clase de reumatismo. Le causa dolor y la deja sin fuerzas.

Dio una respuesta vaga e irrefutable. Eso era todo lo que un extraño necesitaba saber. Los ataques de melancolía habían sido leves antes de que el reumatismo clavara sus garras en ella. Luego de que la afectara, había semanas enteras en las que se rehusaba a cambiarse el pijama, a abrir las cortinas o a levantar la voz para dictar una carta. Edwin había encantado las plumas para ella, para que respondieran incluso a un susurro. Cuando su madre le escribía con menos frecuencia, él le escribía más, no menos. A pesar de que nunca parecía ayudarla a recuperarse más rápido, seguía escribiéndole.

Acababan de girar en el corredor sur cuando Blyth se detuvo y se balanceó sobre los talones, con los ojos desorbitados. No se aferró el brazo ni lo flexionó como había hecho en el tren, como Edwin había temido que hiciera durante la cena. Se reclinaba en la pared con la mirada perdida; su rostro libre de color como en casa de Hawthorne. La respiración superficial. Durante los segundos en que lo miró perplejo por el terror, Edwin se sintió inútil.

Y, de repente, terminó lo que fuera que hubiera sido. Robin parpadeó y enfocó la vista otra vez. Entonces, Edwin lo guio por el corredor hacia la habitación sauce más cercana, que era la de Robin. La luz guía aún brillaba inmóvil junto a la puerta, como posada en una ménsula.

—Muy bien —dijo al cerrar la puerta, molesto y preocupado en igual medida—. Dime qué está pasando. ¿Debería buscar a un médico?

—No. No estoy enfermo. Al menos no en el sentido convencional. —Robin se sentó a los pies de la cama.

—¿Tienes ataques? —exigió, sin molestarse en ser cuidadoso—. ¿Escuchas voces? Sea lo que sea, no haré que te echen de la casa en medio de la noche. Dime.

—Tengo visiones —admitió el hombre con voz temblorosa—. No solo las veo, entro en ellas, creo. Se siente como si me transportaran a otro lugar, de una forma bastante espeluznante. Comenzó la noche del ataque.

—¿Qué clase de visiones? —insistió Edwin con dureza. Estaba intentando relacionar visiones inmersivas con alguna clase de maldición de la que hubiera leído, pero no lo logró.

—Esta vez fue un laberinto de setos. Uno grande, bien podado. De los que se ven en los parques de las casas por todo el país, debo decir. Vi el laberinto, el cielo y… algo que se movía en la periferia.

—Eso fue esta vez. ¿Las otras fueron diferentes?

—Sí. Todas fueron diferentes. —Sus mejillas perdieron color–. Breves vistazos a lugares y personas. No escucho voces. Ni hay sonidos.

—Dime qué has visto.

—Lo *pintaré* para ti si insistes —dijo con voz aguda–. Si esperas hasta mañana.

—Debiste decírmelo. Una maldición que te hace tener visiones tan *detalladas*… podría ser información *vital*. ¿Cómo se supone que aprenda a revertirla si me ocultas información?

—Sin importar cuántas veces nos digamos nombres amistosos, Edwin, no te conozco. No sabía si podía confiar en ti. Aún no lo sé.

—Pero… viniste aquí. —Edwin lo miró y habló con poca elocuencia, pero Robin comprendió a qué se refería.

—Sí, estoy aquí, ¿no? En una casa llena de extraños que hacen magia, cuando el último extraño mágico al que conocí me hizo *esto*.

Era justo. Por un momento, Edwin se quedó perplejo por el miedo en los ojos de Robin, detrás de la rabia; luego se quedó perplejo porque era la primera vez que lo veía. Robin Blyth, deportista testarudo. Tenía resistencia física a raudales, pero eso era diferente. Edwin se tragó la culpa, se levantó y, al hacerlo, sintió que la fatiga lo recorría.

—Duerme un poco. Comenzaré a investigar en la mañana —dijo.

Robin asintió y dejó caer los hombros. Luego giró la cabeza y cerró los ojos. Algunos cabellos se rebelaron del engominado sobre su frente. Entonces, Edwin se mordió el interior de la mejilla y apartó la vista. Podía permitirse esos deslices solo dentro de su mente. Al día siguiente haría lo que siempre hacía con los problemas: esconderse en los libros e interrogarlos hasta que le dieran la respuesta. Solucionaría todo y haría que Robin despertara de esa pesadilla. Y así, su vida también volvería a la normalidad.

# CAPÍTULO 8

El salón del desayuno albergaba aroma a pan tostado con mantequilla y a salchichas. También albergaba a Trudie Davenport y a Charlie Walcott. Trudie le ponía azúcar al té, mientras que Charlie hablaba y se rascaba el bigote al mismo tiempo. Ambos levantaron la vista cuando Robin entró.

—¡Sir Robin! —saludó Charlie, animado—. ¿Dormiste bien?

Robin concluyó que, en la extensión de la informalidad descarada, ese era un término medio que podía tolerar.

—Muy bien —respondió—. Buenos días, señorita Davenport.

—Llámame Trudie, insisto. —Ella le lanzó una mirada provocadora, aunque impersonal, como para evaluar la situación. Su cuchara revolvía el té tintineando contra la taza y sin su ayuda. El juego de Cupido de Belinda había sido una presentación increíble, pero, al parecer, no era un despliegue característico. La mayoría de la magia era más pequeña, más mundana, entrelazada por completo en la vida de las personas.

Y todo estaba *oculto*. Debía haber cientos, tal vez miles de casas en el campo y en la ciudad en las que la magia era así, reservada dentro de los muros o de los límites de la propiedad. Otro secreto que correteaba como un ratoncito debajo de la superficie de la sociedad, asomando la nariz solo cuando era necesario. Interés nacional. Informes al primer ministro, como el que Robin había llevado esa semana, el que Asquith (de nariz larga y ojos caídos) había leído como si nada lo hubiera sorprendido ni fuera a sorprenderlo jamás. Y, aun así, había una palabra para la revelación de la magia a los incultos. Como Saulo de camino a Damasco.

Robin llenó un plato con comida de las bandejas de plata del aparador. Comió más rápido de lo que su digestión acostumbraba y asintió cuando le informaron que el señor Courcey y Walter ya habían partido para alcanzar el primer tren a Londres. También le informaron que los otros participantes de la fiesta aún no aparecían.

—A excepción de Win. Los sirvientes le estaban llevando el té a la biblioteca cuando bajé —comentó Trudie.

—Algunas personas no son sociables por la mañana —respondió Robin.

—*Algunas* personas nacieron sin el gen social en el cuerpo —repuso ella.

Por un momento, a Robin le resultó difícil mantener una expresión complacida al escuchar una réplica de la provocación de Walter de la noche anterior. No había sabido qué pensar del hermano de Edwin. Todos los demás lo habían tratado con deferencia, pero no con la habitual hacia el hijo mayor, favorito y carismático. El aire había tenido una tensión extraña que no podía explicarse con una animosidad casual entre hermanos. Robin se había puesto en alerta, por lo que era un alivio saber que Walt no estaría en la fiesta.

—Bel dejará que todos hagan lo suyo esta mañana, pero insistirá en que vengan a andar en bote después del almuerzo —le informó Charlie.

—No sé si estaremos… —comenzó a excusarse, pero Charlie lo interrumpió.

—¡Tonterías! —dijo y volvió a concentrarse en su tazón de pescado desmenuzado.

Robin terminó media taza de té de dos tragos, se estremeció por el calor en la garganta y murmuró algo evasivo para escapar del salón. Cuando llegó a la biblioteca, se detuvo al cruzar la puerta para mirar alrededor. Había estado en bibliotecas de casas solariegas. Incluso en Thornley Hill había una modesta, de modo que esperaba ver algo similar: una habitación sombría, cargada de polvo, muebles del siglo pasado y estanterías llenas de colecciones de libros de cuero intactos.

La biblioteca de Finca Penhallick era de dos niveles, con un balcón angosto a lo largo de los dos muros cubiertos de estanterías de piso a techo. Otro muro tenía ventanas en arco, con las cortinas recogidas para que la luz de la mañana iluminara el lugar. La única alfombra estaba alejada de la chimenea que ocupaba la cuarta pared; una estructura de hierro forjado, rodeada de un mural de enredaderas de mosaicos blancos sobre un fondo anaranjado. El resto del lugar tenía un patrón intrincado y angular de madera incrustada, en tonos claros y ámbar, que se enlazaban en ángulos y avanzaban en líneas regulares de una pared a la siguiente. Esa era la vista hacia el frente. Al mirar hacia arriba, solo se veían libros. Robin recordó, tarde, que Edwin había dicho que tenían una de las colecciones privadas más grandes del país.

Hawthorn lo había llamado librero, claramente como insulto. Sin embargo, Robin sentía que estaba frente a una página de un libro sobre criaturas exóticas, que ilustraba cómo los patrones de sus madrigueras les permitían fusionarse con el entorno. Edwin estaba cerca del centro de la habitación, arremangado; con una mano pasaba las páginas de un libro grueso abierto sobre la mesa, con la otra se rascaba la nuca. Al verlo allí, se percató de que nunca antes había visto a Edwin Courcey *cómodo* en absoluto.

Robin cerró la puerta en silencio detrás de él y se aclaró la garganta. Edwin alzó la vista.

—Aquí estás —dijo como si hubiera llegado tarde a la escuela—. Cuando dijiste que pintarías, ¿bromeabas?

—Buenos días para ti también. ¿Que pintaría qué?

—Anoche dijiste que podías pintar tus visiones.

Robin había estado bromeando, en gran parte. Era un artista mediocre, cuanto mucho. Pero al pensar en poner en palabras lo que había visto, con la mirada impaciente de Edwin penetrándolo, de repente dibujar no pareció tan mala idea.

—Puedo intentar dibujar si tienes lápices.

—Tengo —asintió Edwin—. Ahora, ven aquí y arremángate.

Él fue el primero en mover el lápiz; mientras Robin exhibía el antebrazo, copió las runas de la maldición en penoso detalle. Ninguno de los dos comentó que ya habían alcanzado el codo. En una esquina del alma de Robin, como una serpiente enroscada, acechaba el miedo que había nacido con la advertencia de Hawthorn: "Se pondrá peor". Cada vez que el dolor lo dominaba, el miedo le recorría la piel y se extendía.

Edwin llevó el papel con él al subir hasta la mitad de la escalera que llegaba al balcón. Al observarlo, Robin pensó que no *debería* haberse camuflado. No tenía sentido. Vestía una camisa blanca, un chaleco con espalda de satén color mármol y un pantalón de franela, que lucía suave al tacto. Estaba demasiado formal para la fiesta; Charlie tenía una chaqueta deportiva en el desayuno. Edwin era una aparición, insustancial y descolorida en contraste con la riqueza de las estanterías y libros.

—Zeta veintinueve, cuatro. —En respuesta, la escalera se deslizó, como empujada por una mano fuerte, y llevó al hombre hasta la esquina de la biblioteca.

Mientras tanto, Robin tomó un papel y comenzó a dibujar la visión que recordaba mejor. El techo de cristal de líneas geométricas y la vista desde abajo: múltiples pares de pies que iban de un lado al otro.

Bueno, no era la que mejor recordaba, pero no dibujaría *esa* visión.

Estaba tan absorto en la tarea, que no levantó la vista cuando Edwin dejó caer una pequeña pila de libros sobre un extremo de la mesa. Sí lo hizo cuando le habló en tono brusco:

—¿Cuándo estuviste en El Barril?

—¿Disculpa?

—Es la vista desde el interior de El Barril —dijo Edwin al sacarle el papel de las manos—. El edificio donde se encuentra la Asamblea de Magia —explicó en vistas de una expresión desconcertada en el rostro de Robin—. Lo llamamos barril porque... Debiste estar ahí.

—¿Yo? Soy un error de papeleo, ¿recuerdas? Solo he estado en los lugares a los que me has llevado. Vi esto en una de mis primeras visiones.

—Un lugar real en el que nunca has estado. —Edwin miró el papel con el ceño fruncido y recorrió las líneas oscuras con un dedo—. Eso descarta sueños lúcidos. Puede que veas a través de los ojos de otra persona en esos momentos, pero ¿por qué una maldición...?

—No es eso —intervino Robin—. La primera vez fueron muchas visiones, todas diferentes. Y... —Tragó saliva y le contó sobre la visión que había tenido de lord Hawthorn en el bote, mientras estaba en la entrada de la habitación del hombre.

—¿Lucía más viejo o más joven?

—Nada notorio.

—Pasado, presente, futuro —balbuceó Edwin; ya no parecía estar hablándole a Robin. Sacó el cordel del bolsillo de su chaleco y lo enroscó rápido en sus manos—. No es el presente. Puede ser pasado o futuro.

—¿Es posible ver el futuro?

—Sí y no. —Edwin presionó los labios—. La adivinación no es *magia* formal, nadie sabe de dónde viene y es difícil tener la posibilidad de estudiarla de forma apropiada. La mitad de los casos confirmados ni siquiera eran magos. Hoy en día hay uno en India y otro en Alemania, no tengo idea de si existen otros. Las personas con esa habilidad son… reclutadas. Son útiles —afirmó con una mirada intranquila. Movía los dedos en una danza elegante—. Nunca escuché que pudiera inducirse. Si alguien supiera inducirla con una maldición o cualquier otro medio, amasaría una fortuna.

—Y no iría concediéndoselo sin reparos a una persona a la que intentan amenazar, supongo.

La figura en las manos de Edwin no brillaba, pero el aire entre ellas resplandecía como el espacio sobre una sartén caliente.

—Pi sesenta y siete, pi sesenta y uno, kappa cuarenta y dos, beta cero uno, siete a nueve. —Unió las manos, con el cordel entre ellas, y luego las sacudió. Un sonido disperso, cual viento entre ramas deshojadas, surgió desde las estanterías. Algunos libros asomaron de sus lugares, como si fueran espectadores convocados al escenario para participar en, bueno, un espectáculo de magia. Flotaron hasta la mesa y se acomodaron en línea, listos para ser abiertos.

Robin sintió que su rostro era un signo de interrogación; y debió serlo porque Edwin comenzó a responder a las preguntas tácitas de inmediato.

—Cuando tenía doce años, pasé todo un verano creando mi propia clasificación basada en el tema de los libros. Tuve que ampliar el sistema varias veces desde entonces. Por suerte, se pueden sumar más números —agregó con una mirada alrededor—. Un encantamiento de alfabetización es más complicado de lo que crees, la anotación ocupa media página. Pero ya diseñado, es fácil de implementar. Aunque no es ideal para una biblioteca de referencia. ¿Dónde estudiaste?

—En Pembroke. ¡Vamos Light Blues!

—Asumo que las bibliotecas de Cambridge están organizadas como las de Oxford. ¿Indexadas por su posición en las estanterías?

—No tengo idea. Supongo que así será. —Hasta donde Robin sabía, debía pedir los libros y alguien los buscaba por él. Había pasado el menor tiempo posible en la biblioteca.

—Tampoco es ideal si quieres buscar por temática. De hecho, hay un hombre en los Estados Unidos que ha publicado un sistema de clasificación similar, basado en números. Y yo que me creía muy ingenioso al idear este —lamentó con un rastro de burla en la voz.

—Tenías *doce* años —replicó Robin, un tanto pasmado.

—El encantamiento de la escalera está enlazado con el sistema de clasificación. Y marqué cada libro para que el hechizo de clasificación sepa cuál seleccionar. —Pasó el dedo por el lomo del libro que tenía en la mano, con lo que la anotación "π67" brilló y desapareció.

—¿Tú inventaste el sistema y lo implementaste? ¿Y tienes todo en la mente? —Robin miró alrededor: había cientos, *miles* de libros.

—Hice un catálogo. —Edwin señaló un libro cosido a mano, que no había tocado ni una sola vez—. Y si comentarás que era un niño muy aburrido, te aseguro que no será un insulto para nada original.

Cuando tenía doce años, Robin había pasado el verano intentando inventar el críquet de interior; había sido una desgracia para algunas urnas antiguas y, al menos, una ventana, y había dejado escarabajos en la cama de Maud. De repente, imaginó a un chico pálido y estudioso (de los que apenas notaba en la escuela, excepto para preguntarse por qué no eran más *divertidos*), creando tablas y anotando con paciencia un libro tras otro, y obligando a sus conocimientos a encajar con prolijidad en las estructuras de su mente.

—Recuérdame que no sea tu enemigo, Edwin Courcey —dijo con una sonrisa, para demostrar que no tenía malas intenciones—. Creo que tienes una de las mentes que podrían dirigir a un país.

Edwin no sonrió, pero la forma en que agachó la cabeza dejó entrever que estaba complacido, pero que no estaba seguro de cómo manejarlo.

—Eso implicaría tratar con personas, algo en lo que no soy tan bueno. Me conformo con saber todo lo que quiera saber, cuándo y cómo quiera —aseguró por lo bajo.

—¿Puedes seleccionar algo así para mí?

—¿Qué?

Robin pensó cómo responder. Por alguna razón que no podía explicar, solo deseaba ver a Edwin mover los dedos para crear el comando brillante otra vez.

—¿Alguna historia interesante en esta biblioteca?

Edwin lo observó por unos segundos, en los que Robin esperó a que lo reprendiera por hacerle perder tiempo de investigación. Sin embargo, el hombre preparó el cordel, conjuró el brillo y dijo:

—Alfa noventa. —Sus ojos azules estaban fijos en Robin, con la mirada desinteresada de un santo bizantino. Una pila nueva de libros se formó frente a Robin. La mayoría tenían cubiertas amadas y desgastadas y manchas en el borde de las páginas. Eran cuentos de hadas, libros para niños. Dos eran más gruesos, el más grande e imponente de ellos llamado *Cuentos de las islas*.

Edwin se sentó de forma abrupta, con una ligera capa de sudor en la frente.

—¿Te encuentras bien? —preguntó Robin.

—Sí. Lee tus historias.

—¿El hechizo de indexación es muy difícil?

—No. —La voz quebradiza como el hielo hizo que Robin recordara el comentario dulce de Belinda durante la cena: "La persona con menos magia en la habitación".

—¿El cordel… magnifica el efecto del hechizo? ¿Por eso lo usas? —arriesgó.

—No. —La expresión hosca de Edwin se endureció un momento y luego, de pronto, se suavizó—. Pero entiendo por qué lo crees. Puedes superar la imprecisión en las figuras si tu poder la compensa. Yo no puedo hacerlo. La magia es como cualquier otra habilidad de fuerza, si la usas demasiado, debes esperar a que se renueve. Así que, si un dragón entra por la ventana durante la próxima hora, *tú* tendrás que salvarnos.

—¿Un *dragón*? —repitió Robin. Edwin lo miró y dejó un rastro de ironía en evidencia—. Cabrón, me diste esperanzas —protestó él con una sonrisa.

—Los dragones solo viven en los libros —respondió el otro al señalar uno de los volúmenes frente a él—. Veré si encuentro algo sobre tu maldición y tu… adivinación.

La marca "Cl90" también estaba escrita en una ficha dentro de cada libro. Primero, Robin ojeó los que tenían ilustraciones a color en busca de dragones, pero no encontró ninguno, así que, en su lugar, abrió *Cuentos de las islas* y enseguida se vio absorbido por sus páginas.

La historia de la flauta que cayó a un pozo.

La historia del baile de siete años de la reina.

La historia de la piedra irrompible.

Cuando levantó la vista, Edwin ya no estaba sentado, sino que daba vueltas por el suelo de la biblioteca, avanzaba, se detenía y, a veces, giraba en el lugar o daba medio paso como si estuviera bailando. Mientras tanto, sostenía un libro frente a su rostro y pasaba las páginas de tanto en tanto. A pesar de que Robin no dijo nada, su mirada debió ser penetrante porque el hombre se detuvo y bajó el libro.

—Me ayuda a pensar —dijo en tono defensivo.

—Es más barato que el café —respondió Robin. Quiso decirlo como una señal, pues comenzaba a tener un poco de hambre y le hubiera agradado tener unos bocadillos para matar el tiempo. Sin embargo, Edwin solo giró y se sentó en el asiento debajo de la ventana más grande en el centro de la pared. Allí se desplomó como si se rebelara con necedad contra su propia afirmación. Robin concluyó que, de seguro, el hombre no lo hubiera dejado derramar migajas sobre sus preciados libros, así que también retomó la lectura. Fue y vino en el libro, se sumergió en las historias y dejó que las palabras e ideas lo bañaran. Ninguna era demasiado larga, algo ideal para él. Era como llenar un plato con porciones pequeñas de comida de un bufé, ningún sabor duraba tanto como para aburrirlo.

No supo cuánto tiempo pasó perdido en las historias, mientras Edwin se acercaba a la mesa en ocasiones para llevar más libros a la ventana. La maldición tomó su brazo una vez, en la que contó las respiraciones y cerró la garganta para contener los gemidos hasta que el dolor pasó; Edwin no levantó la vista en ningún momento. Se oían pasos suaves desde algún rincón de la casa; una o dos veces llegó la voz elevada de una mujer, que pudo haber sido de Belinda, de Trudie o de alguna empleada doméstica, pero, en mayor parte, el lugar había gozado de la presencia sólida del silencio que solía ocupar las bibliotecas.

De repente, la mirada de Robin se detuvo en un título perdido entre la larga lista: "La historia de las tres familias y el último juramento". Pasó a la página indicada. Esa historia era igual a las demás, corta y poco elaborada, como si el autor hubiera estado más interesado en recolectar hechos que en adornarlos para que alguien los leyera en voz alta para entretener a los demás. Relataba el último encuentro entre los fae; en él, tomaron la decisión de dejar el mundo mortal para volver al propio y crearon un juramento formal entre ellos y los tres clanes mágicos más grandes de Bretaña, en el que acordaron dejar cierta cantidad de magia para uso de los humanos.

En medio del texto había una ilustración pequeña. Las líneas blancas y negras eran una representación simple de los tres elementos que, según la historia, eran los símbolos físicos del juramento, uno por cada familia: una moneda, una copa y una daga.

Robin se sobresaltó cuando percibió movimiento en la periferia. Era un gato diferente al que habían visto conversando con un fantasma en las escaleras. El nuevo era blanco con manchas coloradas, y desfilaba decidido hacia el asiento en la ventana; al ser el lugar más soleado, debía ser su posada habitual, por lo que se detuvo ofendido al ver que Edwin ocupaba el asiento acolchonado. Pero luego, en un movimiento preciso, saltó sobre la falda del hombre y frotó la cabeza con exigencia contra el libro.

Poco a poco, una sonrisa dominó el rostro de Edwin. Primero se elevó una esquina de sus labios, luego la otra. Era una sonrisa muy pequeña, que no parecía salir del confinamiento con mucha frecuencia. A continuación, cerró el libro sobre una mano y, con los dedos delgados de la otra, acarició la barbilla del gato. El sol debió haber salido de atrás de una nube en ese preciso momento porque la luz a su alrededor cambió.

Robin notó que lo estaba mirando demasiado, pero no podía evitarlo. El semblante descolorido de Edwin estaba cubierto por el blanco dorado del sol, que lo hacía lucir casi etéreo, similar a una criatura del libro. Un brujo con su espíritu familiar. Aún sostenía su primera impresión: Edwin no era apuesto. Sin embargo, desde ese ángulo, con esa sonrisa, que era como un secreto en una caja de cristal, tenía… algo. Tenía un atractivo delicado y truculento salido de un boceto de Turner, que golpeó a Robin como un gancho en el mentón.

—Edwin —pronunció, y sonó más débil de lo que deseaba. Luego se acercó a la ventana y le mostró la historia que había encontrado.

—Recuerdo la historia —afirmó el otro con el ceño fruncido mientras leía—. Se supone que todos los magos de Gran Bretaña descienden de una de estas tres familias de la historia, de una línea de sangre. ¿Estás seguro de que los hombres que te atacaron dijeron esas palabras exactas? ¿El *último* juramento?

—Eso creo.

—Debe ser una coincidencia. Esta es solo una historia.

—La magia también era solo una historia. Si la magia existe, de seguro los fae también. O existieron —replicó Robin.

—No es una conclusión lógica. —Edwin recobró su actitud de tutor—. No tenemos más pruebas de que hayan existido los fae que de la existencia de los dragones.

—Solo que las personas que buscan este juramento *no* viven en los libros —insistió el hombre, irritado.

—Eso no garantiza que no estén en una búsqueda inútil. —Fue evidente que Edwin estaba cediendo—. Es cierto que otras culturas tienen mitos similares sobre nuestro origen. Comparten la idea de que la magia nunca fue *nuestra*, de que todos los hechizos son resultado de acuerdos entre nosotros y una especie de criaturas mágicas. La naturaleza contractual de esta versión en particular es muy… inglesa. —La sonrisa ligera reapareció–. Está en el poema de Dufay. *Cargamos los dones del alba, de aquellos que ya no volverán.*

–Cierto. Ibas a mostrarme el resto.

Edwin miró los libros como si estuviera tentado a seguir con la lección.

–Tenemos cosas más útiles que hacer. No quiero descubrir cuánto peor se pondrá esa maldición si no logramos removerla. Imagino que tampoco ansías averiguarlo.

–No. –Robin tomó aire. Otra oleada de miedo brotó de su interior como zumo de limón que agrió su humor.

–Las maldiciones puestas en el aire, que aparecen en la piel, encajan en una categoría de magia de runas –detalló Edwin. Fue su turno de mostrarle a Robin una página de su libro, aunque solo Dios sabía lo que esperaba que Robin entendiera de ella–. Pero aún no encontré nada que haga referencia a la inducción de adivinación. Creo que deberías mantener eso en secreto. No importa si les hablamos a los demás de la maldición, pero la adivinación verdadera es demasiado extraña. Si existiera el más mínimo murmullo de que pudiera ser eso, tendrías a la mitad de la Asamblea de Magia en tu puerta en cuanto volviéramos a la ciudad. –Sonrió sin humor–. Y no creo que los amigos de Bel sepan *murmurar*.

Robin pensaba que estaba lidiando muy bien con una casa llena de magos ociosos, pero se estremeció al pensar en que lo arrastrara un grupo de… magos *políticos*.

–Puedo mantener la boca cerrada –afirmó.

–Déjame este –indicó Edwin al quitarle el libro de las manos.

Robin suspiró y abandonó el volumen más interesante del lugar para quedarse con una pila de libros de aspecto muy aburrido. Deambuló por los dos pisos de la biblioteca durante un tiempo y exploró al estilo mundano: sacando libros de los estantes y disfrutando de los títulos novedosos e incomprensibles. Su estómago comenzaba a rugir con la necesidad de almorzar, y el sol que se colaba por la ventana hacía que sus piernas cosquillearan con ansias de estirarse. En una fiesta normal, hubiera sugerido jugar al críquet, pero quizás a los magos no les interesara algo tan humano. O quizás jugaban con una pelota que esquivaba el bate e intentaba golpear contra las almohadillas de protección.

Si no había un deporte real que pudieran jugar, entonces pasear en bote como había sugerido Charlie no sonaba tan mal después de una mañana bajo techo. Incluso dar unas brazadas en el lago serviría de algo.

Distraído, Robin recorrió con torpeza la hilera de libros que habían asomado a medias de sus lugares para crear un patrón de lomos sin sentido. Algunos cayeron al suelo, de modo que se apresuró a recogerlos.

—Espera, tráelos aquí. ¿Dañaste las portadas? —preguntó Edwin.

Robin intentó ofrecerle una sonrisa de disculpa mientras cargaba los libros hacia la mesa. Las páginas de uno lucían dentadas e irregulares de forma extraña, por lo que el estómago de Robin se revolvió con un pánico desmedido, hasta que notó que, en realidad, había un volumen más pequeño dentro del otro, que estaba cayéndose. Lo sacó y vio que era un panfleto grueso con portada de color púrpura. Sus dedos lo soltaron como si se hubieran quemado, y cayó sobre la mesa. Entonces, se percató de que fue la acción más reveladora que pudo haber hecho.

Cuando alzó la vista, Edwin no lucía horrorizado, avergonzado ni curioso en absoluto. En cambio, tenía una expresión de cautela vacía. Mientras el otro hombre analizaba su rostro, Robin vio el momento en que tomó una decisión basada en lo que había visto. Se preguntó si intentaría mencionar algo al respecto, pero, en cambio, dijo con cuidado:

—Olvidé que había traído uno de esos. Será mejor que lo guardes, en caso de que alguien más lo encuentre.

—Sí, imagino que las personas deben hacer fila para poner sus manos sobre… —Robin volvió a la portada del libro más grueso y leyó en voz alta—: *Tratado sobre las mayores variables en las cláusulas temporales de la taumocinética.*

—Por supuesto. Es una lectura ligera —respondió Edwin con sequedad.

La risa de Robin inició demasiado rápido para que la contuviera, y la sonrisita reapareció en el rostro de Edwin. A continuación, Robin abrió el panfleto púrpura para leer el título, que se encontraba debajo de las palabras POR UN ROMANO en letra más pequeña.

—*Las hazañas del grumete.* Creo recordar este. Las, eh, golpizas son duras.

—Yo… —dijo Edwin, pero luego hubo un golpeteo agudo y casual en la puerta abierta.

—Mírense, sorprendidos como si alguien hubiera lanzado un rayo con un encantamiento —dijo Billy Byatt—. Alístense para el almuerzo, son órdenes de Bel. Por cierto, ¿qué es tan importante como para que pasaran toda la mañana encerrados entre libros?

—Trabajo gubernamental. Investigación. Estoy seguro de que te resultaría aburrido —explicó Edwin.

—Sin dudas —respondió el otro, animado—. ¡Vamos, vamos! —insistió antes de desaparecer otra vez.

Robin regresó el panfleto de Romano al interior del tratado y, juntos, devolvieron los libros maltratados a sus lugares antes de salir de la biblioteca. La atmósfera entre ellos se había vuelto más liviana y, de algún modo, también más pesada. El panfleto había confirmado lo que Hawthorn había dejado entrever sobre Edwin. Y, para él, hubiera sido mucho más que eso. Hubiera sido equivalente a una *revelación*; un primer vistazo incipiente sobre el hecho de que Robin también buscaba la compañía de otros hombres o que, al menos, conocía a uno de los autores más populares de literatura erótica homosexual, distribuida en una tienda de buena reputación en la calle Charing Cross.

Robin pensó en el cordel que usaba para sus hechizos, en cómo una figura podía tener cinco, seis y ocho líneas en el patrón que unía una mano a la otra, que las acercaba. Ellos ya compartían varios secretos, a los que se les sumaba uno nuevo. La consciencia de su naturaleza en común (en un aspecto que no tenía nada que ver con la magia), pendía como algo delicado e implícito entre ellos al salir de la biblioteca.

# CAPÍTULO 9

El lago estaba rodeado de juncos y de extensiones de arena gruesa, y había sietes botes de remo pequeños esparcidos por la costa, cual puntos cardinales. El día aún era radiante e idílico, aunque comenzaba a levantarse un viento frío.

Robin iba con las manos en los bolsillos junto a Edwin mientras seguían a los demás por el camino hacia el agua. Con una mirada a su compañero, comentó como si lo hubiera estado considerando:

—De verdad no te gusta este lugar. Al menos la parte al aire libre.

—No —sentenció Edwin. No le gustaba *navegar*, eso era claro. Además, después de lo ocurrido el día anterior, no confiaba en que fuera seguro que su hermana involucrara a un no mago en sus juegos.

—Yo nunca supe qué sentir respecto a Thornley Hill. Hace años que no voy, solo pasamos algunos inviernos allí cuando era niño.

—El compromiso de sangre de mi familia con esta tierra es más joven que yo. Mis padres hicieron la ceremonia cuando la compraron porque eso es lo que se hace. Pero el poder también llena las grietas en esto. Yo no tengo mucho, y la tierra lo sabe. No conocí nada mejor hasta que fui a la escuela y, de repente, era diferente, era… —Como si pudiera llenar los pulmones por primera vez. Como si un ruido intenso y perpetuo se apagara—. En la ciudad es mejor. Hay más distracciones. —Edwin se quedó callado. Había hablado de más, con más facilidad de la que esperaba.

—Anímate —le dijo Robin, con una palmada en el hombro estilo fraternidad universitaria—. Supongo que los hombres de ciudad debemos aguantar estas cosas con una sonrisa de vez en cuando. —Demostró la sonrisa en cuestión, radiante como el sol.

Edwin sintió una punzada de placer al verla, que sofocó enseguida. No buscaba un vínculo ni tener nada en común con sir Robert Blyth, que era agradable, enérgico y, de seguro, había nacido con un remo en una mano y un bate de criquet en la otra. *Pero tienen un interés común. Sabes que lo tienen*, dijo una voz traicionera en su interior. Bajó la vista a sus pies y maldijo su complexión al tiempo que se acaloraba. Se había olvidado de que había llevado panfletos de Romano desde la ciudad a Penhallick.

Eso no tenía importancia. No *importaba* más que el hecho de que el cabello de Robin brillaba como madera pulida bajo el sol. O que se hubiera arremangado otra vez hasta más arriba de los codos, de modo que él deseaba recorrer las venas y tendones de esos antebrazos de remero con los dedos, sentir su textura y hacer un registro sensorial para recordar en las noches solitarias frente al fuego. Se había sentido así varias veces en la escuela y en la universidad y, en mayor parte, había logrado evitar a esos muchachos y hombres. Aunque fuera mutua, la atracción no generaba respeto de la nada. Donde había animosidad, la atracción podía profundizarla.

No, Edwin no podía confiar en su cuerpo para tomar decisiones.

Se reunieron con los demás a la orilla del lago. Bel les había explicado las reglas durante el almuerzo; en realidad, había empezado a hacerlo, hasta que Charlie se había hecho cargo, con un toque en la muñeca y una sonrisa gentil que decía que no quería forzar la inteligencia de la pequeña dama. Cada uno tendría su bote. Bel y Charlie habían dibujado un mapa más grande del lago, dividido en cuadrantes, cada uno de alrededor de dos metros de lado. Muchos de ellos tenían encantamientos, amigables o no tanto.

—¡Nada irreversible! —aseguró Bel. Algunos cuadrantes tenían lirios flotantes que se abrirían con un toque para revelar premios. Unos pocos eran señuelos, pero no había forma de saberlo más que acercándose a ellos para probar suerte.

Uno de los jardineros había remado para ubicar los lirios en el lago, que se mantenían en su lugar con pesos colgantes. Charlie había hecho todos los encantamientos trampa, los había encogido, los había incrustado en el mapa y luego había lanzado un hechizo que los había enviado como fantasmas invisibles a buscar sus lugares en el lago.

Era una magia difícil y bonita. La parte bella debía ser de Bel y la parte gruesa de la magia, de Charlie. Ambos habían tomado una dosis de hierba de Leto, calculada a la perfección para que cubriera el tiempo que les había tomado preparar el mapa, así podían jugar a la par de todos los demás. Una amiga de la madre de Edwin era conocida por hacer lo mismo para poder ver la misma obra todas las noches de la semana o para leer su novela de misterio preferida diez veces. No debía ser bueno para la mente usarla de forma tan desenfrenada, pero nadie que escribiera en su idioma había estudiado la sustancia con el rigor necesario, para irritación de Edwin.

Él eligió el bote azul, que estaba junto al rojo que había proclamado Robin. Usó un remo para impulsarse, con lo que de inmediato se clavó una astilla en la mano y se estremeció. Cuando logró hacer que el bote apuntara hacia el centro del lago, Robin ya estaba llegando al primer lirio, con una agilidad que Edwin nunca podría imitar.

Sin embargo, el hombre no había llegado muy lejos cuando se sacudió y comenzó a reír. Rio y rio hasta doblarse en dos. También había carcajadas en otros botes, junto con gritos de advertencia o de burla. La calidez de la risa de Robin estaba tornándose histérica, hasta que la inercia del bote lo sacó del cuadrante y logró tranquilizarse.

—¿Estás bien? —preguntó Edwin.

—¡Estupendo! —respondió Robin, un tanto falto de aire.

—Billy va por tu lirio —señaló el otro.

Robin maldijo animado y comenzó a remar con experticia otra vez. Edwin se topó con una ilusión de ceguera y casi pierde uno de los remos del soporte antes de lograr encontrar el cordel para revertir la ilusión. Al recuperar la visión, sujetó el remo otra vez. Miggsy se acercaba a un lirio, maldiciendo y remando con fuerza en contra de una corriente mágica invisible. Billy tenía hipo. Trudie se estaba quejando de sus mangas a viva voz porque sus manos y remos estaban cubiertos de una baba verde. Cerca de la orilla contraria, Bel se reía y se bamboleaba en el bote, pero parecía su risa natural. Robin había *desaparecido*; no, allí estaba, asomando de un hechizo de cortina, justo al lado de uno de los lirios. Lo tocó y luego se extendió hacia el centro de la flor desplegada para sacar un manojo de papel colorido. Los demás aplaudieron ante la hazaña.

—¿Qué es? —preguntó Charlie.

—Caramelos —respondió Robin tras abrir el papel—. Me da un poco de miedo probar uno.

—Los premios son seguros. Son premios. Comeré uno, aunque tú no lo hagas —afirmó Billy, que había logrado llevar su bote casi pegado al del otro.

Robin le entregó uno de sus dulces y luego sacudió el papel arrugado mirando a Edwin, mientras que Billy partía hacia otro lirio. De camino a aceptar un caramelo, se inició un fuego espontáneo y real en el bote de Edwin, que extinguió al salpicar agua del lago, en lugar de molestarse con el cordel. Cuando llegó junto al bote rojo, y estaba por dar las gracias, se quedó mudo. Robin tenía la mirada perdida, las manos flácidas sobre los remos y una expresión perdida, que indicaba que estaba en medio de una de sus visiones.

—Robin —advirtió. El joven parpadeó y volvió a enfocar la vista. Pálido, miró a Edwin a los ojos, asintió y se esforzó por sonreír.

—¡Trampa! ¡No vale conspirar! —exclamó Miggsy.

—Estoy bien, te contaré después. Ten —le dijo Robin a Edwin.

Él desenvolvió el caramelo, aunque la expresión afectada del invitado le preocupaba. Robin había tenido razón la noche anterior: nada de eso era culpa suya y merecía distraerse si quería. Había disfrutado el juego antes de esa visión, lo que fuera que haya sido.

Robin apenas había dado unas pocas brazadas firmes hacia el centro del lago, cuando una fuente en miniatura emergió desde abajo de su bote, similar a la erupción del espiráculo de una ballena, algo que Edwin había leído. La fuente lanzó a Robin y a los caramelos al agua. En esa ocasión, los aplausos y risas fueron más fuertes.

Edwin remó de prisa hasta donde estimaba que era el límite del alcance del hechizo. Desde allí, se estiró para alcanzar el borde del bote a la deriva, que al menos había aterrizado hacia arriba. Luego, justo cuando Robin llegó nadando, le dio un empujón fuera de su alcance.

—¿Qué…? —El hombre estaba empapado y confundido, con el cabello oscuro pegado a su cabeza como el de una nutria.

—¡Vamos, Dark Blues! —exclamó Edwin al hilo. Entonces, Robin sonrió y le salpicó una brazada de agua.

—Así que sí tienes un lado competitivo. —Jadeó mientras Edwin estabilizaba el bote rojo para que pudiera volver a subir. La camisa mojada se transparentaba pegada a su pecho—. No pensé que tendría que empacar equipo de remo —agregó al despegarse la tela—. Y no creo que vengan en colores de luto. Rayos, el viento está frío, ¿no?

—Puedo calentarte —sugirió Edwin, a lo que el otro se lo quedó mirando, entonces, se sonrojó, mortificado—. Quiero decir… Puedo hacer un hechizo para secarte —aclaró con la voz quebrada.

—Ah. ¡Sí! Te lo agradecería —respondió Robin, también un poco alterado.

El cordel se le cayó dos veces antes de que lograra realizar el hechizo, que calentó y resecó sus palmas. Llevó las manos en copa a su rostro y sopló como para apagar una vela. Con eso, el hechizo invisible voló sobre Robin, cuyos párpados cayeron con una expresión de placer, por la que Edwin casi pierde el foco.

—Listo —anunció al terminar, esforzándose por no sonar demasiado afectado. Tenía la sensación de agotamiento, señal de que había usado todo su poder y de que no podría hacer ni el hechizo más mínimo durante el resto del día. Quizás había sido un desperdicio, pero Robin parecía encantado y había recuperado su brillo soleado. Y, Edwin notó con pesar, su camisa era opaca otra vez.

—¡Vamos, hagamos otro intento! —anunció Robin mientras se sacudía el cabello seco con una mano. Luego remó con determinación hacia otro cuadrante del lago.

En su bote, Edwin recuperó el caramelo abandonado, se lo llevó a la boca y dejó que se ablandara para disfrutar el sabor mantecoso y dulce. La brisa era más fuerte, aunque no desagradable. Trudie tenía una mano sobre un lirio abierto; cerca del centro del lago, una tormenta personal bañaba a Charlie, que conjuró un paraguas, pero luego se echó a reír, lo hizo desaparecer y llevó la cabeza atrás.

Eso no era… horrible. Edwin casi sintió aprecio por la imaginación de Bel y su incansable búsqueda de diversión.

Ella remó hasta el bote de su hermano. Jadeaba y también tenía el cabello alborotado. Mientras sacudía un remo, dijo entretenida:

—*Creí* haber puesto un hechizo de Flautista de Hamelin en un cuadrante.

Edwin le siguió la mirada hacia donde Robin era víctima de un bombardeo ornitológico. Se había despertado un interés particular en todos los patos, gallaretas y gansos del lago por el bote rojo. Los que no estaban dándole picotazos como si fuera de pan, habían empezado a agitar las alas para subir al bote. Robin reía e intentaba echarlos, por lo que recibía graznidos molestos y picotazos. No solo se acercaban las aves acuáticas, también había pajarillos dando vueltas en el aire, chillando en tonos desde cantarines hasta chirriantes. Parecían buscar dónde posarse en el bote o en el propio Robin.

—Si esto sigue así, mi bote será el Arca de Noé —gritó él—. Ah, maldición —soltó al esquivar a un mirlo que se lanzó hacia su rostro.

El agua alrededor del bote se agitaba por el movimiento de los peces furiosos. Edwin tuvo un segundo para preocuparse por las anguilas antes de que ocurriera lo inevitable: las aves fueron demasiadas, Robin hizo un movimiento demasiado brusco y cayó al lago. Otra vez.

Belinda estalló de la risa y se tapó el rostro con una mano.

—¿Robin? —exclamó Edwin.

—¿Pueden ayudarme? —replicó el joven un poco apagado.

—Ay, mi Dios —chilló Trudie, y Belinda rio con más intensidad. Todos los demás reían también. Mientras tanto, Edwin intentaba reprimir la diversión inevitable que le generaba la ridiculez del espectáculo.

En ese preciso momento, aparecieron los cisnes. Había una sola pareja elegante, que atravesaba el lago con serenidad en dirección al alboroto, como un matrimonio que llegaba tarde a una fiesta para hacerse notar. Robin sacudió una mano en el aire y gritó algo, pero fue difícil de comprender entre la nube de picos y plumas. Debía estar dramatizando para el público. Si quería escapar, podía sumergirse con facilidad y nadar fuera del alcance del hechizo.

Uno de los cisnes desplegó las descomunales alas para volar y emitió un siseo de su garganta nívea, tan fuerte que fue audible aun sobre el escándalo de las demás aves furiosas y de los ataques de risa de los botes. El segundo cisne imitó al primero. Era… gigante. Por alguna razón, nadie imaginaba que los cisnes fueran tan grandes.

Edwin aferró el remo sin pensarlo. Había creído que toda su magia se había drenado, pero algo nuevo estaba agitándose en su interior, la sensación de que un papel de lija le rozaba la piel desde adentro.

—Algo anda mal —aseguró. En el último y terrible instante en el que vio el rostro de Robin antes de que los cisnes cargaran contra él, observó que estaba pálido y petrificado por el miedo—. ¡Bel! Algo anda mal, ¿puedes…? ¡Billy, *ayúdalo*! —exclamó. Giró el bote mal, con furia y miedo, mientras el ímpetu urgente de una magia que nunca había sentido, que nunca antes había tenido esperanzas de reconocer, lo atravesaba por dentro. Mientras remaba, no dejaba de mirar sobre su hombro y de convencerse de que aún veía la cabeza de Robin, que subía y bajaba por la superficie una y otra vez.

Alguien seguía riéndose, y él deseó poder lanzar cuerdas con los dedos para ahogarlo. Remó con pánico y sin elegancia hacia un encantamiento de frío y alguna ilusión auditiva que no tenía tiempo de identificar. Cuando llegó al cuadrante con el hechizo del Flautista de Hamelin, Billy ya estaba allí, flotando en la periferia de la batalla y creando una ilusión que... que no funcionaba en animales; *idiota*.

—Tienes que hacer una negación, no una reversión —advirtió Edwin—. Segunda clase. Dale un radio de al menos tres metros, de prisa. —Tomó aire, maldijo su vida por esa pesadilla, y saltó al agua. Lo lamentó de inmediato: los chillidos agudos de los cisnes eran insoportables, sus alas creaban una tormenta de violencia, el golpe de un pie palmípedo en el cuello fue en extremo doloroso. El agua estaba fría, flotaban cosas babosas e indescriptibles entre sus tobillos y, como si fuera poco, no tenía idea de cómo rescatar a un hombre más pesado y atlético de que un cisne lo ahogara. Había agotado su magia en ese estúpido hechizo de secado, ¿por qué no había pensado mejor? ¿Por qué era tan *inútil*? Y además, esa sensación rasposa aún lo dominaba e impulsaba. Su mano tocó una extremidad, entonces sujetó un manojo de tela y, con la fuerza de la desesperación, jaló hacia arriba. La cabeza de Robin, que escupió agua, emergió hacia la superficie, justo cuando el antebrazo de Edwin comenzaba a acalambrarse.

—Malditos... —jadeó el hombre rescatado. En ese momento, Billy por fin terminó la reversión, y todas y cada una de las aves intentaron alejarse al mismo tiempo en un revoltijo de aleteos. Y luego, por fin, hubo quietud.

Edwin jadeaba por el esfuerzo que requería mantenerse a flote. Sentía que le habían crecido un nuevo par de extremidades solo para dolerle, y los pantalones luchaban contra él. Por su parte, Robin seguía escupiendo agua. Charlie y Billy tuvieron que trabajar juntos para subirlo al bote de

Billy, y Edwin los siguió nadando hasta la orilla del lago. Robin logró bajar a tierra firme por sus propios medios, pero luego le temblaron las piernas y cayó sentado sobre la arena. Edwin, que arrastraba algas lodosas, se sentó junto a él, mientras los otros dos hombres ayudaban a Bel y a Trudie a sacar sus botes del agua. El cuello de Edwin palpitaba donde el cisne lo había pateado, y los antebrazos descubiertos de Robin lucían muchas marcas rojas.

—¿Tienes otra de esas cosas de secado bajo la manga? —preguntó con esperanzas.

—No —respondió Edwin por lo bajo y con frustración—. ¿Qué demonios pasó? ¿Por qué no te alejaste nadando? ¿Fue la maldición o una visión?

—Esta vez no fue ninguna de las dos. No podía mover las piernas. Se sentían como dos hogazas de pan.

El hechizo, con el apodo casual de "Piernas de plomo", era el preferido de muchos chicos cuando lo aprendían. La idea de que lo usaran en alguien que intentaba mantenerse a flote era horrible. Los demás ya estaban en la arena también y, en su mayoría, murmuraban con preocupación.

—Bueno, sir Robin, hay que decir que aporta buen entretenimiento —comentó Miggsy.

—*Entretenimiento* —repitió Edwin, casi como el chillido de un cisne. Robin gruñó y agachó la cabeza.

—¿Qué pasa? —preguntó Billy con dureza—. ¿Alguna de esas aves bestiales mordió fuerte?

Para cuando terminó de hablar, todos habían notado que el dolor de Robin le provocaba una agonía desgarradora. Tenía los labios retraídos, los ojos cerrados con fuerza y se aferraba el brazo contra el cuerpo. Edwin le apoyó una mano en el hombro mojado y tembloroso y se obligó a dejarla allí, aunque se sentía apaleado por su inutilidad. Pasaron varios minutos eternos hasta que Robin reabrió los ojos y aflojó la mano pálida. Al mismo tiempo, Edwin levantó la suya.

—Pensé que me estaba acostumbrando —jadeó—. Pero parece que es todo lo contrario.

—¿Qué demonios, Bel? —exigió Trudie. Había retrocedido unos pasos, como si el sufrimiento pudiera ser contagioso.

—No me miren a mí —respondió la joven. Por un momento, sus ojos azules fueron tan fríos como el color; el miedo y la rabia habían levantado el velo de vivacidad—. Es un *juego*. Nunca pondríamos nada que sea doloroso de verdad en el mapa.

—No, solo algo descuidado y peligroso —sentenció Edwin al ponerse de pie—. Atraer cisnes, ¿de verdad? ¿Y, además de todo, Piernas de plomo?

—¿Cómo que "además de todo"? —Bel lo miró con rabia.

—No le hables así a tu hermana, Edwin —intervino Charlie.

—Sir Robin, ¿qué ocurre? —preguntó Billy.

Robin miró a Edwin, con una lucidez y un brillo en los ojos de algo similar a la confianza. Edwin sabía mentir, pero no con tan poca anticipación.

—Alguien maldijo a Robin. Muéstrales. Podría ayudar ver si alguien tiene alguna idea.

Se produjo un murmullo entre escandalizado y preocupado cuando Robin extendió el brazo descubierto, con las runas hacia el cielo. Edwin reunió todo su ingenio para darles una versión editada de cómo habían puesto la maldición en el hombre; dejó afuera la mayoría de los detalles y sugirió que había sido una confusión de identidad. Luego observó, demasiado cansado y helado como para hacerse ilusiones, cómo los hombres analizaban las runas con el ceño fruncido y se encogían de hombros con ignorancia.

—Como sea, Edwin encontrará una forma de sacármela pronto —dijo Robin. El alegre voto de confianza generó que un cosquilleo de placer patético recorriera el pecho de Edwin.

—Ya me preguntaba por qué se encerrarían en esa biblioteca atestada —comentó Trudie.

—Sí —coincidió Charlie, que tomó el brazo de Robin para ayudarlo a levantarse—. Vamos a secarte y a buscar algo que hacer que no involucre cisnes ni libros.

Edwin esperó a que todos se hubieran alejado para detener a su hermana y mantenerla allí hasta que nadie pudiera escuchar.

—Bel. ¿Sentiste eso cuando Robin quedó bajo el agua?

—¿Qué cosa?

*Papel de lija*, quiso gritar él. *¿Cómo puede ser que no te haya arrasado, que no estés temblando? ¿Tu magia es cinco veces más fuerte que la mía y no sentiste nada?*

—Un invitado estuvo a punto de morir en nuestro territorio. Eres una Courcey, Bel —exigió—. Nuestros padres hicieron un compromiso de sangre con esta tierra. Nos estaba dando una advertencia para que hiciéramos algo.

El cabello de la joven aún era un embrollo, mientras que el miedo y la irritación ya estaban replegándose detrás de su despreocupación habitual. Edwin recordó a una Belinda mucho menor, que los miraba con la misma expresión a él y a Walt, hasta tomar la decisión de retirarse, de ignorarlos. De cantar más fuerte para ella misma, mientras Walt se reía y Edwin lloraba. Tomaba la decisión de sacrificar a su hermano menor como barrera entre ella y su miedo. Buscaba protección, así era ella.

—Fue un simple escozor —lo minimizó—. Nada por lo que hacer un escándalo. Sabes que nunca intentaría lastimar a un invitado, Win.

*¿Lo sé? No estoy seguro en absoluto*, replicó en su mente. Bel siguió su camino hacia la casa, pero Edwin se quedó atrás, mirándola. No *quería* creerla capaz de eso. Entonces, suponiendo que ella y Charlie *no* habían decidido poner dos hechizos peligrosos en el mismo cuadrante, en donde cualquier participante podía dispararlos, quizás otro de los jugadores había aprovechado la oportunidad para asustar al no mago. A Edwin no le hubiera sorprendido que cualquiera de ellos lo hiciera a modo de broma, pero Robin ya había sido el blanco de alguien en la ciudad que había querido asustarlo para que cooperara. ¿Cuántos sustos creaban un patrón? ¿Cuántas coincidencias implicaban que había una conspiración?

Edwin se frotó el rostro adolorido antes de arrodillarse y enlazar los dedos en un manojo de césped. Cerró los ojos para concentrarse con esfuerzo en, por primera vez, llamar a la sangre de su madre y a la de su padre, regada en esa tierra antes de que él naciera. Sin la tensión intensa de ver a un invitado en peligro, solo sintió el mismo cosquilleo de desilusión de siempre. No era suficientemente Courcey. No era suficiente de nada.

Bajó la vista: una hoja de césped le había cortado la yema del dedo en una línea fina como un hilo.

—Bien —dijo en voz baja—. De acuerdo. Lo mantendré a salvo, lo estoy intentando.

# CAPÍTULO 10

**Robin soñó con los cisnes.**

Pasó la tarde, después del juego de remo, jugando billar y hablando de deportes con Belinda, Charlie y sus amigos, y bebió más cócteles de gin de lo que acostumbraba. Casi lograba fingir que estaba en el club o en una fiesta con sus propios amigos, excepto por el sobresalto ocasional cuando alguien usaba magia. Belinda y Trudie incluso podían encender cigarrillos con los dedos, aunque sus figuras eran más descuidadas y simples que las de los hombres.

Los amigos de Belinda tenían los modales desinhibidos de los nuevos ricos y trataban el título de Robin como si fuera un sombrero divertido que se había puesto para la ocasión. A él le hubieran resultado refrescantes, de no haber sido porque estaba luchando contra una jaqueca y por la tendencia de sus costillas, golpeadas por los cisnes, a comprimirle los pulmones en medio de una inhalación. Y de no haber sido por la malicia solapada e impensada cuando la conversación era sobre otras personas: chismerío con un dejo anisado. "Otras personas" incluía a Edwin, quien no se dejó ver hasta la cena. Durante las partidas de billar, Robin no dejó de voltear hacia la puerta siempre que alguien entraba a la habitación, sin molestarse en cuestionar la pizca de desilusión cada vez que el recién llegado resultaba ser un sirviente que llevaba más bebidas. Edwin se había alterado cuando Robin había estado en peligro, enojado porque hubiera ocurrido y fascinado, como siempre, por la maldición y las visiones. Pero no había buscado la compañía de Robin. Así estuviera en la biblioteca, con su madre o en otro sitio, quería estar solo.

Él fue a dormir temprano por la jaqueca. A la mañana siguiente, despertó tembloroso, con las piernas flácidas, agua del lago en la boca, los brazos fatigados por haber intentado defenderse de los ataques de las alas de los cisnes, las orejas con ese chillido horrible y gritos y risas que se esparcían sobre el agua…

No. Era un sueño. No era una visión, solo una pesadilla convencional. Sus piernas estaban enroscadas con las sábanas, estaba seco, respirando, vivo y… tan a salvo como era posible en una casa llena de magos descuidados, con una maldición que se volvía más fuerte y dolorosa.

Durante el desayuno Robin rechazó la invitación a caminar y hacer un picnic con los demás. En cambio, se quedó solo, diseccionando una crepa de riñón con sus cubiertos y bebiendo un café exquisito, hasta que Edwin apareció. Vestía un chaleco en un soso tono de gris y parecía no haber dormido bien. Por desgracia, le sentaba bien. Robin, que ya estaba inquieto, comenzó a desear presionar los pulgares en las ojeras debajo de los ojos del hombre o recorrerle los pómulos afilados. Quería catalogar el cambio en la gama de dorado de su cabello, para ver qué clase de luz resaltaba las que variaban entre trigo brillante y cebada oscura.

La diferencia que el momento de conexión tácita frente al panfleto de Romano había hecho era indescriptible. No debería haber sido así. Aun con el embrollo misterioso entre la maldición y el juramento que presionaba sobre ellos, era poco probable que Robin hiciera cualquier insinuación sin estímulo. Y Edwin seguía siendo el mismo: frío, quisquilloso, resentido por el hecho de que Robin estuviera en su vida, delgado, callado y con un aire de estar en una prisión invisible. Mucho más inteligente que todos los demás habitantes de la casa juntos, eso era evidente. Con unos dedos huesudos y ágiles, que Robin podía ver tejiendo magia con el cordel aun con los ojos cerrados.

—Quiero esta maldición fuera de mí —dijo, demasiado distraído por el esfuerzo de desvanecer esa imagen para decir *buenos días*—. Quiero que lo intentes, hoy.

—No he investigado suficiente…

—Sigue adelante. Ayudaré. Haré lo que me digas. Prefiero intentarlo y fallar antes que pasar una semana cruzados de brazos mientras empeora cada vez más. Me atrevo a decir que, si dependiera de ti, nunca sentirías que has investigado suficiente como para intentarlo. —No podía leerse nada en la mirada azul y ojerosa de Edwin—. Le… temo al dolor. Eso es todo —confesó Robin con dificultad.

—Me gustaría desayunar —señaló Edwin. Pasó muy cerca de Robin de camino al aparador, tanto que él pudo oler su cabello. Recién después de haber comido un bocado de tocino y otro de pan tostado con mermelada acompañados de té, Edwin agregó—: Tienes razón.

—¿Eh? —Robin iba por su tercera taza de café y, mientras su corazón palpitaba con intensidad, se preguntó si había sido una buena idea.

—Puede que lea todos los libros de esta biblioteca y nunca encuentre las runas exactas. Es tu brazo y tu dolor. Estoy dispuesto a intentarlo esta tarde. Con eso me refiero a que le pediré a Charlie que lo haga —agregó con la mirada en la corteza de su tostada.

—Preferiría que fueras tú.

La absoluta sorpresa en la mirada de Edwin fue como una punzada al corazón.

—No, no lo querrías —repuso con suavidad—. Quieres que la persona con más magia de la casa haga el hechizo. Yo lo diseñaré. Se lo daré por escrito y me aseguraré de que lo haga al pie de la letra.

Eso dio origen a una discusión (o, más bien, una breve lección, pero a Robin no le importaba), acerca de la diferencia entre las runas y la notación de figuras que los llevó desde el desayuno hasta la biblioteca. Allí, Edwin se ubicó detrás de la mesa con un suspiro de alivio casi audible. Robin también se sentó y tomó un libro al azar para mostrar buena predisposición.

—Pensaba preguntarte cómo estás. ¿Algún daño por lo que pasó ayer?

Comenzaban a aparecer magullones debajo de las raspaduras en los brazos de Robin. Aún le dolía la cabeza y se sentía inquieto, aunque eso debía ser por el café. A pesar de todas sus dolencias, lo que dijo fue:

—No acostumbro ser el blanco de las burlas.

—¿Estás más habituado a ser el abusador que el abusado? —replicó el otro, con una ligereza extraña, no tan punzante como pudo haber sido.

—Bueno, no era de los que intervenían para evitarlo cuando lo veía en la escuela. —Robin se encogió de hombros—. No estoy orgulloso. Luego intenté mejorar, cuando, eh, me di cuenta de que no era divertido en realidad, supongo. —Cuando comenzó a entender que lo que veía en casa (cuando sus padres reunían a personas bien vestidas en salones despampanantes y daban discursos bonitos sobre caridad), era la versión adulta del mismo juego, solo que apenas la mitad se jugaba frente a la víctima y la otra mitad eran susurros, los comentarios venenosos habituales. La doble cara. La construcción brutal de la reputación con los despojos de quienes adulaban con una mano y destruían con la otra.

—Piernas de plomo es un buen hechizo para los abusivos. Walt lo usaba mucho en una época, si es que yo parecía muy decidido a evitar la humillación que tuviera preparada para el día.

Robin intentó pensar en cómo responder a eso. Edwin lo había relatado como un evento lejano, pero había elevado los hombros, una ligera muestra de vulnerabilidad. Después de haber visto cómo lo trataban todos los miembros de la familia, a excepción de su madre, Robin no estaba sorprendido.

—¿Así que tu hermano y tú compartieron años de escuela?

—Dos años. Y ningún regaño por usar magia fuera de casa detuvo a Walt jamás. La mayoría de sus amigos también eran magos, y él era bueno encontrando rincones ocultos.

Robin recordaba esa mecánica. Todas las escuelas tenían rincones así, convenientemente fuera del alcance de la vista y de los oídos de las oficinas directivas. Para distraer la conversación, hizo más preguntas acerca del aprendizaje de la magia, había acumulado muchas dudas después de sus conmociones iniciales. Al explicar cómo los magos jóvenes aprendían las figuras y sus métodos de notación, los hombros de Edwin se relajaron.

—Hay una especie de programa de estudio, pero todo lo que escape de lo básico depende de los tutores. Y de qué tan despiadados sean tus padres respecto a las lecciones en vacaciones, si es que también asistes a una escuela común.

—Tu madre no da la impresión de ser despiadada —afirmó Robin con una sonrisa, pero una sombra atravesó el rostro de Edwin.

—Gracias a ella me permitieron tener tutorías durante el verano. Mi padre no consideraba que mereciera ese gasto porque yo nunca llegaría a lograr gran cosa.

—¿Y qué hay de la universidad? —continuó Robin al mirar alrededor, a ese monumento a la sabiduría.

—No existe una universidad de magia inglesa. Si lo deseas, puedes estudiar como aprendiz de otro académico. Pero disfruté Oxford por sí misma. Y nadie ha hecho trabajo mágico original en este país desde el cambio de siglo. Nadie ha hecho *avances*. Al menos nadie que pudiera enseñarme más de lo que descubría solo. —Agitó las páginas del libro con los dedos y sonrió con amargura—. Nunca tuve poder suficiente para que tuvieran que enseñarme a controlarlo.

La palabra "control" pendió sobre Edwin como un traje que le quedaba bien a medias. En algunos sectores le ajustaba, en otros, quedaba flojo, de un modo que a Robin le provocaba deseos de enganchar los dedos en las costuras flojas y jalar. No quería que Edwin dejara de hablar.

—¿No hay académicos en otros países? —arriesgó.

—Sí, pero es igual que en otras áreas de estudio: a veces, no hay un lenguaje en común. Sé suficiente francés como para sostener una discusión con un miembro de su *Académie*, pero eso es todo. Y la correspondencia es lenta.

Robin imaginó cartas selladas flotando en el océano como gaviotas y supuso que las tormentas podrían ser un problema.

—¿Y la pluma? ¿No podría alguien de Francia encantarla para que escribiera lo que quisiera decirte? O ambos podrían tener la suya y que cada una copie lo que el otro escriba.

Edwin lo miró fijo antes de frotarse el rostro con la mano. Robin esperó que suspirara como un profesor universitario, hasta que, después de un momento, notó que se estaba *riendo*; controlado y en silencio.

—Por supuesto —dijo—. Créame, sir Robin Blyth, que por accidente ha nombrado uno de los problemas centrales en el progreso de la magia. No bromeo. Esa fue una buena idea. Verás, el problema es la distancia. ¿Cuánto sabes de ciencias naturales? —preguntó con las manos sobre la mesa.

—Eh...

—¿La gravedad? ¿Sir Isaac Newton?

—¿El de la manzana?

Ante la respuesta, fue notorio que Edwin redujo la explicación que tenía pensada a palabras más simples.

—Las fuerzas son más efectivas si dos elementos están cerca, y disminuyen si están más lejos. La magia funciona igual. Puedes encantar un objeto para que funcione por sí solo (existen muchos objetos mágicos), pero no puedes cambiarle las propiedades ni controlarlo. Para eso debes estar cerca. Ni siquiera Charlie podría haber creado esa conexión con el mapa de no haber estado junto al lago. —Tomó un trozo de papel, lo moldeó como una figura humana tosca y luego creó un hechizo sobre ella—. Tócala. —Al tocar el papel con cuidado, Robin sintió algo parecido a una chispa de estática. De repente, la figura se levantó sobre la mesa, por lo que él apartó la mano con brusquedad, y el hombrecito de papel lo imitó con su brazo—. Una conexión, ¿lo ves?

Para comprobar si había comprendido la inferencia de la distancia, Robin se levantó y caminó a paso firme hacia atrás. La figura lo imitó con inestabilidad durante los primeros dos pasos, luego se debilitó, se sacudió y cayó sin vida sobre la mesa. Él agitó la mano desde lejos, pero no sucedió nada.

—Es algo extraño —comentó. No pudo evitar pensar con inquietud en el hombre de la máscara de niebla y del cordel brillante y en cómo se había sentido su cuerpo, indiferente a las órdenes de su mente.

–Mm… –balbuceó Edwin con la vista en la figura de papel.

–¿Mm?

El mago realizó el hechizo de indexación para seleccionar libros de dos esquinas diferentes de la biblioteca. Le indicó a Robin que revisara un volumen abominable llamado *Estudio exhaustivo de la evolución de las runas en Europa* en busca de alguna que se pareciera a las de su brazo.

–Creí que ya habías revisado este libro –señaló el joven.

–William Morris –dijo el otro distraído mientras ojeaba una de sus adquisiciones recientes.

–¿Qué?

–Tienes buen ojo para reconocer patrones. –Edwin hizo una pausa, pero no levantó la vista–. Puede que veas algo que yo pasé por alto.

Robin suspiró, tomó el boceto que Edwin había hecho el día anterior y se preparó para mirar símbolos impresos hasta que le doliera la cabeza. Mientras tanto, su compañero llamó a una de las mucamas para que demostrara un hechizo, que parecía ser para remover manchas de alfombras; la observó y copió los movimientos con los dedos. Quizás lo mejor era recurrir al mago más fuerte, pero Robin confiaba en el instinto que lo había llevado a confiarle su seguridad a Edwin. La determinación con la que el hombre trabajaba, centrado en lograr ángulos perfectos, le recordó al empapelado de la finca: demasiado complejo a la distancia, pero satisfactorio al mirarlo de cerca.

Una vez que la mucama se marchó, Edwin fue al asiento de la ventana con otro libro y la pluma encantada, que flotaba y tomaba notas mientras él murmuraba series de palabras incomprensibles. El día era gris y soso, con nubes cargadas y el ocasional rugido de truenos, señal de que se avecinaba una tormenta. La luz que iluminaba a Edwin no era el mismo brillo dorado estilo Turner que había llamado la atención de Robin en un primer momento, aunque no parecía importar. Deseaba observarlo de todas formas, enmarcado por la madera, con una pierna extendida sobre el cojín del asiento y la cabeza inclinada sobre un libro abierto.

La situación se volvía ridícula.

Varios capítulos de símbolos sin sentido después, parte de Robin comenzó a desear tener una visión, ya que al menos eso le daría una alternativa al movimiento incesante de los ojos entre páginas y dibujos, con desvíos frecuentes para mirar a Edwin, que, una vez más, daba vueltas por el suelo de la biblioteca. La visión en el lago del día anterior había sido inquietante: una planicie extensa de lodo turbio, debajo de un cielo también turbio, árboles pelados e inmóviles, destellos de luz y humo a la distancia. Al igual que en las demás, la visión no había tenido sonido, pero la imagen le daba la sensación de que no habría mucho que escuchar. El terreno parecía espeluznante e inhabitado, como si alguien hubiera intentado pintar la *Tentación en el desierto*, pero se hubiera olvidado de la figura de Cristo. Después de la primera noche, las visiones habían sido una a la vez; quizás eso fuera algo bueno.

—¿Encontraste algo? —preguntó Edwin en una pausa frente a la mesa. Robin retrocedió hacia el trozo de papel con el que había marcado una página. Exhibía una figura de runas que tenía algunas florituras similares para unir un símbolo al otro, aunque ninguna de las runas en sí se parecían en lo más mínimo a las de su brazo. Había intentado leer el texto pesado que acompañaba a la figura, pero se había rendido después del primer párrafo, pues era una descripción macabra de cómo se creía que la maldición había hecho hervir la sangre de un hombre por dentro—. Es posible —comentó el mago, con evidente esfuerzo por sonar gentil.

—Seguiré mi búsqueda.

Para cuando una de las mucamas llamó a la puerta para preguntar si deseaban que les sirvieran emparedados allí, Robin ya estaba mareado. Almorzaron en el salón comedor (por insistencia suya, pues se sentía inquieto otra vez), y fueron interrumpidos por la llegada del grupo alegre y empapado de Belinda, que se lanzó sobre los emparedados sin molestarse en cambiarse la ropa mojada. Trudie les relató con adornos cantarines cómo se había resbalado sobre piedritas y *casi* había caído por un risco.

—¿Qué planes tienen para la tarde? —preguntó Billy por lo bajo en medio del relato—. Y *no* digan que quedarse en la biblioteca.

—Esperábamos remover la maldición de Robin, de hecho —respondió Edwin, fuerte como para que todos lo escucharan.

—¿Lo resolviste? —Billy alzó las cejas.

—Tengo una idea que vale la pena intentar. —Edwin se aclaró la garganta—. Charlie, nos gustaría que hicieras los honores.

El aludido infló el pecho como una paloma al salir del agua.

—Por supuesto —dijo con la boca llena por un bocado de jamón y berro—. Ahora, si me lo preguntas… —comenzó y siguió parloteando. Insistió en ver el brazo de Robin otra vez y acudió a Belinda para recordar una ocasión en la que había retirado un encantamiento de baile que el tío alcohólico de alguien les había hecho a los cubiertos durante una boda.

Edwin se quedó sentado en silencio, untando corteza de masa en un relleno amarillo, hasta que el aspecto de la melaza caliente y crema coagulada hizo que Charlie se distrajera y se quedara en silencio.

—Algo así —dijo Edwin entonces.

—¡Bueno! —Trudie aplaudió para llamar la atención de todos—. No será un juego de charadas, pero no es algo que se vea todos los días, ¿no?

Al final, todos acabaron en la biblioteca. Robin sentía cómo el almuerzo se revolvía en su estómago. *Quería* que le sacaran esa cosa, *quería* que Edwin lo intentara en ese momento.

—Uno de estos días, un cerebrito como Win descubrirá cómo hacer que un mago absorba los poderes de otro —comentó Billy y le sonrió a Robin con su rostro pecoso desde donde estaba reclinado en una silla—. Y nuestro querido Charlie ya no será tan solicitado.

—¿Quieres decir que solo me querrán como alguna clase de caballo de tiro o motor, mientras alguien más lleva las riendas? *No* lo creo. Cada uno tiene el poder que tiene, eso es todo.

—¿Este es otro de los problemas centrales? —le preguntó Robin a Edwin, que asintió.

—En teoría, debería ser posible, pero en la práctica nunca ha funcionado en toda la historia de la magia —explicó.

Robin se esforzó por recordar la explicación que le había dado el primer día en la oficina de Whitehall. Al menos tenía la excusa de haber pasado toda su vida en la ignorancia.

—¿No es solo cuestión de juramentos?

—Debería serlo, ¿no? —replicó Billy y lo evaluó con la mirada, como si acabara de hacer un truco inesperado—. Lo está aceptando con mucha naturalidad, sir Robin. Es admirable la baja tasa de tonterías que dice, para ser honesto.

—Es probable que Edwin lo haya estado aleccionando durante días. Pobrecillo. Algo debió haber aprendido —agregó Belinda. Edwin mantenía la mirada firme en Robin.

—Sí, juramentos. Pero ¿cómo defines a una persona con la precisión necesaria? ¿Cómo defines su magia? Puede ser tan complejo que se requiera de diez magos al año para crear el hechizo o tan sencillo que nunca pienses en ello. Es imposible. Buscamos otras soluciones. —Mientras tamborileaba los dedos sobre la mesa, miró a Charlie—. Nos las apañamos.

—Confiamos en los cerebritos —concluyó Miggsy con mucho menos agrado que Billy–. ¿Estás seguro de que esto funcionará? Sabes que hay muchas maldiciones que solo terminan con la muerte del portador.

A Robin se le cerró la garganta. La mirada de Edwin tenía una barrera, como siempre que había compañía, pero él pudo haber jurado que lo que ocultaba era culpa. De modo que Edwin estaba guardándose información.

–No soy un niño, no tienes que protegerme –afirmó.

Edwin no respondió, en cambio, miró a Miggsy y dijo:

–Y hay muchas maldiciones que no. Y en todos *esos* casos, alguien descifró cómo revertirlas por primera vez. ¿Debemos rendirnos sin intentar?

Miggsy levantó las manos para fingir rendición, y Trudie rio con rigidez. La intensidad de sus miradas le recordó a Robin a las risas en el lago y, de pronto, se sintió más expuesto, vulnerable y molesto. No era objeto de exhibición de nadie. Ya no.

–Preferiría que solo estuvieran Edwin y Charlie, si no les importa –sugirió.

Trudie tuvo el descaro de hacer un mohín, pero nadie discutió. Aunque Belinda se retrasó en la puerta como si pensara hacerlo.

–Ve, cariño –le indicó Charlie–. Un hombre no desea que las damas lo vean sufrir, ¿cierto? No te sentarías a mirar cómo le sacan un diente.

–Gracias –dijo Edwin en tono seco mientras su hermana salía de la biblioteca. A continuación, le entregó a Charlie un papel lleno hasta la mitad de símbolos para la anotación de figuras–. ¿Comenzamos? Está basado en un principio de reversión, pero no lo aplicarás a la maldición en sí misma. Definí tres etapas. La primera es una copia exacta, tinta sobre papel… No deberías tener dificultades con eso. Luego una conexión profunda, como la que usaste en el mapa del lago. Tuve que estimar los términos para definir la maldición, pero debería funcionar. Y, por último, esto, con la reversión incluida.

—No he visto esto antes —comentó Charlie al analizar el papel—. ¿Esa cláusula es de disolución?

—Es un hechizo doméstico. —La comisura de los labios de Edwin se elevó con un destello de orgullo—. Es probable que tus mucamas lo usen para remover manchas de los manteles. Una vez que la conexión esté aplicada, levantas la tinta, y cruzamos los dedos para que la maldición salga con ella. ¿Comprendes?

—Lo entiendo, es bastante meticuloso. ¿Empieza así...? —preguntó Charlie.

—No *sacudas* los dedos de ese modo. Mira.

Pasó otra media hora, en la que Edwin, con el ceño fruncido, le reajustó los dedos, del mismo modo en que Scholz ajustaba la postura de los hombres en el cuadrilátero. Sin su esposa y amigos, Charlie tomaba las correcciones mejor de lo que Robin esperaba. Mientras tanto, él, que odiaba la constante agitación de sus nervios por el retraso y la imagen de la extracción dentaria que Charlie le había hecho imaginar, se dedicó a dibujar el paisaje espeluznante de su última visión detrás de una de las notas de Edwin.

Cuando su compañero por fin dijo estar satisfecho, él se arremangó por la que esperaba fuera la última vez.

—En realidad no puedo prometer que...

—Lo sé. ¿Tengo que...? —Agitó los dedos de la mano libre con incomodidad—. ¿Hacer algo?

—Podríamos darte un cinturón para que muerdas —sugirió Charlie.

—*Charlie* —advirtió el otro mago.

—¡Es una broma! Un chiste, hombre.

Robin intentó sentarse sobre su mano libre con disimulo, pero renunció y, en cambio, la presionó entre las piernas.

—Muy bien, inténtenlo —dijo.

Al principio, fue casi cómico. Edwin derramó un poco de tinta en un papel, mientras que Charlie hacía la primera etapa del hechizo. Robin sintió un cosquilleo extraño, como si estuvieran trazando las runas con una pluma, y observó la mancha de tinta, que se dividió para crear una copia perfecta de la maldición, con las nuevas espirales y figuras que se habían formado de la noche a la mañana. La segunda etapa, la conexión, no le produjo sensación alguna. Edwin observaba las manos de Charlie con los ojos entornados por la concentración, como si pudiera ver la sombra del cordel que él hubiera usado.

—Manchas de un mantel —murmuró Charlie y le guiñó un ojo—. ¿Listo? —Extendió las palmas sobre la copia de tinta y jaló hacia arriba, igual que un pescador al sacar su red del agua.

Robin escuchó un grito que sonó metálico.

Salió de él.

Los símbolos se sentían *vivos*, dentados y calientes, clavados en su carne. La mano que había tenido entre las piernas tuvo un espasmo tan fuerte que golpeó el borde de la mesa.

—*Robin* —decía Edwin.

El dolor perdió la energía en el brazo y subió hacia el norte. De repente, Robin se convenció de que, si llegaba a su pecho, le detendría el corazón, y una oleada de miedo lo debilitó por completo. Soltó otro grito entre dientes, que sonó ahogado, antes de que el dolor dominara todos sus músculos y lo hiciera convulsionar en la silla.

No recordaba caer al suelo, pero debió hacerlo porque despertó con palpitaciones en el lado izquierdo de la cabeza y con alguien que lo giraba de espaldas. Su muñeca izquierda palpitaba al compás y todo su brazo derecho parecía agua hirviendo a fuego lento.

—Estoy bien, puedo sentarme —aseguró con debilidad. El brazo en su espalda era de Charlie, que lo ayudaba a enderezarse. Edwin, de rodillas sobre la alfombra, con una mano en el tobillo de Robin, lucía como una mezcla cuajada de miedo y alivio—. ¿Pudieron...?

—No, lo siento —respondió Edwin.

Robin enfocó la vista: las runas de la maldición se habían extendido, enojadas y rápidas, cual hormigas fuera de un hormiguero vulnerado. Habían tomado ambos lados del brazo y llegaban a mitad de camino entre el codo y la axila. La serpiente del miedo siseaba y se retorcía.

—Es una pena —lamentó Charlie con compasión auténtica—. ¿Quieres sentarte o pararte? ¿O quedarte donde estás?

—Sentarme —decidió él, que sufrió mientras Charlie lo ayudaba—. Gracias por intentarlo. Creo que deberías anunciarles a los demás que sigo vivo y en una pieza. Estoy seguro de que grité a todo pulmón.

El hombre agitó la mano como diciendo *ni lo digas* y se fue, con notoria alegría por la excusa. Robin exhaló y sintió que era la primera vez que lo hacía desde que recuperó la consciencia.

—Lo empeoré —dijo Edwin.

—Estaba empeorando de todas formas.

La frase no pareció ayudar, el rostro pálido de Edwin seguía ceñido con infelicidad.

—Quizás deba llevarte a la Asamblea después de todo.

—Preferiría que tú lo intentaras otra vez —admitió Robin al recordar lo que le había dicho sobre la Asamblea de Magia y sobre la extrañeza de la adivinación—. ¿Por qué no? —Edwin pareció sorprendido, y él se encogió de hombros.

—¿Por qué *no*?

—Fui yo quien insistió en que lo hicieras hoy y estoy seguro de que vas por el camino correcto. Has sido muy… preciso. —Esa palabra le encajaba mejor que "controlado". Era reflexivo, dedicado y preciso, lo que resultaba reconfortante para Robin. Su amor habitual por la espontaneidad enfrentaba una batalla difícil en ese momento, en que su bienestar estaba en juego. Logró mostrar una sonrisa—. ¿A quién más le confiaré mi brazo hábil para los bolos?

—No tienes que ser tan… —comenzó Edwin, pero se quedó callado.

—¿Testarudo? Me temo que es una causa perdida.

—No me refería a eso.

—¿Entonces?

—Dices que no necesitas que te protejan. —Los músculos se tensaron bajo la piel del cuello delgado de Edwin—. Bien, yo digo que no debes cuidar mis sentimientos.

Robin se tragó las palabras "alguien debe hacerlo", percibía que tomarían el curso equivocado.

—Tengo una jaqueca fatal —anunció al ponerse de pie—. Iré a recostarme para ver si un descanso me alivia. Diles a los demás que aún no me siento bien, ¿sí? —En la habitación, se tapó con las sábanas que olían a lavanda y humo, pero el sueño no llegaba. Logró sumergir la cabeza adolorida debajo de un adormecimiento, en el que los pensamientos se desenrollaron como un ovillo en el suelo. Un ovillo de cordel brillante.

El dolor reapareció una hora antes de que sonara la campana para la cena y, mientras duró, arrasó con todo lo demás.

# CAPÍTULO 11

Esa noche, la madre de Edwin declaró estar bien para unirse con todos para la cena. Era un evento tan poco frecuente que la atmósfera se sentía respetuosa y festiva. Incluso Trudie y Miggsy mantuvieron el volumen de sus voces en niveles razonables, prueba de que *podrían* haberlo hecho el resto del tiempo, pensaba Edwin mientras perseguía guisantes con el tenedor, pero habían elegido no hacerlo por el placer de ser ruidosos.

Florence Courcey se sentó flanqueada por Edwin y Bel, con Robin enfrente. El tema de conversación principal fue el hecho de que Edwin había fracasado en la tarea de remover la maldición.

—¿Qué les dije? Algunas maldiciones no pueden borrarse hasta que el portador, ya saben —comentó Miggsy—. Al negarlo, solo le dan falsas esperanzas al muchacho. Sin ánimos de ofender —le dijo a Robin—. Acostumbro a enfrentar los hechos, siempre he sido así.

Edwin notó, aunque no podría explicar cómo, que se formó un comentario directo y desagradable en los labios de Robin, pero vaciló y se evaporó, vencido por los modales cálidos del hombre.

—Puede que tengas razón —respondió en cambio—. Yo me aferro a la esperanza, supongo.

—Estoy segura de que descubrirás algo, cariño —le aseguró Florence a su hijo por lo bajo—. Eres muy inteligente. Mi niño listo.

Edwin le sonrió en silencio, pues no confiaba en su voz. Algunas veces tenía la idea sombría y desleal de que su madre hubiera preferido que fuera tonto pero poderoso, al menos para no ser blanco tan fácil para Walt. Al igual que Bel, ella había aprendido a abstraerse por su propio bien. Cada vez que se sentaba a la mesa con sus dos hijos, Edwin leía en su rostro lo mucho que odiaba ser incapaz de mediar entre ellos, pero no tenía caso esperar que cambiara. La familia Courcey había tomado una forma rígida hacía muchos años, por lo que intentar modificarla solo serviría para romperla.

Su madre volvió a alzar la voz:

—Debe tener un mal concepto de los magos, sir Robert, dada su experiencia con nosotros hasta ahora.

Se oyó un resoplido desde el lugar de Trudie, silenciado por un ataque de tos de Bel, que levantó el codo de su traje de noche bordado con cuentas.

—En absoluto, señora Courcey —negó Robin—. Estoy seguro de que no soy el primer hombre al que golpean por error porque creen que sabe más de lo que dice. No hay nada mágico en eso.

—Bueno, ya es casi uno de los nuestros. Veo que decidió traer su luz guía.

—Ya me acostumbré a ella. Es muy práctica. —Robin se llevó una porción descomunal de cordero a la boca y, mientras masticaba, sonrió con la mirada, fija en su luz guía. La mesa estaba decorada con los portadores de Tiffany otra vez.

—Siempre olvido lo adorable que luce este salón cuando está lleno de gente y de luz.

—Luce encantador esta noche —coincidió Robin—. Al igual que usted. —No sonó ni insinuante ni adulador, sino sincero por completo.

Edwin observó cómo la sonrisa temblorosa en los labios de su madre se convertía en la expresión fuerte y luminosa con la que él siempre intentaba recordarla. En ese momento, se hubiera infringido una maldición a sí mismo como tributo a Robin por haberla hecho sonreír. Sin embargo, al mismo tiempo, sintió un vuelco de celos en el estómago porque no recordaba la última vez que ella había sonreído así por *él*.

Lucía realmente bien, con un traje verde pálido, con volados en las mangas que disimulaban sus delgados brazos, y sus perlas preferidas en el cuello. También jugaba una partida de críquet con sus guisantes, aunque con más elegancia que Edwin. Él le pidió a uno de los criados que fuera por otra ración de pan francés con mantequilla, pues ella se había comido todo el pan, al menos.

Por alguna razón, Billy y Charlie estaban discutiendo de nuevo sobre la experimentación con la transferencia de poder. Billy estaba hablando.

—Pero no puedes negar que sería útil concentrar el poder de muchos a disposición de una persona. Así, los hechizos que requieren de una coordinación minuciosa de muchos magos podrían ser realizados con facilidad por uno solo.

—Puede que no sea así —contradijo Edwin—. Todos nos habituamos a controlar la cantidad de poder que tenemos, no más. Si, de repente, yo tuviera toda la magia de Charlie… quizás sería más fácil o, por el contrario, quizás intentaría algo simple como encender una luz y acabaría prendiendo fuego mi rostro.

—Qué conveniente esa actitud desinteresada para alguien como *tú*, ¿no? —comentó Miggsy.

Edwin percibió un ligero estremecimiento en su madre, y el interior de su boca se amargó.

—Como dije antes, tienes el poder que tienes. Es peligroso jugar con eso —agregó Charlie.

—Coincido, Charlie —dijo Trudie. Le brillaban los ojos con la esperanza de desviar la conversación hacia un tema que le resultara más interesante—. Todos sabemos lo que sucede cuando un poder muy grande se usa para el mal. Piensen en lo que sucedió con los mellizos Alston.

—¿Alston? ¿Lord Hawthorn? —intervino Robin.

—¿Has tenido el placer de conocerlo? —Trudie rio como una campanilla—. Imagino que prefiere estar en tus círculos antes que en los nuestros. No tiene *nada* que hacer en la sociedad mágica desde que volvió de la guerra. Cuéntenos cómo está por estos días, sir Robin. Oí que se dio a las peores depravaciones.

—Conversé con el hombre por menos de diez minutos. Ignoraba que tuviera un mellizo.

—Lady Elsie. —Bel negó con la cabeza—. Lo que le sucedió a la pobrecilla fue una tragedia terrible. —Su actitud rogaba que le preguntaran qué había pasado. Mientras tanto, los ojos color café de Trudie brillaban por la anticipación de regodearse en la desgracia ajena. Por primera vez, Robin no lucía una calma perfecta, y Edwin se preguntó si evitaría el anzuelo por completo.

—¿Qué? —preguntó al final.

—Quizás siempre estuvieron destinados a terminar mal —amplió Bel—.

Lord Hawthorn era fuerte, pero lady Elsie tenía un poder *enorme*. Más magia de la que se había visto en cientos de años, se dice.

—Es una lástima —agregó Charlie—. Las mujeres no pueden recibir un entrenamiento tan exhaustivo. Era de esperar que la desequilibrara.

—Drenó todo el poder de su hermano mientras intentaban una especie de experimento retorcido —continuó Bel—. Hawthorn estuvo mal e incapacitado para salir de la casa durante meses, y en cuanto a lady Elsie… —La joven bajó la voz—. Nadie volvió a verla acompañada. La pobre solo vivió un año más y saltó del techo de su casa solariega. Fue *espantoso*.

Edwin tuvo un recuerdo de Elsie Alston, repentino y salvaje como una tormenta tropical, con el cabello castaño enmarañado y la risa contagiosa. Una risa que corría entre ella y su hermano, similar a una cláusula de amplificación en una figura. Edwin era un niño pequeño cuando los Alston fueron los predilectos de la sociedad mágica de Inglaterra y tenía tan solo trece años al momento de la muerte de Elsie. Recordaba perseguir a los mellizos por los campos Cheetham, incapaz de seguirles el paso. Recordaba a la joven alta y magnífica, que había estado siempre presente en sus vidas (sin desequilibrio aparente en absoluto), hasta que había sucumbido a la enfermedad, a la reclusión y, luego, al escándalo.

La madre de Edwin, que aún intercambiaba cartas con la condesa Cheetham, no dijo nada. Todavía tenía una hogaza de pan intacta en el plato.

—Suena como un evento trágico —afirmó Robin, con una mirada fija en Edwin que decía, claro como el agua, "Ayúdame a cambiar este tema horrible"—. Edwin me ha dicho que nacen con magia o sin ella. ¿Qué sucede con las personas que nacen con mucho poder, pero nunca reciben entrenamiento? Deben aparecer, de tanto en tanto, en familias en las que no hay otros magos.

—¿*Debemos* tener los mayores debates durante la cena? —bufó Miggsy.

—Sir Robin puede tener curiosidad —respondió Charlie.

—Me topé con otra de las cuestiones centrales, ¿no? —preguntó el invitado, con una sonrisa de soslayo para Edwin.

—Estás en lo cierto, en parte. Debemos asumir que una pequeña cantidad de magos naturales nacen fuera de las familias registradas, pero no reciben entrenamiento, así que nunca lo saben —respondió él.

—Imagina a alguien que nace con un don musical, pero nunca se encuentra frente a un piano —explicó Charlie—. Pero no podemos ir por el mundo poniendo a prueba a la población general para descubrir un posible caso de magia natural, ¿o sí? No podríamos mantenernos en las sombras.

—En raras ocasiones, ocurren accidentes que podrían ser producto de la magia descontrolada de un niño —agregó Billy—. En esos casos, la Asamblea envía a alguien para que lo arregle y calme la situación. Es una de las cosas que tu oficina debería detectar.

Por algunos segundos, Robin recordó su puesto como funcionario público, y Edwin resistió el impulso de echarse a reír. Aunque era verdad: mantenerse en secreto era su regla. Había cientos de años de historia de desastres inminentes para probarlo. Edwin había leído informes en los registros de la oficina de enlace, que incluían uno acerca de una iluminación masiva en Manchester en 1850. Ese evento estuvo a punto de dar inicio a una guerra civil y acabó con el incendio de dos molinos de algodón y de un centro de reuniones y con un operativo de cubierta muy difícil. Al menos un tercio de la población de magos de la ciudad empacó y escapó.

—Si es una pregunta tonta, háganmelo saber, ni siquiera lo había pensado… Es decir, Edwin me habló de la Asamblea, pero ¿existe *trabajo mágico oficial*? ¿Puestos de empleo?

Charlie se apropió de la pregunta y adquirió su rol preferido como aleccionador. Edwin era consciente de que solo le había hablado a Robin de la existencia de la Asamblea y de que no tendrían escrúpulos si un vidente se presentaba de pie frente a ellos, ignorante y listo para que lo explotaran. Siempre olvidaba lo *mucho* que había en su mundo para alguien no había nacido en él.

—Imaginé que tendrían buen potencial para la industria —comentó Robin en el primer respiro que tomó Charlie.

—El vapor y el gas aún pueden hacer más trabajo y de forma más consistente que los magos. Y estos dispositivos eléctricos son aún más potentes. Además, trasmutar elementos es un trabajo tedioso. Demasiado esfuerzo por penique —respondió Charlie.

—Energía por masa —aclaró Edwin.

—Puedes pasarte la vida convirtiendo la tierra en oro, pero es mucho menos agotador salir y...

—Invertir en ferrocarriles —concluyó Bel y señaló alrededor con el cuchillo para demostrar los frutos del trabajo de sus padres.

—Esa jovencita con la que sales trabaja en el Barril, ¿verdad, Billy? —preguntó Trudie.

—Ya no salimos —respondió él con la mirada en su vaso.

—Ah, es verdad. Lo había olvidado.

*Patrañas*, pensó Edwin al ver la sonrisa aguda de Trudie.

—Lamento oír eso —dijo la madre de Edwin.

—El poder es lo que importa, ¿no? —Billy se encogió de hombros y pareció más pequeño de lo habitual—. Mi familia no tiene el mismo prestigio que la suya, al parecer. Su abuelo había elegido a un ricachón de las colonias para ella y la hizo romper el compromiso. No hay mucho que un hombre pueda hacer más que inclinarse con dignidad, ¿no?

—Qué suerte terrible —comentó Robin con sinceridad—. Debemos distraerte de ese asunto. Cuéntenme más acerca de lo que Edwin y yo nos perdimos mientras trabajábamos en la biblioteca. ¿Hay algo que ver por aquí? ¿Alguna colina con buena vista que amerite subirla?

—Hoy subimos al monte Parson. Nada mal —respondió Bel—. Hay bastantes ruinas por aquí, si te gustan las rocas viejas y aburridas.

—No es la mejor época del año, pero hay algunas fincas con bellos jardines famosos si te alejas un poço —agregó Florence—. Audley End, esa abadía con el jardín cerrado, ah, y la Cabaña Sutton. Dicen que sus terrenos son sublimes, aunque no he podido comprobarlo yo misma.

—Se supone que el laberinto de setos de Sutton es un gran desafío. Más pequeño que el de Hampton Court, pero no por mucho. Deberíamos ir a visitarlo algún día, ¿no crees, Trudie? Quizás en primavera.

—Cabaña Sutton —repitió Robin—. ¿De la señora Flora Sutton? Edwin, ¿no era ella quien le escribía a Gatling? Podría jurar que esa era la dirección.

Edwin tardó un momento en recordar la carta con aroma a rosas en la pila de correspondencia de Reggie.

—No lo recuerdo.

—Es natural —comentó la madre de Edwin—. ¿Flora Sutton? Sí, su apellido de soltera era Gatling. Es tía abuela de Reginald. Los Sutton no han tenido hijos, creo, así que… —Fue silenciada por un ataque de tos seca, y parte de la energía radiante pareció abandonarla.

—Mamá, ¿te sientes bien? ¿Quieres retirarte? —preguntó Edwin.

—Para nada, cariño. Estoy segura de que podré mantenerme en pie al menos hasta el final de la cena —aseguró ella con el mentón en alto. Luego giró e inició una conversación sobre sombreros con Trudie.

Mientras los demás abandonaban el salón comedor, Robin llamó la atención de Edwin con un toque en el hombro.

—Merece la pena visitar Cabaña Sutton, ¿no crees? No tenemos muchas pistas que seguir respecto a la desaparición de Gatling. Y creo que no deberíamos ignorar un laberinto de setos —dijo, sin sentido para Edwin.

—Un laberinto —repitió despacio al recordar una de las visiones de Robin—. Te esperarán mañana en la oficina. Y en casa, imagino.

—Enviaré un telegrama a casa y otro a la señorita Morrissey. Deberíamos decirle que nos envíe esa carta de la tía de Reggie. Ahora desearía abrirla.

Edwin quiso ignorar la calidez que le generó estar incluido en ese "deberíamos".

—¿Quieres quedarte? Me temo que aquí no habrá más tranquilidad mañana. —De toda la conversación de fiestas de sábados a lunes y trabajos mágicos, era claro que los amigos de Bel no estaban sobrecargados de trabajo. Edwin no tenía idea de cuándo planeaban dejar Penhallick. De seguro cuando se aburrieran. Después de decirlo, recordó que la *tranquilidad* no era una ventaja para alguien como Robin, pero el hombre solo sonrió.

—Entonces iremos de excursión y evitaremos el alboroto —respondió, como si la idea de perseguir a los parientes sospechosos de Reggie Gatling con él fuera muy interesante.

Al igual que Robin con el dolor de la maldición, Edwin esperaba volverse inmune a esa sonrisa, cuando en realidad lo que sucedía era lo contrario. Un pulso de deseo caliente y codicioso quería hacerse notar dentro de su cuerpo inextricable.

*No*. Suprimió esa sensación y, en su lugar, se concentró en la culpa que había surgido ante la mención del nombre de Reggie. El hombre seguía perdido; la señorita Morrissey les habría enviado un mensaje si él hubiera reaparecido. Edwin había estado distraído por el peligro más inminente de la maldición creciente de Robin, pero todo era parte del mismo embrollo, ¿no? La idea congeló el aire en sus pulmones, que se convirtió en una niebla espesa de miedo por el destino de Reggie, potenciado por el hecho de que los atacantes debían tener intenciones de que Robin compartiera la misma suerte.

Robin escribió un mensaje rápido para Maud en cuanto terminó la cena y lo dejó doblado sobre el tocador de su habitación. Él y Edwin harían una parada en la oficina de comunicaciones del pueblo más cercano antes de partir hacia Cabaña Sutton a la mañana siguiente.

Durante el postre, la señora Courcey le había confiado que esperaba que les instalaran un teléfono en los próximos años, y supuso que algo así le cambiaría la vida a una persona inválida que estaba confinada a su hogar. Pensó en la forma en que Edwin la miraba, como si guardara granos para el invierno, y lo recordó diciendo "En la ciudad es mejor". De repente, se percató de lo mucho que al hombre le disgustaba todo en Penhallick para que la sensación arruinara incluso la presencia de su querida madre.

Con la luz guía sobre el hombro, Robin siguió las indicaciones de un criado hasta un salón amplio, donde los demás estaban reunidos para beber y fumar y, según lo que había dicho Belinda durante la cena, jugar algún juego nuevo. Tras el adormecimiento de la tarde, la mente de Robin estaba despierta e irritada. No le hacía gracia la idea de lamentarse por otro ataque de la maldición en público, pero deseaba mucho menos confinarse temprano a la habitación sauce a mirar el techo. Le gustaba estar con otras personas. Al pasar demasiado tiempo solo sentía que perdía los colores.

Bien, estaba llegando a la conclusión de que no le *agradaba* mucho ese grupo de gente, pero era mejor que nada. Y a pesar de que, por lógica, tenía recelo hacia los juegos de Belinda Walcott, creía que las posibilidades de recibir un disparo, ahogarse o ser atacado por cisnes eran bastante bajas dentro de la casa.

El salón era imponente aun para los parámetros de Finca Penhallick. El diseño del empapelado de Morris era un patrón de hojas y cúmulos de flores rojas, azules y amarillas, unidas por lianas espinosas, salpicadas con florecitas diminutas de color blanco radiante. Cubría las paredes en paneles anchos, entre listones de madera oscura y tallada que iban de piso a techo y formaban un abovedado al llegar arriba. En las paredes había estanterías dispuestas con astucia para exhibir libros, cristalería o mosaicos. Crecían plantas en macetas enormes de latón; las alfombras tenían un diseño de tablero de ajedrez. Los muebles eran escasos, tapizados con telas bordadas hasta la médula, y la mayoría de las sillas estaban cubiertas por telas que generaban un mayor contraste de estampados.

Casi no había pinturas, por lo que Robin sintió una punzada breve e inesperada de anhelo por su hogar en Londres, pero la reprimió. Esa habitación no necesitaba pinturas. Las sofocaría, ya que estaba a un paso de ser demasiado por sí sola; casi, pero no llegaba a serlo. Robin estaba seguro de que veinte personas cuestionadas al azar afirmarían que toda la decoración era de un mal gusto ridículo, pero él la adoraba. Era exultante y reparador; era imposible sentirse descolorido entre tanto color.

Cuando giró para alejarse del estante más cercano que estaba inspeccionando para responder al saludo de Billy, se quedó perplejo: había un automóvil en el centro de la habitación, que no había estado allí cuando entró. Estaba seguro de que incluso él hubiera notado un vehículo antes que el empapelado. Sin embargo, allí estaba, brillando con inocencia desde los neumáticos hasta el techo, como si el salón de una casa campestre fuera un lugar de exhibición normal.

Trudie sonrió con suficiencia antes de caminar *a través* del automóvil hacia él. Ver que la mole de metal verde oscuro la consumía hasta el cuello revolvió el estómago de Robin, hasta que la joven resurgió ilesa entre la neblina.

—Estamos jugando con ilusiones —explicó, con una copa de jerez en la mano—. Charlie tiene muy buena mano para eso. ¿No parece que está a punto de acelerar hacia la chimenea? —Su mirada oscura estaba cargada de una diversión expectante que parecía ansiar que Robin la entretuviera; o más bien, que algo entretenido le sucediera a él.

El hombre asintió con admiración por el trabajo de Charlie, pero no se movió para unirse a los demás, sino que se acercó a donde Edwin estaba sentado en una especie de nido de sofás; se había sacado la corbata y la chaqueta. Robin ya había aprendido suficiente como para saber que los pequeños jarrones verdes en las mesas bajas del salón contenían las luces guía de los demás, excepto la de Edwin, que seguía flotando sobre su hombro por razones obvias: tenía un libro abierto sobre su regazo. También estaba tomando nota, de la forma convencional. Él no pudo expresar ni una pizca de sorpresa.

Pero el cigarrillo en la otra mano de Edwin era otra historia. Robin apreció el ángulo caído y la posición casual de los dedos del hombre.

—¿Fumas? —preguntó a modo de saludo.

—Solo en compañía —respondió Edwin, que reconoció la sorpresa en el rostro del otro y continuó entretenido—. Sí, no es frecuente.

—Entonces, compárteme uno —pidió Robin al sentarse en la silla otomana más próxima. Edwin parpadeó antes de ofrecerle la cajetilla. Luego, Robin sacó su encendedor de oro para encender el cigarro, pero hacía tanto tiempo que no fumaba que la primera bocanada de humo lo hizo toser.

—Creí que lo habías dejado.

—Lo hice, no fumo. Excepto algunas veces, en compañía. —Robin le sonrió. La mirada de Edwin se desvió hacia el encendedor, que él giró en la mano—. Fue un obsequio de Maud para la buena suerte cuando me presenté a mi primer examen Tripos.

La sonrisita de Edwin emergió en sus labios, pero dio una pitada de su cigarro como para desvanecerla y volvió la mirada al libro.

Robin abrió la boca para sugerirle que tomara una noche de descanso de la investigación, pero la cerró al tener dos revelaciones: que Edwin aún se sentía culpable por no haber podido remover la maldición, y que deseaba tener una excusa para no participar de los juegos en el salón.

—En realidad, esta es la historia de las familias mágicas de Cambridgeshire. Es reciente, de una pompa atroz y llena de indirectas malintencionadas para los primos lejanos del autor. Pero es el único libro de la biblioteca que podría decirnos algo acerca de los Sutton.

Robin sintió una calidez en su interior que nada tuvo que ver con el fuego, que chisporroteaba dentro del recoveco profundo de mosaicos. No creía que muchos pudieran ver el humor seco y profesional de Edwin.

Cuando alzó la vista otra vez, era el turno de Miggsy de crear su ilusión. Extendió una mano para ayudar a Belinda a levantarse de su silla y luego realizó el hechizo. Con eso, la silla volvió a ocuparse con una versión efímera de la propia Belinda, inclinada hacia un lado para reírse de algo.

—Debo reconocer que eso es asombroso.

—Es un eco, no una ilusión —explicó Edwin tras seguirle la mirada—. Es un hechizo muy complejo; si lo lanzas sobre una silla y estableces el tiempo cinco minutos atrás, te mostrará quién estaba sentado allí en ese entonces.

—Se podría usar para atrapar algunos criminales, ¿no crees? —La mente de Robin se llenó de inmediato de novelas baratas e historias policiales.

—Es posible. Hay que ser preciso con los parámetros temporales, de lo contrario, habría que repetirlo una y otra vez hasta encontrar el momento correcto. Y requiere una cantidad de poder enorme retroceder más de un día —dijo Edwin y alzó la vista hacia él—. Es como la ley de la distancia, pero más complicada. El tiempo y la magia interactúan... de forma extraña. No lo comprendemos muy bien.

Belinda simuló despedir a su versión pasada con un beso antes de que la imagen se desvaneciera. Miggsy inició otro hechizo de inmediato, con esperanzas claras de retener la atención de la joven, pero ella ya se había alejado para responder al llamado de Charlie.

—Creo que a Miggsy le atrae Belinda —señaló Robin.

—Ah, sí. Ha estado enamorado de ella por años.

En momentos como ese, Robin sentía la atracción del chisme, la tentación. Era muy fácil pasar de establecer un hecho a emitir opiniones, pues eran dulces y taimadas. *Conocía* el encanto del chisme, pero lo había visto usado como un arma demasiadas veces como para seguir la tentación.

Charlie rondaba sobre el hombro de su esposa, mientras ella creaba su propia ilusión. No dejaba de hablar y de acomodarle las manos de tanto en tanto. Robin se hubiera sentido tentado a darle un codazo en el rostro, pero Belinda parecía disfrutar la atención. La mariposa que creó fue preciosa, pero sus movimientos eran malos; se elevó de las manos unidas de su creadora como un costal en un cordel.

La mariposa aún no terminaba de desvanecerse, cuando Charlie declaró que era su turno otra vez, realizó figuras por alrededor de medio minuto e hizo aparecer un carrusel a vapor, que inspiró risas y más aplausos. Aunque el carrusel era miniatura, de altura humana, ocupaba la mitad de la habitación, con giros intrincados y en un silencio siniestro. Belinda recorrió el límite con los dedos de una mano, mientras sostenía un cigarrillo con la otra. Trudie tocó el codo de Charlie para expresarle su admiración.

—¿Y Trudie de Charlie? —arriesgó Robin.

—Bel y Charlie se rodean de personas que están enamoradas de ellos —respondió Edwin. No sonó malicioso, sino cansado—. No soportan no ser amados.

Luego estaba Billy, cuya sonrisa perpetua se volvía más interesante por el hecho de que tenía el corazón y un compromiso rotos. Que la familia de la persona amada creyera que el pretendiente no era apropiado era una historia conocida en cualquier sociedad, así fuera por prestigio, riqueza o, en el caso de Billy, por magia. Quizás usaba la alegría como armadura. Nadie se sumergiría en una multitud con heridas expuestas, del mismo modo que no lo haría en uno de esos ríos de Sudamérica llenos de peces que le pelarían los huesos.

Robin tuvo una sensación inquietante de familiaridad. Había tenido ese pensamiento sobre peces que perciben sangre antes. Todos esos encuentros casuales de juegos eran versiones reducidas del mundo social que sus padres habían construido a su alrededor (su propio carrusel, lleno de chispas, espejos y modales, listo para colapsar al final).

Sentado en el brazo de un sofá, observó la ilusión de Charlie un poco más. Los mástiles dorados en espiral brillaban por encima y por debajo de los caballos de yeso, de un modo que hubiera hecho vociferar a uno de los maestros de arte de Robin acerca de la consciencia sobre las fuentes de luz de un aficionado. Era un destello de sol dentro de una habitación con iluminación de lámparas a gas, del fuego y de las luces guía. Era una de las desventajas de trabajar solo de memoria, suponía Robin. ¿Cómo se sentiría trabajar en una creación así, pintarla en la mente, y hacerla realidad? ¿Y luego ver que se desvanece, para mover las manos y crearla otra vez, totalmente nueva?

—Es la primera vez que pareces tener envidia, ¿sabes? Al menos una pizca —comentó Edwin por lo bajo.

Robin bajó la vista hacia él: marcaba la página del libro con los dedos, mientras se llevaba el último resto del cigarro a los labios. La imagen despertó una llama descontrolada en su interior.

—¿Envidia?

—De la magia, de los magos. —Edwin sonrió de lado y aplastó el cigarrillo en un platillo de cristal verde—. Creo que es por eso que los demás están encantados contigo. Lo tomas con mucha calma. Ser simpático, sociable y no dejarse impresionar no es la respuesta habitual a una iluminación.

—No estaba impresionado —afirmó Robin.

La mueca de Edwin se profundizó antes de que apartara la vista con un movimiento repentino de la cabeza. Luego volvió a mirar su libro.

Robin decía la verdad, no creía tener un comportamiento fuera de lo normal. Aunque suponía que en una sociedad en la que el deseo de tener más poder era transparente, su actitud debía resaltar como la de un limpiabotas en medio de los trajes de seda y perfumes de la corte, que bebía champaña y comentaba con alegría cuán conforme estaba en el ático helado que compartía con sus cinco hermanos.

La magia era algo diferente para cada persona, reflexionó. En el caso del señor Courcey, encajaba perfecto en la comparación: algo parecido al dinero o al poder político; cuanto más, mejor. Por otro lado, con las personas en la habitación sentía que se asemejaba más a cómo pensaban otras personas que había conocido acerca de la religión: un mortero social, un cimiento. Para Edwin era, con claridad, una ciencia y un arte. Una pasión académica. Recordó fragmentos de la conversación de la cena, por lo que se preguntó qué pensaría lord Hawthorn de la magia por esos días. Un hombre que había declarado que *nunca le había agradado* la familia de Edwin. En el momento, había sonado como un insulto, pero ese día parecía ser señal de buen juicio. La forma en que esas personas habían chismeado acerca de la hermana de Hawthorn era suficiente para que a Robin le dolieran los dientes.

No, no era dolor, sino tensión (el cosquilleo de pimienta en la lengua); la sensación extraña que precedía a las visiones, acompañada por destellos de luz en la esquina de los ojos. Estaba notándolo antes, podía anticiparse.

–Edwin –llamó con debilidad. Luego apoyó los codos en las rodillas, se inclinó y agachó la cabeza, justo cuando la visión se apoderó de su mente. Entre palpitaciones de irritación, logró pensar: *¿Por qué no puede ser algo útil…?*

Una calle angosta, una hilera de tiendas tras la niebla taciturna. Las luces de la ciudad brillando como ojos bestiales. Letreros sucios, molduras de latón, una ventana llena de relojes, que se veía casi como un sueño a través del aire turbio. Las agujas girando con su tictac, los péndulos meciéndose. Un hombre esbelto, cubierto por un abrigo y un sombrero, abrió la puerta para entrar a la tienda, con lo que la campana sobre ella inició un tintineo febril.

Cambio. Una mujer mayor, en una habitación extraña, pequeña y sin ventanas, vestida en impecable seda negra, apoyada contra los paneles de madera de la pared. El miedo en su rostro se convirtió en una sonrisa de furia en las arrugas que trazaban líneas más allá de sus labios delgados. Extendió la mano, desde la que lanzó algo brillante. ¿Un hechizo, un cuchillo? La respuesta fue un destello de luz rosada alrededor de su cuello, que la desmoronó e hizo caer.

Con un jadeo, Robin volvió en sí. Primero sintió la mano de Edwin, seguida por el dolor en el brazo. Luego notó que la habitación había quedado en silencio.

—Sigo en el mundo de los vivos —anunció al levantar la cabeza. Aunque no pudo evitar estremecerse de dolor.

—¿Aún sientes los efectos del experimento de Win? —preguntó Belinda.

—¿O es la maldición otra vez? —agregó Billy.

—Para ser honesto, no la he sentido desde la zambullida en el lago de ayer. —Robin se llevó una mano a la cabeza—. Quizás estoy por resfriarme.

—Ven, estoy seguro de que hay alguna medicina en la cocina —se apresuró a decir Edwin.

Nadie les pidió que se quedaran. Mientras salían, Billy y Trudie ya estaban intercambiando comentarios mordaces sobre sus ilusiones. Hasta allí llegaba el *encanto* de los amigos de Belinda con Robin. A él le entristeció un poco tener que abandonar ese salón glorioso sin haber podido observar cada esquina, aunque no le entristecía estar solo con Edwin otra vez.

Diez minutos después, estaban arriba, en otro salón al que Robin no había entrado antes, sentados cómodamente cerca del hogar. Edwin había enviado a un sirviente a la cocina con instrucciones específicas respecto a la clase de té de hierbas que quería, que *no* debían agregar al agua, sino llevarlas a un lado. En poco tiempo, volvió con un carrito. Además del té y de la tetera con agua, había un plato de pan de jengibre glaseado y un pequeño decantador de brandy.

Edwin vació la bolsa de hojas grisáceas sobre un platillo vacío y las esparció. Robin comía pan de jengibre, mientras veía con interés cómo el hombre tomaba el cordel para hacer un hechizo, que creó una especie de brillo espeso con los colores del arcoíris entre las manos, como petróleo sobre un charco. Una vez que se desvaneció sobre las hojas, las volcó en la tetera y revolvió con energía antes de taparla otra vez.

—Es un encantamiento —explicó—. Hay que colocarlo en las hojas. En cualquier poción con propiedades mágicas, hay que aplicar la magia al ingrediente vegetal primero. La magia tiende a adherirse a la vida o a algo que haya tenido vida, al menos. No sirve de mucho en agua limpia, mucho menos en alcohol. Lo más fácil es hacer una infusión.

—Magia y vida, creo que tiene sentido —respondió Robin.

—Hace poco di con un libro de un investigador mágico japonés del último siglo, que escribió mucho al respecto. Están haciendo mucho más en otros países, tienen *academias*… Como sea, el trabajo de Kinoshita trata de las propiedades específicas de los elementos vivos y cómo interactúan con la magia. Claro que muchas de las plantas de su país son diferentes, pero… —Se silenció con un movimiento del mentón, similar al sacudón de una botella para cortar el goteo del vino—. Lo siento, me dejo llevar al hablar.

—No te disculpes. ¿Sirvo el té? —Lo sirvió, con cuidado de no dejar caer el filtro que contenía las hojas mojadas. El té encantado era de color amarillo intenso, tenía un sabor de fondo extraño, similar a mantequilla, y uno secundario, que cosquilleó en la nariz de Robin cual jengibre. No hubiera dicho que era delicioso, pero tampoco era desagradable. A la mitad de la taza, percibió el calor que fluía por sus músculos del cuello y de los hombros, como si se hubiera sumergido en una tina caliente. Había estado pensando cuándo señalar que, en realidad, no necesitaba ninguna medicina, pero la sensación era encantadora.

Edwin bebía tranquilo. Lucía tan cansado como Robin se sentía; quizás *él* era quien necesitaba el efecto calmante de la poción y había aprovechado la excusa. Robin no quería seguir dándole vueltas al intento fallido de remover la maldición, así que buscó otro tema de conversación.

—Suena horrible lo que les sucedió a lord Hawthorn y a su hermana —comentó, y Edwin hizo un gemido de asentimiento—. ¿Por eso es… cómo es?

—No, ya era así antes, aunque sin maldad. Quería hacer retroceder a los demás, pero nunca con intención de hacer daño de verdad.

—¿Eras cercano a su hermana?

—No mucho, pero teníamos un trato amistoso. Y Charlie estaba diciendo absolutas *tonterías* al sugerir que su magia la enloqueció. No sé qué le ocurrió, pero no fue eso. Nació para ese poder, al igual que su hermano. Elsie tenía la misma energía que Jack, y el doble de encanto. Era muy agradable. —La voz baja y firme de Edwin se quebró en la palabra "muy". Robin, por instinto, le tocó el brazo. Se quedó helado al instante siguiente, listo para apartar la mano, o para que él se alejara, pero, en cambio, los dedos de Edwin se aflojaron un poco y asintió apenas con la cabeza: reconocimiento de que estaba bien, de que le daba permiso. Incluso miró a Robin con una expresión que, aunque sorprendida, fue casi amistosa. Él también le sonrió, y apartó la mano antes de arruinar el momento. Quería memorizar los detalles amigables: una arruga junto a los ojos de Edwin, los labios con menos tensión.

Era muy incómodo. En general, una persona solo *sabía* cuándo un conocido estaba convirtiéndose en un amigo. No era la clase de cuestiones que los hombres discutieran. Robin no tenía idea si Edwin diría que eran amigos, de seguro no lo haría. Sin embargo, todos sus sentimientos confusos, que, durante los últimos días, se habían mecido sobre un columpio gigante en un parque de atracciones, se removieron y borbotearon en su pecho, anunciando que saldrían en palabras, y le dieron unos segundos para decidir en cuáles.

—Gracias —soltó, parecía seguro.

—No es nada, incluso para alguien como yo —respondió Edwin—. Las hojas tomarán…

—No me refiero al té. Gracias por todo. Sé que es una molestia enorme para ti estar aquí y que la forma en que estas personas te tratan es bestial. —Fue un alivio decirlo en voz alta—. Me arriesgo a decir que la mayoría de los magos me hubieran… arrojado al tiradero, como diría la señorita Morrissey, o al menos me hubieran entregado a las manos de esa Asamblea de ustedes en lugar de dedicar tanto tiempo y esfuerzo en ayudarme.

La boca abierta de Edwin parecía mostrar asombro. Robin se sentía tan tonto que consideró dar vuelta la cuchara como distracción.

—Robin —pronunció su compañero por fin—. Te arrastré al campo, donde recibiste un flechazo, una droga mágica, casi te ahogas, aguantaste un dolor cada vez más intenso, producto de una maldición que no puedo eliminar, y, entretanto, lograste sonreír durante una serie de actividades con mi hermana y sus espantosos amigos. Yo agradezco que no me hayas golpeado en el rostro y no hayas vuelto a Londres de inmediato.

El joven logró contenerse para no decir algo insensato como *luces como una pintura de Turner, y quiero sentir tus texturas con los dedos. Eres lo más fascinante en esta hermosa casa. Quisiera enseñarle mis puños a quien te haya acostumbrado a no hablar de las cosas que te interesan*. No eran palabras para decirle a un amigo. Eran su propia fórmula mágica, expresión del deseo de convertir una cosa en otra. Pero ¿y si la magia se volvía amarga?

En su lugar, bebió un trago de té y le sonrió a través del humo.

—No iré a ningún lado —afirmó.

# CAPÍTULO 12

Al día siguiente, fueron en automóvil a Cabaña Sutton. Ni a Walt ni a Bel les entusiasmaba conducir. Edwin estaba convencido de que su padre solo había comprado el vehículo y aprendido los conceptos básicos sobre su funcionamiento para poder discutir con fundamentos con sus socios comerciales. El Daimler era un costoso juntadero de polvo en la cochera de la casa, y el chofer había renunciado tras varios meses de absoluto aburrimiento.

No necesitaban un chofer. Robin había mencionado al pasar a algunos amigos que tenían vehículos y le habían enseñado a conducir en Hyde Park.

—Aunque el límite de velocidad en el parque es de quince kilómetros por hora, ¡y en el campo es del doble! Esto será divertido.

Edwin deseó que el hombre hubiera demostrado su entusiasmo infantil y temerario *antes* de que salieran al camino. Se acomodó el sombrero con más firmeza y removió el cordel entre los dedos, mientras intentaba recordar si alguna vez había leído sobre hechizos que repararan cráneos rotos.

Se detuvieron en el pueblo para enviar los telegramas. De vuelta en el camino principal, pasaron algunos carros sin contratiempos y a otro automóvil lleno de hombres en edad universitaria que tocaron el claxon y sacudieron los sombreros hasta que Robin respondió al saludo. El hombre parecía conducir con sensatez, sin intenciones de alcanzar velocidades imprudentes, así que Edwin pudo relajarse lo suficiente para seguir el camino en el mapa.

—Espero que esto nos acerque a Gatling. Sé que debes estar preocupado por él —comentó Robin de repente, en medio de un silencio placentero.

—Sí —respondió Edwin.

Hubo una pausa, en la que Robin cambió la posición de las manos sobre el volante.

—¿Él y tú eran…?

Edwin tuvo la idea morbosa de saltar del vehículo, pero calmó los nervios gracias a la fuerza de voluntad y de la costumbre. Robin quería hablar de eso después de todo, no debería sorprenderlo. Además, no era una suposición irracional.

—No —negó. Luego agregó, casi sin darse cuenta—: Reggie no se interesa en otros hombres… de ese modo.

—No siempre puedes saberlo.

—A veces sí, de alguna forma u otra.

—No puedo discutir con eso. ¿Y lord Hawthorn? —preguntó de forma más tentativa después de otra pausa.

Edwin cerró los ojos. Ah, pero ¿qué importancia tenía? El mismo

Hawthorn había destapado la olla y soplado el vapor para esparcirlo más rápido.

—Hawthorn es un caso particular. Y... sí. Por un tiempo breve, hace unos tres, no, cuatro años.

Edwin acababa de salir de Oxford, Hawthorn había salido hacía dos años del servicio militar, su primer intento violento de ignorar el mundo mágico. Edwin había pensado que deseaba a la versión antigua de Jack Alston, que esa versión seguía allí, por lo que la buscaba debajo de la pantalla, creyendo que podría arriesgarse a abrirse él también. Se había equivocado. ¿Quién sabía lo que Hawthorn quería? No a Edwin, eso seguro.

—Nunca ha habido nadie en particular para mí. Hubo algunos muchachos en la universidad, pero todos mis encuentros fueron, eh... Bueno, se sobreentendía que había límites —dijo Robin.

—Encuentros furtivos y atléticos, puedo imaginarlo. —Edwin abrió los ojos y observó los postes de las cercas y árboles que pasaban. Por desgracia, sí podía imaginarlo: Robin con un traje de remo mojado y los pantalones por los tobillos, apoyado en un cobertizo junto al río. Su rostro apuesto contorsionado de placer, con una mano sobre la cabeza del otro remero arrodillado a sus pies, que atendía su miembro con las manos y la boca...

Apretó la mandíbula y se obligó a quedarse quieto, a no cruzarse de piernas. A no llamar la atención para nada.

—Me pregunto si debería sentirme ofendido, pero es una buena definición —reconoció Robin con remordimiento—. Son iguales desde entonces, supongo. En casas de baños y esa clase de lugares. Hay que ser cuidadoso, pero uno se las ingenia.

Sí, había que tener cuidado. Había pasado más de una década desde el juicio de Wilde, pero aún debían considerar la posibilidad de ser llevados frente a la corte. En tal caso, sería una suerte que el cargo fuera solo *conducta indecente* y no *sodomía*. Siempre y cuando el acusado no fuera alguien como el barón Hawthorn, con dinero e influencias suficientes para hacer desaparecer esos problemas.

—¿Nunca has deseado un futuro con alguien? —preguntó Edwin.

—Nunca he sido una persona futurista.

Edwin lo miró, preguntándose si era necesario marcar la ironía de la afirmación. Los labios de Robin se retorcieron sin remedio, y ambos se echaron a reír. El mago se reclinó en el asiento, donde sintió cómo el motor del vehículo retumbaba despacio contra su cuerpo, en contratiempo con la risa que le sacudía las costillas, y reflexionó sobre el asunto. No había pensado que extrañaría eso, de todas las cosas que extrañaba en los momentos de mayor debilidad, en los que recordaba los meses que había pasado con Jack. Era refrescante poder *hablar* sobre esas cosas con camaradería. Suponía que sus inclinaciones eran un secreto a voces en su entorno de la sociedad mágica; había oído a Miggsy decir que al menos no arruinaría las esperanzas de una joven de casarse con alguien de sangre fuerte. Pero a pesar de que, algunas veces, sentía que le hervía la sangre con el calor intenso del desierto, se conocía a sí mismo. Conocía sus debilidades y lo fácil que caían sus barreras frente al ofrecimiento de algo que deseaba.

Y con cuánta firmeza debía aferrarse a sus barreras por esos días. Sentía cómo se desdibujaban. Cada vez que le sorprendía lo fácil que era ser más suave y abierto frente a Robin Blyth, las alertas se disparaban en igual medida, como si estuviera del lado opuesto de una balanza. *Detente ahí. Ya basta. Mantente a salvo*, le gritaban. Y era diez veces más seguro y cien veces más fácil asumir que la calidez de Robin era por camaradería y no por algo más.

Siguieron conduciendo. El viento arremolinaba puñados de hojas, y los colores del otoño lucían apagados bajo el cielo gris. No había silencio absoluto, pues el automóvil hacía ruido, y algo que se había liberado dentro de Edwin con la risa seguía suelto.

—Deben faltar menos de diez minutos —afirmó Robin. Luego giraron en el que, según el mapa de Edwin, era el camino que llegaba a los terrenos de Cabaña Sutton.

El mago se movió en su asiento. Se sentía inquieto, al igual que cuando se le escapaba algo, cuando se saltaba un paso fundamental para crear un hechizo y su mente intentaba señalarle el hecho.

—Creo que no fue una buena idea —soltó.

—¿Por qué lo dices?

—¿Cómo sabría una anciana de la familia en qué ha estado Reggie? —Una leve inquietud cobró vida en su estómago—. Es una pérdida de tiempo. Podría haber revisado cinco libros más. Da la vuelta, llegaremos con tiempo de no haber perdido el día entero.

—No daré la vuelta. —Robin frunció el ceño—. Tenemos que averiguar qué sabe. No creo que ninguno de tus libros vaya a decirnos "Aquí está Reggie Gatling". Al menos la señora Sutton le escribió…

—Tenemos que *detenernos* —sentenció Edwin, casi en pánico. Se acercaban a una línea de olmos y alcanzaba a ver el verde intenso de los setos—. No deberíamos estar aquí. —El vehículo redujo la velocidad cuando Robin reconoció la alarma. Edwin se sentía mal—. No tendríamos que haber venido. Tenemos que volver. —¿Cómo podía hacerlo entender?—. Aquí no hay nada… —El vehículo atravesó la línea de árboles. Edwin se hundió en el lugar y se quedó sin aliento, como si alguien le hubiera derramado agua helada en el cerebro—. Robin, esa fue una defensa. Detén el automóvil. Seguiremos, pero necesito que te detengas ahora.

—¿Qué está pasando? ¿Una defensa? —Robin detuvo el vehículo sin chistar.

—Una barrera de protección. Una fuerte. Alguien no quiere recibir visitantes. ¿No la sentiste? —preguntó al bajar del automóvil.

—Te escuché parlotear como si quisieras cambiar de idea, pero no *sentí* nada. —Tras apagar el motor, Robin bajó con él.

Edwin ya estaba formando un hechizo básico de detección. Aunque podía sentir una ligera atracción en las manos hacia la línea de árboles, era poco probable que le diera más información. Extendió la mano para tocar las hojas a pintas amarillas que colgaban del árbol más cercano, dejó que el hechizo se esfumara y, luego, guardó el cordel. Estaba más interesado en averiguar qué pasaría si volvía a atravesar la línea de árboles.

—Ven, toma mi mano —le dijo a Robin. El otro obedeció, y él ignoró el calor del contacto que intentó calarle los huesos y el deseo de todo su cuerpo de girar hacia Robin—. Si intento alejarme, no me lo permitas. Si comienzo a correr…

—¿Te derribo al suelo? —sugirió el hombre con gusto. Movió el pulgar sobre el de Edwin, que miró para otro lado.

—Sí. Asumo que el rugby está entre los deportes en los que te has perfeccionado mientras tu familia pagaba por el perfeccionamiento de tu mente.

—Entiendo el mensaje. Adelante —respondió Robin, entretenido.

Entonces, Edwin se ubicó entre dos olmos. La sensación violenta de que algo andaba mal lo invadió otra vez. *Sabía* que estaba en el lugar equivocado. Aferrando la mano de Robin con fuerza, logró reunir la fuerza para lanzarse hacia el otro lado de la barrera. Luego soltó la mano de Robin y giró para tocar los árboles otra vez.

—*Fascinante.*

—Claro.

—No entiendes. Esta clase de defensa requiere que la renueven constantemente. Y la cantidad de poder que se necesitaría para sostenerla alrededor de todo el perímetro de la propiedad… O quizás solo esté en esta hilera de árboles…

—Edwin —advirtió Robin—. Me rehúso a perder el resto del día ayudándote a ir de árbol en árbol solo para probar una teoría. Por más que sería entretenido cuando, de forma inevitable, te quedes atascado en medio de una cerca.

—Sería más fácil preguntarle a la señora Sutton cómo la han hecho —concedió Edwin. Con un suspiro, volvió al vehículo.

—Ah —murmuró Robin. Lo siguió y se ocupó de encender el motor otra vez—. Pero ¿dónde estaría el desafío intelectual en hacer *eso*?

Para su sorpresa, Edwin se sonrojó ante la provocación, pero sin sentir deseos de hacerse pequeño, de responder con frialdad o de buscar un lugar tranquilo donde nadie lo molestara con su compañía.

—No debes ser así solo porque no reconocerías un desafío intelectual aunque tropezaras con él —respondió, intentando imitar el tono del otro, a lo que Robin rio mientras se reubicaba detrás del volante.

Siguieron el resto del camino sin inconvenientes. Cabaña Sutton era uno de esos lugares con nombres modestos, casi tan grande como Penhallick. Las tierras le hacían justicia a la publicidad que tenían, de una gran expansión al mejor estilo inglés. Pasaron junto a un jardín de rosas, donde dos jardineros removían flores secas, limpiaban y podaban para dejarlo listo para el invierno. Se alcanzaba a ver el afamado laberinto a lo lejos, antes de que el camino girara y quedara oculto por una pequeña colina arbolada. Luego había una fuente, en medio de un parterre arreglado de forma meticulosa, que ocupaba la zona frontal de la casa.

Cuando Robin y Edwin aparcaron, dos parejas mayores estaban subiendo a un carruaje con ayuda. Las mujeres tenían tocados anticuados prendidos con firmeza al cabello y una de ellas llevaba una guía.

—Parece un lugar popular. A *ellos* no los persuadieron a darse la vuelta antes de llegar.

—No —admitió Edwin. Sentía una intranquilidad diferente. Sospechaba el motivo por el cual los demás visitantes no habían sido afectados, y eso le generó una nueva oleada de preguntas.

Cuando el carruaje se alejó, un hombre con atuendo de sirviente se acercó al automóvil.

—¿Vienen a ver los jardines, señores?

—Sí. No. Tenemos que hablar con la señora Sutton. —Edwin se inclinó para ver la casa: la piedra gris de la fachada tenía una hermosa cubierta de hiedra.

—Mis disculpas, señor —respondió el hombre con una tos refinada—. La señora Sutton no suele recibir visitantes. No está interesada en vender la propiedad. Si son miembros de la Sociedad de Aficionados a la Horticultura, la señora apreciaría que le enviaran correspondencia…

—Entiendo —intervino Robin. Con una de sus sonrisas más complacientes y radiantes, le entregó una tarjeta personal. Se produjo una pausa, en la que el criado procesó las palabras *sir* y *baronet*—. Estamos aquí por asuntos familiares. Se trata del sobrino nieto de la señora Sutton, Reginald Gatling. Nos haría un gran favor al recibirnos.

Edwin apenas recordaba que tenía tarjetas personales aun cuando se encontraba en Londres.

—Edwin Courcey —dijo en respuesta a la mano extendida del criado.

Esperaron bajo las nubes altas e iluminadas hasta que el hombre reapareció para guiarlos al interior de la Cabaña Sutton. Flora Sutton los recibió en un salón amplio, lleno de jarrones con flores. Era mayor de lo que Edwin había anticipado: una mujer pequeña de cabello blanco, con un aspecto azulado traslúcido en la piel arrugada. Le temblaban las manos y lucía como un papel tisú abollado, hasta que fijó los ojos vidriosos y empañados en Edwin; entonces, él tuvo la sensación inquietante de que lo había leído y clasificado al instante.

—Gracias por recibirnos, señora Sutton —dijo Robin.

—¿Usted es el Courcey? —exigió la mujer, que no había apartado la vista de Edwin, ni siquiera ante las palabras de Robin.

—Sí. Estamos aquí por Reggie —respondió él.

—Ajá. Eso dijo Franklin. —Con eso, la mirada penetrante los evaluó a ambos—. Reggie dijo que vendrían otros tarde o temprano. Pueden cavar cada centímetro cuadrado de estas tierras, señores, pero llegan tarde. Ya está a salvo, lejos de aquí —anunció con el mentón en alto.

—¿A qué se refiere? —preguntó Edwin.

—El último juramento. —Robin fue más veloz—. Lo que sea eso, ¿Gatling lo obtuvo de *usted*?

La señora Sutton apretó los dientes y agachó la cabeza. Por un momento, el temblor de las manos empeoró y, cuando alzó la vista, había perdido gran parte de la vivacidad.

—Creo que deberían irse. No puedo ayudarlos —anunció, quejumbrosa de repente.

—No sabe con qué necesitamos ayuda —insistió Edwin. Sentía culpa e irritación al mismo tiempo.

—Por favor… —El suspiro de la mujer sonó como hojas secas.

—Fui criado por mentirosos, señora Sutton. Me temo que tendrá que hacerlo mejor. —Edwin miró a Robin perplejo, al igual que la señora Sutton. El hombre lucía arrepentido y encantador y, al mismo tiempo, firme como una roca entre olas intensas. Ya estaba quitándose la chaqueta y desabotonando uno de los puños de la camisa–. No queremos causarle ningún daño, le doy mi palabra. Hay personas detrás de ese juramento que piensan que yo sé dónde está. Y no tienen intenciones de conseguir información siendo amables.

La mujer levantó las gafas sobre su nariz para observar la maldición descubierta. Aunque controlaba su expresión, lucía consternada.

–Usted le escribió a Reggie a su oficina de Londres, ¿no es así? –preguntó Edwin–. Yo soy el enlace con la Asamblea –agregó al verla dudar–. Trabajo con él, pero lleva tres semanas desaparecido. –Explicó rápido la situación, quién era Robin y cómo había quedado involucrado en eso, que la primera mención del juramento había sido cuando le habían hecho la maldición, y que habían encontrado la carta con aroma a rosas en la correspondencia de Reggie.

–Sí, le escribí. Quería… saber cómo estaba –admitió Flora. Las gafas se deslizaron por su nariz otra vez. De repente, lucía como una reina de cuentos sentada en una glorieta, punzante como césped recién cortado–. No supe nada de él desde que partió con el juramento en el bolsillo. Lo había mantenido seguro por tanto tiempo que me sentía ansiosa.

La mente de Edwin estaba sobrecargada de preguntas, y se sentía mareado ante la posibilidad de obtener respuestas. Hizo la primera que se le ocurrió.

–¿Cómo supo Reggie que usted lo tenía en primer lugar? Todo lo que ocurre, las amenazas y la maldición, deben ser porque no hay hechizo que pueda encontrar el juramento. –Pensó en el alboroto de papeles revueltos y de muebles tirados en la oficina.

La señora Sutton dudó un instante más, en el que Edwin logró guardarse el reto de la pregunta entre dientes, con la respiración contenida.

Luego, una chispa en los ojos de la anciana anunció que había tomado una decisión.

—Eso dependerá del hechizo. Ve a ese aparador y tráeme la piedra que está en el primer cajón, Courcey.

Él obedeció. El salón estaba rodeado de estanterías, que nadie notaba detrás de las flores coloridas, extravagantes y perfumadas. Las estanterías se intercalaban con paneles de madera oscura, tallada con un patrón de hiedras. La piedra en cuestión, guardada en un cajón forrado en terciopelo, en un bonito aparador de madera, era un trozo plano de roca gris con bordes irregulares. Al apuntar hacia la luz, se veía una hoja de helecho grabada en la superficie.

—Un fósil —señaló Robin, y sonrió con suficiencia ante la sorpresa de Edwin—. Además del arte, a mis padres les gustaban las antigüedades de tanto en tanto. Creo que hay una o dos conchas fosilizadas en uno de los salones.

—Esa planta ha desaparecido hace tiempo, pero puedes ver dónde ha estado —dijo la señora Sutton. Hablaba con más tranquilidad y entusiasmo, como si hubiera cedido al impulso de explicarle su teoría a una audiencia atenta—. Un objeto de poder tiene cierto peso y tuerce las líneas y canales mágicos a su alrededor. Eso es lo que debes buscar, si sabes cómo. Aunque el objeto ya no esté, ha pasado suficiente tiempo en el lugar. —Señaló el fósil en la mano de Edwin con la cabeza—. La forma queda grabada.

—¿Como uno de esos hechizos de ilusión? ¿Una impresión del pasado, convertida en algo que puedes ver? —preguntó Robin, con lo que inspiró una mirada aguda de Flora Sutton.

—Así fue cómo encontramos el juramento en primer lugar. La impresión es más fuerte si el objeto se encuentra en un lugar de poder, como

Sutton. –Miró alrededor con orgullo en los ojos–. Aquí convergen dos canales mágicos.

–Canales mágicos. –La mente de Edwin daba vueltas. Necesitaba dos horas y un anotador para encontrarle sentido a todo eso. Deseaba apostarse sobre la alfombra, a los pies de esa anciana extraña, y rehusarse a moverse hasta que hubiera absorbido todo lo que tuviera para enseñarle–. Está hablando de líneas ley. Es... Ya nadie habla de eso. Esa clase de magia no ha funcionado por generaciones.

–Claro que no funciona cuando ustedes, hombres, intentan encajarla en sus pequeñas estructuras y figuras –resopló la mujer–. El poder de Sutton lo convierte en un lugar perfecto para encantar como escondite, pero también lo hace una... huella más fuerte. Más fácil de localizar cuando alguien sabe cómo. Siempre ha sido un riesgo. –Soltó un suspiro–. Reggie dijo que las personas con las que trabajaba aún no lo habían descifrado, pero que comenzaban a unir las piezas. Él vio su mapa y lo descubrió porque sabía que yo vivía aquí. Por eso vino a advertirme –concluyó con las manos extendidas.

–Y usted le dio el juramento para que se lo llevara de aquí. Dijo que se lo llevó en el bolsillo –agregó Robin.

–También se llevó el peligro con él, eso fue noble –comentó Edwin.

–¿Lo fue? –replicó Robin, que miraba a la mujer como cuando la había acusado de ser mentirosa–. Debo asumir que por alguna razón todos están detrás de este juramento, dispuestos a recurrir a la violencia para conseguirlo. Usted nos ha dicho muchas cosas para ser una persona que no tiene motivos para confiar en nosotros; sin embargo, no nos ha dicho por qué es tan importante.

Él tenía razón, y los labios arrugados de la mujer se presionaron otra vez.

—Solo puedo confiar en ustedes porque ignoran su utilidad. La custodia funciona hasta que deja de hacerlo, sir Robert. Reggie me dijo que no confiaba en las personas con las que estaba trabajando; había dejado de confiar en sus intenciones, pero no podía evitar que llegaran aquí tarde o temprano. Lo único que podía hacer era ir un paso delante de ellos, por eso acordamos que guardara el juramento en otro sitio, donde no hubiera estado durante tanto tiempo. Así sería más difícil de encontrar. Me rehusé a que me dijera dónde lo ocultaría.

—Bueno, si le sirve de algo, usted y su sobrino han hecho enfadar mucho a estas personas, se lo aseguro —dijo Robin con sequedad—. Así que debió esconderlo muy bien.

—Por supuesto. Juró con sangre mantenerlo a salvo. Además, sería penoso no confiar en mi propio amarre de silencio.

Edwin palideció. Había visto un amarre de silencio solo una vez en la vida, en una mujer no maga, que había visto cosas que su amante no debería haberle permitido ver, y que había superado la ventana temporal para que la hierba de Leto hiciera efecto. Había sido un trabajo descuidado, por lo que él y Reggie habían quedado involucrados en el desastre posterior durante dos días, hasta que había ascendido en la cadena de mando a manos de otro miembro de la Academia. Sin embargo, la imagen del rostro de la mujer se le había grabado con dolor en la mente; las mejillas empapadas en lágrimas y el modo en que intentaba arrancarse la lengua inflamada por la marca del amarre, que se profundizaba cada vez que intentaba explicar lo sucedido.

—Un hechizo para que no pudiera hablar —declaró. La bruma del miedo se espesó de pronto, hasta formar una niebla espesa y confusa—. Y nadie lo ha visto en tres semanas. Sí, puede que esté escondiéndose, pero ¿cómo sabe que no lo han *asesinado*?

El rostro de la señora se iluminó con un rayo de culpa; aunque no tenía lágrimas en los ojos, frunció los labios con remordimiento. De todas formas, Edwin no pudo sentir demasiada compasión por ella, pues nadie le ponía un amarre a otra persona, a menos que creyera que podía ser tentado u obligado a hablar.

Como imaginaba, la señora Sutton dijo a continuación:

—Sospechaba que podía comenzar a haber víctimas fatales.

Robin se estremeció, se frotó el brazo con frenesí y luego apretó los puños a los lados.

—¿*Por qué*? ¿Qué es ese juramento? ¿Tiene algo que ver con la historia de los fae? ¿Qué *hace*?

Los huesos de la señora Sutton formaron un mapa de tensión cuando apretó el brazo del sofá. Aunque fuera ridículo, ella y Robin parecían dos personas al borde de una batalla. Parte de Edwin quería alejarse y esconderse.

—Por sí sola, una parte no hace nada. Aunque cayera en manos de la persona equivocada, mi fragmento solo no les servirá de mucho. Pero si me encontraron a mí, hallarán a los demás. —Miró a la distancia con la cabeza baja. Si estaba viendo el futuro, no era nada bueno.

—¿Puede decirnos qué...? —comenzó Robin, pero ella lo interrumpió.

—No —sentenció y levantó una mano cuando él comenzó a protestar otra vez—. El juramento debió permanecer perdido o, al menos, en secreto. Puede ser utilizado de formas que lastimarían a todos los magos con vida de Gran Bretaña; puede causar daños *impronunciables*, y la sola *idea*... —Su rostro estaba ceniciento—. Es despreciable. Cuando lo descubrimos, no lo *sabíamos*. En cuanto supimos lo que podría causar, nos detuvimos. No, no ayudaré a nadie más a encontrarlo, eso los incluye a ustedes, por más compasivos que afirmen ser. Será más seguro para todos que no se involucren.

–*Yo* ya estoy involucrado –repuso Robin–. Quienesquiera que sean estas personas, creen que yo puedo encontrarlo. Es un hecho que volverán a buscarme.

–Lo lamento, sir Robert –afirmó la mujer. Sonaba apenada, pero también como si no tuviera intenciones de permitir que el hombre filtrara secretos si eso pasaba.

Robin estaba por lanzarse hacia ella, pero Edwin extendió un brazo para detenerlo.

–De acuerdo, no la presionaremos más. La señora Sutton tampoco sabe dónde está Reggie, eso fue lo que vinimos a averiguar.

–No, eso… –Edwin presionó con más fuerza, de modo que Robin hizo silencio.

–¿Podría hablarme de la barrera alrededor de sus tierras? –preguntó.

–¿Disculpe? –Las cejas plateadas de la señora Sutton se dispararon hacia arriba.

–Debió haber sido entrenada. No muchas mujeres pueden hacer un amarre de silencio. ¿Su esposo le enseñó? –Había averiguado algunas cosas sobre la familia Sutton en el libro de la noche anterior. Habían pasado cinco generaciones por esa finca, y el difunto Gerald Sutton había sido poderoso y reconocido, además de miembro de la Asamblea por uno o dos períodos. Sin embargo, el libro no decía nada sobre Flora Gatling, Flora Sutton después del matrimonio.

–Me enseñó todo lo que pudo –respondió. Su rostro mostró la primera señal de suavidad–. Todo lo demás, lo aprendí por mis propios medios.

–¿Cómo hizo la defensa? Asumo que solo funciona con magos, ¿estoy en lo cierto? –continuó Edwin al acomodarse en el sofá otomano.

–Así es. –La mujer alzó las cejas otra vez–. Me inclino a pensar que la derribó para atravesarla, ¿no? –Su mirada se volvió lejana por un instante, luego recuperó la agudeza–. Mm. No lo hizo. Entonces, ¿cómo la atravesó?

–Gracias al cielo por los automóviles –comentó Robin.

–No, gracias al cielo por *ti* –agregó Edwin.

–Ajá, sí –dijo la señora Sutton–. Cuanta más magia, mayor el bloqueo. –Miró a Robin a modo de pregunta, a la que él respondió:

–Ni una gota.

–Y yo apenas tengo unas gotas; una cucharada de té, quizás. –Decirlo no dolió tanto como esperaba. Se preguntó qué hubiera pasado de haber tenido tanta magia como deseaba. Por lo que sabía, podría haber empujado a Robin del volante para arrojar el automóvil a una zanja.

La señora Sutton llamó a un segundo par de gafas de una mesa al otro lado de la habitación. Su magia fue rápida, precisa y casual; además, la hizo con *una sola mano* y un gesto que Edwin nunca había visto. Moría por pedirle que lo hiciera otra vez, pero ella ya se había puesto las gafas, que, de algún modo, tenían el efecto de duplicar la intensidad de su mirada. A continuación, extendió una mano con actitud exigente. La mente de Edwin pensó sin sentido en tarjetas personales; luego se acercó y colocó la mano sobre la de la mujer. Su brazo palpitaba de tensión, listo para apartarse.

–Ah –dijo ella, luego de lo que pareció una eternidad. Por primera vez, una sonrisa surcó su rostro–. Tiene una afinidad como la mía, señor Courcey. Imagino que tiene buena mano como para hacer crecer un olmo.

–Eh… No diría eso –negó él.

A continuación, las manos de la mujer, secas y frías como papel, ascendieron hacia las mejillas de Edwin, que se obligó a enderezarse. De cerca, podía ver en detalle las nubes y el tinte amarillo en el blanco de los ojos de ella.

—Existen más formas de poder de las que los hombres de este país se han molestado en explorar —aseguró con amabilidad y dejó caer las manos. Entonces, Edwin por fin exhaló—. ¿Preguntó por la barrera alrededor de la propiedad? La hice crecer con los árboles. He tenido que ayudar en su crecimiento en segunda instancia, por supuesto, pero hice el juramento con las primeras semillas y se sostuvo cuando corté esquejes. Eso, en combinación con la tierra de Sutton, fue suficiente.

La mitad de la explicación carecía de sentido sobre conjeturas imposibles e irracionales. La otra mitad hacía resonar fragmentos de las lecturas de Edwin, incluso del libro de Kinoshita.

—Un momento —dijo mientras acomodaba las ideas—. ¿Encantó las plantas y nunca tuvo que volver a hacerlo? ¿Cómo es posible?

—Creo que se lo he dicho —respondió como institutriz—. La magia comienza con la vida. Los inicios y finales son poderosos. Estados transicionales. Puedes crear cambios profundos si te filtras entre las grietas.

—Cortar ramas de un vergel —intervino Robin de pronto—. ¿Como el dicho?

El comentario inspiró una risa igual de repentina en la señora Sutton.

—Supongo que eso hice. Al igual que en el laberinto, aunque hay mucho más que una barrera *allí*. No quisiera estar en los zapatos del mago que se adentre en él. Pero a los visitantes les encanta, por supuesto. El año pasado, alguien escribió un artículo adorable sobre mis jardines para la revista *Country Life*.

—Todo ese esfuerzo para mantener a los magos fuera de su propiedad —concluyó Edwin al pensar en las personas que se aislaban de otros magos. Conocía los motivos de Hawthorn o, al menos, sabía lo mismo que todos y un poco más que la mayoría. La razón más frecuente era que la magia hubiera dañado al mago o a un ser querido, más allá de lo que la persona pudiera tolerar recordar. O para mantenerse lejos de algún peligro.

—Todo ese esfuerzo para mantener mi parte del juramento lejos de manos peligrosas. Lo guardaba en el laberinto —respondió la señora Sutton.

—Muy mitológico de su parte crear un laberinto para mantener algo salvaguardado —comentó Robin.

—No me había detenido a pensarlo —dijo ella con una sonrisa de hoyuelos en las mejillas arrugadas.

Robin miró a Edwin como haciéndole una pregunta, a la que él no tenía respuesta, pero, un minuto después, deseó haber dicho algo de todas formas.

—Tengo visiones —reveló a continuación—. Creo que vi su laberinto.

—¿Visiones? Ven aquí, muchacho. ¿Qué clase de visiones?

—Adivinación, o eso parece —respondió Edwin. No confiaba en esa mujer, pero era la maldición de Robin, asunto suyo, por lo que no podía culparlo por aprovechar la más mínima posibilidad de obtener ayuda después de que él hubiera fallado. En consecuencia, explicó esa parte de la historia, incluso lo que había dicho Hawthorn y lo poco que había podido descubrir con su investigación. Luego dejó que Robin explicara las visiones y el dolor, que hizo estremecer a la señora Sutton. *Bien, me alegra*, pensó Edwin con fiereza. Robin se sometió a la inspección a través del segundo par de gafas, primero sobre su rostro, luego sobre la maldición.

—Mm —fue todo el veredicto de la mujer un minuto después—. Tomarán el té conmigo en una hora. Vayan a caminar y a ver las tierras, ya que están aquí. Necesito leer algunas cosas.

Edwin miró las estanterías de libros con anhelo y estuvo a punto de ofrecerse a ayudar, pero también quería inspeccionar el laberinto.

Deseaba intentar averiguar algo más sobre la idea de replicar hechizos en plantas mientras crecían.

—Señor Courcey —llamó la señora Sutton cuando estaban por salir de la habitación. Él giró y la vio sentada derecha y orgullosa. Por un momento agónico, le recordó a su propia madre—. Me interesaría oír su opinión sobre mis plantas. Y no *entre* al laberinto, por todos los santos. No quisiera cargar con otra muerte en mi consciencia el día de hoy.

Edwin se preguntó si sería una broma, pero no lo parecía.

La belleza de los jardines era mucho más avasallante de lo que habían visto desde el automóvil. Robin y Edwin no se cruzaron con nadie en su paseo, de apariencia agradable y despreocupada, hacia el laberinto de setos. Había muchas cosas por decir, pero Edwin no tenía idea de por dónde comenzar, así que no dijo nada. Como un cobarde, esperaba que Robin tomara la iniciativa.

El otro llevaba la chaqueta colgando sobre un hombro y parecía muy interesado en el jardín de rosas y en el hermoso terreno salvaje que lo seguía. Estaba surcado por los colores del otoño, bayas tempranas e incluso algunas cunas de flores.

—¿Qué te parece? —preguntó al final, señalando alrededor.

—Creo que, si *mi* nombre fuera Flora, hubiera evitado algo tan predecible. —La voz de Edwin sonó punzante y afectada, por lo que Robin se detuvo. Estaba unos pasos más adelante, debajo de un arco emparrillado de vegetación.

—Esto te ha conmocionado, ¿no?

—Ah, no lo hagas —sentenció Edwin, con la garganta cerrada por la culpa—. No intentes ser *amable*, ¿cómo puedes *ser así* todo el tiempo? Eres tú quien tiene una maldición en el brazo y visiones (que yo empeoré), cuando es el maldito problema de otra persona, y Reggie podría estar *muerto*. Pero aquí estamos, bailando como tontos debutantes alrededor del hecho de que tú podrías ser el siguiente, y quién sabe qué…

—Edwin, cállate —interrumpió Robin, a lo que Edwin obedeció de buena gana. Enganchó dos dedos en un espacio del emparrillado para descansar el peso del brazo allí. Mientras intentaba formular una disculpa, Robin le dio dos palmaditas entre los omóplatos y descansó la mano allí—. Espero que ese no haya sido tu intento de ofrecer consuelo —dijo después de un momento—. Porque si lo fue, eres pésimo en eso.

Edwin emitió un sonido bajo y adolorido, que quiso ser una risa, y se apoyó en la palma de Robin. En general, no disfrutaba del contacto físico porque solía parecerle invasivo, fuera de lugar o parte de un intento de mitigar alguna molestia, insulto o desdén. Aún tenía una sensación de desequilibrio ambivalente, un cosquilleo donde los dedos de Flora Sutton habían tocado sus mejillas. Era muy extraño que Robin pudiera tocarlo en la espalda de forma casual y que fuera perfecto. Al igual que el toque perfecto en el brazo de la noche anterior, mientras tomaban el té. Era justo lo que necesitaba sin saberlo.

Con los ojos cerrados, memorizó el momento: un pequeño recuerdo para retomar más adelante, cuando Robin estuviera seguro y fuera de su vida. Luego, siguió caminando.

—Vamos, quiero ver ese laberinto —dijo. Solo podía arriesgar qué clase de plantas eran. ¿Tejos? ¿De eso eran los laberintos? Se acercó a la entrada e ignoró el vuelco inmediato que dio su estómago, señal de que era un error. Pero era algo digno de *estudio*, de modo que podía tolerarlo.

—No luce fácil de resolver —comentó Robin con admiración. Ciertamente, el laberinto era denso, copioso y más alto que cualquiera de ellos. El hombre recorrió el seto perimetral con los dedos—. Desde aquí, parece cuadrado. ¿Hasta dónde crees que llegue? Intentaré rodearlo.

El crujir de sus pasos se alejó, al tiempo que Edwin formaba el mismo hechizo de detección que había usado con la defensa de la propiedad y se agachaba. Por lo que la señora Sutton había dicho, suponía que el hechizo se sentiría más fuerte cerca de las raíces, aunque esa clase de encantamiento no estaría a la altura de un hechizo minucioso. Como antes, sintió una atracción cálida en las manos. Con el dedo índice enlazó una parte del cordel para cambiar el ángulo, concentrado en la idea de visibilidad. La magia se movía con lentitud al principio, luego adquirió más fluidez. Al arrodillarse y mirar debajo de la parte inferior del seto, como si buscara una moneda debajo de un sofá, vio un ligero patrón entrelazado en el tronco de la planta.

Volvieron a crujir pasos sobre la gravilla, antes de que una sombra cubriera las manos de Edwin. Abandonó el hechizo y comenzó a enderezarse.

—Para ser honesto, lo único que conseguí fueron veinte interrogantes más para la señora…

Un golpe como un péndulo, rápido y de costado, derribó a Edwin cuando estaba poniéndose de pie. Logró atajarse con las manos, pero se golpeó un costado de la frente contra el suelo de todas formas. La cabeza le daba vueltas y el corazón le retumbaba en el pecho. Tenía la mejilla presionada contra la gravilla, tierra en los labios, y la mirada en un par de zapatos negros, pulidos y con un poco de polvo. Por un momento, la mera sorpresa ante el ataque lo dejó congelado, tendido boca abajo sobre los brazos doblados en un ángulo extraño. Al pasar ese momento, surgió el dolor de forma simultánea en las palmas de sus manos y en el costado de su cabeza. A lo lejos, oyó un grito de alarma, que debió haber sido su nombre. Fue suficiente para que se obligara a mover; primero se puso de rodillas, luego de pie.

El atacante era un hombre alto, que parecía absorbido por las sombras, ya que estaba cubierto de negro, desde los zapatos hasta los guantes. Y, sobre las sombras, estaba la niebla. Robin no había transmitido la absoluta *rareza* de la máscara de niebla, el modo en que hacía arder los ojos por el esfuerzo de enfocar la vista en algo que no podía verse.

El extraño ya no estaba centrado en Edwin, pues había traspasado la entrada del laberinto con un pie, que intentaba liberar a la fuerza. Había surgido una liana espinosa de una de las plantas, que rodeaba el tobillo del hombre y ascendía.

—¡Edwin! —volvió a gritar Robin—. ¿Qué ocurre?

El enmascarado giró hacia él, luego volvió a Edwin, que no tenía idea de cómo actuar. ¿Debía golpearlo? Nunca había golpeado a nadie. ¿Podía ayudar al laberinto a mantenerlo en el lugar? Le temblaban las manos rasguñadas y sentía que, al caer, se había quebrado como un huevo y se había derramado toda su energía.

Robin había comenzado a correr hacia ellos de prisa. El enmascarado decidió por ellos; con un movimiento brusco, liberó el pie de la planta, avanzó a los tumbos y aferró la ropa de Edwin. Antes de que él pudiera reaccionar al estado de alarma, el hombre lo lanzó de costado a través de la entrada del laberinto. Edwin trastabilló y, una vez más, cayó tendido en el suelo. Se quedó sin aliento. Eso era *ridículo*, no debía suceder algo así.

Robin se detuvo en la entrada del laberinto, debatiéndose entre Edwin y el atacante que escapaba de la escena. Había algo fuera de lugar en las dimensiones de la imagen, el laberinto parecía estar creciendo, mientras que la entrada se encogía. No, la imagen estaba bien: la entrada se *estaba encogiendo*. La vegetación crecía, se inflaba como leche hirviendo.

—¡Síguelo! —chilló Edwin—. ¿No quieres…? —*Descubrir qué está pasando, sacarle información*. No pudo seguir, ahogado por un ataque de tos que acabó en arcadas desagradables. El malestar producto de la defensa aún le revolvía el estómago. Luego, de forma repentina, algo similar a un cable expuesto le rodeó la muñeca y jaló. Él se oyó gemir cuando le extendió el brazo en un ángulo incómodo e intentó tensar los músculos para liberarlo. No tenía el valor de mirar; en cambio, tenía la vista fija en Robin, con esperanzas de hacerlo entrar en razón. Las defensas del laberinto seguían en acción, la entrada era cada vez más estrecha, pero nada tocaba a Robin. El resultado era inevitable, como ver un jarrón alto tambaleándose. El hombre dudó un momento; su rostro reflejaba indecisión y preocupación, hasta que se convirtieron en determinación.

–*No* –intentó decir Edwin, pero acabó en un ataque de tos.

Los setos estaban casi cerrados. De haber tenido las manos libres, claridad mental o más que una maldita cucharada de magia en las venas, Edwin hubiera arrojado algo, *lo que fuera*, a través de la grieta. Algo que retuviera a Robin lo suficiente para que tuviera oportunidad de permanecer sano y salvo. Sin embargo, dado que Edwin era quien era, y *Robin* era quien era, eso no ocurrió.

Robin avanzó de un salto, aterrizó junto a Edwin y alejó el brazo del seto justo antes de que se cerrara en un muro verde sin grietas, sin salida.

# CAPÍTULO 13

**Agitado, Robin se arrodilló junto a Edwin.**

—¿Te encuentras…?

—*Enorme pedazo de idiota* —exclamó el mago. Lucía terrible: rasguñado, cubierto de tierra y con dificultad para ponerse de rodillas.

El estómago de Robin había dado un vuelco horrible al ver al hombre enmascarado empujando a Edwin al laberinto. Lo había hecho con una *relajación* espeluznante, como si acostumbrara a apartar a personas inconvenientes del camino, sin reparar en el daño que pudiera ocasionar en el proceso.

De todas formas, Edwin seguía con vida y con fuerzas para lanzar insultos punzantes y luchar contra la liana, también punzante, del seto que daba dos vueltas sobre su muñeca. Robin la aferró a unos centímetros de la primera vuelta e intentó quebrarla, pero tenía la testarudez de la juventud, así que se dobló y sacudió. Hubiera dado la mitad de su escueta herencia por un cortaplumas afilado. Al final, renunció a pelear y usó los dientes; aunque desagradable, fue efectivo.

Cuando por fin quebró la rama, la planta se vengó con un latigazo que le abrió el interior del labio superior. Pero, al menos, las vueltas en el brazo de Edwin ya estaban muertas y flojas, fáciles de remover. A continuación, Robin lo ayudó a levantarse. No esperaba un agradecimiento efusivo, pero hubiera apreciado algo más que la respuesta irritable:

—¡Tenías que seguirlo!

—¿A un mago? —replicó él—. ¿Qué te hace pensar que tendría más suerte que tú contra él?

—Hubieras advertido a la señora Sutton. ¡Ella me liberaría!

—¡Y seguro tú hubieras estado *bien* mientras lo hacía! —Acentuó la frase dándole un golpe a otra liana que se aproximaba al cuello de Edwin. La liana lo esquivó con la parsimonia de un mosquito temerario en el verano y retrocedió de inmediato. El hombre también lo esquivó, unos segundos tarde. Lucía ceniciento, con los pómulos marcados y, al verlo así, la irritación de Robin se esfumó casi por completo—. Edwin, luces enfermo.

—Debe ser por la segunda defensa. La sentí desde la entrada. La señora Sutton nos advirtió que no quería magos en el laberinto.

—No entraste aquí *a propósito*.

—Los encantamientos no tienen consciencia. —Logró una de sus miradas de conocimiento superior—. Te lo expliqué el primer… ¡Ah, maldita planta! —Pisó algunas lianas que iban por sus tobillos.

—Podemos intentar gritar. Hay jardineros alrededor —sugirió Robin—. *¡Oigan, ayuda! ¡Mayday!* —Se detuvo para recuperar el aire y la energía, e interponerse entre Edwin y otro avance de la planta, que no retrocedió. Edwin se adentró más en el laberinto, arrastrando los pies, en la única dirección en la que podían avanzar llegado ese punto.

—Quizás la señora Sutton lo sienta de todas formas. Tú no eres mago, así que el laberinto no tiene por qué lastimarte. Si estuvieras en peligro, es posible que lo perciba por su vínculo familiar con la tierra. —Miró a Robin a los ojos, asustadizo, y apartó la vista—. Yo lo sentí en Penhallick cuando estabas en el lago. Y apenas tengo con *qué* sentir.

—Eso no implica que vaya a hacer algo al respecto —repuso Robin. Su instinto era confuso respecto a Flora Sutton. Sabía que era una mentirosa. Había percibido su hostilidad, en contraste con el aspecto débil, pero la hostilidad en favor de la verdad, en favor de una *causa*, no necesariamente era lo mismo que crueldad.

Se oyó movimiento desde donde habían estado y, cuando Robin giró hacia la entrada cerrada, le impactó notar que el laberinto parecía extenderse mucho más que los pocos metros que habían avanzado desde allí. El camino hacía una curva, tan larga que se perdía en las sombras.

Una oleada fría de reconocimiento recorrió las venas de Robin: esa era su visión, el cielo, ese cielo, ese laberinto. Y *esa* misma sensación particular de que algo se movía en la periferia como un depredador, que le erizó el vello de la nuca.

—Creo que deberíamos… —comenzó a decir Edwin, justo cuando Robin dijo: "Eh…", de modo que siguieron caminando, con miradas furtivas hacia atrás. Llegaron al final del corredor y giraron en una esquina pronunciada. Ayudó un poco alejarse de esa línea visual en particular, aunque no mucho, pues seguía sintiendo el cosquilleo en la nuca.

—¿Puedes hacer algo? ¿Abrir un agujero? —le preguntó a Edwin—. Desde aquí al menos sabemos que nos separa solo una capa de setos del exterior.

—Puedo… —La expresión dubitativa del mago se convirtió en horror cuando se palpó el bolsillo—. Lo… Lo tenía en la mano, cuando el enmascarado me noqueó la primera vez.

—¿Necesitas el cordel? Sé que ayuda, pero ¿es *necesario*? —exigió Robin.

—No he… —comenzó Edwin, blanco como un papel. De repente, se oyó un sonido ahogado, al mismo tiempo que brotó una nube de tierra alrededor de ellos. En esa oportunidad, las plantas emergieron desde el suelo; las mismas lianas espinosas, cual dedos en busca de la luz. En el tiempo que Robin tardó en verlas, ya habían alcanzado la cintura de Edwin. Él se lanzó entre las dos más cercanas, tomó la mano del mago y comenzó a correr. Cuando el camino se bifurcó, eligió el que parecía menos amenazante y más extenso. Llegaron a un punto muerto solo una vez; para ese momento, Edwin ya había recuperado los reflejos, así que frenó de golpe, jaló la manga de Robin y lo llevó de vuelta en dirección contraria. Corrieron por otras tres esquinas, y el laberinto cobró un aspecto más normal, con corredores anchos. Aunque el instinto de Robin seguía diciéndole que los estaban persiguiendo, era un murmullo más que un grito.

Edwin estaba sin aliento. Robin no se había percatado de que lo miraba con incredulidad hasta que su compañero le devolvió una mirada defensiva y venenosa.

—No todos podemos ser atletas. Y… esa maldita defensa. —Cansado, se frotó la frente. A su imagen irritada, se le sumó una capa de sudor.

—La barrera de la propiedad dejó de afectarte en cuanto la cruzamos. ¿Por qué esta lo sigue haciendo?

—Estimo que es una defensa radial, no una barrera. Creo que emana del centro del laberinto —respondió Edwin. Estaban dirigiéndose al centro. *Está dirigiéndonos al centro*, pensó un rincón de la mente de Robin—. Supongo que, sin más opciones, podría vaciar las entrañas sobre estas condenadas plantas —agregó con una mirada furiosa hacia la vegetación.

—Acebos —señaló Robin.

—¿Qué?

—Ya no son tejos, son acebos.

—Fantástico —dijo el mago sin emoción alguna—. Ahora, podríamos…

—¡Cuidado! —advirtió el otro, pero, de todas formas, Edwin gritó de dolor y alarma cuando el muro de hojas oscuras y cerosas se expandió como un estofado hirviendo; luego *estalló* en una ráfaga de filos y espinas. Edwin había levantado los brazos para protegerse. Robin pasó a tientas entre el polvo y las astillas en el aire y logró alcanzar un brazo del hombre, donde sintió el algodón desgarrado y rezó que la piel debajo de la ropa hubiera resistido más.

—¿Edwin?

—Sigo vivo —respondió con la voz cargada de dolor—. Corre.

Eso hicieron. Los acebos se abultaban a ambos lados, y los estallidos de espinas alcanzaban a Robin tanto como a Edwin. Robin se arriesgó a mirar atrás solo una vez y vio rastros de movimiento entre las sombras, así que renunció a hacerlo porque fue aterrador. Los corredores se hicieron más cortos, las curvas, más cerradas, señal de que debían estar cerca del centro.

—Otro punto muerto, da la vuelta —jadeó Edwin.

Robin giró, y volvieron a repetirlo hasta que llegaron al mismo lugar por el que habían empezado. Ya no había camino, solo cuatro lados de setos de acebos.

—Bueno, correr ya no funciona. Hora de usar magia.

—No puedo…

—Tienes que hacer *algo*, mi gancho izquierdo no servirá de mucho contra un condenado *arbusto*. ¿Qué harías si tuvieras el cordel?

—Fuego —anunció enseguida.

—Fuego… Ah, soy un completo *idiota*. —Robin revolvió su bolsillo y sacó el encendedor—. ¿Puedes hacer algo con esto?

Al menos, Edwin ya no estaba al borde del llanto o de ponerse a temblar; de algún modo, se había estabilizado. Robin recordó las palabras de lord Hawthorn: "Courcey ama un buen acertijo". El hombre se alejó de un salto de otra rama que lo atacó y le dejó rasguños rosados en el cuello, luego miró el seto con los ojos entornados.

—Aunque pudiera hacer un hechizo de magnificación, requiere muchísimo poder (muchísimo calor) encender plantas verdes.

—¿Y si estuvieran más secas?

—¿Más secas?

Robin lo miró con impaciencia mientras le alejaba otra liana del tobillo de una patada.

—Después de que caí en el lago, tú…

—*Ah*. —Edwin se miró las manos—. Sí. Bien, quédate detrás de mí.

Robin obedeció, con el encendedor listo en una mano. Los setos se cerraban y crecían, con crujidos que se superponían de forma casi animal. Como unas fauces espinosas cerrándose sobre ellos. Edwin temblaba.

—Puedes con esto, sé que puedes —aseguró Robin.

—No sabes nada —susurró Edwin, pero sonó como un agradecimiento. Luego levantó las manos con vacilación, unió las palmas y las separó. Formó las figuras despacio, deteniéndose cada vez que Robin se movía.

Mientras Robin resistía el impulso de gritarle a Edwin que se *apresurara* y desviaba las lianas que intentaban rodearle las piernas, sus pantalones se hicieron jirones. En un minuto más ya no tendrían lugar para estar de pie, pero el mago seguía adelante y, pronto, surgió un suave brillo amarillo entre sus manos.

—¡Está funcionando! —exclamó el otro.

—Funcionó —afirmó Edwin. A continuación, se llevó las manos brillantes a la boca, tomó aire y sopló.

El hechizo de secado que había rodeado a Robin en el bote había sido una brisa cálida y placentera; pero ese día era más intensa, claro. La planta retrocedió en ángulo. El viento caliente que emanaba de los labios de Edwin sopló, sopló y siguió soplando, hasta que el verde oscuro adquirió el tono castaño de las plantas secas en una porción de un metro de ancho. El hombre dejó caer las manos y tomó aire como si hubiera estado a punto de ahogarse. Acto seguido, Robin chasqueó el encendedor tres veces hasta que produjo la llama, extendió la mano en una invitación silenciosa, y Edwin le tomó la muñeca para moverla frente a él. El acebo se estremeció y rugió alrededor de ellos. Entonces, con la misma lentitud, pero muchas menos dudas, el mago inició un segundo hechizo.

—Magnificación, como el copo de nieve —murmuró.

—Excelente, no importa —respondió Robin. Edwin podía explicarle el estúpido hechizo paso a paso *después*, cuando hubieran *salido*.

—Sostenlo firme. Podría doler un poco... Lo siento.

Y dolió, solo un poco. El umbral de dolor de Robin había cambiado en los últimos días. La llama del encendedor creció cada vez más. Primero, la frente de Robin comenzó a sudar, luego sintió el ardor desagradable de estar demasiado cerca de un fuego descontrolado, pero resistió hasta que Edwin jadeó:

—*Arrójalo*.

El seto seco se encendió con ruido a aire succionado y rocas rotas. Robin se cubrió la boca y la nariz con el pañuelo e intentó ver a través del fuego y del humo. El acebo aún verde se había retraído a ambos lados de la zona seca, como cuando alguien tosía en el subterráneo, y se habían formado dos brechas delgadas.

—¡Por ahí! —Robin estaba listo para seguir jalando a su compañero, pero Edwin no dudó en esa ocasión. Uno tras otro, atravesaron el agujero llameante. Aunque el calor de las llamas era molesto y el humo le irritaba los ojos, Robin se movió rápido y salió tambaleándose del otro lado, sin saber si se había quemado o no.

Llegaron a un espacio cuadrado con suelo de gravilla, rodeado por más arbustos. En el centro, se encontraba la estatua de mármol de una mujer, de estilo neoclásico, más alta que una figura humana; los pliegues de la prenda de roca casi parecían suaves, y sus manos estaban ahuecadas cerca del cuerpo. Entre ellas había un hoyo oscuro, como si se pudiera meter una mano dentro de su cuerpo. Era un lugar donde mantener secretos a salvo.

Edwin estaba tosiendo, pero, con respiraciones dificultosas, logró detenerse.

—Vamos de mal en peor... —señaló.

Robin pensaba objetar que, al menos, ya habían pasado lo *peor*, pero las palabras murieron antes de salir. El cuadrado se estaba encogiendo. El acebo seco ya se estaba quemando a sí mismo en ramas llameantes y brasas encendidas, pero era demasiado alto y frondoso para atravesarlo, y las aberturas ya no estaban. El que no estaba seco se estaba cerrando con cautela y despacio, como si lo hubieran puesto en guardia. Habían llegado al centro y ya no tenían a donde ir.

—Intentaré una defensa. —Edwin cerró los ojos con fuerza y se esforzó por crear el hechizo. Se sobresaltó y comenzó de nuevo dos veces, luego sostuvo la posición final por varios segundos, en los que Robin intentó convencerse de que veía una luz de color o lo que fuera brillando entre las manos del hombre. Pero no la veía.

—No, eso fue todo. —Edwin exhaló derrotado—. El hechizo de secado se llevó casi toda mi magia. Cualquier cosa suficiente para que nos sirva en este momento requeriría más de lo que tengo. —Sacudió las manos como si las liberara del cordel que no estaba en ellas–. ¿Alguna otra idea brillante, sir Robin? –Debió pretender ser sarcástico, pero sonó como una súplica.

–Ponte detrás de mí. Es a ti a quien ataca, no a mí. –Esa fue la única idea que se le ocurrió a Robin.

–Te *atravesará*. No es necesario que lo haga, podrías apartarte de su camino –contradijo Edwin.

–Dijiste que no querría poner a un invitado en peligro. –Robin demostró su absoluto desprecio por esa idea–. ¿Y si le dices que no me lastime y después te pones detrás de mí?

–¡Esta no es *mi* tierra! –chilló en respuesta.

–¡No tiene que ser toda tuya, con unos cuantos metros cuadrados sería suficiente! –exclamó Robin al borde de la histeria.

Edwin abrió la boca, seguro para darle un sermón y explicarle que era una sugerencia ignorante, que de ningún modo los salvaría del horror inminente. En cambio, emitió un sonido mareado y breve.

–Ah, ¿por qué no? –Con la ropa sucia y desgarrada y el cabello enmarañado, lucía salvaje. Sacudió la gravilla con el pie, hasta encontrar tierra más fina, y se arrodilló para tocarla.

Robin se percató de que estaba pegado a la estatua. De alguna manera, el aire sobre el acebo quemado se veía más *espeso*, mientras que alrededor de ellos era muy frío, como si algo hecho de hielo respirara con humedad. La piel de Robin se erizó y su cuello se tensó con un rechazo pavoroso e instintivo a mirar a los lados por temor a lo que vería.

–No quiero apurarte, pero…

–Sangre, necesito sangre –balbuceó el hombre, que sangraba de al menos tres lugares diferentes.

–Prueba en tu mejilla izquierda… Sí, *ahí*.

Edwin se pasó un dedo por la mejilla y llevó la mano a la tierra, apoyado en sus cuatro extremidades.

—Las palabras —dijo desconcertado.

—*Edwin.*

—¡Nunca lo he hecho! —sentenció.

—Lo has leído. Has leído todo. *Sabes* qué decir. —Robin intentó conferir seguridad con su voz.

—Yo… Eh, sí. —Respiró e hizo una pausa demasiado larga, que tensó los nervios de Robin como la cuerda de un arco. Luego, Edwin comenzó a hablar de prisa y a los tumbos—. Yo, Edwin John Courcey, proclamo la herencia de los magos de Gran Bretaña y hago un compromiso de sangre, en mi nombre y el de mis herederos, con… —Otro sonido incrédulo y contenido—. Con la extensión de esta tierra que me acepte, aunque solo sean estos malditos metros cuadrados. Mía para cuidar y sanar, y mío el… el vínculo y el derecho natural. —Giró a ver a Robin. Lucía pálido, fantasmal—. Este hombre es un invitado. No tiene magia ni malas intenciones.

Todo estaba oscureciendo, como si se estuvieran reuniendo nubes de tormenta. Se percibía un frío amenazante, similar a la retracción de las olas al prepararse para romper contra las rocas. El único sonido era el chasquido de los setos, que pasaban sobre los cuerpos calcinados de sus hermanos para rodearlos.

En contra del terror que sentía, Robin se apartó de la estatua y se preparó con seriedad para interponerse entre Edwin y el peor escenario posible. El mago agachó la cabeza hacia las manos.

—*Por favor* —dijo en un tono de voz que no tenía más que desesperación.

El mundo se sacudió como un vaso de agua golpeado y luego… Se quedó quieto.

Robin cerró los ojos con fuerza con anticipación. Cuando volvió a abrirlos, el día era soleado otra vez, el acebo se había retraído, y llegaba el canto de un ave desde no muy lejos, con una normalidad sorprendente y perturbadora.

Edwin se puso de pie. Lucía como un tapete raído y se tambaleaba. Había algo extraño en sus ojos y en el color de su rostro, pero Robin no identificaba qué era. Sin pensarlo, extendió una mano para ayudarlo a mantener el equilibrio.

El arbusto se alejó con delicadeza de los dedos de Edwin. Robin se estremeció con un cambio indefinible en la presión del aire, con la sensación de que algo gigante inhalaba entre ellos. Solo que, en esa oportunidad, no quería huir de ello. No sabía qué quería.

—Salgamos de aquí, por favor —jadeó Edwin. Robin no supo si le hablaba a él o al laberinto, pero se acercó y dejó que usara su brazo de apoyo. La mano del hombre era una mezcla desagradable de tierra y sangre.

Al igual que el laberinto los había guiado hacia el centro, en ese momento parecía estar bien predispuesto a llevarlos a la salida. Las plantas se alejaban, más que cerrarse sobre ellos, abriéndoles el camino con gentileza. El terror se había retirado como la marea, y Robin los mantuvo a ambos en marcha hasta que volvieron a salir al jardín abierto. La gravilla sonaba con más fuerza bajo sus pies, y la aparición repentina del horizonte fue un alivio palpable.

Edwin se soltó para caminar con rigidez hacia la extensión de césped más cercana, que estaba salpicada de robles. Robin lo siguió y escogió uno donde apoyarse. Le dolían demasiadas partes del cuerpo como para contarlas.

—Bueno —dijo de inmediato—. Eso pudo haber sido… ¿peor?

Edwin giró su rostro rasguñado, de expresión incrédula, hacia

Robin, y hubo un momento en que el otro no supo qué curso tomaría la situación; si Edwin se enojaría con él otra vez por haber tomado la decisión insensata de correr hacia el laberinto por empezar.

—No puedo creer que casi nos mata un laberinto de setos —respondió en cambio, entre quejumbroso y enfurecido.

Robin estalló en una carcajada que pareció dominar todo su cuerpo y dejó que el árbol soportara la mayor parte del peso.

—Se me... ocurrió la frase *bruja del seto* —logró decir. Se sentía igual que al recibir el flechazo de Bel: flotando, feliz y confuso. La felicidad se potenció cuando Edwin se rio con él, por primera vez, según recordaba. Era la primera vez que lo veía reír de verdad. Aunque no, no era así, se habían reído juntos en el automóvil de camino a ese lugar, no hacía una hora. O cien años atrás.

Entonces, Edwin tenía las manos apoyadas en las rodillas y se reía a borbotones, vivo, encendido, maravilloso bajo la luz del sol.

—¿Estás seguro de que no quieres regresar a Londres? —preguntó con un silbido ligero.

—Estoy recolectando experiencias cercanas a la muerte. Pero sí estoy considerando seriamente golpearte en el rostro.

—Por Dios, no —dijo Edwin en tono seco y se enderezó. Luego se pasó una mano cuidadosa por el rostro rasguñado—. ¿Y arruinar esta apariencia privilegiada?

Tras un momento de silencio hilarante, ambos se desternillaron de risa otra vez. En esa oportunidad, Edwin casi tropieza, así que se estabilizó tomándose del brazo de Robin. Su mano se detuvo allí, quieta.

*Distancia*, pensó Robin con vértigo. *Caída de manzanas. El efecto de la proximidad en las fuerzas naturales.*

Después de todo lo ocurrido, le resultó natural darle una palmada de consuelo en la espalda, para luego deslizar la mano hasta la cintura y descansarla allí. Estaban vivos y riéndose. El miedo inconmensurable se escurría por sus pies, hacia el suelo, para dejar una sensación de ser invencible. Edwin meció el cuerpo cálido hacia adelante por voluntad propia y descansó el pecho contra el de Robin. Sus ojos brillaban como el cobalto.

Fue como si la llave correcta encajara en la cerradura. El sentimiento de ser invencible creció, se afiló y se convirtió en un *deseo* tan intenso que quería atravesar la piel de Robin.

Por su parte, Edwin se había quedado quieto, tenso, inmóvil. No avanzó ni retrocedió, ni siquiera cuando el recelo familiar invadió sus facciones. Robin seguía rodeándole la cintura con un brazo, y levantó el otro para trazar la línea afilada del pómulo de Edwin con el pulgar, algo que quería hacer hacía… horas, días, cien años. Salió con unas gotas de sangre, y el mago separó los labios en un gesto delicioso, cercano al dolor. Llenó el pecho delgado y levantó el mentón apenas un centímetro, un llamado de atención hacia la línea delgada de su cuello.

Fue casi como una adivinación, una visión que hizo a un lado todos los demás pensamientos de Robin y que anticipó unos pocos minutos hacia el futuro: sostendría el rostro de Edwin, lo atraería hacia él, se grabaría el calor de su cuerpo entre las piernas y llevaría los labios a ese cuello, a esa boca…

El grito de una mujer atravesó el aire desde la casa.

# CAPÍTULO 14

El mismo criado que los había recibido al llegar se acercó de prisa cuando se aproximaban a la casa. Tenía el aspecto agobiado de un hombre que pensaba invitar a los visitantes a que regresaran a su automóvil con un aluvión de disculpas. Sin embargo, se detuvo en seco al verlos, y Edwin sospechó que solo pudo evitar quedar boquiabierto gracias a sus años de entrenamiento.

—Oímos un grito. ¿Qué sucedió? —preguntó.

—Yo… —La mirada del hombre penduleó entre los dos. Si Edwin lucía tan ensangrentado y harapiento como Robin, bien podían ser actores salidos del escenario de *Titus Andronicus*.

—Fuimos atacados —explicó Robin—. Y no solo por el laberinto. Había un hombre, con una… —Se señaló el rostro con la mano.

—Máscara de ilusión —ofreció Edwin. El criado, que tomó la evidente decisión de delegar el asunto más allá de su posición, soltó:

—La señora Sutton, ella… Ha habido… Será mejor que vengan conmigo, señores.

La mente de Edwin daba vueltas mientras lo seguían hacia la casa. Gran parte de ella estaba ocupada por el modo en que su cuerpo ansiaba regresar al momento en que había comprendido lo cerca que había estado de Robin y lo que la mirada intensa y caliente del hombre anunciaba. Parte de él deseaba ignorar toda esa situación maldita, improbable, peligrosa y desconcertante, aferrar la camisa de Robin e intentarlo otra vez.

*Tranquilo, tranquilo. No podemos olvidar las normas por una pequeña experiencia cercana a la muerte*, pensó y tuvo que esconder un brote de risa inapropiado detrás de una tos. Sin embargo, murió en su garganta en cuanto entraron al salón de la señora Sutton. El lugar se sentía atestado, aunque había solo cuatro personas.

Una joven con uniforme de mucama sollozaba, un sonido que alteraba los nervios de Edwin. Se oyó una inhalación aguda de Robin, que había entrado primero, luego una mujer mayor se hizo a un lado al oírlos entrar y abrió paso a que Edwin viera la razón.

Flora Sutton estaba sentada en donde la habían dejado, pero parecía haberse encogido. El extenso terciopelo la acunaba. Tenía los ojos abiertos, tan inmóviles como el resto de su cuerpo. No tenía sangre ni marcas de ningún tipo. Una quietud violenta invadió la mente de Edwin al verla. La sonrisa en el rostro de la mujer era casi triunfal.

—Qué demonios —expresó una anciana en tono agudo. A juzgar por su vestido y su circunspección, debía ser el ama de llaves—. Franklin, saca a estos… —Ella también se quedó sin habla al ver a los dos visitantes.

—Han venido por asuntos familiares, señora Greengage —explicó el criado—. La señora se reunió con ellos. —Hubo un ligero quiebre en sus palabras. Luego los presentó a ambos, con acento en el título de Robin; el hábito logró superar el trauma que experimentaba.

—Courcey —pronunció el otro hombre en la habitación, a quien Edwin ya había clasificado como mayordomo. Fue una pregunta y una expresión de alivio al mismo tiempo. Edwin imaginó que, para el personal del hogar, hubiera sido el colmo tener que lidiar con no magos aficionados a los jardines mientras lidiaban con… lo que fuera que haya sucedido.

—Así es, la señora Sutton estaba investigando algo para nosotros —detalló señalando la pila de libros sobre la mesa, a la derecha del cuerpo. Había alejado un jarrón con una espiga de hojas rojas para hacerles lugar—. Fuimos a ver el laberinto mientras esperábamos. Más tarde vendríamos a tomar el té.

—Nuestro laberinto no acepta magos —afirmó el ama de llaves. Mientras consolaba a la mucama conmovida, lo miró con el ceño fruncido—. ¿Cómo es que no se lo advirtió?

—¿Alguien…? Oigan… ¿Han llamado a un médico? —exigió Robin—. ¿A la policía?

—No hay que involucrar a la policía —dijo Edwin, con un gesto que prometía explicarlo más tarde.

—Hemos llamado al doctor Hayman, pero había salido por una emergencia. Le dejamos un mensaje con su esposa —detalló el ama de llaves, y el mago asintió. Hayman no era el médico predilecto de su madre, pero en ocasiones les había ofrecido una segunda opinión sobre el reumatismo. No había muchos médicos iluminados en ningún país, por lo que tendían a estar muy ocupados.

Edwin volvió a mirar el rostro pálido y sonriente de Flora Sutton. No había necesidad de darse prisa, la mujer estaba muerta y nada lo remediaría.

—Lo sabía —intervino la mucama, que había conseguido dejar de sollozar—. Lo *sabía*. Estaba encerando el salón, cuando se produjo una quietud repentina. Los relojes se detuvieron, todos ellos. —Hipeó entre lágrimas.

—Los relojes se detuvieron —comentó Edwin. Había leído sobre eso antes, pero no creía haberlo visto. Al vivir en una misma casa por generaciones, los magos la saturaban, hacían que el compromiso de sangre se extendiera más allá del suelo. Los relojes de Cabaña Sutton estaban sintonizados con su ama; cuando el corazón de ella se detuvo, ellos se detuvieron. Edwin logró contenerse de preguntarle a la joven si había notado que los espejos se empañaran.

—Vine corriendo lo más rápido posible —continuó la mucama—. Y la encontré… —Rompió en llanto otra vez y se cubrió el rostro con el delantal.

Robin avanzó a tientas hacia la silla de la señora Sutton. Perder el calor corporal de la cercanía del hombre de repente hizo que Edwin volviera a la realidad, consciente de sus sentidos. Le dolía *todo*.

—¿Mencionó a un hombre, sir Robert? —preguntó Franklin.

—Alguien empujó a Edwin hacia el laberinto. Un hombre que… me ha atacado antes o que tiene relación con mi atacante. No sé a dónde fue, pues salió corriendo. Es posible que… —Se quedó en silencio, y nadie lo contradijo ni le dio la razón. Al dirigirse allí para confrontar a la señora Sutton, mientras ellos seguían en el laberinto, el enmascarado había evadido con éxito al personal al entrar y salir.

El silencio en la habitación bien podría haber estado gritando: *¿Han atraído esto hacia nosotros?*

¿Lo habían hecho?

Sospechaba que podía comenzar a haber víctimas fatales.

Sin sangre ni marcas, pero con los ojos azules bien abiertos y fijos en algo o en alguien. Una mujer que dejaría morir a su sobrino nieto para guardar el secreto del último juramento; y que seguro hubiera dejado que a Robin le pasara lo mismo sin más que un cordial arrepentimiento. Edwin no creyó ni por un segundo que la mujer hubiera muerto por causas naturales y, con pavor, incapaz de apartar la vista de su sonrisa, se percató de que lo había estado esperando. Lo esperaba desde que Reggie la había visitado y se había marchado con el juramento o con *parte* de él.

Reggie no se había llevado el peligro con él en absoluto. Y, si lo había hecho, Robin y Edwin lo habían llevado de vuelta.

La pasión aguda por el conocimiento y toda la sabiduría sobre magias antiguas y naturales de la mujer desaparecieron en un instante. Una pena enfurecida brotó dentro de Edwin, era una *pérdida* terrible.

—Tendremos que esperar lo que diga el doctor Hayman —declaró el mayordomo—. Mientras tanto, caballeros…

—Tiene algo en la mano —intervino Robin antes de arrodillarse sobre la alfombra. Sostuvo la mano por encima del puño cerrado de la mujer y luego le tocó la piel blanca como marfil, con una delicadeza que hizo brotar lágrimas abruptas e inesperadas en los ojos de Edwin—. ¿Puedo…?

Nadie dijo nada. Edwin se acercó y vio que, de hecho, algo asomaba de la mano apretada de la señora Sutton. A continuación, Robin le giró el puño y le abrió los dedos uno a uno, pero, de repente, retrajo la mano como si se hubiera quemado y agitó los dedos. La mujer había muerto con una pieza de plata en la mano: una gargantilla, con la cadena enroscada debajo del colgante, una pieza circular del tamaño de media corona, terminaciones prolijas y un grabado oscurecido.

—Una rosa —señaló Robin.

—Ah, sí. Es una reliquia familiar —informó la señora Greengage, demasiado fuerte y rápido. Luego se adelantó y se inclinó para tomar el colgante, pero también alejó los dedos y chilló sorprendida en cuanto lo tocó.

Edwin alzó las manos para intentar otro hechizo de detección en busca de alguna pista. No había forma de saber qué clase de encantamiento podría haberle hecho la señora Sutton a un objeto que aferraba al momento de su muerte. Luego, recordó que había perdido el cordel y que, aunque pudiera arreglárselas sin él en una situación en la que *no* temiera por su vida, había agotado su magia. Pasarían horas hasta que pudiera hacer otro hechizo.

Bien, tocar la rosa no parecía haber provocado *daños*, solo malestar. Y a magos y no magos por igual. Era curioso. El hombre pensó en preguntarles a los demás qué habían sentido, pero no quería que su propia experiencia se viera condicionada por ellos. Podría compararlas después. Entonces, respiró hondo y extendió la mano.

—Edwin… —advirtió Robin.

Hizo contacto con el colgante. Su brazo estaba tenso, listo para alejarse, pero… no sucedió nada. No, algo estaba sucediendo. La rosa de plata estaba calentándose debajo de la mano de Edwin, y no solo eso, estaba *vibrando*. Como el zumbido suave y sutil del repiqueteo de los cascos de un caballo a la distancia. Levantó la gargantilla de la mano de la mujer, cerró los dedos sobre el colgante, con la cadena en el aire, y sintió que el zumbido cálido llegaba hasta los huesos de su mano. La sensación se volvió inestable, como si quisiera ir en una dirección en particular.

—¿Qué está pasando? —preguntó Robin.

Edwin dirigió una mirada hacia la señora Greengage, cuya expresión rígida era una mezcla de hostilidad y esperanzas. No parecía una buena fuente de información.

–No estoy seguro –respondió el mago–. Se siente... Hay un juego de búsqueda similar, un encantamiento sencillo. Frío y caliente, cuanto más calor, más cerca del objetivo. –Eso no explicaba por qué el hechizo no había querido que nadie más tomara el colgante, pero Edwin no descartaría que cualquier objeto en esa condenada propiedad pudiera ser caprichoso, cuanto menos, teniendo en cuenta quién era su ama. Se movió por el lugar con el brazo extendido, dejando que la rosa se calentara, enfriara y vibrara más o menos de forma exigente en su mano. En poco tiempo, fue evidente a dónde quería llevarlo: un espejo alto que colgaba de uno de los paneles de madera tallada con enredaderas, tan alto como él. Se vio despeinado y con rasguños por todo el cuerpo, desaliñado como un niño después de trepar a los árboles. El marco del espejo era de la misma plata y con el mismo diseño de rosas que el colgante, pulido a la perfección. No había un lugar obvio en donde colocar el pendiente, ninguna muesca que pudiera alojarlo.

El primer pensamiento de Edwin fue sobre los relojes detenidos. Al menos, el espejo no estaba empañado. Luego pensó en el espejo encantado que llegaba a la parte trasera de la librería de Len Geiger y acercó la mano con el colgante para tocar la superficie de cristal. Sus mejillas brillaron como besadas por el sol mientras tocaba el espejo y, por un momento, hubo algo extraño en su reflejo, algo diferente. Quiso hacer foco, pero el cristal se disolvió y dejó un espacio vacío, un marco que podía atravesar. Detrás había un espacio mucho más reducido, de apenas cuatro pasos en cada dirección, con un escritorio pequeño y una estantería baja.

Todo el personal doméstico pareció inhalar a la vez detrás de Edwin. Los ignoró, podía ver un nombre en el lomo de un libro, ¿era *Howson*? Un escalón alto lo llevó a la habitación, donde esquivó el escritorio y se agachó frente a la estantería. El estante inferior estaba lleno de cuadernos cubiertos en cuero negro, con fechas doradas grabadas en ellos, ¿crónicas, diarios? En los dos estantes superiores había libros, y *qué* libros. Tratados de los que él solo había oído, nombres que nunca había imaginado ver en libros impresos. Incluso había una copia del mismo volumen de Kinoshita que le había emocionado tanto recibir de Geiger; eso le dio una punzada de irritación sin sentido.

—¿Señor Courcey? —llamó alguien desde la sala detrás de él.

Edwin suspiró, se puso de pie otra vez y, al salir, se quedó perplejo. Todas las personas en la habitación estaban mirándolo. Robin había tomado asiento, con las piernas extendidas por el cansancio. La mucama se había llevado las manos a la boca. Tardó un momento en percatarse de que acababa de pasar varios minutos inmiscuyéndose en la colección de libros de una mujer fallecida, mientras el cuerpo se enfriaba y el enigma de su muerte seguía en el aire como un vapor venenoso.

—Eh... ¿Conocían la existencia de esta habitación?

—Sí, señor —respondió el mayordomo con rigidez.

—Ah, bien. Quisiera comprar estos libros —soltó Edwin, pero luego se sobresaltó, más que nada porque Robin lo hizo. Ser una persona cortés estaba resultando más difícil de lo habitual porque estaba golpeado por los eventos del día y afectado por la avaricia intelectual que le decía que se apoderara de la biblioteca personal de Flora Sutton y nunca la dejara ir—. No *hoy*, por supuesto. Será una decisión de quien herede el lugar.

La mucama soltó una risita ahogada. El mayordomo y el ama de llaves intercambiaron miradas cargadas de información y, de algún modo, también de discusiones. Edwin no supo quién ganó, pero fue el mayordomo el que dio un mínimo paso al frente y se aclaró la garganta. Era un hombre alto, de cabello rubio entrecano, con entradas en la frente ancha.

—Me temo que no conozco las conexiones familiares tan bien como debería, señor –dijo en un tono que revelaba lo contrario–. ¿Dijo que estaba aquí para ver a la señora Sutton por un asunto familiar? ¿Es familiar de los Sutton?

–En absoluto. Conozco a, conocía a… –Era aterrador todo lo que había quedado en tiempo pasado en esa situación–. A su sobrino nieto, Reginald Gatling.

Los sirvientes intercambiaron otra mirada rebosante de información.

–El Estudio Rosa –continuó el hombre, con perfecto acento en las mayúsculas–, es una de las partes de la casa que solo responden al dueño y a sus herederos. Comprenderá el propósito de mi pregunta, señor.

–¿Qué intenta decir? –intervino Robin.

Edwin negó con la cabeza. Por mucho que hubiera amado y odiado a la vez creer que su padre no era su padre (y hubo momentos en su infancia en los que la sola idea de compartir la mitad de la sangre con Walt lo hubiera hecho perdonar a su madre por traicionar el lecho matrimonial), el parecido entre ellos era demasiado para negarlo.

–No soy… –comenzó a objetar, pero se detuvo. Una imposibilidad diferente surgió en la parte de su mente que siempre intentaba encontrarle sentido al absurdo. De seguro no era así. *Seguro*.

–¿Qué piensas? –preguntó Robin.

Edwin miró a cada uno de los sirvientes. Requirió de todo el valor que nunca tuvo responder a eso.

–Hice un compromiso de sangre con la tierra debajo del laberinto para evitar que nos atacara. –Tragó con fuerza–. Pensé que solo sería el laberinto. Honestamente, pensé… No *creí* que fuera a funcionar en *absoluto*.

–Disculpe, señor, pero debería tocar el espejo otra vez –intervino la mucama.

–*Mina* –sentenció la señora Greengage.

213

Él giró y lo hizo, con la mano que no sostenía el colgante. La ilusión del espejo volvió a su lugar. Vaciló, como si no estuviera seguro de lo que Edwin quería, y luego se hizo firme. El rostro del hombre volvió a acalorarse y, en esa oportunidad, vio en su reflejo lo que apenas había notado la última vez: sobre sus mejillas sonrojadas, las marcas de dos manos blancas resaltaban como huellas en la nieve. Una mano en cada mejilla, justo donde ella las había colocado. "Una afinidad", había dicho. Giró para mirar el cuerpo de Flora Sutton y, poco a poco, las marcas desaparecieron.

—Yo… No lo entiendo —dijo Robin.

—Tampoco yo —coincidió Edwin. Se estaba gestando un brote de histeria en su garganta, que logró ahogar con una risotada—. Tendría que haberme rechazado. Si tuviera algún sentido…

Sentido, como si una propiedad fuera un ser racional que tomara decisiones conscientes o con el que se pudiera discutir. En lo que a Cabaña Sutton concernía, Edwin había sellado su sangre en la tierra y se había comprometido con la extensión de la propiedad que lo aceptara; una finca mucho más mágica de lo que él había sido jamás, en el momento en que su ama había fallecido sin dejar herederos, en la hora posterior a que le colocara las manos en las mejillas. El laberinto no se había aquietado para proteger a Robin porque él nunca había sido el blanco en primer lugar. Se había aquietado porque se rehusaba a lastimar a *Edwin*.

Desde algún lugar de la casa, se oyó un golpe lejano, seguido de una campanada.

—Debe ser el médico —anunció el mayordomo.

—*Edwin* —llamó Robin. Tenía esa expresión abatida que indicaba que se le agotaba la cuota de credulidad del día—. Qué está ocurriendo.

—Nada importante, solo que heredé una de las propiedades mágicas más antiguas de Cambridgeshire.

# CAPÍTULO 15

Cuando el médico se marchó, ya casi era hora de la cena, y la idea de conducir de regreso a Penhallick a oscuras era algo que ni Robin ni Edwin querían enfrentar. El personal de la casa se ofreció a prepararles habitaciones para que pasaran la noche.

—Sería más fácil si nos quedáramos. Sería muy difícil explicar en una posada cercana por qué lucimos como si nos hubieran arrastrado a caballo por un lodazal.

—Podrías mostrarle tu tarjeta personal —replicó Edwin, pero salió en un murmullo desde un rincón de su mente, sin intención. Era un manojo de dolor, cansancio y náuseas persistentes; se sentía a la vez vacío de magia y como si otra magia ajena lo presionara, insistente y ávida de ser reconocida. Nunca había sentido algo así y prefería huir de eso. Deseaba atravesar la línea de árboles en el sentido contrario y ser normal otra vez. Tenía la sensación irracional de que, si pasaba la noche en

Cabaña Sutton, despertaría envuelto en el empapelado. Pero Robin lucía tan cansado como él. Además, la parte de él que logró hacerse escuchar debajo del miedo le decía que había hecho un juramento, por más que hubiera sido impulsivo, y que abandonar la tierra antes de que el sol se pusiera sobre el juramento sería… ¿grosero? ¿Poco diplomático?

No consagrado. Las palabras ascendieron y brillaron sobre las olas de su agotamiento.

—¿Señor Courcey? —La señora Greengage se mantenía firme, sin indicios respecto a si preferiría darle la bienvenida al nuevo dueño inesperado o arrastrarlo de las orejas.

—Nos quedaremos, gracias —afirmó él.

—Nos disculpamos por la molestia, sumada a toda la conmoción que han pasado el día de hoy —agregó Robin, en un tono mucho más cálido del que Edwin había logrado conferir—. Indíquenos dónde no interferiríamos con ustedes.

Los ubicaron en una sala de estar pequeña, donde hacía frío porque las cortinas estaban cerradas, para evitar que el sol destiñera los tapices y las pinturas que Robin se dispuso a inspeccionar de inmediato.

Edwin se sentó en un sofá y descansó la cabeza en las manos. *Robin* debió haber sido el que recibiera una propiedad inesperada. Él necesitaba dinero, no Edwin. Él sabía cómo ser agradable con las personas, cómo hacerlas sentirse queridas. Mientras que Edwin tenía suerte si recordaba saludar a sus conocidos con la cabeza al verlos en la calle.

La cena fue silenciosa, preparada en un esfuerzo heroico por adaptar las provisiones dispuestas para una mujer mayor al paladar de dos hombres jóvenes. Luego, los llevaron a las habitaciones, donde el aire con olor a humedad y algo sorprendido daba la sensación de que acababan de remover las fundas de los muebles.

Edwin vertió agua del aguamanil en la jofaina, se salpicó un poco el rostro, se peinó el cabello hacia atrás y observó inexpresivo el rostro en el espejo del tocador, surcado por marcas rojas. El tono rojo oscuro del salto de cama de seda tramada no favorecía en absoluto a su piel pálida. Se habían llevado su ropa para lavarla y remendarla; la había usado para la cena, pues no tenía nada apropiado para cambiarse. En el bolsillo de la bata de seda, que aún tenía un dejo de olor a naftalina, había guardado un nuevo cordel, por el que le había suplicado al ama de llaves. Lo tocó con la punta de los dedos para reconfortarse.

La luz guía se había dividido en cuanto él había entrado a la habitación. Una mitad se había quedado en la ménsula del corredor, pero la otra lo había seguido al interior para ubicarse en un portador anticuado: un cilindro de cristal color ámbar con asa de bronce para poder moverlo por la habitación. Cuando Edwin se acercó, la luz parpadeó, brilló con más intensidad y le transmitió una sensación cálida en el brazo. Fue un pariente cercano de la sensación de papel de lija que le había advertido que Robin estaba en peligro en el lago, también del escozor diario de su existencia en Penhallick. Al mismo tiempo, no se parecía en nada a ninguno de los dos. Se sentía demasiado cercano al *poder*.

Cuando desvió la mirada del espejo hacia las ventanas, los lazos de las cortinas se abrieron, y los paños se movieron hacia el centro como para preguntar: ¿esto es lo que quieres? Entonces, cerró los ojos. Si se decía a sí mismo que el brillo provocativo de la magia no era más que un objeto de estudio, podría con la inmensidad de la situación. No sabía mucho sobre cómo podría ser una propiedad que había sido habitada por generaciones de una misma línea de sangre mágica. Había visitado Cheetham Hall de niño, y Jack y Elsie habían competido para ver quién podía convencer a los listones del suelo para que hicieran tropezar al

217

otro. Elsie ganaba la mayoría de las veces, y Jack se quedaba tendido en el suelo, desternillándose de la risa, y movía los dedos con frenesí, hasta que la alfombra lanzaba a Edwin al suelo también. Jack Alston, un joven moreno y salvaje, con todo el poder de la herencia a su disposición y una familia que lo amaba sin condiciones. Edwin había aprendido a desearlo y, también, a envolver el resentimiento en ese deseo, como un trozo de cristal en un papel.

Se oyó un llamado a la puerta, seguido por la voz baja de Robin:

—¿Edwin?

—Adelante.

Robin tenía el cabello mojado, sus rasguños resaltaban sobre el rostro recién lavado, en el que los ojos color avellana brillaban como la superficie de un lago. El salto de cama que habían conseguido para él era de tela acolchada color verde oscuro, con un lazo negro. Se había arremangado para dejar la maldición al aire y estaba frotándola con el pulgar, tan fuerte que surcaba la piel.

—¿Esta…? —preguntó Edwin.

—Solo una vez, hace unos minutos. Agradezco al cielo que no se haya activado dentro del laberinto. Supongo que podría haber sido peor. —Había dicho lo mismo al salir del laberinto. Justo antes de que…

—Sí, pudo haber sido peor —coincidió Edwin por lo bajo.

—¿Ahora te alegra que haya entrado detrás de ti?

Era una pregunta imposible de responder, al final de un día imposible de procesar. Las emociones de Edwin se agitaron, como aves dentro de la jaula, aleteando sin parar en contra de su habitual incapacidad de expresarse. Lo más extraño de todo era que, por una vez en su vida, no tenía miedo. Tal vez el miedo, al igual que la magia, era limitado y se había agotado dentro del laberinto. Ambos habían estado cerca de la muerte.

Aunque hubieran estado a un mundo de distancia, sin compromiso de sangre que hiciera a Edwin responsable de mantener a Robin con vida, la idea de que saliera más herido le resultaba... inaceptable.

—No, no me alegra —sentenció, una mentira descarada e irrefrenable—. *Sabía* que no traerías más que problemas.

Robin sonreía, porque no sabía lo que era bueno para él. Por eso había acabado así, con rasguños en el rostro y en las manos que Edwin no pudo evitar tocar. Recorrió las peores marcas rojas, un poco halagado, un poco culpable, del todo enfadado con el mundo por haberlo colocado en esa posición, más rico de lo que era al comienzo del día, por haber heredado una de las propiedades mágicas más antiguas de Inglaterra. Robin Blyth levantó las manos, entregado a que Edwin inspeccionara la evidencia de que ambos habían desbordado de desesperación ese día. La rabia inundó su mente como agua hervida, y no podía respirar.

—Edwin —pronunció el otro con voz ronca.

Él avanzó a ciegas y lo besó.

Fue un mal ángulo. Edwin no besaba a nadie hacía años, por lo que era un idioma que su boca llevaba mucho sin hablar, así que sonó con la cadencia equivocada y la gramática enmarañada. Los labios de Robin eran suaves debajo de los suyos; contó hasta dos de prisa, lo suficiente para que el sentido horrorizado de autopreservación superara el impulso que lo había dominado. Entonces, se apartó. O intentó hacerlo. Apenas había puesto distancia entre los dos, cuando Robin la cubrió otra vez, tan rápido que Edwin no pudo hacer foco en su rostro ni identificar su expresión. Estaba rodeándole la espalda con los brazos, firmes e implacables. Una vez más, eso era justo lo que Edwin necesitaba. Se dejó llevar, al tiempo que el deseo lo dominaba como una enredadera. La boca de Robin estaba otra vez en la suya y, de repente, la gramática se acomodó.

De alguna manera, la espalda de Edwin llegó a la pared, sin que dejaran de besarse. Robin estaba tan cerca que él podía sentir cómo se ponía duro contra su cadera. Le llevó una mano al cabello y mantuvo la otra sobre su espalda baja. En ese momento, Edwin se percató de que no tenía ni la más mínima idea de lo que sus manos estaban haciendo… Ah, allí estaban, aferradas a los hombros de Robin por su vida.

El hombre le succionó el labio inferior antes de apartarse e inspirar un suspiro en él. Edwin se quedó helado, pero Robin soltó una especie de gruñido, inclinó la cabeza y recorrió la mandíbula y el costado de su cuello; una combinación de calor, lengua y succión. El miembro de Edwin se endureció y sintió, más que escuchó, la exhalación que salió de su boca casi como un gemido de placer. Subió las manos al pecho del hombre y empujó, gentil pero firme. Cuando Robin se apartó, él por fin pudo verle el rostro: sus labios estaban húmedos y los lagos de sus ojos, oscurecidos, lo miraban como si él fuera una maravilla por descubrir.

Un escalofrío diferente a la magia recorrió la espina de Edwin de punta a punta. Sentía cómo la necesidad amenazaba con desbordarlo y quería dejarse llevar, inclinar la cabeza hacia atrás y dejar que su cuerpo sintiera algo que no fuera dolor, fatiga o tensión. Mantener la compostura frente a tal deseo era similar a arrastrar un yunque colina arriba. Respiró hondo y llevó las manos al lazo que mantenía la bata de Robin cerrada.

—¿Puedo…?

—Sí, por Dios, sí —soltó el otro. Llevaba interiores debajo del salto de cama, pero nada más. Seguía inclinado hacia él, plantándole besos hambrientos y descontrolados, pero se detuvo con un gemido bajo cuando el mago rodeó su erección con los dedos.

Hacía mucho tiempo que Edwin no hacía eso con alguien más. Comenzó a experimentar, alternando movimientos suaves con jalones más firmes, mientras observaba cómo se movía la garganta de Robin al tragar saliva y escuchaba los improperios que murmuraba. Luego apoyó una mano en la pared junto a su hombro y le dio lugar suficiente para moverse entre los cuerpos de ambos. De repente, a Edwin le tembló el pecho al percibir el aroma embriagador de la piel de Robin. Fue posando la vista en los pequeños detalles: la sombra de barba en el mentón, la terminación de la bata, abierta para revelar el pecho, el movimiento estable de su propia mano, que subía y bajaba por la extensión del miembro que comenzaba a mojarse.

Robin agachó la cabeza para ver también, por lo que sus frentes se chocaron y Edwin se detuvo.

—Lo siento, ¿está…?

—¡Sí! Rayos, es que… quiero… ver, ¿está bien? —Se humedeció los labios, bajó la vista y volvió a levantarla—. Me gustan tus manos. Me gusta verlas.

La facilidad con la que confesó algo tan vulnerable sorprendió a Edwin. Pero claro, Robin era audaz en ese campo, al igual que en todos los demás. Sin dudas no tendría problemas en ser abierto sin pensarlo dos veces. Si alguien quisiera burlarse de él por algo que deseaba, de seguro se *reiría*.

La confesión fue acompañada por un gesto tímido y profundo de placer, y Edwin se descubrió sonriendo.

—Si eso dices —respondió. Aún tenía la mano sobre el miembro del hombre, pues parecía grosero soltarlo llegado a ese punto. Robin asintió con la cabeza, y sus ojos se oscurecieron aún más.

—No tienes idea de lo mucho que me distrae cuando manipulas ese cordel…

El mago lo besó, una vez y con fuerza, mientras intentaba pensar. Sabía pensar. Debía quedar una gota de sangre disponible en su cuerpo para activar las neuronas, a pesar de que la mayor parte estaba alimentando su propia erección y fluyendo por sus extremidades.

–Ven, tengo una idea. Siéntate en el borde de la cama –indicó. Con una inestabilidad que lo hizo sonreír, Robin obedeció. Terminó de sacarse los interiores sacudiéndose y dudó con la bata, pero la conservó. La imagen mientras se sentaba era casi un lujo indecente: el cuerpo desnudo, enmarcado por la tela verde. Tenía piernas fuertes, un poco más pálidas que los brazos, y una cicatriz abultada en una rodilla.

Edwin subió a la cama para arrodillarse detrás de él. Al acomodarse, con las piernas flexionadas alrededor del otro y el mentón sobre su hombro, tuvo un breve recuerdo universitario. La primera vez que había usado las manos en alguien había terminado así, y había comenzado como suponía que lo hacían esa clase de cosas: uno tomaba la iniciativa de reemplazar la mano de otro muchacho, sin pronunciar ni una palabra en el proceso. Tal vez Robin, *furtivo y atlético*, nunca había conocido encuentros diferentes. Ese pensamiento fue suficiente para que Edwin se permitiera seguir, para que se pusiera cómodo. Fue suficiente para que descansara una mano en la rodilla expuesta de Robin, ignorando el quejido que emitió al mismo tiempo que separaba más los muslos, y le acariciaba la extensión de piel bajo la oreja con la nariz. Estaba más tranquilo, más en control. Subió los dedos por el muslo de su acompañante, hacia donde la piel era más sensible, cerca de la entrepierna; un músculo reaccionó al contacto, seguido por una respiración temblorosa.

–Por favor –suplicó Robin cuando el mago se detuvo otra vez. Tenía la vista fija en la mano.

Edwin sonrió contra su cuello y se dispuso a la tarea de complacerlo de forma apropiada. Debía admitir que no se veía *mal*. Sus manos no tenían nada especial, pero sería feliz de ver *eso* por horas: el deslizamiento de la piel bajo sus dedos, sobre la extensión endurecida, lubricada por los fluidos que habían comenzado a gotear sin parar desde la punta. Aumentó la fuerza y el ritmo, a lo que Robin respondió con un gruñido de aprobación y descansando los hombros con más pesadez sobre su pecho. Él mismo estaba clavándose los dedos en las piernas con tanta fuerza que dejaba hendiduras.

Ver a Robin contenerse con tensión porque quería que él lo hiciera, porque estaba *dejando* que él lo hiciera, fue más excitante, de algún modo. Edwin se mordió el labio inferior. Sentía calor en todo el cuerpo al estar inmerso en la satisfacción de ser el que marcaba el ritmo, de poder contemplar con libertad cada ángulo del hombre que alcanzaba a ver. Su propio miembro comenzó a combatir con sus interiores, y sus caderas temblaban por el deseo de avanzar y frotarse contra el trasero de Robin. Al sentir que el cuerpo del otro se tensó, presionó aún más. A cambio, recibió un jadeo ahogado y un latido en el miembro que sostenía, seguido por el fluido blanquecino descontrolado que se derramó entre sus dedos, sobre la bata, las sábanas y el cuerpo de Robin.

El joven giró la cabeza, y Edwin tardó un momento en percatarse de que lo estaba besando, y en inclinar la cabeza para permitirlo. Robin le enterró la mano en el cabello, y el beso se volvió más fluido y profundo que el anterior. Luego se sacó el salto de cama, que dejó caer al suelo, y giró con todo el cuerpo sobre la cama con incomodidad, ya que nunca liberó la boca de Edwin. Después se arrodilló y lo atrajo hacia él, y Edwin se estremeció cuando su erección entró en contacto con el bajo vientre del otro. Le mordió el labio y le aferró los hombros. Quería meterse debajo de la piel de Robin y nunca salir.

Conocía sus debilidades como a viejos amigos, y esa era la principal: nunca había sido bueno conteniéndose en la cama. Tenía años de práctica controlándose detrás de escudos en contra de insultos y ofensas, pero el *deseo* era diferente. El cuerpo lo traicionaba cuando quería algo y, en ese momento, quería todo. Quería las manos de Robin Blyth, no para mirarlas, sino para sentirlas.

Se reclinó hacia atrás y usó el peso corporal para hacerlos descender a ambos, hasta chocar la cabeza contra el borde de la almohada. El impacto fue suficiente para recordarle que alguien lo había golpeado allí más temprano ese día y para que el dolor lo hiciera estremecer otra vez.

–¿Te encuentras…?

–Sí, estoy bien –respondió impaciente, antes de envolverlo con las extremidades cual cuerdas.

Robin bajó la boca hacia la suya otra vez y deslizó una mano más allá de su cuello. Estaba tendido con el peso sobre él, presionándolo contra la cama, y la seda gruesa de la bata se sentía como agua sobre la piel de Edwin. Algo dentro de la habitación estaba produciendo un sonido casi demasiado agudo para escucharlo, como una vibración musical. Si salía del propio Edwin, se moriría de la vergüenza, pero tenía la sensación terrible de que eran… cuerdas, plata, espejos… algo tangible y externo a él. Algo en su nueva casa que estaba confundido por el rugir de su sangre y que intentaba encontrar el modo de seguirlo.

–Estás demasiado vestido para esto –comentó Robin después de una sesión de besos muy salvaje.

–No puedes imaginar lo poco que me importa.

Tras una risa, Robin bajó de encima de él y descansó la cabeza en su hombro. Mientras tanto, le abrió la bata, con una torpeza que debía ser deliberada, y al rozarle el miembro erecto con los nudillos le provocó chispas y escalofríos. Edwin se incorporó lo suficiente para deshacerse del salto de cama y volvió a recostarse.

–¿Cómo… te gusta? –preguntó Robin, casi ronco. Era decidido y aún tenía una sonrisa en los labios que lo hacía muy apuesto, al punto de ser casi insoportable. Apartó el último pliegue de los interiores de Edwin del camino, con lo que sus pieles se encontraron y ambos inhalaron a la vez, como si estuvieran en una carrera por consumir el oxígeno entre ellos.

Edwin se congeló cuando su cautela instintiva ganó por un instante la batalla contra la marea del deseo. Podía sentir la tentación peligrosa de abrirse por completo a las sensaciones. Apenas podía pensar, pero se forzó a hacerlo. Había permitido que Robin cruzara sus barreras tranquilo y sin esfuerzo, al igual que Sutton. Y, como Sutton, Edwin podía levantar defensas secundarias. Si ambos deseaban eso, él *seguro* podía hacerlo sin entregar demasiado de sí mismo, pero solo si era cuidadoso. Si se mantenía bajo control, aún podría pensar algunas formas de mantenerse a salvo.

–¿Edwin? –preguntó el hombre con voz temblorosa.

–Rápido –respondió él, sin aliento. Luego se presionó contra la mano de Robin con exigencia–. Rápido y fuerte.

–Mierda –susurró el otro, antes de seguir las indicaciones como un atleta. Fue fuerte y rápido. Las callosidades en las manos se sentían tan bien sobre el miembro de Edwin que era casi insoportable, el pulgar dibujaba círculos en la punta y el ritmo era implacable. Edwin solo podía aferrarse a él, con las uñas clavadas en su espalda, y dejar que la sensación le recorriera el cuerpo en oleadas de calor, hasta que comenzó a jadear, a gemir, ansioso por que terminara y por que durara para siempre al mismo tiempo.

En el momento del clímax, abrió la boca sobre el hombro de Robin y convirtió el grito en una mordida. Aunque cerró los ojos, percibió algo similar al disparo de una cámara fotográfica, una luz blanca detrás de los párpados delgados. Luego, todo se oscureció. Al regresar del descenso tembloroso del placer, la habitación parecía más pequeña, más acogedora. El brillo de la luz guía generó sombras en cada esquina y, casualmente, también le permitió ver la marca roja y mojada de saliva que había dejado en el hombro de Robin con los dientes. Como si Robin necesitara *más heridas*. Cuando se percató de que la estaba tocando, apartó los dedos de inmediato.

—Lo siento. Fue un impulso del momento.

—Fue la primera vez que me lo han hecho —respondió el aludido con alegría e intentó redondear el hombro para verse—. Nadie me ha hecho eso desde que Maud atravesó su etapa salvaje, alrededor de los cinco años.

—Lo *siento*. —Edwin se desplomó y enterró el rostro en la almohada. Una mano le alborotó el cabello, y él estuvo a punto de darle una palmada por lo indigno del gesto, pero le debía a Robin dejarlo hacer lo que le pareciera justo por… por haberlo *mordido*. Santo Dios.

—Dime si va en contra de alguna regla de etiqueta de los magos, pero ¿qué pasó con la luz?

—¿La luz? —Edwin volteó a mirarlo.

—Cuando tú, eh… —Robin hizo un gesto desafortunado—. La luz se volvió muy brillante, luego se apagó como una vela y volvió a encenderse. ¿Eso sucede siempre?

Edwin se mordió la lengua para no admitir que no lo había notado o, más bien, que había pensado que era su imaginación. Había creído que era un efecto novedoso por haber alcanzado un pico de placer más satisfactorio y avasallante de lo que había sentido en años. Tuvo energía suficiente para fulminar a la luz guía con la mirada, pero no para embarcarse en una explicación acerca de su absurda ignorancia respecto a las consecuencias habituales de tener sexo fantástico en una propiedad mágica, una que se sentía como un traje nuevo con el calce equivocado. Un rincón de su mente se preguntó si la casa había hecho lo mismo con Flora y Gerald Sutton, pero abandonó esa línea de pensamiento con horror.

—No en mi experiencia.

—Ah —respondió Robin. Su alegría tomó un aire engreído, y el primer instinto insensible de Edwin fue enfrentarlo, desanimarlo de algún modo. Giró sobre su espalda, con lo que sintió el frío de la habitación de forma abrupta sobre la humedad en la cara interna de los muslos. El éxtasis del deseo estaba menguando, dejando a Edwin inseguro y ansioso; había olvidado qué se hacía después con alguien que le gustaba. Alguien al que, al parecer, por más que fuera extraño, él también le gustaba.

Robin sonreía. Mientras Edwin intentaba corresponderlo, incapaz de apartar la vista de su boca, un pensamiento lo impactó como un témpano: *Hierba de Leto. Estás ayudándolo a liberarse del mundo mágico y luego lo ayudarás a olvidarlo. No te involucres. Marca límites claros.*

Luego, una idea más egoísta alzó la voz: *Si lo olvidará de todas formas, es más seguro, ¿no?*


Robin solo pudo pensar en su visión después del hecho. Durante el proceso, nunca tuvo concentración suficiente para planear más allá del siguiente momento de gloria, mucho menos para intentar relacionar lo que hacían con la visión del mago que había tenido en la primera noche, en la sala en Londres. En aquel momento, le había resultado ridícula. Había creído impensable que Edwin, el hombre quisquilloso de porcelana, se abriera y se involucrara en esa clase de intercambio. Incluso esa mañana, si se lo preguntaban, hubiera asegurado que era frío en la cama, dispuesto a recibir, pero de forma pasiva, con las reacciones seguras dentro de una caja. Había tenido compañeros así antes. Hombres que estaban luchando con ellos mismos por sus preferencias o que parecían pensar que, de algún modo, sería burdo demostrar placer, que no era correcto.

De ser frío, Edwin había pasado a encenderse como una hoguera. Robin se autocomplacería durante semanas con el recuerdo de la concentración firme del hombre, de la mano cerrada alrededor de él, del sonido que había hecho en su hombro en el momento del clímax, como si el alma estuviera escapando del cuerpo.

El calor de la liberación estaba enfriándose, y Edwin bajó de la cama y se acercó al aguamanil en una esquina. Se mantenía de espaldas a Robin y algo en la caída de sus hombros revelaba vergüenza. Quizás incluso arrepentimiento.

—¿Edwin?

—¿Qué? —El mago giró, un tanto rígido, pero al menos se dio la vuelta.

—Me preguntaba qué clase de idiota ciego fui para no ver tu atractivo cuando nos conocimos.

Las mejillas de Edwin se ruborizaron y sonrió igual que cuando Robin había confesado que le fascinaban sus manos: un poco incrédulo, pero complacido. No era un gesto de arrepentimiento. Al verlo, Robin deseó llevarlo de vuelta a la cama, acorralarlo y murmurar halagos sobre su piel hasta que se grabaran como el opuesto a una maldición.

—Ah. Yo, por el contrario, no soy ciego ni idiota.

Robin tardó un segundo en reconocer la forma certera de devolver el halago. Entonces, sonrió y relajó los hombros, al tiempo que la tensión entre ellos menguaba. Luego tomó su turno en el aguamanil y se estremeció cuando el agua fría corrió por su piel. Mientras tanto, Edwin sacó una pila de sábanas del arcón al pie de la cama y se arrodilló frente a la chimenea. Sus manos grandes parecían dudosas al formar figuras sin el cordel, pero apenas había iniciado el hechizo, que el fuego chasqueó y comenzó a arder con más fuerza. Colocó unos troncos más, se puso de pie y se sacudió las manos.

—Estuve pensando —dijo.

—Qué extraño de ti. —Otra sonrisa de lado.

—Alguien sabía dónde estábamos. Sabía cómo encontrarnos; o a ti, más bien. No se suponía que yo saliera de ese laberinto intacto y no contaban con tu arrebato de heroísmo. Querían que estuvieras solo.

Los dos se metieron debajo de las sábanas, sentados, con las sábanas nuevas en los hombros. Aunque esa era la habitación de Edwin, no había sugerido ni con una mirada de soslayo que quisiera que Robin se marchara. Robin no había compartido las sábanas desde que era un jovencito, sin contar las pocas noches en las que Maud había necesitado que le susurrara tonterías para distraerla de la bronca por los planes a futuro de sus padres. Conocía a Edwin hacía una semana, aunque pareciera más, por lo que discutir los eventos del día en la cama era un momento de intimidad extraño e inestable. Sin embargo, los eventos del día incluían muerte y riesgo de muerte, así que nada allí *no* era extraño.

—O querían que estuviéramos distraídos para poder exigirle información del juramento a la señora Sutton, ya que los habíamos guiado hasta ella. Si ese era el caso, lograron su cometido.

—Como sea, nos encontraron. Te encontraron. —Con las cejas en alto, guio a Robin a la conclusión lógica.

—Todos los participantes de la cena de anoche escucharon que planeábamos venir aquí.

—Así es.

—No tiene sentido. Si alguno de los amigos de Belinda quería encontrarme solo, tuvo incontables oportunidades.

—Y si quería lastimarte, podría haber colocado los hechizos del Flautista de Hamelin y Piernas de plomo en el mismo cuadrante del lago —comentó Edwin con desazón. Robin palideció ante la naturalidad con la que parecía aceptar la posibilidad de que su hermana y su cuñado estuvieran involucrados en un plan maligno. Aun así, su mente susurró con la misma tranquilidad: *Charlie intentó remover la maldición. ¿Y qué sucedió?*

—El problema es que el hombre que nos atacó hoy logró atravesar la barrera sobre la propiedad.

Robin se sintió estúpido. Había sido un largo día y estaba cansado, pero Edwin, que tenía mucha menos resistencia física, había tenido un día igual, había sufrido los mismos daños, pero allí estaba, con la mente corriendo como un gato tras un ratón.

—No había pensado en eso. ¿Crees que no era un mago?

—Supongo que es posible conjurar una máscara en otra persona. No pensé en *eso*. Asumí que… —Con el ceño fruncido, descansó la cabeza contra la pared. Las líneas en el cuello, que le habían hecho las plantas en el laberinto, eran desconcertantes. Podría haber sido un santo decapitado en un oficio religioso, con las marcas de la herida pintadas como señal de martirio—. Me preguntaba si la maldición podría tener una cláusula de rastreo. —Robin observó su brazo: para entonces, las runas estaban llegándole al hombro. Ya casi tenía toda una manga de intrincados patrones negros—. Eso podría superar un hechizo de defensa —continuó Edwin, que tomó su postura académica con facilidad, a pesar de estar envuelto en sábanas—. Se trata de qué hechizo tiene prioridad sobre el otro.

—Si pusieron un hechizo de rastreo en mí, ¿podrían seguirlo a pesar de que la barrera quisiera impedirlo? —preguntó Robin, a lo que el mago asintió—. Si es así, no necesitaban saber a dónde nos dirigiríamos con anticipación –concluyó aliviado. Aunque no *confiaba* en ninguno de los invitados a la fiesta de Belinda, no quería creerlos capaces de cometer homicidio.

Sin embargo, la conclusión los dejaba sin indicios respecto a quién podía ser el responsable de lo sucedido. Los indicios que pudo haber en esa casa habían muerto con Flora Sutton.

De repente, Robin pensó en la visión que había tenido de una anciana (*otra* anciana), de ropa negra y mirada brillante, que era atacada en un espacio reducido. Algo en la actitud desafiante de su sonrisa era similar a la de la señora Sutton.

—Respecto a la señora Sutton, ¿no tienes la sensación de que no reveló lo que el hombre quería de ella? –arriesgó.

—Sí. O quizás le dio la respuesta que él *no* quería y luego se quitó la vida.

Algo así requería de una clase de valor que Robin no les adjudicaría a muchas personas; él no lo tenía, eso era seguro. Al golpear a los hombres enmascarados, la primera noche en las calles de Londres, se había sentido ofendido y sorprendido, más que nada. Después de seis días de dolor y confusión, se preguntaba si aún haría lo mismo y si esa no había sido la intención precisa del dolor y las visiones de la maldición. Por mucho que había querido sonsacarle los secretos a Flora Sutton (para saber por qué lo habían maldecido y por qué podría haber muerto Reggie Gatling), había visto el miedo en el rostro de la mujer cuando hablaba del juramento y de lo que podía ocasionar.

Lo que estaba ocasionando.

—Tendré que revisar los libros –anunció Edwin, iluminado–. Me pregunto si la Cabaña Sutton me dejará llevar algunos a casa. –Miró alrededor como si esperara una respuesta al comentario.

Era una absoluta locura que Edwin hubiera adquirido una propiedad

231

con base en una pizca de sangre y las manos de una mujer, pero allí estaban. Al parecer, las leyes hereditarias de la magia se componían de dos partes de afinidad y una de papeleo. Antes de la cena, el ama de llaves había abierto un cajón en un estudio polvoriento y allí constaba: el nombre completo de Edwin en un testamento oficial, en caligrafía perfecta. El hombre le había explicado que esa clase de encantamiento era posible porque era un mago registrado, aunque había sonado un tanto inseguro, como si ni siquiera toda su vida de lectura lo hubiera preparado en esa materia. Quizás tenía algo que ver con la propia finca, igual que el destello de la luz guía en el momento del clímax de Edwin.

Al pensar en eso, Robin deseó posar sus labios en él otra vez, pero desconocía las normas. ¿Qué se hacía después del sexo, antes de dormir? ¿Qué encajaba en los límites del comportamiento aceptable?

—¿Hoy no has tenido visiones? —preguntó el mago.

—Aún no —respondió Robin. Gracias al cielo, no había tenido una en medio del acto—. Están dándome señales con anticipación. Tendría tiempo para… —Sacudió una mano con imprecisión—. Sentarme, por ejemplo.

—¿Qué clase de señales?

—Veo destellos de luz en la visión periférica, como cuando te caes y te levantas demasiado rápido. Y siento sabor a pimienta. —Se lamió los labios—. Y, en general, algún aroma, pero eso varía. Y… se hace difícil respirar, siento presión en el pecho. No como si me ahogara, pero se acerca.

—¿Crees poder generar una visión? ¿Voluntariamente?

—¿Por qué?

—Viste el laberinto y era importante. Podrías ver algo más.

Aunque a Robin no le encantó la idea, era indiscutible, así que se acomodó en la cama y cerró los ojos.

—¿Por dónde empiezo?

—Por donde suelen empezar —respondió Edwin, con la confianza habitual del conocimiento, pero en voz baja. El sonido provocó un escalofrío reconfortante en la piel de Robin, como el roce de una prenda de franela.

Se frotó el paladar con la lengua para generar calor y fingir que era el sabor fuerte previo a las visiones. Luego cerró los ojos con fuerza hasta quedar a oscuras, inhaló profundo y sostuvo el aire; no sintió otro aroma más que el de lavanda y polvo de las sábanas, que habían pasado demasiado tiempo en el arcón, y la esencia de sus cuerpos sucios y cercanos.

Contuvo el aliento, los ojos cerrados.

Instó a su mente a perderse en una visión, pero solo podía concentrarse en la sensación de los pulmones presionados contra las costillas con resistencia y ardor, seguidos por una oleada de pánico; en cualquier momento se le llenarían la nariz y la boca de agua y sería incapaz de respirar aunque lo intentara…

Abrió los ojos de golpe y se tambaleó al intentar sentarse derecho. Edwin le tocó el hombro, y él esperó a que le preguntara ansioso si había funcionado; sin embargo, solo dibujó círculos con el talón de la mano.

—No fue nada bien. Lo siento. Lo intenté, pero me sentía como en el maldito lago con los cisnes.

Edwin apartó la mano. Lucía cansado, como si no lograra decidir qué quería decir a continuación. Lo que dijo al final, preparado como una cena elegante, fue:

—Desearía poder mejorar esta situación.

—Lo estás intentando —respondió Robin.

—Y fracasando. —Los labios de Edwin se afinaron más.

Sin razón aparente, Robin pensó en Maud, quien se lanzaba sin razón a cualquier aventura o pasión como si fuera la primera, y contuvo un repentino brote de culpa. Se suponía que estuviera con ella y que resolviera el futuro de su familia, pero ¿dónde estaba? Recluido en una finca en Cambridgeshire, devorando a Edwin Courcey con la mirada y fingiendo que sus problemas eran los únicos en el mundo.

—Que lo intentes es lo que cuenta —dijo.

Edwin bostezó. La habitación se estaba calentando, dado que había avivado el fuego; por eso debió haber dejado caer la sábana de sus hombros. Robin se regocijó con la imagen. La piel de Edwin era suave y pálida, y la extensión de las clavículas lo hizo salivar. Entonces, volvió a pensar en esa visión en particular: el hombre desnudo, retorciéndose sobre las sábanas. *¿Esas mismas* sábanas? ¿Cómo podía saberlo? No eran más que sábanas.

—¿Qué sucede? ¿Por qué me miras así? —Edwin estaba encogiendo las extremidades, cohibido y cauteloso. Robin estaba demasiado distraído como para pensar en algo que decir más que:

—Estaba pensando en lo mucho que me gustaría mamártela.

Edwin se quedó sin aliento y aflojó la rodilla flexionada, mientras Robin le acariciaba la pierna. Ya estaba acercándose a él, bajando por la cama para encontrar una buena posición, pero Edwin le sujetó la muñeca y lo observó con una mirada que Robin no podía leer.

—Yo… Eh, gracias, pero preferiría que no lo hicieras —soltó. Robin lo miró fijo, así que se humedeció los labios y agregó de prisa—: Sí me gustaría hacerlo contigo.

—No debes sentirte obligado…

—No lo siento así —aseguró con el rastro de una sonrisa—. No estoy mintiendo, Robin. Me gustaría mucho hacerlo.

Robin nunca se había encontrado con otro hombre que tuviera objeciones en contra de recibir una mamada, por lo que, por un momento, sintió el orgullo herido; pocas veces se había ofrecido a hacerlo. Pero no pensaba forzar a nadie a aceptar algo contra su voluntad, y Edwin estaba mirándole la entrepierna (que palpitó con anticipación), con la intensidad que antes solo les había dedicado a los libros, así que, ¿qué haría Robin? ¿Rechazarlo?

—Bueno —dijo con impotencia—. Te debo un horrible agradecimiento, supongo.

—Siempre tan amable —comentó el otro. Luego se inclinó para besar a Robin, un único encuentro brusco de labios.

Si se lo preguntaban, Robin nunca hubiera pensado que *precisión* sería la habilidad más deseable en un compañero de alcoba que estaba por usar la boca en su miembro. Pero, claro, nunca había imaginado el modo en que Edwin le apoyó una mano extendida sobre el abdomen y trabajó con tranquilidad y detenimiento desde la raíz hasta la punta, con besos de labios separados y deslizando la lengua por la piel sensible, como si pronunciara palabras en un idioma nuevo. Como si pintara runas sobre él. Incluso el aire en la habitación parecía una caricia, como si la casa nueva de Edwin se doblegara a su voluntad para crear la temperatura perfecta en la habitación acorde al cuerpo de Robin.

Edwin mantuvo una mano en la erección resbaladiza, se detuvo entre breves succiones alucinantes de la punta, y giró su propia cabeza rubia como para tronarse una contractura muscular. Fue una acción descuidada y casual, algo que Robin lo había visto hacer muchas veces en la biblioteca, cuando cerraba un libro y buscaba otro. Se rio en silencio al verlo, con lo que su abdomen se sacudió e hizo que Edwin lo mirara de inmediato, precavido.

Robin se humedeció los labios secos e intentó conferir gratitud en la mirada extasiada de placer.

—Se siente increíble, para ser honesto —dijo y entrelazó los dedos en el cabello del mago—. ¿Te importa si…?

Edwin no se acercó a la mano ni se la apartó, sino que *pensó* en ello. No había razón para que fuera excitante, pero lo fue. Y cuando Edwin dijo "En absoluto", en un susurro ronco, Robin gimió, permitió que sus dedos se flexionaran para devolver al hombre a la tarea y dejó de pensar por completo.

# CAPÍTULO 16

Robin se quedó dormido casi de inmediato al regresar a su habitación y despertó al amanecer, cuando la maldición le clavó las horribles garras. Volvió en sí después de una fantasía sangrienta, en la que *cortarse* la extremidad maldita comenzaba a sonar como la mejor solución.

No consiguió volver a dormir después de eso, así que llevó una silla hasta la ventana, que tenía vistas hacia un sorprendente amanecer adorable, en tonos acuarelados de color rosado y amarillo, que se extendía sobre los jardines. Era una aurora de dedos rosados. Podría ser un estudiante mediocre, pero algunas cosas quedaban grabadas en la mente.

El mayordomo le entregó la ropa. Los zapatos habían sido lustrados. Los pantalones, la camisa y el chaleco habían sido lavados y planchados para que fueran presentables y remendados con costuras tan diminutas y prolijas que era tentador decir que eran mágicas. Mientras se vestía, Robin recorrió los remiendos con el pulgar e hizo una nota mental para preguntarle a Edwin más acerca de la magia doméstica. Una nota que desapareció de inmediato de su mente en cuanto entró al salón del desayuno y la nariz, al percibir aroma a arenques y curry, le informó al estómago que estaba *famélico*.

Después del desayuno, Edwin pasó algún tiempo encerrado con el mayordomo y el ama de llaves, probablemente resolviendo otros asuntos legales relacionados con la herencia de una propiedad por sangre, suelo y un colgante de plata. Mientras tanto, Robin, excluido una vez más, fue a recorrer las partes del jardín que no incluían laberintos. Tuvo una conversación con un asistente de jardinería, por la que supo que había *cuatro* laberintos y que la cantidad de turistas felices de pagar por visitas a la casa o a los jardines era suficiente para que el puesto fuera codiciado entre los jardineros y encargados del condado. Edwin había heredado un misterio mágico, pero, al parecer, más bien una atracción turística muy lucrativa.

Cuando emprendieron el regreso a Penhallick, Edwin había llenado el maletero del Daimler de libros del estudio escondido detrás del espejo de Flora Sutton. Estuvo en silencio durante el viaje; no por temor, sino por preocupación. Solo habló para dar indicaciones según el mapa en sus rodillas. Robin no quiso presionarlo porque parecía haberse retraído a propósito. ¿Debía suponer que diría algo si deseaba hablar del tema, o que estaba esperando a que él lo hiciera? ¿Debía preguntar si lo ocurrido entre ellos podría volver a suceder o si podría ser el comienzo de... qué? Su mente intentaba amoldarse a una forma desconocida, a un futuro tan frágil como el copo de nieve de Edwin. Lo único que sabía era que no *quería* que ocultaran eso debajo de su amistad naciente y fingir que nunca había ocurrido.

Al llegar a la casa de los Courcey, no los esperaba ningún juego de Cupido. Había lluvias esporádicas que goteaban con suavidad sobre el techo del automóvil. Edwin se estiró de la posición en la que había estado mirando por la ventana, a veces moviendo los dedos con pereza, pero dejándolos caer antes de formar algún hechizo.

—Cinco libras a que no notaron nuestra ausencia —dijo.

—Que sean diez. Ahora eres un hombre de recursos.

—Ni lo menciones. —Edwin hizo una pausa—. De hecho, preferiría que… guardaras silencio al respecto. Al menos por el momento. No sé cómo lo tomará mi familia, y quiero decírselo a mi madre primero.

Edwin entró, mientras Robin fue a guardar el automóvil en el establo reformado. En el proceso, recordó que no había nadie que cuidara del vehículo, así que buscó un trapo y le hizo una limpieza rápida antes de dirigirse a la casa. Quería ir a las habitaciones sauce a cambiarse de ropa (quizás encontrar a Edwin en medio del mismo proceso y pensar una forma sutil de despertarle el interés por revivir las actividades de la noche anterior), pero el hombre, aún con la misma ropa, lo encontró a pocos pasos de la entrada. Tenía los ojos bien abiertos y los hombros tensos.

—Tenemos una complicación.

—¿Qué clase de…? —comenzó Robin, pero oyó una risa familiar desde el salón y supo muy bien a qué se refería.

La mayoría de los invitados a la fiesta Walcott estaban apoyados en los muebles, todos con expresiones diferentes. Y todos giraron hacia la puerta cuando Robin entró, seguido por Edwin.

—¡Sir Robin! —exclamó Belinda, que lucía radiante y moderna en un traje rosado. Tenía una expresión de alegría, con algo más—. Mira quién llegó y aceptó venir a pasear en bote con nosotros esta tarde.

Robin dirigió la atención hacia la joven junto a Belinda. Su atuendo era mucho más sombrío, gris oscuro de luto. Al ver a Robin, se puso de pie.

—¿Maud? —preguntó él.

Ella ya había atravesado la mitad de la habitación, con el ceño fruncido, y tomó una mano de Robin para presionarla entre las suyas. La dejó apretar lo suficiente para que calmara el temblor de sus propios dedos, resultado de la cantidad de miradas desconocidas sobre ella. Podía encender una carcajada como si tuviera un interruptor, pero no podía sofocar esa sensación. Quería abrazarla y sacudirla al mismo tiempo, pero ella no hubiera apreciado ninguna de las dos cosas.

—¡Robin! —exclamó horrorizada—. Querido, ¿qué te pasó en el rostro?

—Tuve un desacuerdo con un seto. Vamos al punto, Maudie, ¿qué haces aquí?

—Vine por la temporada de caza. ¿Tú qué crees, Robin? Viene a buscarte.

—¿Cómo… qué… cómo supiste dónde encontrarme?

—Tu mecanógrafa me lo dijo —admitió enseguida y le soltó la mano—. La señorita Morrissey. Me agradó. —Él abrió la boca con una catarata de preguntas monosilábicas acumuladas. Maud continuó de prisa—. Fui al Ministerio del Interior. Pregunté, pregunté y pregunté, hasta que alguien logró decirme cuál era tu nueva oficina.

—Maud…

—No mentí. Aunque… Puede que haya dejado que algunos hombres muy amables hicieran *pequeñas* suposiciones sobre la emergencia familiar por la que te buscaba con urgencia.

—¿Emergencia familiar? —La cabeza de Robin amenazaba con explotar.

Su hermana bajó los ojos verdes, luego volvió a levantarlos hacia él. Lucía desahuciada por completo. Robin podía imaginar cómo la mitad de los funcionarios públicos debieron volverse paternales ante la imagen y cómo, la otra mitad, debió haberse esforzado por ser agradable para la dueña de esos ojos.

—Rompí el jarrón preferido de mamá —confesó con debilidad.

Robin la observó con rabia e incredulidad burbujeando en su interior, pero, de algún modo, cuando llegaron a su garganta se convirtieron en risa. Soltó una carcajada larga, sin remedio, y la mirada de Maud expresó alivio.

—¿De verdad? —preguntó él, ella asintió—. ¿El...? —Dibujó una forma redondeada con las manos.

—El jarrón espantoso que heredó de la tía abuela Agatha —confirmó Maud.

—¿Has caminado hasta aquí desde la estación? —intervino Edwin.

—¡No, Win! ¡Es de lo más gracioso! —respondió Belinda—. La criatura llegó a la estación con un bolso y habló con los tenderos hasta encontrar a alguien que la trajera en un carro a caballo.

—Preguntó, preguntó y preguntó —balbuceó Robin. Uno de los hoyuelos de Maud se hundió con una sonrisita impertinente—. Si no estás aquí para informarme de la muerte prematura del jarrón de la tía abuela Agatha, ¿por qué te embarcaste en semejante aventura? —quiso saber. Aunque era una pregunta débil, pues, para Maud, la aventura era el objetivo en sí misma.

—¿Crees que no sé cuándo te escondes? Te *dije* que quería ir a la universidad, Gunning ha estado llamando a diario para saber tu decisión respecto a la propiedad, has pasado dos días haciendo ruidos extraños, ¿y luego huyes al campo con alguna excusa sobre el trabajo? Además la casa es muy aburrida sin ti... ahora que mamá y papá no están.

Tenía los ojos amplios y suplicantes de forma casi dramática. Robin deseaba de corazón que creerlo miembro del servicio secreto hubiera sido suficiente para disuadir a su hermana de lanzarse de cabeza a lo desconocido. Tampoco creyó, ni por un minuto, que hubiera corrido hasta allí solo para buscar consuelo, aunque fue evidente que sirvió como excusa para los demás, que habían visto a una joven impulsiva en ropa de luto. *Aburrimiento* era la verdad más precisa.

—Y ahora —continuó la joven—, ¿descubro que has estado ocultándome alguna clase de *magia*?

—Ah —expresó él. Había fallado de forma miserable en su búsqueda de un modo de preguntar si los presentes habían estado actuando con normalidad desde la llegada inesperada de su hermana. Ese barco había zarpado en su ausencia, pero, al menos, Maud lucía más emocionada que asustada. Detrás de él, Edwin soltó un suspiro apesadumbrado.

—Después de todos los dolores de cabeza de la iluminación —dijo en tono sombrío—. Asesinaré a Adelaide Morrissey.

Robin, que creía reconocer un castigo por meter la pata al verlo, no dijo nada.

—¿Por qué no te sientas, muchacho? —sugirió Charlie mirándolo a los ojos—. Tomaremos el té con unos emparedados para engañar el estómago antes del almuerzo.

Todos se sentaron. Alguien llevó un carrito de comida, y Billy demostró un hechizo de ilusión para Maud. Ella estaba quieta, con naturalidad al ser el foco de atención de otra persona; de un hombre apuesto, además. Tenía muchas preguntas, que Billy intentó responder, pero que Charlie respondió en su lugar. La joven puso los ojos en blanco al escuchar que, en general, no se esperaba que las mujeres practicaran magia con seriedad y que no hacía mucho que algunas de ellas habían comenzado a insistir en estudiarla con la misma profundidad que los hombres. El tono de Charlie dejó entrever que, a pesar de que se les daba lugar a esas mujeres, nadie esperaba mucho de ellas.

—Claro —dijo ella, con una mirada punzante hacia su hermano.

—Ten, Maud, prueba esta limonada —ofreció Belinda al levantar una jarra metálica con un grabado de flores elegante—. Es una especialidad del cocinero. El secreto es la menta de nuestros jardines.

Maud aceptó la taza con una sonrisa, pero no tuvo oportunidad de dar las gracias. En cambio, gimió sorprendida cuando Edwin le sacó la taza de la mano y la devolvió a su lugar.

—Es una broma —explicó.

—Vamos, Edwin, no seas sentimental —protestó Charlie.

—La sirven sin endulzar, solo para ver cómo la escupe, señorita Blyth. —Edwin fulminó a su hermana con la mirada, que lo correspondió, hasta que mostró una sonrisa como diciendo "me atrapaste".

—Es un poco de diversión.

—Ya lo creo —respondió Edwin—. Ahora, si nos disculpan, Robin y yo quedamos varados en Sutton anoche, sin ropa extra, y necesitamos camisas limpias con desesperación. Y estoy seguro de que él apreciaría tener un momento a solas con su hermana para poder… explicarle las cosas. *Con gentileza.*

Para sorpresa de Robin, Maud no lo contradijo. Miró los emparedados con anhelo, pero dejó que la guiara fuera del salón con una mano en el codo. Ya estaban por cruzar la puerta, con Edwin una vez más junto a Robin, cuando Belinda habló tras ellos. No levantó la voz, por lo que él no estaba seguro de que quisiera que la escucharan.

—Es mejor que la alternativa, Win, lo sabes —dijo.

—¿Trajo equipaje, señorita Blyth? —preguntó Edwin, que ignoró a su hermana.

—Sí. El ama de llaves me llevó a una habitación con aves y fresas en las paredes.

—Venga con nosotros por ahora. —El anfitrión los guio por la escalera principal hacia el corredor donde se encontraban las habitaciones sauce. Robin se detuvo de golpe antes de que abrieran la puerta porque Maud le había clavado las uñas en el brazo.

—Has sido muy grosero y no me has presentado, Robin. ¿Debo asumir que es el señor Edwin Courcey?

A decir verdad, fue un milagro que algo de lo ocurrido en la media hora previa hubiera tenido alguna similitud con un intercambio social políticamente correcto.

—Eh, sí, así es —logró decir Robin.

—Bien. —Maud revisó un bolsillo profundo de su falda y sacó una carta doblada, que le entregó al mago—. La señorita Morrissey dijo que era para ambos, pero escribió el nombre del señor Courcey, por lo que asumo que tiene prioridad.

Edwin rompió el sello para leer la nota y, mientras lo hacía, el poco color que tenía desapareció de su rostro. Cuando alzó la vista hacia Robin, el otro deseó, *una vez más*, tocarlo; quería consolarlo, que tuvieran más que una noche, y también deseaba poder concentrarse en lo que parecía un asunto serio, mientras el cuerpo le murmuraba recuerdos del sabor de la piel de Edwin.

—¿Secreto de Estado? —preguntó Maud, sin moverse un centímetro.

—No, Maudie. Secretos relacionados con mi trabajo. Necesito hablar con el señor Courcey. Te contaré lo que puedas saber, lo prometo.

Ella hizo una pequeña mueca, pero entró a la habitación sauce cuando Robin le abrió la puerta y no protestó cuando la cerró. Él estaba casi seguro de que no escucharía detrás de la puerta (confiaban el uno en el otro), pero dejó que Edwin lo alejara por el corredor de todas formas.

—Parece que te hubiera creído si le decías que era un secreto de Estado.

—No le miento a las personas que me importan. ¿Qué sucede?

—Reggie murió. Encontraron el cuerpo hace dos días –informó Edwin. Presionó la carta con la mano, y el papel emitió un sonido seco.

—Lo siento –dijo Robin. Después de todo, no era una sorpresa. El mago le entregó la carta sin mirarlo a los ojos, y él leyó rápido–. ¿Entregado a los Cooper? ¿Qué significa eso?

—Es una rama de investigación de la Asamblea. Quizás el resto de los malditos Gatling por fin decidieron tomarse su desaparición en serio. Los Cooper se asegurarán de que la policía usual no presione demasiado y tomarán el caso, si es que hay algo. –El hombre no parecía entusiasmado al respecto, tampoco sugirió que volvieran a Londres y arrojaran todo ese embrollo a las manos de la policía mágica, que de seguro estaba más capacitada. Por supuesto. Robin aún tenía visiones, y él intentaba mantenerlo fuera del radar el mayor tiempo posible.

Para ser honesto, Robin estimaba que en dos días más exigiría que se arriesgaran si existía la más mínima posibilidad de que los Cooper removieran la maldición. Pero confiaba en el juicio de Edwin.

El resto de la carta aseguraba, con sequedad, que, si estaban haciendo avances, bien podían permanecer fuera de Londres, pues la presencia de Robin no era urgente. El primer ministro había viajado a Cardiff y no regresaría en una semana, de modo que no requeriría el informe habitual.

Unos días más en la biblioteca, con un nuevo lote de libros, podrían hacer la diferencia en la investigación de Edwin. Aunque, a partir de entonces, Robin también tenía que preocuparse por su hermana, por encima de todo.

—Edwin, ¿a qué se refería Belinda al decir que era mejor que la alternativa? –quiso saber. La expresión del mago adquirió la indiferencia que señalaba que no quería reaccionar o que temía la reacción del otro–. No me mientas, por favor.

—Hierba de Leto. —Edwin respiró hondo—. Eso debía tener la limonada. Fue lo que Charlie y Bel tomaron después de disponer las trampas en el lago para poder participar del juego. Así olvidaron dónde las habían puesto.

—Y dársela a Maud era otro de sus juegos.

—No —negó el mago tras otra pausa larga—. Es lo que suele usarse, la mayoría de las veces, después de una iluminación accidental. Aunque el plazo para su uso es limitado. Pasado cierto tiempo, la única opción es lanzar un hechizo mental, y pueden ser... difíciles. También es posible permitir que la persona guarde los recuerdos y hacerle un amarre de silencio en la lengua para proteger el secreto. La hierba de Leto *es* la opción más amable.

A Robin le sorprendió tomarlo como una ofensa personal, muy cercana a una traición. Haría pedazos a cualquiera que lastimara a su hermana, por supuesto, pero el hecho de que *Edwin* defendiera las acciones de Belinda... le dolió. Durante la última semana, habían estado solos contra el mundo. Ese día, era el mundo de Edwin contra el de Robin.

—Entonces, ¿le borrarían los recuerdos de todo esto? ¿La harían pensar, qué, que había sido *drogada*?

—Le dirían que había bebido demasiada champaña.

—¿Y eso te parecía bien?

—Yo los *detuve*, ¿recuerdas? —sentenció Edwin.

—Sí. —Robin se obligó a respirar, y parte de la rabia salió de su cabeza. Tras frotarse el rostro, logró decir sin emoción—: Gracias.

—Ve a hablar con tu hermana, yo hablaré con la mía.

Aun cuando abrió la puerta y vio a Maud sentada en la única silla de la habitación, Robin no tenía idea de *cómo* comenzar con esa conversación. Pero luego sintió sabor a pimienta y supo que la decisión había sido tomada por él de una forma por demás inconveniente.

–Ah, mierda –maldijo por lo bajo. Logró llegar a tientas al borde de la cama y, quizás, sentarse, pero la visión lo abdujo antes de que lo registrara.

Una joven alta, de cabello rubio con un recogido a la moda, falda oscura, blusa blanca de cuello alto asomando debajo de una chaqueta de montar roja y guantes. Con la falda en una mano, la otra deslizándose sobre los paneles de la pared, subió una escalera poco a poco hasta el descanso. Giró en el lugar para formar un hechizo, mientras reía y le sonreía con calidez a otra persona. Las puntas de sus dedos brillaron con luz verde, cálida como la sonrisa. Luego habló.

Fue como si desencadenara el dolor con la voz silenciosa. Pareció surgir de las profundidades, desde donde creció hasta que la visión se desdibujó, reemplazada por oscuridad. Robin ya no era un par de ojos incorpóreos, sino pura agonía, quizás un par de pulmones o una garganta lejana que estaba ahogándose. En mayor medida, sentía dolor. Alambres calientes se enterraban en él una y otra vez y le desgarraban la carne en fragmentos quemados.

Así terminó.

De a poco, el cuerpo de Robin volvió a la realidad. Jadeando, abrió los ojos: estaba tendido de costado en la cama, su hermana tenía una mano firme sobre su hombro, y el rostro aterrorizado cerca del suyo.

–Estoy bien, Maudie –dijo enseguida y se estremeció por el tono ronco de su voz–. Ya pasó.

–¿*Qué* pasó? –exigió ella. Robin se sentó despacio, con los brazos temblorosos–. Robin. –Maud lucía asustada, pequeña y de él, de su lado; siempre estaban del mismo lado. No podía negarle nada, nunca había podido, y sabía lo que diría y lo que él respondería–. Robin, dime qué está pasando, por favor.

247

# CAPÍTULO 17

**De haber sabido que algo de todo eso pasaría, Edwin hubiera salido de** la Oficina de Asuntos Internos Especiales y Reclamos de inmediato al ver que no era Reggie el que estaba sentado detrás del escritorio. Se hubiera ahorrado muchos problemas.

Con certeza, no estaría allí, teniendo una discusión directa con su hermana y cuñado. Ambos lo miraban sorprendidos, como si observaran a una paloma que, de repente, hubiera comenzado a bailar *tap* en medio de Plaza de Trafalgar. Al final logró que accedieran a no hacerle nada a Maud, *nada*, mientras Robin estuviera allí. Y Robin debía quedarse hasta que solucionaran el asunto de la maldición.

Él se hizo personalmente responsable por la memoria de los Blyth. Bel nunca se había preocupado mucho por las responsabilidades, de modo que se lavó las manos y recuperó la sonrisa.

—Sé que no pasas mucho tiempo con la familia, Win —dijo al salir—.

Supongo que para ti es más fácil vivir como uno de *ellos*, dadas las circunstancias, pero recuerda que eres uno de nosotros, ¿de acuerdo?

—Sí, Bel.

Edwin quería gritarle que no sabía nada sobre su vida ni de lo que le resultaba fácil o difícil. Pero Charlie estaba asintiendo con el ceño fruncido detrás de ella y, a fin de cuentas, Edwin no era audaz en absoluto. Aunque se hubiera puesto a gritar, no habría importado. Bel y Charlie siempre habían sido inmunes, como si los hubieran hecho a prueba de agua al nacer. Las críticas no los afectaban.

Cuando la pareja salió, con los brazos enlazados, Edwin se percató de que no habían preguntado *por qué* él y Robin habían tenido que pasar la noche en la Cabaña Sutton ni por qué tenía heridas superficiales irritadas en el rostro y en los brazos. Nunca había estado convencido de que Charlie y Bel pudieran estar involucrados en ese asunto de asesinatos, juramentos, maldiciones y secretos. Después de ese momento, más bien creía que era imposible. De haber sabido algo, al menos se hubieran molestado en fingir lo contrario.

No sabían nada ni les importaba.

De todas formas, Edwin no bajaría la guardia en Penhallick. Miggsy era tan sucio como para resultar peligroso, Billy parecía fácil de dominar por una personalidad más fuerte, y Edwin no creía haber visto una emoción *verdadera* en Trudie Davenport. La joven actuaba con cada respiro, podría estar escondiendo cualquier cosa.

A continuación, Edwin fue a la habitación de su madre, pero la mucama, Annie, le informó que acababa de quedarse dormida y apenas había descansado la noche anterior. Entonces, él prometió volver más tarde y dejó que los pies lo llevaran a la biblioteca. Reconocía que estaba escondiéndose. Durante los últimos días, había pasado más tiempo en compañía de otra persona que en muchos años. Para su sorpresa, era muy fácil estar en compañía de Robin; sin embargo, parte de él se sentía como el reloj de roble de los Gatling de todas formas: agotado, sin cuerda, necesitado de una recarga para servir de algo. Y eso, ese espacio fastuoso, con su silencio y estanterías llenas de libros (cada uno con un símbolo hecho por él, con un encantamiento hecho con gran esfuerzo), era la recarga de energía que necesitaba.

El cosquilleo habitual de Penhallick había sido más fuerte y menos molesto desde el regreso, como imaginaba que debía sentirse ponerse un par de gafas de lectura y poder ver las palabras que antes eran esquivas. No sabía qué esperaba. ¿Que Penhallick estuviera *celoso*, de algún modo? ¿Que hubiera rechazado su sangre? No era posible, muchas familias tenían múltiples propiedades.

Tendría que investigar de forma exhaustiva. Después de que todo eso terminara, por supuesto.

Uno de los sirvientes había llevado los libros de Flora Sutton a la biblioteca. Edwin había tomado los tres diarios más recientes y algunos de los libros que parecían más propensos a contener referencias a maldiciones de runas, adivinación o tecnicismos mágicos, como leyes contractuales. Hasta entonces, no había tenido suerte respecto a la maldición, pero al menos tenían un panorama general más amplio.

Edwin buscó *Cuentos de las islas*, lo abrió en "La historia de las tres familias y el último juramento" y buscó la ilustración. Tres objetos, símbolos físicos del juramento entre las familias mágicas y los fae: moneda, copa, daga.

"Mi fragmento solo no les servirá de mucho", había dicho Flora Sutton. ¿Así funcionaba? ¿Con tres partes necesarias por igual? ¿Cuál había escondido en el centro del laberinto y entregado a Reggie para que la ocultara en otro lugar?

Aunque supieran eso, aún ignorarían *para qué* servían las piezas. Cuál sería el uso terrible que, según la convicción de Flora Sutton, podía hacerse del juramento, el que podría dañar a todos los magos de Gran Bretaña.

Edwin abrió un diario, pero volvió a cerrarlo. Si la difunta había estado diciendo la verdad acerca de la dimensión de todo ese asunto, era demasiado grande para él. No era más que un mago con escaso poder, sin más que una tendencia a dejar que los libros reemplazaran a las personas en su vida. No sabía cómo ser dueño de una propiedad, cómo desentrañar misterios mortales ni cómo ser responsable por el bienestar y las mentes de excelentes no magos.

Después de frotarse los ojos, se tocó uno de los rasguños en la mano. Debía intentarlo de todas formas. Si le *hubiera* dado la espalda a Robin aquel lunes, Reggie seguiría muerto, y él no tendría ni la más mínima idea de la razón. Robin aún estaría maldito. Y él no hubiera pasado una semana soportando burlas, intentos de asesinato, agobio ni… Ni lo hubieran mirado como si fuera un milagro o besado como una explosión.

Se obligó a retomar la actividad. Usó el hechizo índice para llamar al libro de Perhew, *Estructuras contractuales en la magia común*, lo colocó sobre uno de los de Sutton y fue con ambos hacia el asiento de la ventana. Caían gruesas gotas de agua que se perseguían una a otras por los vitrales. Edwin se sacó los zapatos, frotó los pies en el almohadón bordado del asiento y se dejó llevar por los colores: el azul oscuro de los calcetines, sobre el rojo, ámbar y azul brillante del patrón del cojín. Se preguntaba qué vería Robin al contemplar esa clase de cosas.

Mordiéndose el interior de la mejilla, abrió el primer libro sobre su regazo.

—No seas tonto —se dijo en voz baja.

Finca Penhallick no dijo nada en respuesta.

Pudo haber pasado un minuto o una hora cuando un carraspeo desvió su atención del remolino de palabras.

—Sabía que te encontraría aquí. —Robin leyó el título del libro e hizo una mueca—. Mejor que seas tú y no yo.

—No es tan terrible. Aunque, por primera vez, desearía haber estudiado leyes en Oxford. Era un hombre de Ciencias Naturales.

—Y pasabas cualquier momento libre aprendiendo a crear hechizos nuevos, imagino —comentó el hombre al ubicarse en la otra esquina del asiento, cerca del pie de Edwin—. Ya no me sorprende que crujas como una cerca oxidada cuando intentas hacer amigos. —Mostró una sonrisa cálida y conciliadora, que compensó la provocación de las palabras; aunque Edwin no estaba seguro de que compensara la sensación incómoda de ser transparente como la ventana detrás de él.

—¿Eso es lo que somos? —Movió los dedos de los pies contra la pierna de Robin. Se sintió osado, y la sonrisa del otro se amplió.

—Belinda y Trudie llevaron a Maud a recorrer la casa. Debes decirme si hay riesgos de que conviertan a mi hermana en un alfiletero o en una lámpara de Tiffany.

—Se comportarán, hice que Bel lo prometiera.

—Creo que debería disculparme con ella. No planeaba que mi familia invadiera su propiedad.

—Bel debe estar encantada. Quería una mesa equilibrada. —Edwin logró contener la amargura en la voz al agregar—: Veo que la necesidad de actuar con imprudencia corre en la familia Blyth.

—Maud ha estado insistiendo con que la deje asistir a la universidad Newnham y cree que estoy retrasando la respuesta. —Robin se rascó la cabeza, con lo que alborotó varios cabellos castaños—. Está en lo cierto.

Gran parte de Edwin quería encarrilar la conversación de vuelta hacia asuntos prácticos e investigación, pero ese se sentía como un malestar de los que había que atravesar en nombre del descubrimiento; como los cientos de veces que se había provocado espasmos dolorosos en la mano mientras trabajaba en hechizos para controlar los nervios. *Amigos*, había dicho Robin. Los amigos tenían permitido discutir asuntos importantes.

—Sé cómo se siente anhelar eso —ofreció.

—De seguro has nacido con un libro bajo el brazo. Nunca pensé que ese fuera el estilo de ella.

—Quizás merezca la oportunidad de intentarlo.

La mano de Robin se movió hasta el tobillo de Edwin, en donde dibujó dos círculos controlados con el pulgar. Aunque apenas se sintieron a través de la lana gruesa del calcetín, el pie de Edwin cosquilleó como si despertara. Robin exhaló por la nariz.

—Nuestros padres nunca se lo hubieran permitido.

—No hablas mucho sobre ellos.

—Me estoy esforzando mucho por no hablar mal de los muertos.

—Al diablo con eso —replicó Edwin, en voz baja y clara. Inspiró una risotada en Robin—. Le dijiste a la señora Sutton que habías sido criado por mentirosos.

Algunos círculos lentos más con el pulgar de Robin, una chispa en su expresión. Sin razón aparente, Edwin se preguntó cómo luciría si se le estuviera rompiendo el corazón. Era un pensamiento terrible, pero lo tuvo de todas formas.

—Hice un pacto con Maud —soltó Robin después de un momento—. Llamó a mi puerta una noche, después de una de las cenas de caridad de nuestros padres. Llevaba horas recostada sin poder dormir y fue a preguntarme si ellos de verdad se interesaban por ella. "Fueron muy amables con la señora Calthorpe esta noche, pero los oí hablar de ella cuando los Duncan estuvieron aquí la semana pasada y dijeron cosas terribles. ¿Crees que hablen así de mí cuando no estoy?", me dijo. –Apretó los labios un momento–. Esa noche nos prometimos el uno al otro que nunca nos mentiríamos, que siempre nos diríamos lo que pensábamos.

Edwin imaginó cómo sería nunca mentirles a sus hermanos. Que nunca le mintieran a él. La imagen se esfumó.

–Tienes razón, debería darle una oportunidad a mi hermana si podemos costearlo. Quiero que consiga lo que quiera en la vida.

–¿Porque tú no pudiste? –Esa pareció la conclusión obvia.

–Para ser honesto, no me importa –respondió Robin con una sonrisa de lado–. ¿Qué otra cosa haría? No tengo grandes cualidades. No estaba destinado a nada en particular, que fuera evidente.

–¿Por qué servir como funcionario público, entonces? –preguntó Edwin–. No fue por el salario en un principio. ¿Por qué tus padres querían eso para ti?

–La parte del servicio era la importante. Dudo que les importara qué clase de trabajo gubernamental hiciera, en tanto pudieran hablar sobre mí como algo más que le habían donado al Imperio Británico por la bondad de sus corazones. Pensé en el ejército, pero hubiera tenido que alejarme de Maudie. –Robin quería estar para ella, protegerla. Coincidía a la perfección con todo lo que Edwin sabía del carácter del joven.

Cuando se le acalambró la pierna, Edwin la extendió más hacia la mitad del asiento de Robin, que acomodó la mano sobre su pantorrilla sin pensarlo, de modo que su tobillo descansó sobre los muslos de él. Aunque no había nada sugerente en la posición, el corazón de Edwin se aceleró. Al ver los dedos de Robin, se perdió en el recuerdo de la noche anterior durante un fugaz instante de calor, como un infusor de té sumergido en agua caliente.

—Eres un hombre bastante decente, teniendo en cuenta cómo debieron tratarte —comentó y evitó pensar demasiado.

—No fueron *malos*. Nada similar a la forma en la que tu padre habló de ti durante la primera noche aquí. Eran crueles con otras personas, pero... Para ser honesto, creo que nos veían a Maud y a mí como algo similar al hombrecito de papel que cortaste aquella vez. Una extensión de ellos. —Hablaba como si lo estuviera comprendiendo en ese momento—. Elementos que podían mover a su antojo del modo que los hiciera ver mejor ante los demás. Teníamos que ser reales el uno con el otro, porque no creo que lo fuéramos para ellos.

Edwin le acarició el dorso de la otra mano con los dedos. Se sintió incómodo porque nunca supo bien cómo, por qué ni cuándo tener esa clase de contacto. Pero, por supuesto, Robin lo hizo fácil: giró la mano, tomó la suya y presionó.

—Suena horrible.

—No... —Robin presionó hasta causar dolor. Se relajó y rio de forma incongruente—. De acuerdo, sí lo fue. Fue terrible. Siempre pensé que algún día los enfrentaría y les diría lo que pensaba, pero ahora... Ahora, además de todo, debo sumar el hecho de que ni siquiera *intentaron* pensar en nuestro futuro. Permitieron que la propiedad fuera mal administrada, de modo que pudieran gastar más dinero en sus fiestas y pinturas y hacer donaciones a la caridad del momento. Y ahora... estamos en esta situación. Nadie le dará a Maudie una *beca* para estudiar en Cambridge; yo no soy tan inteligente como para dar vuelta la situación de la noche a la mañana, y nadie más lo hará, y estoy tan...

No era un corazón roto. Más bien cristal roto: una botella quebrada, todo el contenido, fermentado en su interior por mucho tiempo, fluía sin control. La mirada de Robin estaba más allá de Edwin, en el futuro.

—Asustado —ofreció el mago. Así que eso era, había encontrado lo que atemorizaba a Robin Blyth.

—Sí.

Sirvieron el almuerzo poco después y, para cuando levantaron el último plato, la lluvia era más fuerte que nunca. Bel suspiró y abandonó la idea de pasear en bote, pero dejó que Charlie las convenciera a ella y a Trudie de caminar por los jardines, con la condición de que no dejara que *ni una sola gota* atravesara el hechizo de paraguas.

Edwin, animado por la carne asada y el postre, llevó a Maud Blyth a conocer a su madre. Florence Courcey saludó animada y sonrió con alegría honesta cuando la joven, que tenía la misma habilidad social de su hermano (*hombre de papel*, pensó Edwin, y el momento se volvió más amargo), halagó el peinado y el encaje de la blusa.

—Las habilidades de Annie son desperdiciadas aquí en el campo —afirmó la mujer, con una mirada de aprobación dividida entre Maud y la mucama. Annie estaba sentada en una esquina, limpiando manchas de listones y fajas. Los humedecía con un trapo mojado con una botella y luego lanzaba una versión simple del hechizo de disolución que Edwin había intentado en la maldición—. Debería servir a alguien que tenga compromisos todos los días, para que su trabajo pueda ser visto y admirado.

La madre de Edwin estaba sentada rígida y se movía con dificultad. Se estaba esforzando por él, usando energía que no tenía, al igual que un apostador que se rehusaba a abandonar la mesa. Edwin miró a Robin a los ojos, y el joven se disculpó con amabilidad, diciendo que los dejaría conversar en privado, y llevó a Maud afuera.

Annie se acercó con un bálsamo en cuanto los Blyth se marcharon. Florence cerró los ojos y dejó que el malestar le distorsionara el rostro mientras la mucama acomodaba los cojines.

—Lo siento, cariño. Pensé que me sentiría mejor después de un buen descanso.

—No debes disculparte. Estoy quitándote energía, no me quedaré mucho. Pero tengo otro secreto que contarte. —Edwin acercó una silla para sentarse, mientras pensaba en la mejor manera de relatar la historia—. Este es muy largo.

—Es todo por ahora, Annie. —Su madre hizo salir a la mucama con un gesto de la cabeza. Sus ojos ya eran más brillantes, aunque con cierta ansiedad, otro esfuerzo por el que debería pagar más tarde. Analizó el rostro de su hijo con la mirada nerviosa; Edwin se olvidaba de los rasguños, excepto cuando escocían—. ¿Qué sucede, cariño? ¿Se trata de...? ¿Oí que tuviste un desencuentro con un arbusto? —Por supuesto que eso llegaría a ella, a través del ejército de chismes de Annie.

—Sabes que fuimos a Sutton —comenzó él y dejó que la historia se desarrollara desde allí. Disminuyó el peligro por el que habían pasado, pues no quería preocupar a su madre, y describió la antipatía del laberinto por los magos como una de las bromas de Bel. Debió haber sonado patético que quisiera hacer un compromiso de sangre con la propiedad de otra persona para escapar, pero ya no tenía remedio.

—Cabaña Sutton —jadeó Florence—. Sé que es antigua, pero... Nadie que conozca ha estado allí, al menos desde la muerte de Gerald Sutton.

—Porque tiene una defensa de barrera —explicó Edwin. Por primera vez, se preguntó si el propósito de Flora Sutton era resguardar su parte del juramento o si tendría otros motivos para desear que los otros magos la dejaran en paz. Podía ver el atractivo en eso. Cuando niño, se había ampollado los dedos con el cordel y desgastado los ojos leyendo, en su intento por encontrar una defensa para colocar en la puerta de su habitación para mantener a ciertas partes del mundo del otro lado. Esas partes eran Walt.

—¿De verdad crees que sea tan poderosa, cariño?

—Sí. —Su madre le contagió el bostezo, y los dolores de la aventura del día anterior cayeron sobre sus hombros—. Es muy diferente a Penhallick, mamá. Sentí que, si permanecía allí el tiempo suficiente, absorbería partes de mí en el suelo como si fueran raíces. —No había pensado en mencionar eso, pero su madre no percibió la extrañeza inquietante—. Y no soy apropiado para eso. Creo que la señora Sutton hizo crecer la mitad de esos jardines con magia, y Dios sabe que yo no tengo suficiente para conservarlos ni para darme una idea de cómo lo hizo en primer lugar. No será más que otra cosa a la que decepcione. Y, a fin de cuentas, *aún* no logré hacer nada con la maldición de Robin.

—Estoy seguro de que lo harás. Lamento lo del joven Gatling. Parece que son asuntos sucios, cariño. Espero que puedas apartarte de todo eso una vez que hayas solucionado el problema de sir Robert.

Edwin quería darle la razón. Pensó en la mirada azul y penetrante de Flora Sutton, en las manos que marcaron sus mejillas con expectativas. En la rabia intensa que había sentido al ser empujado al laberinto y que, notó, seguía allí: una brasa que se consumía debajo de las cenizas del miedo y de la futilidad.

Después de despedirse de su madre con un beso, fue a ocultarse en la biblioteca hasta la cena. Robin no lo buscó, y él se dijo a sí mismo que eso estaba bien. Más tarde, se vistió lento para la cena, mientras prestaba atención a los sonidos de la habitación al otro lado del corredor, donde Robin estaba alistándose. No pudo oír nada, las puertas eran de buena madera, y los muros eran bastante gruesos. Estaba tan concentrado que el llamado a su puerta le resultó demasiado fuerte.

—Mis mancuernillas —anunció Robin cuando él abrió. Las tenía en la mano extendida—. ¿Me ayudas?

Fue una excusa inocente. Edwin logró no sonreír al dejarlo entrar y al colocarle las mancuernillas, tampoco cuando Robin se sentó en el borde de su cama y miró alrededor en busca de inspiración. En algún lugar del revestimiento de la pared encontró la idea de preguntar si la salud de la señora Courcey había mejorado.

—Es posible. Tiene altas y bajas.

—A mi madre le hubiera encantado padecer una enfermedad dolorosa —comentó Robin con amargura—. Así podría haber recaudado cientos de libras en su nombre. Y hubiera tenido a alguien que la llevara en silla de ruedas por un ala de hospital con su nombre, mientras se mostraba valiente e interesante. Santo Dios. Eso debió sonar… Lo siento.

Edwin observó la cabeza del joven, que había hundido entre las manos. Había sido otro día largo y tenso, y aún debían pasar la noche. Se acercó y colocó una mano en la nuca de Robin, con dos dedos por debajo del cuello almidonado de la camisa. El hombre se puso rígido ante el contacto, y él movió los dedos en una caricia ligera; algo entre consuelo, invitación y disculpa. Una confesión, aunque solo fuera en su mente: *No soy como tú, pero, aun así, me siento más como yo mismo cuando estoy contigo.*

La palabra para describirlo, grabada por cierta mano en el corazón de Edwin, era "afinidad". Reconocerlo casi fue suficiente para que saliera disparado de la habitación. Pero la piel de Robin era cálida y estaba mirándolo con los ojos como llamas encendidas. Edwin le tomó el antebrazo, con el pulgar en la muñeca, y descendió hasta que pudo darle un beso en la palma abierta.

Cuando le liberó la mano, Robin se lo permitió.

El silencio se cargó con el pulso de Edwin, con la tensión de sus nervios y con la palpitación de la sangre en su miembro.

—Ven aquí —exclamó Robin, un tanto brusco—. Quiero besarte.

—Falta poco para la cena. —Edwin señaló su ropa, pero una pequeña parte interesada de él odió al resto por aguafiestas y cobarde. Tenía las rodillas flojas y deseaba montarse sobre la falda de Robin, arrancarle los botones de la camisa y besarlo hasta que los labios de ambos estuvieran demasiado irritados y obscenos como para presentarse en público.

—Mis disculpas. —Robin le tomó el rostro entre las manos y alzó las cejas—. Si prometo no provocar ni la más mínima arruga en las vestiduras del señor, ¿sería posible que usted…?

—Ah, no seas tonto —bufó Edwin y sintió cómo se curvaban sus labios.

El beso fue delicado, tanto que resultó una provocación en sí misma. Como todas las provocaciones de Robin, hizo que una oleada de calor se derramara sobre Edwin. El mago se permitió sentirlo y dejarse llevar apenas un instante. Podía mantener el control por el momento.

Robin lo sostuvo entre las puntas de los dedos, como un hechizo que se desvanecería si no lo manejaba con cuidado. Edwin sintió que el primer sonido, un gemido musical, quiso escapar de su boca y cometió el error de intentar acallarlo profundizando el beso, haciéndolo más intenso, más cercano al deseo al que se rehusaba a ceder de cualquier otro modo. Robin maldijo contra sus labios antes de liberarlo, y Edwin lo miró, enmudecido por el hambre. Estaba seguro de que, si se miraba al espejo, vería las huellas del joven en sus mejillas, blancas como las de Flora Sutton.

—Te veré más tarde esta noche —dijo el joven, como una promesa—. Ahora, como dijiste, es hora de la cena.

# CAPÍTULO 18

La habitación que le asignaron a Maud en Finca Penhallick realmente estaba cubierta de fresas. El empapelado tenía un diseño de Morris que Robin había visto antes en un cojín; dibujos verdes y azules, aves curiosas y pintas rojas que saltaban a la vista. La cama con dosel y el tocador eran de nogal brillante. Era extraño cuán en casa parecía Maud allí, sentada sacándose horquillas del cabello, que tintineaban al caer, como gotas de lluvia.

Robin recordó que la magia le había dado un latigazo cuando ya se creía acostumbrado a ella, así que se quedó con su hermana en la habitación.

—¿Estás segura de que te encuentras bien, Maudie? —preguntó cuando ella alzó las cejas, en una clara invitación a dejarla sola.

—¿Esperas que anuncie que muero por ser maga? No tienes de qué preocuparte. La señorita Walcott, Belinda, me explicó las líneas ley. Y no necesito magia. Quiero ir a la universidad, ¿recuerdas?

—Te llevaré de vuelta a Londres tan pronto como… —Él levantó el brazo maldito.

—Lamento haber aparecido aquí —se disculpó ella. Algo inusual.

—Yo lamento que pareciera que… Lamento haber escapado.

Robin se sintió más liviano de lo que había estado en mucho tiempo, así que dejó la habitación de Maud con su luz guía flotando sobre el hombro. Debía admitir que esas cosas eran convenientes. En la habitación sauce, con la chimenea encendida, se desvistió hasta quedar en calcetines, camisa y pantalones, luego fue a llamar a la puerta de Edwin. Su cuerpo cosquilleaba con anticipación.

Tras una extensa pausa, Edwin dijo:

—¿Sí?

Cuando Robin abrió la puerta, Edwin miró sobre su hombro. Estaba sentado al borde de la cama, sin camisa, por lo que el otro tuvo un buen panorama de la espalda pálida y de la delgadez casi elegante de los brazos. Una cortina se cerró enseguida sobre su expresión desgraciada, que se convirtió en disculpa ante lo que hubiera visto en Robin. Se puso de pie.

—¿Qué sucede? —preguntó Robin, y observó cómo los labios intentaban en vano responder "nada".

—Creo que caí en la cuenta de que nunca volveré a verlo. A Reggie.

—¿De verdad…? —Robin intentó decir lo correcto y recordar la conversación que habían tenido sobre Gatling en el automóvil—. ¿Sentías algo por él? —Edwin hizo un movimiento neutral con la cabeza—. ¿Lo deseabas?

—Era… —El hombre tragó saliva—. Seguro.

Cuando Robin estaba comenzando a aceptar quién era y a quién deseaba, había un muchacho mayor en la universidad en el que pensaba de ese modo. Una fantasía gloriosa, imposible e inalcanzable. Y cuando pensaba en algo más que en una descarga física, en alguien con quien *estar*... Nunca en su vida había dejado que pasara del pensamiento. Para hombres como él, solo lo imposible era seguro por completo.

—Entiendo cómo es —afirmó.

—Sí —coincidió Edwin. La expresión en su rostro afectó a Robin como si le hubieran arrancado un cuchillo del pecho, tan afilado que el orificio de entrada pasaba desapercibido—. Creo que en verdad lo haces.

—Lo siento. Me iré —se disculpó Robin, pues se sentía un bastardo.

—Quédate.

—No quiero invadirte.

—No lo haces, nunca podrías. Es demasiado irritante. —Edwin se acercó; muy, muy cerca.

—¿Qué es irritante?

—Cada vez que me tocas, es exactamente lo que deseaba.

El corazón de Robin se aceleró, al tiempo que la anticipación volvía a despertar, potenciada y encantada. Colocó el pulgar en la hendidura del cuello de Edwin, debajo de las heridas, con los dedos apoyados a los lados. En respuesta, el mago cerró los ojos y llevó la cabeza hacia atrás, de modo que Robin pudo sentir su respiración y la forma en que su cuerpo por poco temblaba.

—¿De verdad?

—Sí, exactamente lo que necesito. —Edwin sonó molesto. Robin lo atrajo hacia él con delicadeza y lo encontró a medio camino. Contempló la línea de los labios y luego los rozó con los suyos. Quería saborear el momento en el que la tensión de Edwin se convirtiera en afán. Deslizó la otra mano por la espalda del hombre, sediento de esa extensión de piel desnuda. Las manos del otro estaban entre los dos, desabotonando la camisa de Robin, mientras que la suavidad de su boca cedía poco a poco.

Como siempre, no hubo advertencia antes de que el dolor estallara.

—Maldita sea —logró decir antes de que la agonía le cerrara la garganta. Se apartó con un espasmo y vio el rostro de Edwin: la boca irritada por los besos y una expresión de absoluta sorpresa. Al instante siguiente, cayó al suelo, al tiempo que la vista se le oscureció y la maldición tomaba su brazo.

Lo que más lo asustó fue que, al abrir los ojos, no tenía idea de cuánto tiempo había transcurrido. Se había desconectado de la realidad por completo en esa oportunidad. ¿Y cuánto tiempo había pasado desde el último ataque, que había coincidido con la visión? Horas apenas.

—*Robin*. —Edwin, que estaba de rodillas junto a él, se detuvo en medio de un hechizo.

—¡Ay! —El hombre apretó los ojos para contener las lágrimas, hasta que se aseguró de que no caerían, y se sentó con la espalda contra la cama.

—Está durando más tiempo, ¿no? —Edwin, pálido y tenso, dejó el cordel—. Creí que no regresarías esta vez.

Robin reprimió parte del miedo para reducir el de Edwin. Al menos podía hacer eso por la evidente rabia del mago ante su propia inutilidad.

—¿Tienes algo frío? —preguntó y señaló el brazo—. Aún... se siente caliente. —Otra señal nueva y alarmante. Por primera vez, sintió que los alambres encendidos habían calentado tanto, por tanto tiempo, que tardaría más en volver a la normalidad.

Edwin asintió y formó el inicio de un hechizo, con el que creó un remolino de rocío y lo esparció por el brazo de Robin. El alivio fue como voltear la almohada en una noche de calor.

—Gracias.

—Odio esto. Odio que la magia sea esto para ti y lo que te ha hecho. —Edwin retorcía el cordel alrededor del pulgar con movimientos erráticos–. No debería ser mala. Es algo… maravilloso. –Sonaba irritado, casi nostálgico.

Aunque el rocío ya no estaba, la sensación fresca arremolinada aún penetraba el brazo de Robin. Podría haberle dicho lo adorable y calmante que había sido ese hechizo, pero, en cambio, le tomó una mano y la acarició con el pulgar mientras se la llevaba a la boca. Edwin no se resistió; se quedó sin aliento, notorio en el silencio de la habitación, y fue suficiente para que la excitación de Robin reviviera, desde el rincón al que el dolor la había relegado. Encontró un rasguño del laberinto en los nudillos de Edwin, así que lo recorrió con los labios, luego con la lengua.

Edwin retiró la mano. Su mirada ardía y su ceño fruncido era más pensativo que temeroso. Tras recorrer a Robin de arriba abajo, dijo:

–Tengo una idea. ¿Confías en mí?

–Por supuesto.

–Será más fácil si te quitas la ropa.

Robin no pudo resistirse a tal sugerencia, incluso menos que si lo hubiera obligado con magia. Se desvistió y se recostó en la cama, con Edwin sentado a su lado.

–Esto es experimental. Solo lo he hecho en mí –explicó el mago. Robin percibió que estaba echándose atrás, así que lo tomó de la mano y lo atrajo hacia él para besarlo otra vez. Funcionó demasiado bien. Cuando el beso concluyó, Robin jadeó, había estado a punto de perder la concentración por el roce de la cálida piel de Edwin, el sabor de su lengua y el sonido que emitió cuando le enterró los dedos en el pelo.

–Sea lo que sea, quiero que lo hagas. –Sonrió y le mordió el labio inferior–. Intentaré todo al menos una vez.

–No me sorprende en absoluto –murmuró Edwin–. Pero tienes que comprender el procedimiento antes de acceder.

—De acuerdo, cuéntame. —Robin se desplomó sobre la almohada, derrotado. Edwin explicó que el hechizo apuntaba a las terminaciones nerviosas para provocar una señal que las recorrería como una sensación normal, solo que sería… mágica. Sonaba como un esfuerzo innecesario para Robin, dado que bien podría haberlo *tocado* para provocar el mismo efecto; pero Edwin lucía entusiasmado, y parecía haber olvidado la estúpida maldición, así que él estaba feliz de darle el gusto.

—¿Das tu consentimiento? —concluyó con formalidad. La magia era un juramento. Robin comparó la precisión de Edwin con la risa de Belinda cuando la flecha de Cupido lo había exaltado. Pensó en Edwin diciendo el nombre completo y entregándole su sangre a la tierra.

—Yo, Robert Harold Blyth, consiento a que uses tu hechizo experimental pero, conociéndote, absolutamente seguro e investigado de forma exhaustiva. ¿Suficiente?

—Gracias —respondió Edwin, que ya había comenzado a crear un brillo pálido de color azul. Robin tuvo el pensamiento ridículo de que combinaba con los ojos del hombre, hasta que el mago le llevó un dedo brillante a la muñeca y dejó de pensar por completo. Una sensación similar a la chispa eléctrica después de frotar los pies en una alfombra, al ardor perfecto de un trago de brandy de calidad, recorrió su brazo, pasó por el hombro y…

—*Mierda* —jadeó. La sensación llegó a un final triunfal entre sus omóplatos y se desvaneció.

—¿Fue…?

—*Hazlo de nuevo.*

En esa oportunidad, Edwin le tocó un dedo del pie, desde donde ascendió por la pierna (Robin siseó cuando pasó a pocos centímetros de su miembro), y se desvió hacia la espalda baja, donde irradió por más tiempo.

Después de eso, ambos se volvieron más audaces. Robin succionó dos de los dedos brillantes de Edwin, jadeó con fuerza alrededor de ellos y no pudo contener el impulso de morderlos, pues sintió que las chispas corrían hasta la base de su cuello.

—¡Lo siento! —dijo cuando Edwin apartó la mano.

—Estoy ileso —respondió el otro, un tanto ronco.

Con otro puñado de luz, Edwin se movió sobre la cama y extendió la mano entre las piernas de Robin, que soltó un grito cuando le rodeó los testículos con una delicadeza agónica. El trayecto de la luz azul fue más corto, pero muy, muy localizado.

—¿Dijiste que… te hiciste esto *a ti mismo*? —jadeó el joven. Podía imaginarlo: las manos de Edwin temblorosas en el cordel, sus piernas desplegadas, los pies enterrados en las sábanas—. ¿Con un panfleto de Romano abierto frente a ti?

—De hecho, sí… Una vez. Creo que era la historia del joven reportero intrépido al que atraparon espiando, y amarraron a la cama del noble malvado para torturarlo con una colección de falos de cristal.

Robin frunció el labio de dolor después de mordérselo. Conocía esa historia; al final, no había sido una tortura. No pudo evitar imaginar cuánto mejor se hubiera sentido si Edwin lo hubiera amarrado a la cama.

—Sigue —pidió.

Edwin obedeció. La luz azul dibujó líneas de placer cosquilleante, que suavizaba y quemaba cada extremo del cuerpo de Robin, siempre en dirección al centro. Cada una era como un respiro sobre el fuego del deseo que crecía en su interior. A veces, Edwin se detenía para repetir el hechizo de frescura; otras, lo acompañaba por uno similar, pero de calor, para generar un contraste que hacía a Robin gemir y querer alejarse y acercarse al mismo tiempo. Pero siempre volvía a la luz azul. Hizo que

Robin sintiera la extensión de cada uno de sus nervios, como si estuviera dibujándolos con tinta, creando un mapa sobre su piel. Los encantamientos eran pequeños, controlados; Edwin parecía determinado a generar el mayor efecto posible con su fuente limitada de poder.

Robin contempló el movimiento de los dedos del mago, la expresión de dicha en el rostro; hasta que incluso eso fue demasiado esfuerzo, así que se quedó tendido en la cama, caliente y devastado, con la respiración acelerada y máxima consciencia de cada centímetro delineado de su cuerpo. Ese encuentro ya había durado el doble que cualquier intercambio sexual que hubiera tenido con otro ser humano en su vida. Su miembro estaba duro y lubricado; si usaba las manos, se correría en tres movimientos certeros. Pero no lo hizo.

—Me pregunto… —murmuró Edwin.

—Sí. ¿Qué? Sí —accedió él de inmediato.

Edwin bajó de la cama, pero solo para acercarse al tocador y regresar con una botella pequeña de aceite para el cabello. Al verlo, el corazón de Robin palpitó dichoso. A pesar de que el hombre aún tenía los pantalones puestos, percibió la tela abultada en el centro. A continuación, Edwin se desnudó con un movimiento fluido y, dudoso, dejó caer el cordel junto con la ropa.

—Piernas abiertas —sugirió.

Robin apoyó los pies sobre la cama, separó las rodillas y se dijo que debía resistir y no avergonzarse. Fuera lo que fuera, sería *increíble*. Edwin se arrodilló entre sus piernas, se aceitó las manos y comenzó a crear el hechizo con detenimiento sin el cordel. Tuvo que intentarlo varias veces y, cuando lo logró, la luz azul fue más suave que antes, como si estuviera por extinguirse. Antes de que lo hiciera, Edwin deslizó el dedo medio dentro de su compañero de alcoba con un movimiento rápido.

Robin soltó un *grito*, extendió las manos con fuerza sobre el colchón y elevó la cadera al correrse con descargas calientes sobre sí mismo. Edwin lo sostuvo durante el éxtasis con una mano en el abdomen embarrado, y el dedo, aún cubierto de aceite, dilató el cuerpo de Robin con delicadeza al salir. Edwin lucía entre perplejo y encantado.

—Tienes… las mejores ideas —dijo Robin.

—Bueno, eso fue todo. Mi magia llegó al límite —anunció el mago, con un rastro de resentimiento, mientras se limpiaba las manos en una sábana extra—. No podré hacer más esta noche.

Robin alzó una mano indulgente y se quedó tendido en la cama, tembloroso. Su cuerpo había captado la señal y seguía enviado réplicas ligeras del cosquilleo desde la piel hasta la columna y, algunas veces, de vuelta a la superficie.

—Robin, no te das una idea de cómo te ves —comentó Edwin por lo bajo.

—¿Como si hubiera tenido un accidente ferroviario? Así me siento. Pero fue un *buen* accidente.

Edwin se echó a reír. Estaba recostado junto a él, con el miembro erecto entre las piernas, pero no parecía molestarle ignorarlo. Robin se sentía egoísta, de forma gloriosa y perezosa al extremo, pero era el turno de Edwin, era lo justo.

—Dame un segundo. Podría… o *tú* podrías —se corrigió al sentirse inspirado y giró boca abajo para ilustrar la idea.

Edwin se mostró sorprendido. Robin recordó que había rechazado la oferta de sexo oral, pero no hubo rechazo en ese momento; por el contrario, los labios del hombre se separaron y su erección se sacudió. Entonces, él la evaluó con nuevos ojos: sí, Edwin *podía*.

—¿Estás seguro?

—Lo he hecho antes. Lo disfruto —aseguró Robin. No todos los hombres lo disfrutaban, pero él se había encontrado con pocas cosas que no le gustaran. Reunió fuerzas para ponerse en una posición más cómoda, en cuatro patas, una invitación, mientras que su miembro volvía a erguirse, pesado entre las piernas. Si era un efecto secundario del hechizo, Edwin no tenía que inventar catálogos de biblioteca, descubrir cómo crear copos de nieve ni heredar una propiedad millonaria; podría hacer una fortuna con ese efecto. Robin intentó ordenar sus pensamientos en palabras útiles, pero resultó en un chillido cuando su compañero se arrodilló detrás de él, con las manos en sus caderas.

Edwin se quedó inmóvil. Y siguió inmóvil.

—¿Qué esperas?

Cuando habló, fue con un susurro ronco, una provocación:

—Yo, Robert Harold Blyth...

—Ah, maldito bastardo. Sí, yo, Robert Harold Blyth, cuarto *baronet* de Thornley Hill, si eso ayuda, doy mi consentimiento a... *Aaah.* —Otra descarga de placer residual lo sacudió cuando los dedos de Edwin presionaron con fuerza.

—¿Sí?

—Sí, lo que sea —jadeó—. Mierda, *lo que sea*, Edwin, por favor.

—No deberías. Podría tomar demasiado de ti con un juramento como ese. —Edwin sonó destruido.

—En verdad desearía que lo hicieras, maldición. —Robin sentía el cosquilleo de sudor en la nuca y el miembro del hombre contra él. Estaba a punto de enloquecer de deseo.

La siguiente respiración resultó en un gemido cuando Edwin lo penetró; el dolor de la intrusión fue mínimo. La satisfacción del contacto de la longitud del miembro en su interior era como rascar una comezón prolongada. El deslizamiento de las manos de Edwin, firmes y torpes, se sintió casi igual de bien de camino a aferrar los hombros de Robin.

—Ah —soltó Edwin, en un sonido quebrado. Robin sentía su aliento cálido en el cuello y su peso en la espalda. El hombre se enderezó, pero aumentó la presión de las manos, y el cambio de ángulo hizo que Robin se estremeciera cuando la erección de Edwin rozó algo en su interior. Cuando el mago volvió a gemir, él fijó la vista en sus propias manos desplegadas y se esforzó por no morir—. Sientes… Voy a… —Y lo hizo. Embistió a Robin con estocadas largas y erráticas, atrayéndolo hacia él para llegar hasta el fondo con cada una. En menos de medio minuto, se congeló, dio un último empujón presuroso y volvió a quedarse quieto, jadeando con la descarga. El sonido era casi tan bueno como el hechizo y se coló en la sangre de Robin a través de los oídos, hasta llevarlo al límite.

Abrió la boca para suplicar, pero Edwin se había adelantado: deslizó una mano hacia abajo y le rodeó el miembro. Entonces, él soltó un sonido gutural para seguirlo en el clímax. Apenas era consciente de las contracciones sobre la virilidad de Edwin, que seguía dentro de él, y aún menos de la respiración entrecortada de su compañero.

El hombre se liberó y se sentó mientras recuperaba el aliento. Por su parte, Robin consideró moverse, pero decidió dejarse caer con la mejilla en la almohada y el cuerpo extendido sobre la cama. Había una marca húmeda debajo de él, a la que intentó darle importancia, pero fracasó.

—Con un demonio. *Sí* has hecho esto antes.

—Algunas veces —admitió Edwin, con el rostro ligeramente más rosado—. No desde… Hace tiempo que no. Y nunca había usado esa clase de magia en alguien más.

—¿Ni siquiera con Hawthorn? —La perversión llevó a Robin a mencionar el nombre que el otro evitó.

271

–No. Él no quería que usara magia en su presencia.

A Robin lo invadió la emoción ante la idea de que no hubiera hecho eso con nadie más, solo con él. Su cuerpo aún estaba descendiendo de la cima, su corazón estaba acelerado, disfrutando de la última pieza de baile.

–¿Podrías desacelerar mi pulso con un hechizo como ese? ¿Mi respiración? –preguntó con curiosidad, animado por la osadía.

Edwin parpadeó desconcertado. Robin giró sobre la espalda, le tomó una mano y guio los dedos (aún pringosos con su descarga; lo que produjo el efecto contrario en el pulso en cuestión) debajo de su mentón, donde la sangre palpitaba cerca de la superficie.

–Vaya –señaló Edwin. Habían iniciado con los dedos de Robin en la garganta de él. En ese momento, se encontraban en la posición opuesta; Edwin no presionaba con fuerza, aunque tampoco con delicadeza. Sus ojos lucían penetrantes en el rostro enrojecido y tan azules que alguien podría ahogarse en ellos. Robin se quedó sin aliento sin ayuda mágica ni de ninguna clase de ninguno de los dos–. También he hecho eso en mí mismo –reconoció el mago al apartarse–. Para tranquilizarme. –En contextos mucho menos placenteros, supuso el joven–. Pero, si algo saliera mal, pondría en riesgo tu vida.

–Pero puedes arriesgar la tuya.

–Creo que ya hemos tenido esta conversación dos veces en la semana –comentó el otro, un tanto hosco.

–Así es. Dices que no debería arriesgarme, yo digo que lo haré de todos modos. Probaré todo lo que tengas bajo la manga si se acerca al menos a la mitad de bien que se sintió la luz azul. –Robin desplegó los brazos; la mirada de Edwin se detuvo en el pecho, luego en las marcas negras de la maldición, y se alejó. El silencio permitió que se filtraran los sonidos de la noche por la ventana. Se oían pasos por encima de ellos, que podían ser de las mucamas preparándose para descansar en sus habitaciones en el ático.

—Mañana deberías despertar en tu cama.

El hombre suspiró antes de comenzar el proceso de limpiarse el cuerpo pringoso, recoger la ropa y vestirse. Mientras lo hacía, lo invadió un pensamiento amargo, al que creía haberse hecho inmune en sus días de escuela, acerca de todas las parejas que nunca tendrían que pensar dos veces antes de pasar la noche juntos después de un momento de placer. Durante las fiestas, era costumbre hacer la vista gorda con las trasgresiones, y ellos no estaban rompiendo votos matrimoniales. Nadie estaba siendo traicionado. Sin embargo, el hecho de que existieran hombres con su inclinación era una rispidez tan antigua que se había anquilosado. Entonces, Robin le dedicó una última sonrisa a Edwin y cruzó el corredor. No tenía caso retrasarlo.

Recién al encontrarse en su propia cama, con el empapelado idéntico en las paredes, comenzó a preguntarse si el hombre lo había dicho solo para que lo dejara solo. Edwin Courcey parecía tener *más* capas a medida que iba revelándolas, y Robin no sabía qué hacer con los cambios entre la actitud reservada y la abierta necesidad de deseo, con la forma en que reaccionaba al contacto, con los sonidos ahogados y desesperados que emitía al poseerlo, como si nunca fuera a estar satisfecho.

Se movió en la cama, disfrutando el ligero dolor en la parte posterior, al igual que disfrutaba el dolor en los hombros después de una larga sesión de entrenamiento en el cuadrilátero. *Él* se sentía satisfecho, eso era seguro. Estaba extasiado, deseoso de hundirse en el recuerdo como en un baño caliente. Aún estaba cansado, asustado y maldito; aún estaba atrapado en una trama que se rehusaba a revelarse por completo; sin embargo, parte de él insistía en sentirse más feliz de lo que había sido en años.

273

*Debías estar desesperado por un buen polvo*, se dijo a sí mismo al percibir su propia sonrisa, pero las palabras sonaron desentonadas en su mente. Al parecer, reconocía las mentiras incluso cuando se las decía a sí mismo. No se trataba solo del acto físico, sino del cómo se sentía al ver a Edwin leer, al revisar una habitación hasta posar la vista en algún ángulo del rostro del hombre o en cualquier movimiento de sus dedos delicados. *Ahí estás, te he estado esperando.*

Solo lo imposible era seguro. Lo que tenían era inverosímil, no imposible, y eso lo hacía peligroso. Pero Robin podía morir al día siguiente o la próxima semana. La maldición podía cerrarle la garganta y quemarle la mente de dolor, o alguien con una máscara de niebla podía tomarlo del brazo en la calle y terminar el trabajo. Sentía avaricia por compartir más noches como esa, tantas como fuera posible.

A diferencia de los atacantes enmascarados y de las misteriosas runas tatuadas, sus sentimientos hacia Edwin eran un peligro respecto al que sí podía hacer *algo*. Ya podía sentir el impulso Blyth, jubiloso y obstinado, de lanzarse de cabeza, como lo diría Edwin, de sonreírle al peligro y ver qué sucedería a continuación.

A la mañana siguiente, cuando Robin entró a la biblioteca, una de las mucamas del primer piso estaba encendiendo el fuego y abriendo las cortinas. Era tan temprano que la luz matutina aún era tenue y acuosa, y los corredores estaban fríos, cubiertos en sombras. Llevaba al menos una hora despierto, incapaz de convencer al cuerpo de que dejara de anticipar con tensión el próximo ataque de la maldición. Luego, un pensamiento imprudente había tomado forma: ese no era un peligro al que no tuviera más remedio que esquivar y anticipar. Sería más que un peso muerto maldito, al que Edwin tuviera que arrastrar alrededor del país, él *contraatacaría*.

Cuando las llamas comenzaron a chasquear en la chimenea, Robin se aclaró la garganta, la mucama se levantó de inmediato y ocultó la mano en el bolsillo del delantal mientras lo hacía. Él se preguntó si encontraría un cordel allí si le pedía que la sacara, si el ama de llaves impartiría castigos por depender de un cordel para hacer hechizos domésticos, si el escarnio por necesitar ese apoyo atravesaría barreras de clase en el mundo mágico. Había muchas cosas que no sabía.

–¿Puedo ayudarlo, señor? ¿Necesita algo? –preguntó la mujer con cortesía.

–No –respondió él.

Tal vez la mujer estaba muy bien entrenada para no mostrarse sorprendida, pues ya había superado el impacto inicial. O, tal vez, el personal del piso inferior de la finca pensaba que el singular amigo no mago de Edwin era propenso a deambular por la biblioteca a deshoras. De cualquier manera, la mucama asintió, lanzó una mirada crítica alrededor como para decirle al polvo que lo limpiaría después, y desapareció por las puertas dobles para dejarlo solo.

El catálogo seguía donde Edwin lo había dejado. Por fortuna, una parte estaba en orden alfabético, así que Robin buscó "Adivinación": π61.

No había un hechizo de indexación para Robin, pero Edwin tendía a dejar los libros a disposición si creía que podría volver a referir a ellos, y era evidente que los sirvientes tenían órdenes de no guardarlos. En menos de diez minutos de revisar las pilas activas y comprobar las anotaciones en los lomos de los libros, Robin encontró algunos candidatos. Luego se sentó a hacer, de mala gana, lo que debió haber estado haciendo desde un comienzo: buscar el modo de sacarse a sí mismo de ese embrollo, en lugar de dejar que Edwin hiciera todo el trabajo, mientras él aprovechaba para escapar de sus responsabilidades en la ciudad.

Edwin tenía la inteligencia, la experiencia y el conocimiento de la magia. Pero Robin tenía algo que él no: el don dudoso que la magia le había concedido en primer lugar. Podía ver el futuro.

Edwin le había preguntado: "¿Crees poder generar una visión? ¿Voluntariamente?". No lo hubiera hecho a la ligera; no hacía nada a la ligera. Había dejado trozos de papel como señaladores; uno de ellos marcaba la mención a los magos en la historia inglesa conocidos por poseer capacidad de adivinación real. En otra marca, relataba que se creía que existía entre la población mágica de todo el mundo, y que la mayoría de los reportes de visión voluntaria provenían del extenso continente asiático, y uno o dos casos de posible origen sudamericano.

El libro presentaba los reportes en un estilo soso, que Robin, gracias a su educación de Cambridge, podía traducir con facilidad al tono sibilante de un catedrático de Pembroke. La conclusión era que aún no había pruebas definitivas para las mentes civilizadas de que fuera posible.

Quizás Edwin tuviera razón respecto a la autosuficiencia de la magia inglesa. Por primera vez en su vida, Robin deseó de corazón que existieran investigaciones más exhaustivas.

Una vez que consideraba al lector advertido, el relato continuaba diciendo, de mala gana, que se creía que algunos eran capaces de manipularla a voluntad y guiarla para que hiciera foco en una persona o evento en particular. Sin embargo, hacerlo provocaba que la visión distara de ser una ventana hacia un futuro certero y fuera más una *probabilidad*. Llegado ese punto, el texto caía en palabras largas, pomposas y complejas, que hacían que la mente de Robin se desviara e intentara pensar en criquet, un reflejo automático de sus años de universidad. Logró procesar la oración: "Existen reportes de que adivinaciones dirigidas a voluntad han quedado temporalmente a la deriva".

Fuera cual fuera el significado, Robin pensó en los botes de colores flotando en el lago. Revisó los demás libros, pero ninguno tenía más información respecto al uso voluntario de las visiones.

Aunque ya había más luz en la habitación, aún faltaba mucho para la hora habitual del desayuno. Robin se ubicó en el asiento de la ventana, donde sintió una intimidad extraña al recordar la sensación del tobillo de Edwin debajo de su mano y el tintineo de las gotas de lluvia en la ventana. El frío matutino quería colarse a través del vidrio, y el calor del hogar aún no llegaba a expandirse, así que se frotó las manos y levantó las rodillas.

Edwin había sugerido que comenzara por donde siempre iniciaban las visiones. A Robin no le agradaba la idea de contener la respiración, pero podía concentrarse en el abanico de sensaciones anteriores. El sabor, el calor, el destello de luz.

Nunca había intentado poner la mente en blanco. Le inspiraba la imagen absurda de barrer olas en la costa para devolver el agua detrás de las rocas. Bien podría pararse allí como el rey Canuto a increparlas.

No. Debía concentrarse.

*El futuro. ¿Qué clase de futuro los esperaba? O logro deshacerme de la maldición o no*, pensó. Hay personas detrás de este juramento. Edwin está involucrado y lo saben.

¿Qué ocurrirá?

Inhaló, exhaló. Dejó que los pensamientos rompieran como las olas.

Cuando llegó el sabor a pimienta, fue más suave de lo habitual. La visión era tan difusa que, al principio, Robin pensó que veía otro día de niebla, pero no era el caso. Aún veía el contorno de la biblioteca, como si lo observara a través de una ventana empañada y, al intentar concentrarse en lo que había delante, en la visión en sí misma, sintió una punzada de dolor en los ojos. Pero apretó los dientes y se esforzó más.

¿Qué sucederá?

Formas en movimiento. Una neblina plateada, salpicada con destellos de color enloquecedores que no tenían coherencia (una pintura puntillista, inútil y estúpida de una visión). ¿Eso era un árbol? ¿Una silla? La pimienta le quemaba la lengua, y su mente palpitaba por el esfuerzo. *Haré que esto funcione. Maldición, maldición…*

Una habitación. Debía estar atestada de flores, pero no lo estaba: era el salón de Cabaña Sutton. Edwin salía por el marco del espejo que llegaba al estudio oculto. El cristal se había desmaterializado para dejarlo pasar, pero seguía produciendo un reflejo distorsionado de las cosas, como un charco de agua en movimiento. Había al menos una persona más en la habitación, quizás dos. Edwin, con la mano firme en el marco, comenzó a hablar, mirando hacia atrás sobre su hombro…

Un hombre muy joven, con rizos oscuros y un traje mal ajustado a su cuerpo, los hombros encogidos mientras estaba parado bajo el alero de una puerta de calle cerrada. Escribía rápidamente en un cuaderno, como el que verías emerger del bolsillo de un periodista. De forma frecuente se asomaba del lugar que lo protegía, como si esperara a alguien, o tuviera miedo de que lo atraparan…

Priscilla, lady Blyth, joven y vital, con hoyuelos adornando una de sus sonrisas más adorables al aceptar el abrigo de piel que su esposo le colocaba sobre los hombros. Botones de perlas en los guantes largos. La sonrisa se convirtió en irritación cuando levantó la vista hacia el barandal, detrás del que su hijo mayor los miraba a horcajadas, anhelante…

Una explosión que lanzó una nube de humo y tierra al cielo, en un campo lleno de soldados uniformados…

Edwin tendido, pálido y sin vida, en un camino de gravilla, en medio de dos extensiones de césped arregladas a la perfección. Un grupo de hombres en trajes de gala se levantó después de inspeccionar el cuerpo y todos miraron por el camino, con una sincronía inquietante, para ver…

La vista desde el dormitorio de segundo año de Arthur Manning. Destellos de luz primaveral sobre el río Cam, cual diamantes. Una curva de color verde musgo, como en *Ofelia* de Millais, por la que asomaba la proa de una chalana…

Una mujer rubia con las mejillas encendidas de excitación, el dorso de una mano en la boca, la expresión extática, la otra mano en la falda elaborada de un vestido de noche…

Robin estaba perdiendo el control. La parte de él que aún era él, el rincón de la mente que conservaba una pizca de consciencia de su existencia más allá de las imágenes descontroladas, era suficiente para preocuparse. Las visiones habían durado demasiado, se estaban volviendo, de algún modo, más inmersivas, y se movían cada vez más rápido, como los giros de un zoótropo. Se fusionaban unas con otras hasta marearlo.

La última imagen que duró lo suficiente para que Robin pudiera prestarle atención fue, una vez más, de Edwin. Las manos del mago brillaban y ardían con una luz tan intensa que parecía capaz de incendiar todo un bosque. La expresión en su rostro era muy extraña, un rugido de ferocidad animal.

Y luego…

Luego…

# CAPÍTULO 19

**Edwin no solía recordar los sueños.** Las pesadillas eran las excepciones: estar escondido con impotencia en una esquina de una versión más oscura y desconocida de la universidad, agachado con las rodillas contra el pecho, mientras la voz de Walter se acercaba. A veces, esos sueños comenzaban con eventos más mundanos, como un examen, pero siempre terminaban en la misma situación.

Esa mañana en particular, despertó con resabios de un sueño, que desaparecía como neblina iluminada por el sol. La sensación era suficiente para sospechar que había sido un buen sueño. Más que bueno. Placentero. O, quizás, dados los eventos de la noche anterior, solo había sido un recuerdo. De cualquier manera, cerró los ojos para saborearlo: un deseo caliente como miel derretida y el fantasma de un cuerpo presionado sobre él.

La noche anterior no había sido como había esperado. Agradecía que

Robin hubiera sido tan relajado, feliz de dejar que él guiara la situación. No había intentado presionarlo ni ir más allá de sus deseos expresos.

Se llevó la mano a la garganta y posó sus dedos en ella. Era temprano, aún no despertaba por completo y estaba seguro en la soledad de la habitación. Podía permitirse pensar si hubiera *querido* que lo presionara y qué hubiera hecho si Robin ejercía todo el peso de su personalidad confiable y solícita para derribar los muros que había levantado con dedicación, incluso cuando las oleadas de deseo amenazaban con erosionar los cimientos. Allí, solo, podía examinar qué había detrás de esos muros. Deseaba tantas cosas que, a veces, todo su cuerpo era un cuenco rebalsado de deseo. Pero haberle confesado a Robin una sola verdad ("Cada vez que me tocas, es justo lo que deseaba"), había sido aterrador, aunque no fuera a probarlo. Y no había tenido importancia. Ofrecerle una muestra del hechizo que había creado había sido satisfactorio, casi glorioso. Sería incapaz de mirar los hombros de Robin otra vez sin recordar cómo lucían desde atrás, los músculos hinchados, las súplicas del hombre, la presión cuando empujaba dentro de él. Era un recuerdo sensorial para guardar en un cofre de cristal, un premio para la colección.

Alguien llamó a la puerta, y los labios de Edwin se elevaron en una sonrisa.

—¿Está despierto, señor Edwin? —No era la voz de Robin. La joven volvió a tocar con más fuerza, lo que despertó la curiosidad de Edwin. El personal doméstico tenía órdenes de no molestar a esas horas.

—Sí. —Se puso un salto de cama y pantuflas para abrir la puerta. Allí se encontraba una mucama, con las manos presionadas por delante y aspecto más incómodo que Edwin.

—El señor Walcott dijo que debería bajar a la biblioteca enseguida. Sucedió algo con sir Robert.

—¿Qué ocurre?

—No lo sé. —La joven tragó saliva—. Creo que… algo extraño, señor.

—¿Extraño? —El tono de Edwin se agudizó por el miedo, y lo lamentó cuando la mucama se estremeció—. De acuerdo, gracias. Iré enseguida. —Buscó su cordel, lo guardó en el bolsillo y bajó deprisa por la escalera principal hacia la biblioteca. Las puertas dobles estaban cerradas, y se oían voces ansiosas detrás de ellas.

La escena que encontró al abrir la puerta (un grupo de gente, que incluía dos sirvientes, reunido sobre un cuerpo) le debilitó las rodillas y le cerró la garganta por el miedo. Se tomó de la manija para mantener el equilibrio. No sabía muy bien dónde estaba, de quién era el compromiso de sangre de esas tierras, de quién era el cuerpo que veía.

*Esto es mi culpa*, pensó con claridad.

—¡Win! —exclamó Charlie al levantarse. Él también estaba en bata. Bel estaba vestida, pero con el cabello suelto sobre la espalda. Edwin experimentó un instante de alegría desentonada al ver a su hermana y a su cuñado; o, más precisamente, al verlos *solo* a ellos dos. Pequeños momentos de clemencia. No hubiera podido lidiar con Miggsy o con Trudie en ese momento—. ¿Crees que podrías explicar esto, hombre? Parece algo enfermo, diría. ¿Es por la maldición?

*Enfermo* no era muerto, *extraño* tampoco; si eso hubiera sido lo que Edwin había estado pensando; si hubiera podido pensar más allá de las garras del terror. Se acercó a toda prisa: Robin estaba recostado sobre el asiento de la ventana y, a simple vista, lucía como si se hubiera perdido soñando despierto, con la mirada de párpados caídos fija en algún lugar detrás del vidrio. Su rostro y el frente de la camisa estaban mojados, y pendían gotas del cabello que le caía sobre la frente, ¿sería sudor? El único movimiento era el ascenso y descenso del pecho.

—No reaccionó al pinchazo, ni a una bofetada —informó Charlie.

—Ni a un vaso de agua en el rostro —agregó Bel—. Pensé en pedir una de las inhalaciones revitalizantes de mamá en la cocina, pero no sabía cuál sería mejor.

—Quizás romero con… —comenzó Charlie.

—¿Cuánto tiempo lleva así? —intervino Edwin.

—No lo sabemos.

—Al menos una hora, señor Edwin —intervino el ama de llaves—. Mary dijo que entró cuando ella estaba encendiendo el hogar.

—¿Es la maldición? —insistió Charlie. Era muy extraño que el hombre pidiera la opinión de Edwin, mucho más que pareciera interesado de verdad en escuchar la respuesta, de modo que Edwin se tomó un momento para disfrutarlo. Luego se sintió terrible por ello.

—Sí, es la maldición. —En cierto modo, estaba mintiendo. La noche anterior, al caer en las garras de la maldición, Robin no había lucido así, sino que había perdido el conocimiento por completo, doblado sobre el brazo. Esa expresión perdida y perpleja, la media vigilia falta de respuesta… Edwin lo había visto así antes. Además, les había echado un vistazo a los libros abiertos sobre la mesa.

Se trataba de las visiones; una versión horrible y extendida en el tiempo, que tenía a Robin atrapado al igual que habían estado en el laberinto.

*Al menos una hora*, pensó Edwin distraído.

—¿Alguien se lo dijo a su hermana? —preguntó—. No lo hagan —agregó cuando el ama de llaves giró hacia la mucama—. Déjenla dormir. Gracias, pueden retirarse.

No observó cómo se marchaban los sirvientes, sino que se sentó en el asiento, cerca de la rodilla flexionada de Robin, e intentó pensar. Una persona perdida en sus visiones escapaba de su experiencia, tanto como las runas en el brazo del hombre. El único indicio que tenía era la maldición. Las visiones habían iniciado con ella. Eliminar una cosa debería acabar con la otra.

*Ese* momento se sentía como soñar con un examen. Debía resolver el problema mientras el tiempo corría. Al igual que en los sueños, pensar era como abrirse paso por una acera atestada, y, mientras tanto, Robin estaba atrapado entre el sueño y la realidad.

Estado transicional.

Edwin tardó un momento en recordar dónde había oído esas palabras y en rememorar todo lo que la señora Sutton había dicho. *Los inicios y finales son poderosos. Estados transicionales. Puedes crear cambios profundos si te filtras entre las grietas.*

Su mente comenzó a funcionar otra vez. Tenía la sensación agobiante, mitad dolorosa, mitad maravillosa, de que hechos, precedentes y lógica estaban encontrándose poco a poco para encajar y ofrecer una solución. Las palabras que habían pasado desapercibidas en los últimos días. Elementos desconectados comenzaban a conectarse. Temía respirar e interrumpir el proceso.

—Tengo una idea. —Observó el rostro inmóvil de Robin y la falta de expresión en los ojos avellana que antes se habían reído con él; *tienes las mejores ideas*—. Intentaré remover la maldición otra vez. Charlie, ¿recuerdas el hechizo que te enseñé? —El hombre se movió en el lugar, pero la expresión de desaprobación se esfumó ante la mirada fulminante de Edwin. Entonces, asintió con la cabeza—. Muéstrame —indicó Edwin.

Charlie miró a Robin antes de demostrar, sin magia, el hechizo. Fue bastante preciso, a fin de cuentas, era un mago muy poderoso. Si el hechizo era el correcto, y Edwin podía crear las condiciones adecuadas, funcionaría. Él era capaz de controlar su poder de forma minuciosa y confiar en la tensión del cordel, pero sabía que el control tenía limitaciones si no había poder detrás (lo tenía grabado en los huesos tras años de experiencias amargas). Además, tendría que hacer la parte más peligrosa con sus propias manos. No había lugar para cometer errores ni para dudar.

Sin embargo, tenía la sensación de estar fuera de lugar otra vez. Estaba en la tierra equivocada. Estaba…

No, no. Era un Courcey de Penhallick; era, como Bel había dicho, *uno de ellos*. Y tenía *algo*, había sentido el peligro de Robin quemándole la piel, mientras que Bel apenas lo había percibido y…

Otra pieza encajó implacable en su lugar en la mente que aún estaba amoldándose. ¿*Eso* era? ¿No la falta de conexión, sino algo superior; la tierra presionando durante años, mientras Edwin se cerraba a ella, avergonzado?

*Una afinidad*, eso había dicho la mujer en cuyas tierras había crecido una arboleda a partir de ramitas y encantamientos a partir de retoños. Tenía que significar algo; él haría que significara algo.

—Todavía no lo toques —ordenó con firmeza antes de salir corriendo. No tenía que alejarse demasiado; la salida más cercana era por la puerta principal. Salió bajo la lluvia, que lo hizo estremecer al azotarlo con el viento, y se arrodilló en la gravilla de la entrada. Las pantuflas ya estaban húmedas y llenándose de tierra.

Necesitaba sangre. El eco era tan absurdo que por poco le daba risa. Se llevó una mano a la mejilla, que estaba mojada con el fluido equivocado. Luego sacó el cordel de la bata empapada y creó un filo pequeño, que deslizó por su mano. Una herida más a la colección. Recogió la gotita de sangre con un dedo mientras escarbaba la gravilla para llegar a la tierra por debajo.

—Yo, Edwin John Courcey, pertenezco a la línea de sangre de Florence y Clifford Courcey, quienes hicieron su compromiso contigo años atrás. Sé que aún eres nueva en la magia y que debería haberme esforzado más hace tiempo. Me disculpo por eso. Pero un invitado en la propiedad está en peligro; si reconoces algo de mi sangre, ayúdame ahora.

¿Sintió algo? ¿Algún cosquilleo de asentimiento en el dedo ensangrentado? No estaba seguro. Quizás lo había imaginado, pero tendría que intentarlo de todas formas.

Cuando llegó a la biblioteca, tenso y mojado, descubrió que Maud Blyth se había despertado y había bajado a buscar a su hermano. Y lo había encontrado.

—Tienes que *ayudarlo* —estaba exigiéndole a Charlie, con una mano en el hombro de Robin. Estaba alterada y pálida, era demasiado joven, y Robin la amaba más que a nada en el mundo, así que Edwin logró tragarse una serie de respuestas groseras.

—Lo intentaremos —dijo.

Maud apretó los labios, pero no preguntó *cómo*, y Edwin lo agradeció. Era consciente de lo horrible que sonaría si intentaba explicarlo. Tuvo que desgarrar la manga de Robin hasta el hombro para descubrir toda la maldición y, a pesar de la preocupación, se sonrojó porque fue evidente que ya había tocado ese brazo, esa piel, ese hombre.

Los dos magos terminaron enseguida con la primera parte del hechizo, la copia y la conexión, luego crearon el hechizo de disolución y lo tuvieron listo para poder actuar lo más rápido posible. La velocidad sería esencial.

Miggsy había estado en lo cierto: algunas maldiciones morían cuando el portador lo hacía. Estados transicionales. Trabajar en las grietas. El nacimiento era el inicio; ese el final.

¿Podrías desacelerar mi pulso con un hechizo como ese?

Quizás Penhallick aún no creyera que Robin estaba en peligro, pero Edwin estaba a punto de hacerla cambiar de opinión.

–Bel, una advertencia: si esto sale bien, es posible que sientas malestar –informó. Su madre también lo sentiría. Por más que odiara la idea, la ignoró. Ya encontraría un modo de explicarlo y de disculparse. Si funcionaba.

Volvió a sentarse con las piernas en contacto con las de Robin, enlazó el cordel entre sus manos y observó sus dedos: no temblaban en absoluto. Tras respirar hondo, comenzó. Cuando lo había hecho en sí mismo, había sentido que pequeñas hebras invisibles brotaban de sus dedos y enlazaban su corazón, que se sacudía con cada latido. Eso le había permitido impulsar la magia con mucho cuidado a través de las hebras para persuadir al músculo a que espaciara más los latidos. Había leído todo lo que había podido encontrar sobre la fisiología del corazón; mucha información había superado sus capacidades (no era médico), pero la había leído de todas formas, hasta hacerse una imagen mental con la que pudiera trabajar.

Allí, hizo crecer la luz del hechizo y la hizo bajar por las hebras, cual rocío por una tela de araña. Fue extraño no sentir el movimiento dentro de su propio corazón y saber que las contracciones que sentía eran de Robin, rápido, firme y en sus manos.

Latido tras latido.

Con la mirada fija en el rostro de Robin, Edwin se concentró más que nunca en la vida. Impulsó la magia despacio. Lento.

Latido. Pausa.

Latido. Pausa más larga.

Los ojos de Robin se cerraron. Su color cambió: lucía ceniciento. Abatido.

Bel emitió un gemido bajo y sorprendido y se abrazó con las manos el estómago, como si tuviera cólicos. Edwin quería arrancarse la piel; la sensación lo azotó de forma repentina y urgente, pero apretó los dientes y lo ignoró para sentir el movimiento de las hebras, lento, más lento, hasta que el corazón de Robin bombeó por última vez y luego… nada.

Nada.

—Charlie, *ahora* —indicó.

El hombre extendió las manos brillantes con el hechizo sobre la copia y jaló.

Edwin se había preparado para escuchar a Robin gritar otra vez, pero, en su lugar, el cuerpo del hombre se sacudió en silencio, lo que resultó aún peor. Maud comenzó a sollozar, pero él no la miró, sino que observó el brazo de Robin, en donde las runas negras eran más suaves (casi sollozó por el enorme alivio). Se suavizaron cada vez más, borrándose como tiza bajo la lluvia. Se obligó a esperar hasta que no quedara ningún rastro de la maldición, luego tomó las hebras invisibles y jaló.

Sintió pasar toda una vida en el intervalo entre la señal y la respuesta. *Vamos, contráete, vive.* Pero la respuesta llegó.

Después de tres latidos completos y normales, Robin volvió a sacudirse e inhaló como un hombre salvado de ahogarse. Maud emitió otro sonido, y su hermano abrió los ojos.

—Quédate quieto, Robin. *Por favor* —balbuceó Edwin sin pensarlo. Se aseguró de que el corazón siguiera latiendo por sus propios medios, retiró las hebras del hechizo y dejó caer las manos sobre las piernas. Se sentía como si hubiera subido y bajado corriendo tres pisos por escaleras. Sus dedos palpitaban, había presionado tanto la vuelta del cordel que se había cortado la circulación. Algo que no tenía comparación con lo que le había hecho a Robin.

El hombre tosió mientras miraba alrededor.

—¿Acaso…? —comenzó a decir, con la voz reseca, pero Maud lo interrumpió al lanzarse sobre él. Robin la abrazó, y Edwin se tragó una punzada de celos abrupta e inútil. Robin lo miró por sobre el hombro de su hermana, luego a Charlie y a Bel. Al final, volvió a él—. ¿Qué sucedió?

—Al parecer, la segunda es la vencida. Esta vez se hizo la magia —Charlie sonaba tan entusiasta como siempre.

El momento de la revelación fue otra sacudida. Robin liberó el brazo derecho con la manga desgarrada de alrededor de Maud y lo contempló un largo tiempo. La sonrisa que se desplegó en su rostro fue una pintura de alivio y alegría.

—¿Lo intentaste otra vez? ¿Y funcionó?

—El señor Courcey hizo algo que logró que funcionara —explicó Maud de forma inesperada. Edwin no tenía idea que ella había seguido el procedimiento, pues él y Charlie no habían explicado los pasos—. Fue aterrador. Lucías como un cadáver, pero… —continuó dudosa—, supongo que para ustedes fue algo de rutina.

—Ah, por supuesto. Removemos maldiciones día por medio —rio Bel.

Robin se frotó el brazo, un movimiento que, para entonces, era natural.

—¿Cómo lo lograste? —le preguntó a Edwin por lo bajo. Charlie y Bel seguían ahí, Maud también, por lo que Edwin pensó en mentir. Sin embargo, como siempre, la mirada de Robin lo hizo imposible.

—Te quité la vida. Por un instante.

—¿Qué? —exclamó Maud.

—Reduje el ritmo cardíaco —explicó Edwin y sostuvo la mirada de Robin hasta ver la revelación en ellos—. Luego volví a acelerarlo, por supuesto. La maldición pensó que estabas muerto y eso fue suficiente.

—Bueno, estoy vivo. —Robin presionó la mano de su hermana—. Y, por cierto, estoy famélico. Ve a terminar de vestirte, Maudie. Te veré en el desayuno.

—¿Estás seguro de que estás bien?

—Tengo una jaqueca terrible, pero, por el resto, me encuentro bien. Mejor de lo que estuve en toda la semana.

Maud se marchó y, con el espectáculo terminado, Bel y Charlie la siguieron, aunque ella se giró a mirar a Edwin con curiosidad en el proceso. Estaba mirándolo con más interés del que había demostrado en años. Era incómodo.

Una vez que las puertas de la biblioteca se cerraron, Edwin y Robin se sentaron en el asiento de la ventana, sin tocarse. Edwin no sabía qué decir. Quería sentarse allí toda la semana a contemplar a Robin así, seguro, libre, sin marcas.

—¿Me *mataste*? —preguntó el otro al final.

—Yo, eh… sí. Lo sé. Santo Dios. Tendré que escribir una tesis sobre esto. No, un *libro*. —Edwin sintió que una risa histérica y triunfal intentaba brotar de su interior—. No sabía si funcionaría, pero no se me ocurría qué más hacer. No despertabas. —Tomó aire para tranquilizarse—. Tenías la mirada perdida, Robin. Y… fueron las visiones, no el dolor, ¿verdad? —Una expresión culpable atravesó el rostro de Robin, pero asintió. Entonces, el mago señaló los libros con la cabeza—. ¿Qué intentabas hacer?

—Forzar una visión para que me mostrara algo útil, algo que nos diera información sobre el último juramento. O de la maldición. Lo que fuera.

—Acabaste en *coma*. —Edwin lo observó horrorizado.

—No estábamos nadando en pistas. Quería intentar algo más que revisar libros.

—Eso no significa que la solución fuera que lanzaras tu mente a una

magia de la que no sabes nada, sin la guía de nadie. Podrías haber... si...
*¿Eres estúpido?* –Edwin se mordió la lengua, pero ya estaba dicho.

Robin se alejó más. De lejos, ambos debían parecer cómodos, nadie
vería indicios del cambio repentino de temperatura.

–Sé que no soy listo, pero no, no soy estúpido –respondió Robin.
La lengua traicionera de Edwin se había hecho un nudo en su boca,
congelada por temor a haber empeorado las cosas. Quería que la sonrisa
de Robin reapareciera. Quería acercarse de forma conciliadora y tocarlo.
Quería ser tocado. Era insoportable. Robin arqueó las cejas con suficiente
humor para que Edwin supiera que era más afortunado de lo que merecía–. Ahora es cuando dices, "lo siento, Robin".

De repente, la terquedad intensa de Edwin no quería hacer nada parecido. Pero se forzó a decir:

–Lo siento.

–Y ahora yo digo: gracias, Edwin. –Robin se puso de pie–. Gracias por
ser brillante y por salvar mi vida, espero. –Se inclinó tan lento que Edwin
pudo haber evadido el beso si hubiera querido. No lo hizo. Los labios de
Robin estaban resecos, un poco resquebrajados. El beso fue rápido y suave, apenas un gesto–. Edwin –expresó con voz ronca. Una sola palabra
que fue como toda una conversación, que prometió toda clase de cosas
que Edwin no estaba preparado para escuchar. Tuvo el impulso absurdo
de pedirle que las escribiera, que las expresara y se las diera en papel. En
cambio, se levantó del asiento, se acercó a la mesa y comenzó a cerrar los
libros que el otro había dejado abiertos.

–De nada –respondió al pasar–. Debo vestirme y tú, cambiarte la camisa. Bel le derramó agua, *antes* de que yo le arrancara la manga.

Se produjo una pausa, que debió ser el tiempo que Robin tardó en
notar la humedad por primera vez.

—Buena idea. Muero de hambre, de verdad. —Había otra promesa oculta en las palabras, llena de calor y de luz, pero Edwin no se permitió alzar la vista para enfrentarla.

—Ajá —pronunció hacia las cubiertas de cuero familiares de los libros. Ordenó una pequeña pila, extremo con extremo—. También yo.

Robin se había quebrado uno de los brazos en dos oportunidades durante la infancia. Apenas recordaba el dolor del reacomodamiento de los huesos y la extremidad envuelta en gasa y cubierta de yeso, que luego se endurecía. Lo que sí recordaba con sorprendente claridad era el momento en el que la sierra del cirujano por fin abría el yeso a la mitad y el brazo emergía de él, flácido y pálido, como el de una jovencita que había pasado su vida bajo sombrillas.

La maldición ya no estaba, y saberlo se sentía como tener un hueso recién soldado debajo de la carne. Sin embargo, Robin se frotó la manga con el pulgar, pensativo. No le importaba que la jaqueca se hubiera asentado detrás de sus ojos desde que había despertado en la biblioteca. Por el momento, tampoco le importaba que el último juramento siguiera perdido ni que hubiera personas aún dispuestas a matar por él. *No había más dolor.* Ya no temía que el ataque siguiente fuera el último. El peso que había estado cargado ya no estaba. Quería gritar, reír y remar desde Putney hasta Mortlake ida y vuelta.

Edwin lo alcanzó afuera del salón del desayuno. Estaba encerrado dentro de la ropa, con el cabello engominado, y lucía mucho más compuesto e intocable que en la biblioteca.

Edwin siempre se retraía de ese modo.

—No lo pregunté antes… —Se acercó y bajó la voz–. ¿Recuerdas algo de lo que viste? Duró mucho tiempo.

—Fue todo bastante confuso. Te contaré lo que pueda luego.

Una vez más, la maldición de Robin y su eliminación dramática fue el tema de conversación de la mesa. Charlie estaba explicándoles el hechizo de copia a Trudie y a Billy, mientras que Miggsy montaba un espectáculo haciendo flotar la tetera para servirle una taza a Belinda. Maud estaba a un lado, sin hablar con ninguno de los magos, arrancando uvas de un racimo para comerlas una a una. Robin no había mentido respecto al hambre; comió porciones generosas de todos los platos calientes y consideró servirse otra vez. Maud le sirvió té, mientras él comía el primer bocado de riñones a la diabla, seguido por otro de tocino y patatas fritas, condimentados con mucha sal y pimienta. Tomó otros dos bocados, sin preocuparse mucho por masticar, y lo lamentó cuando su pecho protestó por la cantidad excesiva que tragó de una sola vez. Entonces tosió, dejó los cubiertos y quiso tomar la taza de té, hasta que percibió el olor: una nota extraña en la mezcla de aromas especiados que llenaban el salón. Era como humo de petróleo, como rocas mojadas.

No podía ser lo que pensaba. La comida estaba muy condimentada y había comido demasiado rápido. Estaba viendo… destellos en la platería y en la ventana, eso era todo. Se había terminado. Ya *no estaba*. Ya…

Una mujer india sentada detrás del escritorio de una oficina, arreglada con blusa, falda y un moño azul en el cuello. Estaba acomodando una pila de papeles mientras hablaba con alguien, y las teclas de la máquina de escribir se presionaban sin que nadie las tocara. Sonrió al levantar la vista y, cuando dejó de hablar, la máquina también dejó de escribir.

Su rostro tenía un ligero rastro familiar, como si fuera un boceto copiado muchas veces de una obra reconocida. Comenzó a levantarse.

–¿Robin? *¿Robin?* –Era la voz de Maud, agudizada por el pánico.

Todos los presentes volvieron a enfocarse en él.

–Sí, lo siento. –El corazón de Robin latía a toda prisa. Encontró a Edwin con la mirada; la mano del hombre horrorizado estaba presionando un panecillo olvidado. Había visto eso demasiadas veces como para confundirlo.

–*No* –dijo Edwin, como si pudiera borrar el último minuto con la fuerza de las palabras.

Robin jaló la manga para levantarla, sin molestarse cuando ensució el puño con el plato de mantequilla. La piel del brazo seguía libre de marcas: la maldición no había logrado volver allí.

–¿Cómo es posible? –exigió–. Dijiste que la maldición y la adivinación estaban conectadas…

–*¿Adivinación?* –preguntó Belinda, y al menos otras dos personas en la mesa lo repitieron. Todas las miradas ya estaban sobre Robin, pero él sintió que el interés en ellas se duplicó.

–No dije eso, fue una hipótesis –comentó Edwin con un hilo de voz.

–Solo piénsenlo, ¡un vidente en nuestra fiesta! –festejó Trudie.

–No me sorprende que te lo hayas guardado para ti, Win. –Charlie sonó acusatorio y un tanto molesto.

–Parecía lógico que las visiones fueran parte de la maldición. –La expresión de Edwin se cerró por completo. Seguía mirando solo a Robin–. Supongo que es posible que un don latente hubiera… despertado… gracias al contacto con la magia. Por más desagradable que haya sido.

–Iluminación –dijo Robin como un tonto.

–Eso *no* fue… –sentenció Edwin–. Yo… No existen precedentes… No sabía que…

–Pero sabías que él tenía ese don –chilló Belinda mientras señalaba a su hermano con el tenedor–. Siempre has sido así; no puedes soportar compartir algo interesante. Es una de tus peores cualidades. ¿Recuerdas cuando mamá encontró la colección de piedras en tu habitación después de que fuimos a la playa? ¿Y cuando te echaste al suelo a llorar porque papá no te dejó conservar el reloj que te habías guardado en el bolsillo después de la muerte del abuelo? Tenía seis —agregó para los demás—. Dijo que lo *estudiaría*.

Edwin estaba más pálido que nunca. Robin se disputaba entre el deseo de defenderlo y el deseo de que él tuviera las agallas de defenderse *a sí mismo*, por una vez.

—Tiene sentido —comentó Miggsy—. Estaba preguntándome por qué habías decidido que este merecía conservar los recuerdos después de todo. Pero es para *estudiarlo*.

—Cierra la boca —ordenó Edwin, con los labios pálidos.

—*Win* —advirtió Belinda.

Robin había tomado el cuchillo otra vez; tuvo que esforzarse mucho para aflojar los dedos y volver a dejarlo sobre la mesa. Era sorpresivo y predecible a la vez: la hierba de Leto no estaba planeada solo para Maud. Todos en la habitación y, con seguridad, hasta la frágil y encantadora madre de Edwin, habían asumido que, tan pronto como Edwin eliminara la maldición, Robin correría con la misma suerte.

—Verás, es un juego —explicó Trudie—. Uno de nosotros invita a un no mago y lo hacemos pasar un buen momento. Le mostramos todo lo que se está perdiendo en su propio mundo y, al final, le damos limonada y lo enviamos a casa pensando que se ha excedido con el alcohol. Es menos divertido si la iluminación ocurre antes de que lleguen, pero... —Se encogió de hombros con elegancia, pero su mirada siguió igual: fría y expectante, fija en Robin. Él comprendió que le había robado la diversión a Trudie con su aceptación indiferente de la magia y el rescate de Maud de la hierba de Leto. Pero la joven los veía reaccionar, aunque tuviera que incitarlos ella misma, y revelar el juego era la forma más fácil de hacerlo en ese momento.

—Limonada —dijo Maud con voz baja y tensa. Así hablaba en público cuando sus padres vivían, y escucharla lanzó otra oleada de rabia al corazón de Robin—. Ah, ya veo.

—Creí que protegían a los invitados —dijo él sin pensarlo—. Con el compromiso de sangre y todo eso. Creo que no encaja con la idea de traer gente a su preciosa tierra para jugar con ella.

—No sufren ningún daño. Lo disfrutan —replicó Charlie, desconcertado.

—Eres la primera persona que ha traído Edwin —comentó Miggsy. Él no estaba desconcertado, más bien tenía la actitud de alguien que sabía lo incómoda que se estaba poniendo la situación y que lo estaba disfrutando—. No había mostrado mucho interés en el juego antes. Comenzábamos a pensar que el palo en su trasero era permanente.

—De acuerdo, no hay necesidad de vulgaridades —intervino Belinda.

—No lo traje por eso —afirmó Edwin sin levantar la vista—. Se los dije. Necesitábamos la biblioteca. Necesitábamos remover la maldición.

—Sí, por supuesto. —Billy no había hablado hasta entonces, pero su sorpresa desde la mención de las visiones parecía genuina—. Pero de seguro no lo enviarías de vuelta a casa con los recuerdos de todo el desastre, Edwin.

Robin miró al aludido, que estaba mirando el plato, en el que yacían los restos del panecillo destruido. El momento se extendió, y Robin comprendió dos cosas enseguida. La primera: Billy tenía razón. Edwin había abordado el tren en Londres y lo había invitado a las tierras de su familia con toda la intención de borrarle la memoria después. La segunda: en los últimos dos días, él había comenzado a tener una pequeña luz de esperanzas. Aunque sabía que algunos hombres como ellos lo hacían, nunca se había atrevido a imaginarlo antes. Pero estaba preparado para intentar, *ansiaba* intentarlo.

Edwin ansiaba… ¿qué? ¿Obtener placer de Robin y luego hacer que lo olvidara?

Robin intentó normalizar la respiración. Lo único que olía era carne, champiñones y la maldita pimienta. Ya había tenido suficiente.

—Maud, recoge tus cosas y espérame en la puerta de la casa. Nos iremos aunque tenga que cargar nuestro equipaje hasta la estación.

—Dijiste que te encargarías de estos dos, Edwin —dijo Belinda en tono acusatorio.

Por supuesto que él lo había dicho.

—No la *toquen* —siseó Robin—. Juro por Dios que estrangularé a la primera persona que intente lanzar un hechizo sobre mi hermana.

El jadeo ofendido de Trudie fue demasiado ostentoso para ser real. Robin estaba hastiado de ese lugar, una casa hermosa, llena de piezas de arte deslumbrantes y de personas falsas y egoístas.

—Supongo que el consentimiento solo es requisito entre los magos —le dijo a Edwin.

El hombre alzó la vista. Robin esperó que objetara, pero solo lo miró con ojos congelados, furiosos y desesperados. Y él sintió que la rabia lo impulsaba a decir algo demasiado personal para esa reunión; ciertas cosas, ciertas heridas, no eran asunto de nadie más.

—Maud —insistió.

—Sí, sí. Buscaré mis cosas.

Robin arrojó la servilleta sobre el plato, donde comenzó a empaparse con la salsa de los riñones, como una flor oscura en crecimiento. Luego se dio la vuelta y salió de la habitación.

# CAPÍTULO 20

Edwin quería seguir a Robin, de verdad. Sin embargo, al llegar al pie de la escalera, sus pies perdieron el valor y lo llevaron a la biblioteca. Dos días atrás, después de haber formado un hechizo con las manos ensangrentadas y sin cordel, había creído tener un poco de coraje en su interior. Se había equivocado. Era mucho mejor para esconderse.

Cuando Robin entró, vestido para viajar y cargando las maletas como si no confiara ni siquiera en los sirvientes de esa familia, Edwin estaba hecho un ovillo en un sillón, intentando convencerse de que no estaba temblando. Alzó la vista y se levantó de la silla, sin importar lo que se avecinara (pelea, perdón o despedida), quería estar de pie para enfrentarlo. Notó que Robin quería darle distancia, luego vio el momento en que endureció la mandíbula, lo superó y se abrió paso dentro de su espacio. Fue un ataque tan evidente, que Edwin no sintió vergüenza al retroceder.

—¿Pensabas hacerme eso? ¿Borrarme la memoria? —exigió Robin sin preámbulos.

Así que no iba a perdonarlo.

—No. Es decir, sí, al principio. Pero cambié de opinión.

—¿Cuándo? No, no quiero saber. —Hizo una pausa para tomar aire—. Dijiste que la hierba de Leto tenía un límite de tiempo para borrar los recuerdos, ¿cuál es?

Edwin podía con las preguntas, con los hechos.

—En su concentración más alta puede cubrir… una quincena, quizás. Es imprecisa en ese punto. Hay otros factores…

—Han pasado nueve días.

—Sí —afirmó Edwin—. Sí, aún podría usarla, si a eso quieres llegar. Pero *no lo haré.*

¿Cuándo había cambiado de opinión? No podía señalar un momento en particular. Lo supo con certeza cuando la maldición fue eliminada, cuando tuvo que enfrentar la dimensión de su propio alivio. Si el segundo intento no hubiera funcionado, si, en cambio, hubiera matado a Robin, parte de él también habría muerto, y no sabía qué hacer con esa información. No encajaba en el catálogo de sus experiencias.

—Ni siquiera mencionaré a Belinda y a los demás con su maldito *juego,* pero de verdad pensé que tú eras diferente. ¿Cómo pudiste considerarlo en un principio?

—¿Cómo estuvo tu fiesta, Robin? ¿Te divertiste? ¿Conociste a alguien nuevo? —preguntó Edwin de forma intencionada—. En esta charada represento a tu amada hermana, ¿me mentirás? —Al percibir que daba en el clavo, lo usó a su favor—. No somos muchos, Robin. Guardamos nuestros secretos cuando es necesario. Así nos mantenemos a salvo, mantenemos a nuestro mundo separado de…

—De mi mundo. Fue un error de papeleo y no me quedé en mi lugar. Pero no importa, soy un fenómeno *fascinante*, al menos para eso sirvo.

—¿Quieres que diga que no me resultas interesante? —replicó Edwin—. Estaría mintiendo. Por supuesto que es interesante que aún tengas visiones. No me *disculparé* por eso.

—No importa. —El otro soltó una risa breve—. Yo creo que *tú* eres fascinante. Lo he pensado desde el copo de nieve. —De algún modo, eso sonó como un insulto—. Lo que me importa es que me trajiste aquí con la intención de desecharme después. Como si fuera una piedra en tu zapato a la que sacudirías con odio. Pero resulté ser una especie de roca singular, que merecía la pena estudiar más, mantenerla a la vista y... frotarla de tanto en tanto. Teniendo en cuenta su *utilidad*.

El comentario sobre la recolección de piedras fue sal sobre la herida de la infancia, que Bel había reabierto con las burlas del desayuno. Y Edwin se percató, demasiado tarde, de la herida particular de Robin que también había quedado expuesta. A fin de cuentas, así era como los Blyth habían visto a su primogénito: una recolección de piezas para ser usadas.

—No es así —afirmó con desesperación—. Yo no... Robin, no... Las visiones no son lo único importante. Lo prometo.

—¿De verdad? Ni siquiera quieres que lo intente sin tu supervisión, y no puedes estar ahí cada vez que se presentan. Supongo que debería dejar de intentar tener el control de mi propia *mente* y permitir que siga interrumpiéndome en cualquier momento. ¿Debo escribir todo y enviárselo a tu preciada Asamblea? ¿Aunque sean sobre...? —Robin los señaló a ambos, sonrojado.

—Tú... ¿lo viste? —Edwin sintió un escalofrío—. ¿Cuándo? ¿Antes de que...? —Otro escalofrío—. ¿Por eso...? —No pudo terminar la oración.

—¡No! ¿Crees que aceptaría algo así sin más? ¿Que avanzaría a ciegas?

–¿No es lo que haces? ¿Dejarte llevar? –replicó Edwin.

–Me dejé llevar cuando me besaste. Otra utilidad que tuve para ti… El maldito reemplazo de Gatling, porque no podías tenerlo a él.

El rostro de Edwin perdió el color; sintió que la sangre se escapaba, como si dos manos heladas le acariciaran las mejillas.

–¿*Qué?*

La expresión de Robin estaba cambiando. Se frotó el rostro con ambas manos y, cuando las dejó caer, lucía arrepentido.

–Yo… Eso no fue justo. Lo siento, no era mi intención. Yo solo… Debo irme. –Un suspiro–. Será lo mejor. Llevaré a Maud a casa.

–Llévate el automóvil. Déjalo en la estación y enviaremos a alguien a buscarlo después. O no.

–No le contaré sus secretos a nadie. Maudie tampoco lo hará si le pido que me lo prometa. Pediré que me transfieran de la oficina como tenían pensado desde un principio. Quien esté detrás del juramento, ya debió haberse dado cuenta de que no tengo idea de lo que Gatling hizo con él. Volveré a mi vida y cuidaré de mi familia de verdad en lugar de escapar.

–No sé si podrás desaparecer con tanta facilidad. Por lo que sabemos, aún eres vidente. Y ahora el secreto fue revelado.

Edwin intentó imaginar qué hubiera pasado si le borraban la memoria a Robin y el joven hubiera seguido teniendo visiones. Habría pensado que estaba enloqueciendo.

–Aún soy un objeto fascinante –comentó Robin con resignación.

–Lo que intento decir es que mi mundo podría encontrarte otra vez.

–Si lo hace, lidiaré con él.

Edwin quería sacudirlo y exigirle que aceptara su ayuda, que… *se dejara llevar.* Ven a ser estudiado, a ser acariciado. Pero apretó los dientes y exhibió su frialdad habitual.

—Tienes razón. Es lo mejor.

Robin extendió un brazo hacia él, pero Edwin estaba en carne viva por el esfuerzo de mantener la calma. Sin pensar, se alejó.

—No. *No me toques*, por favor.

Hubo una larga pausa. La tensión, que había comenzado a disminuir, volvió en una oleada, como si la habitación fuera un cordel extendido entre las manos. Un nudo de desdicha se formó en la garganta de Edwin.

—Es justo lo que deseas —dijo Robin como resolviendo un acertijo—, pero ¿no lo que *quieres* desear?

Eso tenía un gran porcentaje de verdad, tanto que Edwin no sabía cómo explicar el porcentaje de falsedad. Robin lucía... triste. Ni siquiera parecía enojado. Edwin quería crear un hechizo que disolviera todo en átomos y fuerzas esenciales, para no tener que ver más esa expresión.

—¿Siquiera te gusto de verdad?

—S... Sí. *Sí*.

Edwin casi no logra superar la oleada repentina de recuerdos. Había discutido con Hawthorn, pero habían tenido pocas peleas reales. Él quería que los conflictos terminaran lo antes posible, mientras que Jack parecía querer vivir en una casa hecha de provocaciones suaves y burlas casuales. *Sí* habían peleado al final, una discusión breve y fuerte como un golpe en las costillas, que no había tenido nada que ver con un deseo de seguir juntos. Ambos sabían que no eran apropiados el uno para el otro, más allá de que Edwin tenía tan poco poder que Jack podía fingir que había escapado del mundo mágico por completo. Y Jack era confiable en su estilo áspero y, a veces, miraba a Edwin casi como si fuera apuesto y, otras, insultaba a los hermanos Courcey con una liviandad alegre y asombrosa.

De todas formas, separarse había sido similar a liberar la ropa de un arbusto espinoso; Edwin había estado desequilibrado por el dolor y había dicho esas mismas palabras o algo parecido. *¿Siquiera te gusto de verdad?* Jack se había reído con malicia de él. *Si alguna vez me gustaste, no recuerdo por qué.* Había dicho otras cosas también.

Jack Alston tenía buen ojo para ver las debilidades de los demás y, durante los meses desafortunados que habían pasado juntos, había desarmado a Edwin con manos hábiles, y él le había mostrado todo lo que había por ver.

Robin no era así. Era gentil y amaba con fuerza, pero también había visto demasiado de Edwin. Él no *podía* remover la última capa que quedaba. Si lo hacía, solo quedaría sangre.

—Sí —repitió. Era lo mínimo que le debía a Robin y todo lo que podía ofrecerle.

—Bueno, tienes una forma extraña de demostrarlo. —El otro soltó una risa temblorosa—. ¿Tienes idea de lo mal que me sentí en el desayuno, cuando me trataron como tu… espécimen de estudio? Como todos estos libros, supongo. Tu forma de compensar —concluyó al señalar alrededor. Edwin no podía decir que fuera mentira ni que fuera injusto, pues no lo era—. ¿Y sabes qué es lo peor? —continuó, implacable—. Creo que te deseo demasiado como para que me importe. Me dije a mí mismo que no permitiría que nadie me usara, pero aquí estoy, quedándome a tu lado como un condenado… —Dejó de hablar, con la mirada fija en el rostro de Edwin, como si quisiera traducir la expresión en un lenguaje llano.

—Robin —pronunció el hombre.

—Pídeme que me quede. Pídeme que lo haga *por ti*, y me quedaré.

Edwin quería decirlo, lo deseaba más que a nada, pero era evidente que Robin los odiaría a ambos al final. ¿Cómo podía construir un futuro con esa base? ¿Qué haría, amarrarle las manos con una Brida de duende? Aún con toda la magia del mundo, no era posible encantar a alguien para que se quedara. Al menos no por mucho tiempo ni de forma sincera. Ni hacerlo y mantenerse a salvo a uno mismo. Y no había nada seguro respecto a Robin. Edwin ansiaba quitarse la ropa y rogarle que lo tocara, que lo sujetara y le susurrara. También podría haberle dado un cuchillo y apoyarlo en su garganta.

Ese no era futuro: Robin siempre dudoso, Edwin siempre atemorizado. Sus cuerpos podrían encajar como piezas de un rompecabezas y se provocarían placeres indescriptibles a diario, pero, de todas formas, sería una relación con cimientos sobre una nube.

En consecuencia, Edwin no dijo nada.

—Bien, eso fue lo que pensé —dijo Robin. Luego tomó sus bolsos y se marchó.

# CAPÍTULO 21

Len Geiger ya le había preguntado dos veces a Edwin si necesitaba ayuda para encontrar algo; un nuevo récord. En general, la pregunta era una forma amable de darle a entender que quería cerrar la tienda y regresar a casa con su familia. Una segunda vez, apenas pasado el mediodía, podía significar que temía por la salud física o mental de Edwin.

No había ningún problema con la salud de Edwin. Los rasguños estaban sanando, y había pasado por la tienda Whistlethropp en la mañana en busca de una loción que acelerara el proceso. Su mente también funcionaba como siempre. Eso era todo, cuerpo y mente, fuertes y sanos. No había nada más, ningún otro elemento que pudiera sentir herido sin remedio posible. Por lo tanto, la razón dictaba que se sentía bien.

Con un suspiro, cerró el libro que había estado mirando sin leer y lo añadió a la pila que había estado reuniendo. Tenía todo lo que había podido encontrar acerca de hechizos en plantas vivas, algunos títulos no mágicos sobre horticultura (la parte de la tienda que no estaba oculta detrás del espejo representaba el grueso de las ventas de Geiger, después de todo), y algunos libros mencionados en la bibliografía de la traducción del de Kinoshita. Era una pila extensa, que Edwin decidió que enviaran a la Cabaña Sutton. Parte de él ansiaba comenzar la lectura de inmediato, pero ya había enviado un mensaje prometiendo regresar a Sutton a la semana siguiente para tener una conversación apropiada con el personal jerárquico de la casa y con los cuidadores. Al parecer, tendría que pasar mucho más tiempo en el campo.

Era jueves. Edwin había partido hacia Londres el día anterior, poco después de que lo hicieran Robin y Maud. No tenía motivos para quedarse, estar solo con los amigos de Bel de repente se había vuelto tan insoportable como siempre. No había nadie que lo protegiera de ellos durante la cena, nadie que lo buscara y le sacara conversación y sonrisas si decidía pasar todo el día en la biblioteca. Llevaba poco tiempo acostumbrarse tanto a algo que la ausencia fuera palpable.

Desde la tienda, caminó hacia Whitehall, prestando atención a las pequeñas sensaciones de la ciudad, a las que había extrañado. Los ruidos, humanos y mecánicos; el movimiento constante; vidrio, metal y piedra, con rastros de naturaleza reservados en parques y plazas; los colores cambiantes de los árboles en sus hileras ornamentales. El aire tenía la pesadez señal de que las calles se llenarían de niebla del río por la noche.

El asiento de la mecanógrafa de la Oficina de Asuntos Internos Especiales y Reclamos estaba vacía. Desde el otro lado de la puerta entreabierta, llegaba ruido de papeles, acompañado por un canto en un idioma que Edwin no conocía.

El canto se detuvo, y la señorita Morrissey levantó la vista cuando él abrió la puerta por completo. La joven estuvo a punto de ponerse de pie, pero apenas había ascendido unos centímetros cuando reconoció al visitante, así que volvió a sentarse.

—Bienvenido, señor Courcey. —Había llevado una segunda silla al lado de la de Robin detrás del escritorio, de modo que la más grande estaba desplazada a un costado. Las pilas de papeles lucían bastante más organizadas que antes, y ella tenía una pluma en la mano.

—Buenas... tardes, señorita Morrissey.

—Sir Robert no está aquí.

—Lo sé. —Recién al decirlo se percató de que había estado deseando lo contrario. Había seguido su rutina habitual, pensando que aún era el enlace de la Asamblea, después de todo. Había pasado por el Barril por la mañana para recoger las notas que se habían acumulado en su buzón personal. Y allí estaba, haciendo su trabajo, vistiendo su puesto como una capa y escondiendo las esperanzas irracionales debajo de ella.

La señorita Morrissey abrió un cajón, del que sacó otro papel que deslizó hacia él. Edwin se sentó frente a ella, en el lugar que había ocupado hacía menos de dos semanas, irritado por el reemplazo de Reggie. Sentía que todas las células de su cuerpo habían cambiado en esos días, una a una, en silencio y sin dejar rastros, para crear la misma forma del antiguo Edwin que, sin embargo, resonaba con una frecuencia diferente.

El papel era la carta de renuncia de Robin, breve, cordial y sin información relevante. *Lamento informar que carezco de los requisitos para este puesto. Soy consciente del honor de haber sido nombrado para ocuparlo en primer lugar.*

*¿Consciente?*, pensó Edwin. Pensó en bromear por el uso de esa palabra por parte de Robin, entre todo el mundo, pero no tenía con quién hablar de eso.

Robin había dirigido la carta a la oficina, Edwin asumía que para que no cayera en manos del tal Healsmith, quien lo había asignado a ese puesto.

—Adjuntó una nota para explicar que usted había retirado la maldición y pidiéndome que me asegurara de que la carta llegara a las manos correctas —informó la señorita Morrissey. En una pausa forzada, Edwin alzó la vista, y ella continuó—. ¿Sabía que renunciaría? —preguntó como un tutor que ya había descubierto las fallas en el argumento del alumno y que estaba preparado para exponerlo.

—Sí —admitió Edwin. El dolor de la despedida en la biblioteca impactó en su herida invisible, pero lo toleró.

—Ya veo. Al menos recordó que yo existo. No estaba segura de si recibiría una carta o si solo me encontraría con un nuevo rostro en la oficina una mañana. O si usted vendría a advertirme que no reaccionara si lo encontraba en la calle.

La pregunta cargaba otra gran cantidad de interrogantes. Edwin los ignoró y la apuntó con un dedo acusador.

—Envió a su *hermana* con mi *familia*.

—Estaba tentada a ir con ella, solo para ver el espectáculo, pero alguien tenía que quedarse aquí a hacer el trabajo. —Una esquina de la boca de la joven se elevó—. Las cartas se acumulan, incluso las que dicen locuras. Y usted me debe *su* informe, señor Courcey. Uno no puede ser enlace solo.

Edwin volvió a mirar la carta de Robin y comprendió el significado de que estuviera allí.

—Aún no se la entregó al secretario Lorne.

—El secretario sigue de licencia. —Otra pausa, marcada por el repiqueteo nervioso del anillo de la mecanógrafa sobre el cuero con incrustaciones del escritorio.

—¿Yo debo *mi* informe? Supongo que esa es la silla de la negación plausible –comentó él al señalar el lugar vacío junto a ella. Las mejillas de la señorita Morrissey se oscurecieron ligeramente.

–¿Cree que el primer ministro Asquith note que no soy un *baronet* educado en Oxford si me presento con el informe el próximo miércoles?

–En Cambridge. No tengo idea, no lo he conocido.

–Quizás puedo fingir que soy sir Robert con un hechizo. No es que él pueda probar lo contrario. Y yo puedo *hacer* este trabajo, señor Courcey. Puedo hacerlo muy bien.

–No tengo dudas de ello –afirmó Edwin con sinceridad. Ella lo había estado haciendo durante meses–. Tenga –dijo al sacar las notas del Barril de su porta documentos de cuero–. Revíselas y muéstreme lo que tenga aquí.

La señorita Morrissey sonrió y le dio algunas hojas escritas a mano, organizadas bajo titulares. Edwin se dio a la tarea de leer la recopilación habitual de novedades, histerias y posibles problemas en gestación. La oficina revisaba los periódicos y también tenía fuentes en algunas salas de redacción y tabloides. En ninguna de esas fuentes había noticias de que la hija conmocionada de un *baronet* hubiera intentado vender la historia de su breve estadía en una mansión llena de magos. No era que Edwin esperara lo contrario. Si Robin decía que Maud era confiable, él confiaría en ella.

La señorita Morrissey sacudió la pluma frente a los ojos de Edwin. Había estado sentado de lado en la silla, con la mirada en uno de los archivadores, pensativo.

–¿Eh?

–¿Me dirá de qué se trata todo esto? ¿La maldición? ¿Los hombres que atacaron a sir Robert? –preguntó.

Edwin le dio vueltas a la palabra confianza en su mente. Parte de él quería mantener todo en secreto, pero había generado una afición desconocida a tener un aliado. Había pasado toda su vida sintiéndose insignificante alrededor de otros magos, pero incapaz de alejarse de la magia como lo había hecho Hawthorn. Por ese motivo, había estado caminando por una especie de acequia entre el camino y el campo, rozando ambos lados del mundo en completa soledad, a la espera de un futuro mejor, pero sin dar un paso para encontrarlo. Creía estar conforme con eso.

Por primera vez, se preguntó qué sentía Adelaide Morrissey, cuál sería la naturaleza de la acequia que ella transitaba. Había crecido rodeada de magia y había atravesado la edad del despertar sin muestras de tener ni una sola gota. En Reggie, esa falta de magia se había manifestado como una curiosidad hambrienta e intensa. En esa mujer... Edwin no tenía idea.

Con la mano en el bolsillo donde guardaba el cordel, se dijo: *Arriésgate. Inténtalo.*

—Prepárenos té —sugirió—. Es una larga historia.

Incluso sin las partes que Edwin se guardó para sí mismo, encerradas en la palma de la mano como el cosquilleo de un beso, terminaron toda la tetera y un plato de galletas con pasas en el proceso. Los ojos de la señorita Morrissey estaban cada vez más abiertos. Para el final, estaba inquieta y comía la última galleta mientras deambulaba por la habitación, regando migajas al tiempo que revisaba las estanterías. Edwin pensó que era un acto de ansiedad inútil hasta que terminó (con una versión editada de la salida de Robin y de Maud, y especial énfasis en la eliminación de la maldición), y la señorita Morrissey dijo de inmediato:

—Esas personas vinieron *aquí*. Revisaron la oficina.

—¿El día después de maldecir a Robin? Sí. —Edwin se esforzó por rememorarlo.

—Por algún motivo, creen que Reggie escondió el juramento, parte de él, aquí. Por eso creían que sir Robert podría encontrarlo.

Edwin asintió y se levantó con ella. El enigma le estaba clavando las garras otra vez, y ya no era solo la curiosidad lo que lo impulsaba a seguir insistiendo a pesar del peligro. Las brasas de la rabia aún no se habían apagado. Correr *hacia* el peligro no era típico de él, pero quizás podía fingir que Robin le había transmitido parte de su valor como un talismán.

—Copa, daga, moneda —enumeró Edwin—. Si creemos en la vieja historia, algo que, para ser franco, no estoy seguro de que debamos hacer. El escondite en la estatua era pequeño, no podía contener nada más grande que un puño.

—¿Sería peligroso tocarlo? ¿Sea lo que sea? —La mecanógrafa se detuvo mientras abría una caja de periódicos.

—Quizás para los no magos. No, Reggie se lo llevó con él. Supongamos que no lo es. ¿Lo tendría con él cuando lo… cuando murió? —reflexionó Edwin.

—No lo sé, podría preguntárselo a los Cooper. —Ella palideció y giró el anillo con incomodidad.

—Eso tampoco funciona. Si quienes buscan el juramento lo asesinaron porque tenía un amarre de silencio, de seguro lo revisaron después. —Edwin se estremeció al recordar la facilidad con la que el enmascarado lo había empujado hacia el laberinto. Y pensó, intranquilo, en Robin, que era tan vulnerable a la magia como siempre.

Sin nada mejor que hacer, él y la señorita Morrissey revisaron toda la oficina, otra vez.

No encontraron ninguna daga, pero sí desenterraron un penique polvoriento, atascado entre la pared y las tablas del suelo. La joven lo giró dudosa en la mano antes de entregárselo a Edwin, quien se lo guardó en el bolsillo por si acaso. Recordó las palabras de la señora Sutton: "Partió con el juramento en el bolsillo".

311

—Si es esto, está muy bien disimulado —comentó la joven.

También había muchas tazas allí, aunque eran de porcelana con florecitas amarillas, y la señorita Morrissey aseguró que las cinco estaban apiladas sin cuidado en el aparador desde el día en que había comenzado a trabajar allí, dos años atrás. Él las revisó de todas formas, luego se las entregó para que ella volviera a apilarlas. Cuando estaba entregándole la última taza, notó que el anillo de plata que la mujer llevaba en el dedo índice no era ordinario. Tenía una muesca triangular, muy profunda y prolija, por lo que debía ser parte del diseño, más que resultado de un infortunio.

Edwin lo había visto antes.

Tomó la mano de la joven para observarlo, hasta que se percató de la rudeza del acto cuando ella se quedó sin aliento. Entonces, la soltó enseguida.

—Mis disculpas. ¿Cómo consiguió ese anillo?

—¿Mi anillo? —inquirió ella y se lo sacó—. No es el regalo de un enamorado ni nada de eso. Lo recibí como regalo de cumpleaños el mes pasado de parte de… —Extendió la mano con torpeza—. Reggie. Me lo dio unas semanas tarde, pero usted sabe que no era bueno con las fechas. La mitad de las veces era un milagro que tuviera el informe listo los miércoles. —Le tembló la voz con emoción cuando Edwin tomó el anillo—. ¿Cree que sea importante? No es ninguna de las tres cosas.

Reggie *sí* era malo con las fechas, con el registro del tiempo en general. Solo así, mientras frotaba la muesca del anillo con el dedo, Edwin recordó dónde había visto al gemelo. Estaba colgado en el interior del reloj con corazón de roble en casa de los Gatling; el reloj que había comenzado a funcionar mal hacía un mes, como si el corazón tuviera poca energía.

O como si algo hubiera alterado el equilibrio preciso del mecanismo mágico.

A Edwin se le subió el corazón a la garganta. Copa, moneda, daga: era una historia para niños, después de todo, y esa era una coincidencia demasiado fuerte para ignorarla. Reggie Gatling, quien se había topado con un secreto por el que las personas matarían, quien había estado un paso por delante de ellas hasta que ya no lo estuvo, había dejado dos anillos de plata. Uno estaba oculto en su casa familiar, el otro, a simple vista, en esa oficina, en el lugar preciso en el que esperaban encontrarlo.

No había muchas formas de engañar a un amarre de silencio. Una pista breve respecto a la ubicación debió haber sido lo único que el asaltante pudo conseguir antes de... Bueno, antes. La piel de Edwin cosquilleó mientras dejaba el anillo sobre el escritorio, para proceder a utilizar todos los hechizos de detección que recordó antes de agotar su magia. Nada. El objeto parecía inerte desde el punto de vista mágico.

*Un objeto de poder tiene cierto peso.* Pensó en el helecho fosilizado de la señora Sutton y quiso bufar de frustración ante su propia ignorancia. Lo único que deseaba era saber cosas, en el momento preciso en que las necesitaba. Y, allí, estaba fallando en eso.

Sin embargo, le explicó sus sospechas a la señorita Morrissey. Al final, ella parecía lista para ponerse el sombrero y el abrigo para ir con él a la fortaleza Gatling. Edwin logró persuadirla de lo contrario asegurando que solo lograría conseguir el anillo con sigilo, con la excusa de haber revisado el reloj antes. Además, la mecanógrafa india bien hablada de Reginald Gatling en el Ministerio del Interior sería una visitante memorable. Nadia había considerado que valiera la pena investigarla aún, no había necesidad de ponerla en el foco en ese momento.

La señorita Morrissey lo miró con desprecio por su intento de protegerla del peligro, pero se repitió las palabras "maldición" y "asesinato" hasta que se convenció de dejarlo ir solo. De todas formas, lo hizo jurar que regresaría a la oficina en cuanto consiguiera el segundo anillo. Cuando él partió, ya era media tarde; las sombras se extendían en la acera y el aire era más pesado que nunca. Edwin se ajustó la bufanda mientras esperaba en la puerta de la casa de la familia Gatling.

—La familia está de *luto*, señor —respondieron con desaprobación cuando preguntó por la señorita Anne.

Él no había pensado en eso. Si algo sabía sobre Anne y Dora Gatling, es que estarían irritadas por todas las restricciones del caso. En la experiencia de Edwin, las tradiciones respecto al comportamiento y la vestimenta de luto eran más laxas, pero aún había muchas personas que hablarían por detrás si la familia de un difunto seguía haciendo sus paseos matutinos a todo color. Muchas personas se hubieran horrorizado al enterarse de que Maud Blyth había asistido a una fiesta con su vestido de luto, aunque supieran de la necesidad de los jóvenes Blyth de revelarse contra la obsesión de sus padres con la reputación.

—Por supuesto. ¿Podría informarle a la señorita Anne que el señor Edwin Courcey quiere ofrecer sus condolencias? —respondió Edwin. ¿Cómo demonios había vivido sin tarjetas personales hasta entonces? *Sin molestarme por tener interacción social*, se recordó.

El mayordomo se marchó para llevar el mensaje, y él se quedó en la entrada, preguntándose si alguno de los relojes de la casa (con corazón de roble o no), habrían dejado de funcionar al momento de la muerte de Reggie. Sospechaba que no; después de todo era una casa moderna en la ciudad, sin historia, y Reggie había encontrado la muerte en otro lugar. O eso asumía él.

—Lamento su pérdida —dijo al sentarse con Anne Gatling. Ella asintió con la cabeza. Lucía cansada y rígida, como una muñeca encantada para responder de una forma precisa a esas palabras en particular: sentarse, asentir, decir gracias–. ¿Ha oído algo respecto a las circunstancias de su muerte?

La joven se miró las manos, y él deseó tener algo de la compasión y la tranquilidad de Robin. Podría haber sonado menos intrusivo, de seguro.

–Lo sacaron del río. Los Cooper visitaron a mamá otra vez ayer, pero todo lo que saben es que probablemente haya muerto por magia.

–Lo lamento –repitió él.

–Ha sido muy inconveniente. –Ella se sacudió un poco–. Hemos tenido que posponer la boda, por supuesto. Saul ha sido un pilar y una gran ayuda para mi madre.

–Pensaba preguntar por Saul y por el reloj de la última vez. ¿Logró hacerlo funcionar?

–El... Ah, sí, lo hizo. Siguió sus instrucciones de infundir magia en el mecanismo. Funcionó a la perfección durante unos días, pero luego volvió a descomponerse –agregó con una pequeña mueca–. Entonces, Saul dijo que no debió haber sido un problema de energía.

Edwin entrelazó los dedos, que ansiaban sacudirse. Estaba muy cerca. No sabía si el segundo anillo estaba descargando el corazón del reloj de algún modo o si tan solo estaba descomponiéndolo, pero, con suerte, podría estudiarlo y descubrirlo.

–¿Así que está envuelto en sábanas en el armario de blancos?

–No, lo enviamos con el taumaturgo. No lo veremos por semanas y nos costará unas cuantas libras, pero es el último recurso antes de que Dora pierda la paciencia y lo vacíe para usarlo como joyero.

Edwin pensó rápido.

–Tuve otra idea respecto a cuál podría ser el problema –afirmó, lo que era verdad–. Estaría encantado de intentar arreglarlo. Por supuesto que, si no lo consigo, lo dejaría en manos del especialista.

—Si eso quiere. —La mujer se encogió de hombros.

—¿Tiene una nota de retiro de la tienda…?

Encontraron la nota doblada sobre una pieza plana de piedra blanca, encantada para tener la misma función que las fichas entregadas en el guardarropa de los teatros a cambio de sombreros y paraguas. Al menos la nota estaba escrita en tinta sobre papel, con la dirección de la tienda y el apellido Gatling debajo. Edwin se la guardó en el bolsillo.

La tienda del taumaturgo se encontraba cerca de la Catedral Southwark. Sin embargo, Edwin estaba cargado de tensión por la posibilidad de hacer un descubrimiento, así que no tenía deseos de alejarse hacia el este para encontrar que el lugar ya había cerrado, que era lo más probable. En consecuencia, se dirigió a su hotel, donde pasó la noche durmiendo de a ratos, inquieto, ansioso y pensando en Robin.

Robin merecía *saber* si encontraba parte del último juramento. También era parte del misterio.

No, solo estaba buscando excusas. Robin no quería tener nada más que ver con él ni con su mundo, algo por lo que no podía culparlo.

La mañana siguiente auspiciaba un día gris, con una capa de niebla ligera sobre Mayfair. En las calles que llevaban al sur desde el Puente de Londres, el clima era aún más pesado y frío, así que Edwin metió las manos en los bolsillos del abrigo, en parte por el calor, en parte para girar entre los dedos el anillo que guardaba allí.

Su destino era fácil de reconocer, aun en la calle angosta y con las luces de la acera todavía encendidas, que apenas atravesaban la niebla. La vidriera de la tienda estaba llena de relojes; Edwin alcanzó a escuchar el tictac desentonado, como el zumbido de miles de insectos, antes de abrir la puerta principal. Luego, el sonido fue ahogado por el tintineo de la campana de la entrada.

La mujer detrás del mostrador estaba inspeccionando las entrañas de un reloj de bolsillo, desplegado sobre un paño de terciopelo negro. Mientras Edwin se quitaba el abrigo, ella se sacó la lupa del ojo e hizo el trabajo a un lado.

—¿En qué puedo ayudarlo, señor?

Él exhibió la nota de retiro y la piedra, y la mujer tomó ambas. Luego, con cierta incomodidad, dado que se llevaría parte del trabajo de la tienda, él explicó que no se trataba de una orden terminada, sino de una pieza que se había ofrecido a reparar él mismo.

—¿Es usted taumaturgo? —preguntó la mujer con un rastro de amargura.

—¿Usted lo es? —replicó él. Ella había estado trabajando con expericia en los engranajes, pero el nombre en la nota de retiro era Joseph Carroll.

—Soy Hettie Carroll. Mi padre está enseñándome el oficio. Aguarde aquí, iré a buscar su pieza. Tenemos unas semanas de retraso, no creo que lo haya tocado aún. ¿Dijo que es un reloj de pie?

—Que hace ruidos extraños a horas extrañas.

La señorita Carroll le lanzó una mirada cómplice y se llevó la piedra por una escalera caracol metálica en una esquina, con lo que dejó a Edwin solo en una tienda llena de… cosas que hacían ruidos extraños a horas extrañas. Volvió con el reloj envuelto en tela y lo colocó sobre el mostrador. Alzó las cejas cuando Edwin retiró el panel trasero como ya había hecho en casa de los Gatling, pero hizo un hechizo de luz para iluminar el interior para que ambos pudieran ver mejor.

Allí estaba: colgando de la pared interior del reloj, junto con otros objetos que parecían azarosos. Primero, Edwin retiró el corazón de roble para tener mejor acceso. La pieza de madera, perfectamente redonda y muy suave, parecía querer irse rodando por el mostrador, así que la guardó en su bolsillo por si acaso. A continuación, con mucho cuidado, liberó el anillo de plata del gancho diminuto, sacó el que tenía en el bolsillo y los colocó uno junto al otro sobre la tela que cubría el mostrador. Eran idénticos. Anillos de plata, delgados y planos, ambos con la muesca triangular. Lucían modernos y sencillos, para nada interesantes y, mucho menos, como objetos de poder que hubiera que ocultar de asesinos en el centro de un laberinto.

El tintineo de las campanas detrás de Edwin anunció la llegada de otro cliente, pero él no alzó la vista hasta que sintió que había alguien parado muy cerca.

—¿Señor, en qué puedo ayudarlo? —preguntó la señorita Carroll.

Edwin miró hacia atrás y luego se enderezó por completo al reconocer al hombre que le sonreía con cortesía y con la misma sorpresa que él sentía.

—Hola, Byatt —dijo. El uso de nombres de pila estaba reservado a Penhallick.

—Hola, Courcey. Discúlpame un momento, ¿de acuerdo? —Billy conservaba su sonrisa despreocupada. En un instante, levantó el brazo de Edwin por la manga, le deslizó algo debajo de la mano y jaló con fuerza.

Todo el cuerpo de Edwin, excepto los ojos, dejó de obedecer sus órdenes. Bajó la vista hacia su mano, inmóvil sobre el mostrador pulido, y vio la brida ajustada sobre el puño de su camisa. Se sintió como si lo hubieran empujado al agua, frío y mareado por la oleada de miedo repentina. No le había dado suficiente crédito a la valentía de Robin: eso era mucho más aterrador que el laberinto de setos de Flora Sutton; al menos allí había podido moverse y defenderse. Cuando giró para mirar a Billy, la sonrisa había adquirido un rastro de arrepentimiento.

—Les *dije* que tú harías todo el trabajo por nosotros si te dejábamos la cabeza sobre los hombros. Ustedes los intelectuales nunca renuncian a un buen enigma, ¿cierto?

# CAPÍTULO 22

—Hoy estás distraído, muchacho —dijo Fenchurch al bajar los guantes.

Tenía razón. En parte, se debía a que Robin temió, durante todo el enfrentamiento, sentir el sabor a pimienta y los olores extraños que anticipaban las visiones. Ya se había rendido antes al ver destellos de luces que, al final, habían sido la respuesta normal a recibir un golpe fuerte en la sien con un guante de boxeo. La otra parte se debía a todo en lo que se resistía a pensar. En primer lugar, se encontraba el modo en que su piel cosquilleaba cuando caminaba solo por la calle y acababa recordando cómo Edwin le había mordido el hombro.

—Lo se —admitió—. Tengo una reunión con un nuevo capataz hoy y ya estoy arrepentido de mis actos.

—¿Te veremos en el club para cenar? —Fenchurch le dio un golpe compasivo en el brazo—. Bromley está a punto de anunciar su compromiso con la encantadora señorita Gerwich, y prometimos llevarlo de juerga.

—Me temo que tendrán que hacerlo sin mí —se disculpó riendo Robin—. Tengo una cena familiar.

—La próxima vez nos dirás que conociste a alguien en la fiesta de caza o lo que sea que te haya tragado la semana pasada.

Robin no consiguió evitar sonrojarse, pero lo disimuló con un guiño lascivo, que Fenchurch tomaría a broma. Luego, mientras se sacaba los guantes y se cambiaba de ropa, reflexionó con tristeza que reunirse con Milton, el viejo (y, con suerte, nuevo) capataz de la propiedad rural Thornley Hill de la familia Blyth, al menos sería más agradable que hacerlo con lord Healsmith para suplicar por un nuevo puesto de trabajo. Aún no había reunido el valor para contactarse con él. Quizás, el hombre decidiera que el hijo de los Blyth ya había sufrido suficiente humillación. De lo contrario, solo Dios sabía qué más tendría bajo la manga después de que Robin renunciara al peor puesto de asistente en el Ministerio del Interior. Mandadero, quizás.

Robin se reunió con Milton en el estudio de la casa. Era un hombre de mediana edad, con voz ronca y toda una gama de verde y café, como si fuera un árbol trasplantado con nerviosismo a la ciudad. El difunto sir Robert lo había despedido para contratar a un capataz menos propenso a gritarle acerca de la mala administración agrícola y la mala condición de los peones. Uno que estuviera feliz de exprimir cada centavo de las ganancias de las tierras y de enviarlos a las arcas de los filántropos de Londres, que los gastarían en fiestas, brillos y en cualquier causa noble que los Blyth pudieran convertir a la moneda de cambio que les interesaba: elogios.

A su vez, Robin le había anunciado al hombre que ya no requerían sus servicios y había contactado a Milton para la primera instancia de humillación. Por suerte, no tuvo que esforzarse demasiado. Después de mirarlo con sospechas durante diez minutos, Milton decidió que el nuevo sir Robert no estaba cortado con la misma tijera que el difunto. Pasados otros cinco minutos, definió que, a todas luces, a pesar de ser un idiota en cuestiones de la administración de propiedades, al menos Robin era uno inofensivo, dispuesto a dejarse guiar por expertos.

—¿Podemos revertirlo? —preguntó Robin una vez que el hombre terminó de revisar los registros y la contabilidad.

La respuesta corta fue que sí. La larga fue que Robin podría conseguir un cambio de rumbo muy lento en el potencial de ganancias de la propiedad o que podría solicitar otro préstamo, inyectar algo de dinero y tener un cambio más rápido, pero también más riesgoso. Considerar por un instante los pros y contras matemáticos de ambas opciones dejó a Robin con una jaqueca palpitante en las sienes. Toda la inquietud que había logrado drenar en el cuadrilátero comenzaba a aumentar otra vez.

Cuando Milton se fue, él solicitó una taza de té (necesitaba algo que lo reviviera antes del almuerzo), y luego se desplomó en el sofá a compadecerse de sí mismo. Deseaba que Edwin estuviera allí. Deseaba que llamara a la puerta, entrara sin esperar respuesta y se apoyara contra el escritorio para resolver todos sus problemas con la voz precisa, tranquila e inteligente.

No. Esa era una de las cosas en las que *no* estaba pensando. Estaba poniendo en orden su futuro, como quien separaba basura de tres generaciones del ático; no necesitaba hacer espacio para alguien que estaba dispuesto a mentirle y utilizarlo. Alguien que, después de todo lo que habían pasado, no había sido capaz de reunir valor para admitir que podían interesarse uno en el otro y para demostrarlo.

Pídeme que me quede.

Robin nunca le había dicho algo así a otro hombre. Y Edwin no había dicho *nada* en respuesta. Toda la calidez que Robin había descubierto en él había permanecido enterrada debajo del hielo, como si él no fuera digno de recibirla.

Exhaló y contempló el boceto enmarcado en la pared del estudio, hecho con tinta negra sobre papel. Era Thornley Hill, vista desde una colina cercana; un obsequio para los Blyth de uno de los artistas agradecido por haber salido beneficiado en su ascenso al mundo de la caridad.

Por primera vez, las visiones debieron haber estado esperando un momento apropiado. Robin cerró los ojos cuando percibió que se aproximaban y casi se sintió cómodo cuando llegaron.

Aire libre. Un día con la claridad del verano, el cielo azul oscuro, una alfombra de picnic extendida frente a un jardín de rosas. Libros desparramados sobre la alfombra, como si alguien hubiera pateado una pila de ellos. Edwin y una joven rubia, sentados cerca, de piernas cruzadas, con uno de los libros apoyado en las rodillas de ambos. Durante bastante tiempo, no hubo nada más interesante que la brisa en sus cabellos y el cambio de página ocasional. La mujer seguía el texto con un dedo y el ceño fruncido. De repente, Edwin se apoyó en las manos y llevó la cabeza hacia atrás para hablar con… lord Hawthorn. El sol resaltaba hebras rojizas en su cabello oscuro e iluminaba la manzana que tenía en la mano. Tras darle un bocado, siguió hablando con Edwin con la boca llena y luego miró hacia el frente (Edwin también), como para escuchar a alguien que no estaba a la vista.

Robin percibió movimiento en la periferia. Recordó lo que había estado a punto de lograr antes y se esforzó por cambiar el punto de vista. Más movimiento, aves en el cielo, el contorno difuso de otras dos personas, como una fotografía movida, y la visión llegó a su fin.

La había sostenido más de lo habitual. Era una sensación similar a la diferencia entre la primera mañana de entrenamiento en el río y la mañana de la carrera: los pulmones se expandían y los brazos se fortalecían, resultado del entrenamiento duro.

Cuando abrió los ojos, vio un remolino de vapor, que ascendía desde el arco dorado de té de camino a una taza. Maud, sentada en el sofá otomano, estaba ocupada sirviendo el té; agregó azúcar y leche al de Robin antes de entregárselo.

—Ellen dijo que dormías cuando te trajo el té. ¿Eso era? —preguntó.

—No —respondió él.

—¿Qué viste? —Maud unió las manos sobre las rodillas. Su expresión estaba batallando entre emoción y preocupación. Robin le contó la visión, no tenía motivos para no hacerlo.

—Era esa mujer rubia, ya la he visto algunas veces.

—¿Es bonita?

—Lo es —admitió él. Luego extendió la mano para tocar el hoyuelo que se formó de repente en la mejilla de su hermana—. No te hagas ideas. Puede que no tenga nada que ver conmigo. Veo el futuro de personas con las que he… estado pasando el tiempo. Así debe ser como funciona. En un mes, de seguro te veré a ti agitando tu capa en los jardines de Newnham.

La sonrisa de la joven se amplió, pero, para sorpresa de Robin, no fue suficiente para que se distrajera planeando su carrera académica.

—¿De verdad planeas renunciar a todo, Robin? ¿Fingirás que no ha sucedido nada? Es *magia*.

Robin pensó en lord Hawthorn. No en la versión irreal y relajada de la visión, sino la que él había conocido: más punzante que Edwin, apartado con crueldad del mundo en el que había nacido, el que se había llevado su magia y la de su hermana. *Estoy harto de todo esto.*

—Pregúntamelo otra vez la próxima semana. ¿Qué piensas de que nos mudemos a una casa más pequeña, Maudie?

—¿Y que vendamos esta? —Robin asintió—. Ha estado en la familia por mucho tiempo —reflexionó ella, pero no pareció oponerse.

—Es antigua —coincidió él—. Eso significa que necesitará más reparaciones, por las que los contratistas cobrarán más. Y es demasiado grande. Tenemos más sirvientes de los que necesitamos y más habitaciones de las que podríamos usar.

—Santo Dios. —Maud, la dama de la casa, se enderezó en su lugar—. Tendré que hacer despidos, ¿no es así? Odio la idea. La mayoría han estado con nosotros por años.

—Es inevitable. No somos tan ricos como para que todos nos adoren. No *podemos* permitirnos esa clase de filantropía.

—Sí, lo sé. Prefiero que me consideren la joven más egoísta de Londres y no que la sociedad espere que nos comportemos como *ellos*.

Robin la acercó a él para darle un beso en la cabeza, agradecido por lo rápido que lo había aceptado.

—No eres tan egoísta, Maudie.

—Podría romper otro jarrón en la casa nueva para bautizarla. Como se hace con la champaña.

—Eso es para los barcos.

Maud soltó una risita, tomó la taza de té, y la conversación derivó hacia en qué parte de Londres debían comenzar a buscar una casa más pequeña. Después del almuerzo, la joven partió hacia una fiesta dudosa con su amiga Lizzie Sinclair. La compañía de la madre de Lizzie vestida de azul indicaba que, probablemente, se tratara de una reunión de sufragistas o algo similar, pero Robin sabía que expresar su preocupación solo animaría más a su hermana. En lugar de volver a casa hablando emocionada sobre los derechos de las mujeres y de los trabajadores, era capaz de encadenarse a algo.

Más tarde, Robin tuvo otra reunión; en esa oportunidad, con Martin Gunning. El hombre parecía sorprendido, de forma poco favorable, de que Robin lo hubiera buscado en lugar de seguir posponiéndolo. De seguir *escondiéndose*. Él se esforzó por prestarles atención a los números, luego deslizó la idea de vender la casa, a lo que Gunning respondió asintiendo despacio con la cabeza, y salió de la reunión devastado. Le dolía la cabeza otra vez; debía existir un té encantado para eso.

De repente, Robin sonrió al recordar a Edwin bebiendo té y expresando sorpresa porque él no le había dado un golpe y regresado a Londres. Siempre esa sorpresa con Edwin, esa cautela. La evidente expectativa de ser abandonado; la resignación profunda al hecho de que perdería lo que deseaba o de que no lo merecía en un principio.

—Ah, maldita sea —balbuceó y fue en busca de su abrigo.

Maud tenía razón. Él no *quería* renunciar a todo. Quería sentirse fascinado. Tal vez él y Edwin Courcey nunca tendrían más que curiosidad inquietante el uno por el otro, pero Edwin era la persona en la que más confiaba del mundo mágico. Además, en el trascurso de dos semanas, Robin se había encontrado con algo que no estaba preparado para abandonar sin dar pelea. Y era bueno peleando.

Conseguiría que Edwin se disculpara y luego… luego insistiría en que empezaran de nuevo. Que volvieran a intentarlo sin mentiras.

Miró la hora: eran las cuatro en punto. Si se daba prisa, podría llegar al Ministerio del Interior; la señorita Morrissey era su único recurso. Ella sabía todo, y Robin apostaría el salario de un mes a que conocía la dirección de Edwin. Tras informarle a un criado que saldría, se armó con el abrigo y guantes, se acomodó el sombrero, igual que un caballero medieval que ajusta el visor del casco antes de una cruzada, y atravesó la puerta principal.

Adelaide Morrissey estaba afuera, con la falda recogida para subir la escalinata de la casa. Los dos se miraron por unos segundos agobiantes, en los que un carruaje salpicó a la joven con agua de alcantarilla y un transeúnte miró dos veces el color de su piel.

—Eh, ¿por qué no… pasa? —logró decir Robin.

Al menos, la tercera reunión del viernes distó de ser aburrida. La señorita Morrissey entró, sacudió la carta de renuncia de Robin apenas cruzó la puerta y comenzó una perorata en tono preocupado. Relató que Edwin se había marchado con su anillo para averiguar si era parte del último juramento, buscando *otro* anillo, y que había prometido regresar a contarle todo en cuanto descubriera algo, pero ya había pasado todo un día y…

—Estuve pegada al escritorio por si aparecía, pero no hay nada más importante que pudiera retrasarlo, y estoy… —Tomó aire y frunció los labios con preocupación—. No me dejó ir con él porque era muy peligroso, como si *él* supiera lidiar con el peligro. Y no sé dónde viven los Gatling, nunca los conocí, y temo que él acabe muerto en el río, igual que Reggie. —Balbuceó algo más en un idioma extranjero, con una entonación indigna de una dama, a todas luces.

El miedo bañó a Robin como una tormenta. Una visión emergió en su memoria, una del breve período de lucidez en el que intentó dirigirlas: Edwin tendido pálido y sin vida en el suelo, rodeado de gente…

No. *No.*

—¿Cómo podemos encontrarlo?

—Esperaba que usted tuviera alguna idea al respecto —respondió ella—. Por eso estoy aquí. Usted pasó el último tiempo con él y, para ser franca, no hay nada mejor que un hombre con título para abrir puertas en… —Hizo una pausa, se llevó una mano a la boca y se tocó los labios con un dedo en actitud calculadora. Sus guantes eran de color rojo imponente.

—¿Qué? —soltó él.

—No debería saber esto. Romperíamos algunas reglas.

—Está bien —dijo Robin sin más—. Es decir, no me importa.

—Tenemos que ir al Barril.

—¿Sir Robert? —llamó la señora Hathaway, el ama de llaves, desde la cima de las escaleras—. ¿Si no…? Ah, lo siento, señor. —Unió las manos frente al delantal y bajó como una reina, con la mirada fija en Robin, señal de ya había visto a la señorita Morrissey y estaba conteniéndose—. Oí que saldría. ¿Cenará en casa?

—Vamos de salida —respondió él, que aún vestía ropa de calle—. En cuanto a la cena, eh…

—*Yo misma* me aseguraré de que sir Robert le haga saber si tardará aunque sea un minuto más tarde de lo previsto —aseguró la joven. De algún modo, su voz elegante adquirió un baño de mayor elegancia. Los ojos de la señora Hathaway se ampliaron, y Robin solo se atrevió a asentir con la cabeza. Al instante siguiente, estaban en la calle—. Internado Sherborne —comentó la joven—. Si se preguntaba dónde aprendí a hacer eso.

Robin rio y parte de la tensión se liberó.

—Cuando llegue la hora de la cena del personal, comentarán que he recibido a la hija de un marajá.

—¿Qué lo hace pensar que no es así? —Aunque ella sonrió con humor, Robin tenía experiencia para reconocer bromas que tenían parte de verdad.

—¿Lo es?

—No exactamente. —La sonrisa se extendió—. Él era… no hay una traducción para el título. Mi abuelo tenía un rango alto en la comunidad mágica de Punjab antes de venir a Inglaterra, y su hermana se casó con un príncipe. Mi madre solía decir que había bajado de nivel al casarse con un simple coronel.

La niebla matutina se había elevado de mala gana, pero la pesadumbre persistía en el atardecer. Mientras caminaban, la mecanógrafa habló de sus padres: su abuelo había llevado a la familia a Inglaterra, en una supuesta visita breve, para disputar los términos de un testamento. Cuando concluyó la disputa legal por la propiedad en cuestión, ya habían pasado años, el hombre se había convertido en una especie de enlace diplomático con la Asamblea de Magia Británica, y su hija se había casado con el coronel Clive Morrissey, en medio de un pequeño escándalo. Los Morrissey nunca habían sido ricos en verdad ni aceptados en los círculos más populares. En cambio, tenían su propio círculo de magos amigos, al igual que los Courcey, y se movían dentro de él. Las dos hijas del matrimonio habían saboreado la independencia en la escuela y se habían abocado al servicio público.

—Era eso o casarnos, y ambas queríamos darnos un respiro antes de hacerlo. Me alegra haber tomado esta decisión. Reggie… Era divertido trabajar con él, a pesar de que tendía a salir a deambular por el país sin aviso.

—¿Eran cercanos?

—Cercanos como cualquier amistad. —La señorita Morrissey perdió el ritmo de los pasos por un instante. Su perfil lucía barnizado con las luces de la acera—. Trabajamos juntos durante dos años, y ambos sabíamos cómo se siente crecer rodeados de magia, pero no tenerla.

—Lamento su pérdida —dijo Robin con honestidad. Los labios de la joven temblaron y, por primera vez, él deseó haber conocido a su predecesor para evaluar por sí mismo si ese hombre irresponsable merecía el dolor contenido de dos personas inteligentes. Quizás su sonrisa había sido como un rayo de sol.

—Gracias. Me sentiría mejor si pudiera patear a uno de los bastardos que lo hicieron.

—No hemos tenido mucha suerte para encontrarlos. —Robin sintió una oleada de simpatía hacia ella–. No sabemos cuántos hombres o… eh… mujeres están involucrados.

–Son hombres.

–¿Por qué lo dice?

–Porque si hubiera habido al menos una mujer involucrada, no habrían concluido en que un hombre que llevaba *un día* de trabajo tendría más información que una mujer que llevaba *dos años* en la oficina.

Era un buen punto. Y la señorita Morrissey casi parecía ofendida de no haber sido *ella* la atacada y maldecida.

Tardaron cerca de una hora en llegar al Barril, un edificio alto de ladrillos, al norte de Smithfield, que no decía mucho desde el exterior. Robin de seguro había pasado frente a él antes sin mirarlo dos veces. No *quería* mirarlo una tercera, pues, al intentarlo, se sintió al borde de un ataque de vértigo y náuseas. Sus pies parecían decir que era mejor seguir caminando.

–¡Ah! Me olvidaba de la barrera. Deme su brazo –pidió la señorita Morrissey. Con un guante rojo en el pliegue del codo de Robin, los guio a ambos por las escaleras. La sensación nauseabunda era cada vez más fuerte, tanto que, en la confusión, pensó que cuando encontraran a Edwin, lo felicitaría por haber mantenido la calma al menos un poco en el laberinto Sutton si se había sentido así.

Las puertas de entrada eran altas, pesadas y adornadas con bronce. La joven abrió una y cruzó el umbral con Robin junto a ella. El suelo de losa gris dio paso a mármol claro debajo de sus pies, y él se sintió normal otra vez. Una vez adentro, su acompañante sacó un chelín de su bolso y se lo enseñó.

–Amuleto de ingreso. Está encantado para bloquear la barrera. No es una defensa fuerte, solo está para evitar la curiosidad de cualquier no mago; aunque puede ser inconveniente para los que estamos en el medio como usted y yo. Estoy segura de que Kitty podría conseguirle uno, si usted… ¿Sir Robert?

Al menos a seis metros de altura sobre sus cabezas, había un patrón dentado de plomo negro entre paneles de cristal transparente, por el que circulaban pies a toda prisa. Era la vista que había dibujado para Edwin en la biblioteca, después de una visión. El suelo pulido estaba descolorido por los años de zapatos arrastrados sobre él. No había escaleras ni corredores. El mármol cubría todas las paredes como un campo de maíz y, en intervalos y ángulos irregulares, como un congreso de espantapájaros, había… puertas. Solo puertas, de madera oscura con manijas de bronce. De tanto en tanto, una se abría y salían una o más personas. A veces hacían un hechizo antes de abrir otra, por la que entraban a lugares que Robin no podía ver. Había empleados con uniformes de color azul oscuro parados contra las paredes, que algunas veces se acercaban a conversar con las personas.

Robin se percató de que tenía las manos presionadas contra las piernas, aun después de todo lo que había atravesado, la extrañeza de ese lugar era tangible. Era similar a ver un perro reaccionar a un silbato ultrasónico: no se oye ningún sonido, a pesar de que los ojos les digan a los oídos que deberían escuchar algo. Allí, los ojos de Robin podían ver y su piel anhelaba percibir algo que no tenía la capacidad de sentir. Había un indicio, un zumbido acalorado, opuesto al terror que había sentido en el laberinto de setos. Se sentía como estar en medio del pabellón de esculturas del Museo Británico, con el peso de la historia presionando desde todas las direcciones, con una belleza casi brutal. El mundo era más grande de lo que pensaba.

La señorita Morrissey lo llevó unos pasos hacia el costado, donde había un banco apostado contra una pared, e hizo que se sentara allí. Luego se sentó a su lado y comenzó a desabotonarse el abrigo por el calor del interior.

—Creo que estoy reviviendo el significado de iluminación.

—Las puertas de las oficinas del Barril son de los elementos con más magia en el mundo. Son de roble, es capaz de albergar mucho poder. Al vivir en una ciudad tan poblada como Londres, la magia suele ser más inconveniente que útil. Requiere de mucha magia para hacer algo grande de verdad, pero a veces nos esforzamos. Se emite poder de a poco para encantar cada centímetro. —La joven se sacó el abrigo, lo dobló sobre sus rodillas y continuó en voz baja—: Todos merecen tener un lugar donde recordar su potencial.

Hablaba de *nosotros* y no de *ellos*. Robin intentó preguntarle por su legado y cómo era conocer la magia tan de cerca y no tener nada en ella, pero sabía que solo lograría hacerlo con torpeza. Estaban allí por otra razón, así que también se quitó el abrigo.

—¿Cómo encontraremos a Edwin?

—Preguntándole a mi hermana. Sígame —respondió ella. Luego lo guio hacia una puerta, que pareció azarosa, y se dirigió a un empleado—: Buenas tardes —dijo con delicadeza y el tono elegante otra vez—. Vamos al cuarto piso, entrada principal, por favor. Sir Robert y yo tenemos una cita. Me temo que estamos un poco retrasados.

Los títulos abrían puertas, era un hecho. El hombre se apresuró a encender un brillo plateado, que extendió sobre la puerta, donde dejó una runa brillante a su paso, y luego abrió hacia un corredor sin nada especial. Robin siguió a la señorita Morrissey por él.

Apenas pasaban las cinco de la tarde, por lo que iban en contra de las personas que salían conversando, cerrándose los abrigos y poniéndose los sombreros. Llegaron a una oficina, en donde dos hombres les abrieron paso y los saludaron levantando los sombreros, para luego salir por la misma puerta y dejarlos con la voz de una mujer y el ruido de una máquina de escribir.

—Hola, Kitty —saludó la señorita Morrissey.

La única persona que quedaba en la oficina levantó la vista, con lo que el corazón de Robin dio un vuelco. Esa mujer de blusa blanca y moño azul; esa habitación, esa máquina de escribir, detenida en ese momento, que, a todas luces, había sido encantada de forma similar a la pluma de Edwin. Era la tercera vez que la experiencia de Robin coincidía con una de sus visiones; antes habían sido el laberinto y la vista hacia arriba desde el Barril, apenas unos minutos atrás. Sus hombros se tensaron: *había* visto algo relevante y *había* logrado dirigirlas.

—Hola, Addy.

—Kitty, él es el nuevo enlace con el Ministerio del Interior, sir Robert Blyth —anunció la señorita Morrissey, que seguía ignorando la existencia de la carta de renuncia de Robin.

—Encantado de conocerla, señorita…

—Señora Kaur —corrigió la mujer enseguida. De hecho, tenía un anillo en el dedo. Kitty Kaur tenía rasgos encantadores debajo del mismo recogido de cabello negro que su hermana. Si Robin recordaba bien, ella había heredado toda la magia que a Adelaide Morrissey le faltaba.

—Kitty, Edwin Courcey desapareció y tememos que esté en peligro.

—Sabes que ya no trabajo para los Cooper, ¿no?

—Pero aún tienes acceso al archivo de hebras, ¿cierto?

Se hizo una pausa. Robin había tenido suficientes conversaciones silenciosas con su hermana para reconocer cuando había una frente a él. Esperaba que hubiera más discusiones y persuasión y estaba preparado para humillarse de muchas maneras para ayudar, pero las hermanas Morrissey tuvieron un intercambio de miradas que reemplazaron todo eso.

—Addy. Aun así, tendría que registrar mi ingreso y justificarlo después —dijo la señora Kaur.

—Cúlpeme a mí —propuso Robin de inmediato. Una ceja negra se elevó. La señorita Morrissey le siguió el juego y le sonrió a su hermana.

—¿No crees que sir Robert es una *figura amenazante*?

—Eh… —respondió la mujer, y fue el monosílabo más diplomático que Robin había escuchado en su vida.

—¿Temes por *tu virtud*?

—Estoy casada, Addy. Ya no la tengo —afirmó Kitty Kaur con sequedad, luego miró a Robin—. No luce como un hombre robusto y pendenciero capaz de cumplir una amenaza de agresión física.

—¿Disculpe? —comenzó a protestar él, antes de comprender la situación—. Ah. ¿Ayudaría si levanto la voz?

—Sí, eso serviría. Sir Robert forzó a mi hermana a que lo trajera aquí en busca de mi ayuda y nos amenazó con hacernos daño si yo no abusaba de mi poder para ingresar al archivo de hebras para encontrar a Edwin Courcey. Fue motivado por la preocupación por su amigo, por supuesto, pero se comportó de forma brutal.

—Y somos dos simples mujeres indefensas. Qué infortunio —agregó la señorita Morrissey.

—Su hermana es maga —señaló Robin, el bache más notorio de la historia.

—*Qué infortunio* —repitió la señora Kaur con firmeza, y él recordó lo que había dicho la señorita Morrissey respecto a lo que los hombres asumían.

Otras dos puertas de roble los llevaron hacia su destino. La segunda requirió de un hechizo intrincado, que la señora Kaur formó una vez, luego frunció el ceño y comenzó de nuevo.

—La cláusula de identificación es un embrollo, y la de confidenciali-
dad es aún peor —se disculpó—. *¡Eso es!* —festejó con satisfacción cuando
una runa se encendió.

La primera idea de Robin fue que, seguro, Edwin había apreciado esa
sala, si es que había estado allí alguna vez. No se parecía en absoluto a las
estanterías de una biblioteca: era una habitación sin ventanas, que daba
la sensación de estar bajo el nivel del suelo, iluminada por luces anaran-
jadas en el techo, que podían ser eléctricas o mágicas. Desde la entrada,
se extendían estantes y cajones de madera, y el aire tenía un silencio
peculiar y presagioso como en una catedral.

—¿Qué es este lugar? —preguntó Robin.

—El Archivo de Hebras —respondió la señora Kaur, y él percibió que lo
dijo como un nombre, más que una mera descripción—. Todos los magos
registrados de Gran Bretaña están representados en esta habitación.

Un libro de cuero, del tamaño de una mesa de cartas, se encontraba
abierto sobre un atril, con palabras en columnas. Una pluma se elevó de su
lugar en cuanto la señora Kaur se acercó; ella levantó las manos, las movió
para formar otro hechizo y se detuvo con los dedos en ángulos extraños.

—Catherine Amrit Kaur —anunció ella. La pluma ingresó el nombre en
una columna, luego saltó para esperar junto a otra—. Su nombre completo, si lo saben —murmuró la mujer.

—No lo sé —admitió la señorita Morrissey.

—Yo sí —agregó Robin. Recordaría durante toda su vida la imagen de
Edwin de rodillas, pálido y desesperado, en medio de los setos que se
cerraban, y el sonido de su voz—: Edwin John Courcey.

La mujer unió el dedo índice con el pulgar para crear un círculo, sus
manos brillaron con luz roja por menos de un segundo, y llegó un sonido
chirriante desde las entrañas de las estanterías. Se encendió una nueva

luz a la distancia, como si un listón rojo se desenrollara hacia el techo, amarrado a un punto en particular.

—Quédese aquí, sir Robert —ordenó la señora Kaur, antes de cruzar lo que, Robin notó, era un umbral, un cambio en el patrón del suelo.

En poco tiempo, se oyeron sus pasos de vuelta por el suelo, y reapareció con una caja pequeña en las manos, etiquetada con el nombre de Edwin. Dentro había algo pequeño y pálido sobre el interior de terciopelo. Robin extendió la mano para tocarlo, pero la apartó enseguida y se recordó que debía tener cuidado con los elementos mágicos desconocidos.

—Está bien, solo es cabello —dijo la señorita Morrissey.

—El *Archivo de Hebras*. Hebras de cabello —reflexionó él. Tomó aire y miró al interior de la habitación—. ¿De todos los magos de Gran Bretaña?

—Se realiza una ceremonia cuando un niño muestra las primeras señales de magia, en la que se corta un mechón de cabello —explicó la joven—. Solían estar al resguardo de las familias, pero ahora están aquí, centralizados. Conocemos a todos los miembros de la comunidad.

—¿Alguien podría usarlos para causar daños? —Robin tocó el cabello con cuidado: era como seda blanca, mucho más claro que el cabello de Edwin en el presente.

—No directamente. El cabello está muerto, así que no sirve como conducto. Se puede usar para rastrear a la persona por su… memoria, supongo. La Asamblea no conservaría algo que se pudiera usar como arma contra los suyos. Pero sirve para proteger y encontrar a los nuestros, cuando no hay otra opción —acentuó.

Robin estaba lleno de preguntas. ¿Cómo encajaba eso en las reglas de Edwin sobre la distancia física y las leyes de la magia? ¿Qué sucedía con el cabello cuando alguien moría? ¿Algún mago rechazaba la ceremonia y se rehusaba a registrar a sus hijos? ¿Y si un mago no *quería* ser encontrado? El concepto le resultaba un poco espeluznante, pero no quería ser grosero y, además, en ese momento estaba agradecido por la existencia del Archivo de Hebras.

La señora Kaur ya estaba creando otro hechizo, parada frente a un mapa desgastado de las Islas Británicas que estaba colgado en la pared sobre el libro. Al girar y separar las manos, conjuró una versión mucho más grande del mapa, que pendió en el aire un momento, antes de retroceder para desplegarse sobre los paneles de madera de la pared detrás de ellos. Se volvía irregular sobre la puerta y el marco, pero eran las islas, detalladas, brillantes y en grande.

Un hechizo fantasma permaneció en las manos de la señora Kaur, que solo se veía en ciertos ángulos, cuando captaba la luz anaranjada del techo y el brillo azul del mapa. Ella siguió moviendo las palmas oscuras en diferentes ángulos debajo del hechizo y le indicó a Robin que colocara el cabello de Edwin en el centro. Él no sintió nada, pero la hebra de cabello permaneció allí como si hubiera quedado atrapada en una red. El mapa brilló con más fuerza y de color púrpura de inmediato, cambió y se reconfiguró en la pared para mostrar una sección más pequeña de la ciudad. Robin se acercó para leer los nombres de las calles.

–Sigue en Londres –afirmó emocionado–. En Saint James, calle Jermyn. Allí está el Hotel Cavendish. He estado allí.

–El señor Courcey renta una habitación en el hotel –explicó la señorita Morrissey–. No creí que… Estoy *segura* de que hubiera vuelto para hablar conmigo.

–Debió haberle pasado algo. Podría… quizás está herido. –El hombre tocó el mapa con los dedos, que solo encontraron la madera, y sintió que se le comprimía el corazón. No fue igual a la sensación inexorable que lo había arrasado hasta entonces, sino un cosquilleo en la mente, como una ilusión óptica. Podía decidir ver un pato o percibir las líneas de otro modo y ver un conejo. Por primera vez, sentía que tenía el *control*.

Se apoyó contra la pared, cerró los ojos y dejó que llegara: una habitación de aspecto acogedor, con libros sobre la mitad de las superficies. Una mesa pequeña servida para el té, con una sola taza sobre una bandeja, frente al sofá en el que Edwin estaba durmiendo. Lucía exhausto, tranquilo y normal, excepto por la cuerda brillante que rodeaba una de sus muñecas y caía hacia el suelo. Luego apareció Billy Byatt a la vista, sentado en el brazo del sofá, mirando al hombre con una expresión demasiado apacible para ser de preocupación. Tomó los hombros de Edwin y lo sacudió, pero el otro permaneció con los ojos cerrados y la cabeza colgando. Luego asintió satisfecho, tomó la taza para mirar el interior… Robin se apartó y volvió en sí de forma abrupta. El mapa ya era un rastro ligero que vaciló cuando él parpadeó.

—Edwin no está bien —anunció. Estaba tan molesto que tuvo que esforzarse para decirlo. La sacudida; la cuerda brillante–. Le colocaron una de esas bridas espantosas en la mano. Iremos allí, ahora.

Al girar, se encontró con dos pares idénticos de cejas elevadas. La expresión de la señora Kaur tenía un rastro de sorpresa que no había en la de su hermana.

—Creí que no era mago. ¿Qué fue eso?

—Una visión. Te lo explicaré en el camino, Kitty —dijo la otra.

—Billy —soltó Robin—. Está con *Billy*. Byatt.

—Billy Byatt —repitió la señora Kaur con dureza.

—¿Lo conoce?

La mujer hizo una mueca extraña, cruzó miradas con su hermana y dijo:

—Estuve a punto de casarme con él.

# CAPÍTULO 23

Edwin no usaba el té de escaramujo de Whistlethropp con mucha frecuencia. Lo guardaba en la despensa para las noches en las que había agotado su magia y no le quedaba energía para hacer un simple hechizo para dormir, pero su mente seguía dándole vueltas a un pensamiento en lugar de dejarlo descansar.

Billy agregó un hechizo al té para potenciar el efecto y calentó él mismo el agua de la tetera, en lugar de liberar a Edwin de la brida para que la ordenara al hotel. Edwin, sentado inmóvil en la silla, incapaz de moverse excepto a voluntad del hombre, observó cómo revolvía el té.

—Lamento esto —dijo Billy al acercarle la taza llena—. Pero tengo algo que hacer antes de que tengamos una conversación apropiada. Y siempre pareces necesitar una siesta, Win.

Edwin bebió el líquido, mitad dulce, mitad agrio, y demasiado caliente. Dudaba que Billy hubiera hecho eso a propósito. Aun entonces, había un dejo de ansiedad y distracción en la sonrisa del hombre, como si fueran dos jóvenes apenas conocidos, y uno estuviera por prestarle al otro sus notas para el examen de Griego.

Mientras el té le cerraba los ojos y comenzaba a dormirse, la parte imparcial y observadora de Edwin quería aferrarse a eso para silenciar a la otra parte, la que estaba infinitamente enfurecida y con un miedo mortal.

Despertó con la habitación envuelta en las sombras del atardecer (había perdido la mayor parte del día) y aroma a mantequilla derretida. Billy estaba sentado en la alfombra, tostando pan en la chimenea. Era una imagen acogedora, Edwin se sintió descansado y confundido durante los segundos que tardó en recordar lo sucedido; entonces, sus músculos se tensaron y se le aceleró el pulso, con lo que debió borrarse todo el bien que había hecho la droga para dormir.

–Ah, buenos días –dijo Billy al verlo despertar. Luego, para sorpresa de Edwin, le retiró la Brida de duende. Él no pensó en golpearlo hasta que estuvo fuera de su alcance–. Tranquilo, Win –advirtió Billy cuando lo vio agitar la mano.

–Edwin. –No toleraría un apodo que odiaba por parte de alguien que le deseaba el mal–. ¿Quiénes lo sabían?

–¿En la fiesta? ¿Bel, Charlie y los demás? Vamos, no soy tonto –aseguró Billy, mientras Edwin se revisaba los bolsillos. Encontró un pañuelo, pelusa y el corazón de roble del reloj, pero no el cordel. Billy sacudió el círculo de cuerda oscura en sus dedos y lo regresó a su propio bolsillo. Luego se sentó frente a la mesa baja y apartó la taza de té–. Tú eres inteligente, aunque no tengas mucha magia para respaldarlo.

–¿Quiénes? –insistió Edwin. En conclusión, Billy no lo consideraba una amenaza; él podía actuar como si no lo fuera, pero quería *información*.

–Soy el único de los participantes de esa fiesta que sabe del último juramento –afirmó con énfasis en las palabras. Edwin presionó los brazos del sofá, luego relajó los puños.

–¿Qué has hecho con los anillos?

–Ya están lejos de aquí si a eso te refieres. Se los entregué a un colega por seguridad. No tiene caso que intentes derribarme para revisar mis bolsillos. –De repente, pareció notar por primera vez la tostada que tenía en la mano y devoró el pan cubierto de mantequilla en pocos bocados. El estómago de Edwin rugió al verlo–. Dividir la moneda en dos anillos fue una idea muy astuta –continuó Billy, con la boca llena–. Supongo que *tú* no has descifrado si la división fue lo que los hizo inmunes a los hechizos de detección de objetos mágicos. ¿O es un rasgo natural? ¿No? –Se encogió de hombros.

Edwin se hundió más en el sofá; su mente iba a toda prisa. Había existido una moneda; también podían existir la taza y la daga, a menos que también los hubieran alterado o dividido de algún modo. Que Billy y sus aliados, quienesquiera que fueran, no supieran si los anillos eran inertes por naturaleza… ¿era suficiente para suponer que no tenían los otros dos elementos? ¿Porque no tenían con qué comparar?

Había demasiados indicios, muy pocos hechos certeros.

–¿Qué *hacen* esas cosas? –Edwin se permitió sonar tan asombrado como se sentía–. ¿Por qué tanto alboroto? Lo único que logré deducir es que necesitan todos los objetos, y que ellos… –Se detuvo para corregirse con cuidado–: Que la tía abuela de Reggie pensaba que eran peligrosos.

Billy alzó las cejas y se limpió una mancha de mantequilla de los labios.

–Imaginé que ya habrías descifrado *eso*. La conversación en la cena, acerca de la imposibilidad de absorber el poder de otro… Eso es lo que hace el juramento completo. ¿No lo ves? –Se inclinó, excitado–. No tendríamos que definirnos de forma individual si el juramento nos incluye a todos.

A todos nosotros. *Todos los magos con vida de Gran Bretaña.* Las palabras de Flora Sutton fueron la última pieza para que la mente de Edwin se aclarara y ofreciera la solución, simple, clara y espeluznante. Si todos los magos de Gran Bretaña en verdad descendían de tres familias, tenían líneas de sangre definidas y, lo que era más terrible, si el hechizo era realizado de forma correcta, anulaba la necesidad de obtener el consenso de cada individuo: un juramento *era* un consentimiento, aunque hubiera sido concedido por los ancestros. Los padres de Edwin habían hecho un compromiso con Penhallick, y sus tres hijos se habían convertido en parte de ese lazo sin tener que derramar una sola gota de su sangre.

El último juramento establecía los términos de un intercambio de poder entre un ser y otro, definía a los participantes y formalizaba el consentimiento. En teoría, utilizado con un hechizo creado de forma meticulosa, podía tomar cada gota de poder de los magos abarcados por él y ponerlo en manos de un solo individuo.

—Pero no pueden controlar tanto poder. Nadie puede hacerlo —reflexionó.

—No conocemos los límites hasta que los ponemos a prueba. Algunas de las personas con las que trabajo han intentado descifrar el secreto de la transferencia de poder por décadas, y la respuesta es el juramento. Es lo que siempre hemos necesitado, Wi... Edwin. Es un igualador: si la magia puede compartirse, entonces los magos de poca monta como tú podrían hacer hechizos que requieran de mucho poder.

—O uno como tú, que no tenías magia suficiente para la familia de tu amada —replicó Edwin, al tiempo que varias piezas más encajaban en su lugar. El rostro de Billy se encendió.

—Es un objetivo que vale la pena perseguir. Intenta negarlo.

—Quieres reclutarme, por eso estoy aquí. Por eso... —dedujo Edwin.

Sacudió la muñeca liberada para simbolizar los dos gestos de confianza mínima de Billy; pensó en el hecho de que lo había puesto a dormir en su propia habitación, en lugar de llevarlo a otro lugar para... asesinarlo. O borrarlo del mapa.

—Has sido de gran utilidad. Les *dije* que lo serías. Eres agudo y determinado. Gatling tardó semanas en llegar tan lejos como tú, y que su tía estuviera involucrada fue solo cuestión de suerte.

—¿Cómo fue que Reggie se involucró en esto en primer lugar? —Si de verdad era un intento de reclutarlo, entonces aprovecharía la oportunidad para obtener respuestas—. Sabía que estaba escondiendo algo, desde... ese viaje a Yorkshire. ¿Tuvo algo que ver con el juramento? ¿No había fantasmas?

—Ah, los malditos fantasmas —rio el hombre—. Por eso fue allí en un principio. Metió las narices en todos los rincones y fue haciendo mucho alboroto al respecto; era como una quimera hecha contigo y sir Robert juntos.

—¿*Fantasmas reales?* —La mente de Edwin se rehusaba a dejar atrás ese asunto.

—Por supuesto que no —respondió animado—. Supuse que, si a alguien le resultaría interesante, sería a ti. Era un hechizo de eco. Habíamos descubierto dónde podían estar las piezas del juramento (no me preguntes cómo porque fue muy aburrido), y eso nos llevó a una pequeña capilla antigua en un pueblo minero de North York Moors. Tenía escondites secretos en la cripta y todo el misterio, pero estaba vacía. —Hizo una pausa y analizó a Edwin con esperanza de ver una señal de que estaba logrando persuadirlo—. Al final, tuvimos que unirnos entre ocho para crear un eco que llegara tan atrás como necesitábamos para abarcar *décadas*. Santo Dios, fue horrendo. Nos llevó más de una semana encontrar el momento adecuado. Incluso los más fuertes estaban agotados cuando por fin vimos a las jovencitas sacando el juramento de la cripta.

—¿Jovencitas? —exigió Edwin.

—Es inesperado, ¿verdad? Eran cuatro mujeres jóvenes vestidas con elegancia, *en 1855*. No sabíamos si seguirían con vida, por supuesto, pero al menos sabíamos que buscábamos mujeres. Durante todo el proceso, todo el pueblo estuvo histérico porque había fantasmas caminando por las calles o en sus cocinas, porque no pudimos controlar la extensión del eco. Trabajar los ocho en sintonía estricta para definir los parámetros temporales fue muy difícil, y hacer magia en ese lugar era como intentar aferrar una barra de jabón. ¡Fantasmas! Algunos tuvimos que quedarnos casi *una semana más* para poner las cosas en orden.

Otra pieza del rompecabezas encajó en su lugar. Debieron hacer triangulaciones y utilizar las líneas ley en busca de huellas de objetos poderosos, que debieron estar en esa capilla durante… siglos, tal vez. Objetos que habían creado un lugar con poder fosilizado, que requirió de un eco remontado hasta el siglo pasado, con parámetros espaciales tan amplios que abarcaron un pueblo entero.

No había habido fantasmas en un sentido activo, sino pasivo: eran fotografías en movimiento de un pasado verdadero, que había revivido por un instante.

—Reggie acabó investigando los reportes de fantasmas y luego, cuando descubrió lo que el juramento era capaz de hacer, insistió en participar —concluyó Edwin de a poco.

—Imaginamos que podía ser útil. —Billy se encogió de hombros—. Que estuviera allí indicaba que tenía los oídos bien abiertos.

—Y cuando supo que buscaban a una mujer mayor con interés en magia antigua…

—Así es. Corrió a engañar a su tía para conseguir la moneda y luego cometió la estupidez de pensar que podía *mentir* al respecto. Quería encontrar todo el juramento él mismo y *usarlo*. Creyó que los no magos podían usarlo para convertirse en lo que no son.

—¿Pueden?

—No. Bueno, no estamos seguros.

"Dejó de confiar en sus intenciones", había dicho la señora Sutton. ¿Ese había sido el caso? ¿O de verdad lo había dominado una ambición personal? Edwin quería pensar lo mejor de Reggie, pero era evidente que no lo había conocido en absoluto.

—Tal parece que no están seguros de muchas cosas.

—Es una leyenda que resultó ser real —comentó Billy—. El último juramento se compone de tres elementos y puede ser utilizado para absorber magia de todos los magos de Gran Bretaña. Esas malditas mujeres lo descubrieron y encontraron los objetos en la iglesia, pero no pudieron completar el último paso. No pudieron hacer que funcionara. Así que, como es evidente, se rindieron.

"No lo sabíamos. En cuanto supimos lo que podía causar, nos detuvimos", había dicho Flora Sutton. Había sido un asunto de consciencia, no de capacidad. De repente, Edwin ansiaba leer más de los diarios de la mujer. Al igual que Billy, para ella había un *nosotros*. El de Billy era el grupo de personas cuestionables con el que Reggie se había involucrado y al que, de forma imprudente, había intentado ocultarle información. Era claro que el hombre estaba cuidándose de no mencionar nombres hasta asegurarse de que Edwin estuviera de su lado.

El *nosotros* de Flora Sutton era otro enigma.

*Esas malditas mujeres.*

Edwin intentó pensar en lo que había averiguado y mirar los eventos de las últimas dos semanas bajo esa nueva luz. Bien: lo estaba reclutando, aunque con torpeza, un grupo de personas que intentaban conseguir más poder. Un grupo que creía que se sentiría tentado.

Y, cielos, sí lo estaba. La idea se había filtrado bajo su piel como tinta. Él lo haría del modo correcto, por supuesto, con conocimiento y consentimiento. Pero… tener *más*, poder combinar sus propias técnicas con una reserva de poder tan profunda como la de Charlie, crear sus experimentos y poder ponerlos en práctica, cruzar los límites de la magia conocida y crear. Descubrir. Ser él mismo por completo y no una unión de retazos.

Observó a Billy Byatt; el hombre animado y compasivo, el que siempre había parecido el menos horrible y de menos carácter del grupo de Bel y Charlie, el que había sentido la misma tinta hirviendo bajo la piel todo ese tiempo.

—¿Tú asesinaste a Reggie Gatling, Billy? —preguntó con cuidado.

—¿Yo? No, mi querido amigo.

Y nadie más había dejado Penhallick los días en que Edwin y Robin se habían ausentado, así que él tampoco pudo haber sido su atacante en la Cabaña Sutton.

—Pero lo sabías. Eras consciente de que estaban asesinando personas.

Los ojos claros de Billy estaban llenos de convicción.

—¿Cómo es el dicho de los huevos y la tortilla? Esto es importante. La Asamblea cree que se avecina algo terrible, y necesitaremos todo el poder que consigamos. No podemos aumentar la cantidad de magos del país, pero podemos hacer que algunos seamos más útiles.

*Útiles*. La palabra fue como una punzada. Robin apareció en la mente de Edwin, aunque se había estado esforzando por mantener el pensamiento a raya. Le alegraba que el hombre hubiera podido alejarse del peligro. La búsqueda del juramento había comenzado en territorio de la

Asamblea, pero había pasado a manos de quienes no temían ensuciárselas. Ni siquiera la Asamblea osaba autorizar asesinatos.

—Y, una vez que descubramos cómo funciona el juramento, habrá suficiente magia a disposición —continuó Billy—. Es extraordinario, nuevo. ¿No quieres ser parte de esto?

Esa fue otra punzada para Edwin. Significaba que, aunque tenía asumido que pasaba desapercibido, a menos que lo provocaran para entretenimiento general, lo habían estado observando y, al menos en parte, habían comprendido sus sentimientos. Implicaba que no lo estaban reclutando de forma azarosa como parecía.

—Si me querían de su lado, ¿por qué no me lo dijeron desde un principio?

—Para cuando propuse que lo hiciéramos, no estábamos seguros de que Gatling no te lo hubiera dicho. Pensamos que, tal vez, estabas trabajando con él. Y luego apareciste muy amigable con su reemplazo, un tipo del que nadie había oído. Pensé que Gatling lo había involucrado, y que había conseguido el trabajo como excusa para revisar la oficina en busca de la parte del juramento que él había dejado.

—No es así —afirmó Edwin—. Robin no es relevante en todo esto. Él es… un error de papeleo. —Decirlo quemó y dolió más que el té hechizado.

—Ahora lo sabemos. Fue un incordio terrible, pero qué podemos hacer. Algún superior supo que alguien había abandonado su puesto de trabajo y puso a sir Robert como reemplazo. De haberlo sabido, no nos hubiéramos molestado con la maldición; lo hicimos para darle un empujón y para que estuviera más predispuesto a hablar. Nadie imaginó que tendría visiones ni que tú lo arrastrarías a Penhallick y no le sacarías los ojos de encima. —Se tocó la sien a modo de broma—. Tuve que ser más creativo para acercarme a él. Gracias al cielo por Bel y sus juegos.

La explicación no tuvo sentido, hasta que lo tuvo.

—Tú lanzaste el hechizo de Piernas de plomo en el lago. Eras el único que estaba lo suficientemente cerca —dedujo Edwin y recibió un asentimiento breve.

—Valía la pena intentarlo. Pensé que el susto lo haría volver corriendo a la ciudad.

—Pudo haber *muerto* —rugió Edwin.

—Tú mismo lo dijiste, él es irrelevante. ¿Por qué te importa? —preguntó Billy. Edwin intentó conservar la calma con la que había atravesado la conversación, pero no lo consiguió. Tuvo un desliz, la rabia salió a la superficie y se negó a volver a su pecho. Mordiéndose la mejilla, mantuvo la mirada en la alfombra y los dedos firmes sobre los brazos del sofá—. *Vaya* —expresó el otro de forma significativa y con una sonrisa burlona—. Sabía que tenías esas inclinaciones, pero no creí que fueras tan rápido. Caes con facilidad por cualquiera que te sonría, ¿no?

—Vete al infierno.

Billy fue más hábil para recuperar la compostura y volvió a ocultarse tras la pantalla de simpatía.

—Bien. Han tenido su aventura, audaz e inteligente, resolviendo enigmas. Pero ahora tenemos los anillos y encontraremos las demás piezas del juramento. Creo que tu habilidad con la parte teórica de la magia sería un recurso valioso para nosotros. Es así de simple. Sube a bordo y tendrás todo el poder que siempre has querido.

Edwin no era valiente. Se sentía tentado, tenso y con terror al dolor. Sin embargo, se había trazado una línea en su interior en el momento en que el encogimiento de hombros desinteresado de Billy se había superpuesto con el recuerdo de Robin en la orilla del lago. No pensaba cruzarla y era un alivio que estuviera allí, pues no podría con las consecuencias.

—¿Y si no lo hago…?

Billy lo observó un largo tiempo. La cortina se agitó con una brisa ligera que entró por la ventana entreabierta, por la que se filtró el ruido de la noche londinense.

—¿De verdad?

—Para ser honesto, no moveré un solo dedo por ustedes.

—Mierda —maldijo Billy antes de comenzar a crear un hechizo—. Me has hecho quedar como un idiota, Win. Les aseguré que podría convencerte.

El hechizo que estaba formando era para borrar la memoria, suave y amarillo como un rayo de sol. La hierba de Leto era utilizada antes que esa clase de hechizos por una razón: eran difíciles y las cláusulas debían ser muy precisas porque, de lo contrario, había un riesgo alto de que provocaran reacciones adversas. Solo existían tres magos en Londres a los que Edwin les confiaría su mente, y Billy Byatt no tenía la capacidad ni el poder para aparecer en esa lista. La desesperación lo bañó como una tormenta. Intentó grabar la sensación de los labios de Robin sobre su piel, mientras que la idea de despertar habiendo olvidado cómo se sentía… que le sonrieran, lo tocaran como él anhelaba y lo encontraran fascinante, le provocaba deseos de llorar. *Había* caído con facilidad. Robin se había adentrado en el laberinto de su personalidad y lo había resuelto sin necesidad de un cordel, y Edwin había cometido la estupidez de dejarlo escapar.

—Muy bien, ya basta —ordenó la voz de Robin, tensa y clara.

El giro repentino de la cabeza de Billy fue la única señal de que Edwin no había alucinado con la voz de Robin Blyth por el anhelo que sentía. Si era una alucinación, era la más extraña que había visto hasta entonces: un grupo reducido de personas emergió a través de un hechizo de cortina. Se trataba de Robin, junto a una mujer desconocida, que sacudía las últimas chispas del hechizo de sus dedos, y Adelaide Morrissey. La mecanógrafa tenía los pies firmes, un arco en las manos y una flecha tensa junto a la mejilla, como si la sala de Edwin fuera un campo de tiro. La flecha apuntaba hacia Billy.

–¿Qué demonios...? –exigió el hombre.

–Hola, Byatt. Como alguien me dijo una vez, este es un juego de control de los nervios. Te sugiero que no te muevas –advirtió Robin.

# CAPÍTULO 24

Resultó que tener el apoyo de una maga realmente fuerte hacía una gran diferencia, en especial cuando se trataba de abrir la cerradura de una habitación de hotel en silencio y entrar en puntas de pie, para luego, escondido detrás de un hechizo, atravesar un vestíbulo para llegar al salón que había visto en las visiones.

La única contribución de Robin hasta entonces había sido usar su título de *baronet* para conseguir el número de habitación de Edwin con el conserje, además de lograr *no* atravesar la barrera de brillo sutil para darle un puñetazo al rostro pecoso de Billy Byatt. Había ido decidido a irrumpir en la sala en cuanto abrieran la puerta, pero Catherine Amrit Kaur lo había persuadido de lo contrario con voz tranquila y un plan elaborado. Se sentía un poco tonto al haberse preocupado por que la mujer actuara con imprudencia por sus emociones, dada la historia que había tenido con Billy. Sin embargo, a pesar de lucir afectada y de aferrar el brazo de su hermana mientras escuchaban la conversación, era la viva imagen de la cautela y la precaución.

Por su parte, mientras Billy hablaba sobre el juramento, las emociones de Robin gritaban para que olvidara la precaución y pasara a… bueno, los golpes.

–¿*Kitty*? –preguntó Billy. El hechizo amarillo quedó inmóvil en sus manos, a medio terminar, y comenzó a apagarse por la pérdida de concentración.

Edwin aprovechó la oportunidad para sacudirle las manos y acabar con el hechizo por completo. El hombre apenas le dedicó una mirada breve y confusa antes de volver a concentrarse en Kitty Kaur.

–*Quieto* –advirtió la señorita Morrissey cuando él comenzó a ponerse de pie, con lo que quedó helado.

Edwin lucía como un retrato malo de sí mismo, desfigurado por la incredulidad. Se había estado preparando para algo terrible, Robin lo *había visto* y, de repente, había aparecido de la nada. Un truco de magia. El recién llegado le sonrió para darle algo a qué aferrarse si lo deseaba.

–Kitty –repitió Billy en tono de súplica–. ¿Qué haces aquí?

–¿Y dónde consiguieron un *arco*? –agregó Edwin.

–Transformé una escoba –respondió la señora Kaur, sin mostrar interés por responder a la pregunta de Billy.

–Yo no podía ser de mucha ayuda, pero gané un premio en arquería en la escuela –explicó su hermana.

–Edwin, ¿te encuentras bien? –preguntó Robin.

–Sí –respondió el hombre. Mientras se miraban uno al otro, Robin tuvo que morderse la lengua para no escupir acusaciones, disculpas y confesiones, todo al mismo tiempo. Edwin se levantó y comenzó a atravesar la habitación. Entonces, la señora Kaur emitió un sonido de advertencia, pero fue demasiado tarde: Billy se levantó también y sujetó a Edwin cuando pasaba a su lado. Robin se adelantó para ayudar, pero la mujer lo detuvo con un brazo extendido.

—Quédate quieto —dijo Billy. Edwin obedeció, a la fuerza. El cuchillo plegable presionado contra sus costillas no era largo, pero, bajo la luz, el filo tenía un brillo mortal. Con el otro brazo, Billy le rodeó el pecho y lo arrastró contra él—. Edwin sabe que quienes no tenemos mucha magia debemos recurrir a otras cosas de vez en cuando. Ayuda tener algo de reserva.

Edwin respiraba rápido y de forma superficial. Robin estaba paralizado por la velocidad con que las cosas habían girado a su favor y de vuelta en su contra. Podían ser más listos que Billy, eso estaba claro, pero el hombre había demostrado ser rápido y creer en… romper huevos para hacer tortilla. Tal vez no le gustaba la idea de mancharse las manos con sangre, pero estaba preocupado y molesto, y el pulso no temblaba al sostener el cuchillo.

La punta de la flecha flaqueó mientras la señorita Morrissey también consideraba las opciones. Robin agradeció que no la hubiera soltado por la sorpresa. Como Billy era más bajo que Edwin, podía protegerse del arma detrás de él por completo, y Robin supuso que lo mismo aplicaba a los hechizos. Cualquier cosa que la señora Kaur conjurara, aunque fuera lo suficientemente rápida, también afectaría a Edwin.

—Baja el arma, Adelaide —pidió Billy. Ella siseó, pero aflojó la tensión de la cuerda y se agachó para dejar el arco y la flecha en el suelo. Edwin miró a Robin a los ojos otra vez, luego bajó la vista a sus manos, unidas frente a él, y volvió a levantarla. El corazón de Robin dio un vuelco.

—*Kitty*, ¿así que ustedes se conocen? —preguntó Robin y giró hacia la señora Kaur, como si no hubiera escuchado los pormenores de la relación de camino allí.

La mujer le siguió la corriente de inmediato, inclinó el cuello moreno y elegante y se tocó la nuca, como si estuviera insegura. Sus ojos eran dos lagos cristalinos, y cualquiera que los amara tendría dificultades para dejar de mirarlos.

De reojo, Robin vio el movimiento en las manos pálidas de Edwin.

–Sí, solíamos ser cercanos –respondió ella–. Tú no eres así, Billy. Eres un buen hombre. Deja el cuchillo y hablemos, ¿de acuerdo?

El hombre presionó los labios. Edwin se quedó sin aliento, y Robin percibió el movimiento en la punta del cuchillo.

–Me gustaría pensar que soy un buen hombre. Pero eso tampoco fue suficiente para ti ni para tu familia.

–Mis padres y mi abuelo pidieron mi cooperación. Tomé una decisión y estoy feliz con eso –afirmó ella por lo bajo.

–¿Feliz? ¿De haberte casado con un hombre que ni siquiera era tu amigo? –repuso él con un dejo de amargura–. Si me hubieras amado lo suficiente, los habrías mandado a volar.

–Así es –confirmó ella.

La simple confesión pendió en el aire. Algo en la postura de Billy cambió y, gracias al instinto cultivado con años de boxeo, Robin pudo interpretarlo: había pasado la barrera de alguna clase de inhibición. Estaba evaluando su próxima jugada y se acercaba a realizarla.

Edwin miraba hacia abajo y movía los dedos despacio, muy despacio, sin cordel.

–¿Qué quieres que hagamos? Tú eres el que tiene el cuchillo, dinos tus condiciones, Byatt –exigió Robin.

–Quisiera que mantuvieran las narices fuera de esto –respondió el hombre, que seguía mirando a la señora Kaur–. No podemos *permitir* que recuerdes y no puedes volver a tu vida a fingir que nada pasó –soltó hacia

Robin, cuyos instintos gritaban cada vez más fuerte—. Aunque los dejara salir a todos de aquí hoy, los encontraríamos mañana. O pasado mañana.

La manga de Edwin rozó a Billy cuando él comenzó a levantar las manos.

—Detente. ¿Qué es lo que haces? —exigió.

—Estoy llevándome la mano al bolsillo —respondió Edwin. Eso hacía. Danzaron chispas doradas en sus dedos antes de que los ocultara dentro del bolsillo—. Sabes que no tengo nada peligroso ahí. Tú mismo los revisaste. Mira.

Luego se movió. Cerró una mano sobre la que Billy tenía en su pecho, una burla de ternura. Con la otra, fuera de la vista de Robin, sostenía algo, que pasó de su mano a…

Un estallido ensordecedor llenó la habitación. Un destello de luz blanca hizo que Robin tuviera que cubrirse los ojos. Llegaron más sonidos: tos ahogada, una exhalación forzada, dos estruendos. Todo fue muy rápido. Y luego, nada.

Cuando Robin recuperó la visión, vio a Edwin doblado sobre sí mismo, apoyado en el brazo del sofá. En el suelo había un pequeño montículo de restos espinosos y de cenizas, como si, de algún modo, el cascarón de una castaña hubiera rodado lejos del fuego. El juego de té vacío también estaba en el suelo, y la taza mojada se había roto en tres partes. Billy Byatt se encontraba desparramado junto al montículo de destrucción. En el centro de su mano, de color negro, se había dibujado un patrón similar a un rayo, a las nervaduras de una hoja, que se extendía por la muñeca y desaparecía por debajo de la manga. Tenía la mirada en el techo, lucía bastante sorprendido y, sin importar cuánto Robin lo mirara, no se movía.

La señora Kaur gimió sorprendida antes de arrodillarse. Acercó la mano al hombre y buscó el pulso en el cuello.

—¿Billy?

—Demonios —dijo Edwin y le fallaron las rodillas.

En un instante, Robin estaba parado junto a la ventana, al siguiente, sin lógica espacial o temporal aparente, estaba dándole apoyo a Edwin, sujetándolo para que mantuviera el equilibrio.

—Estoy bien. Él no... Estoy bien, Robin —aseguró el otro. Luego se enderezó, levantó el mentón y miró en todas direcciones, excepto hacia el cuerpo en el suelo. Cuando Robin lo soltó para apartarse, él le sujetó el brazo con más fuerza, una negativa silenciosa. Con eso, algo dentro de Robin se desmoronó y envolvió al hombre en un abrazo. Estaba vivo y su cuerpo se sentía cálido; no lo habían apuñalado ni le habían borrado los recuerdos ni nada. Mantuvo la sien apoyada contra la de él por un largo tiempo; las hermanas Morrissey podían pensar lo que quisieran, ya habían escuchado la pregunta de Billy de todas formas (*¿Por qué te importa?*), y habían visto la respuesta en el silencio de Edwin.

El mago apoyó el rostro en el hombro de Robin, respiró hondo, con lo que se hinchó como una vela con la brisa, y luego se apartó.

—Gracias por venir. ¿Cómo...? ¿Dónde...?

—Tuve ayuda —rio Robin.

—Señor Courcey, ¿qué le *hizo*? —preguntó la señorita Morrissey. Edwin pateó los restos con el zapato.

—Hice un hechizo de estallido en un corazón de roble encantado, con una cláusula para liberar el poder. Lo coloqué en la mano de él. No sabía bien qué... Pensé que lo distraería. —Por poco estaba gris y, al frotarse la frente, dejó una marca de ceniza—. Albergaba mucho más poder del que pensaba.

—Con un maldito demonio —soltó la señorita Morrissey—. Ah, lo siento.

—Y yo estaba allí sentado, orgulloso de que nosotros *no* fuéramos los que asesinaban personas.

—Al diablo con eso —soltó Robin—. Lo siento —agregó.

—Creo que podríamos concedernos inmunidad diplomática respecto al uso de lenguaje vulgar, dadas las circunstancias —sugirió la señora Kaur.

—Claro. Al diablo con eso, Edwin —repitió Robin, y Edwin soltó un ruido, cercano a una risotada—. Él tenía un cuchillo contra tus costillas y estaba a punto de usarlo. Tú actuaste antes que él. Tu intención no era... No querías que muriera, pero lo hizo. Se acabó. —Se contuvo de agregar, *y me alegra*.

—Y ahora tengo un cadáver en mi habitación. De un hombre que tiene amigos, *familia* —insistió Edwin.

—Su familia está en Bath —reveló la señora Kaur. Ella también lucía agotada e insegura, y había una emoción más complicada que pena en su modo de mirar a Billy—. Volveré al Barril. Solía trabajar para los Cooper; me conocen en el turno de la noche. Se los explicaré y enviarán a alguien.

—No puede hacer eso —advirtió Edwin.

—¿Disculpe?

—Me escuchó. No pueden permitir que nadie que sepa lo que intentan hacer o sobre el juramento conserve sus recuerdos. O que *viva*, supongo, si quieren minimizar los daños. ¿Solía trabajar para los Cooper, señora? ¿Apostaría nuestras vidas a que ninguno de los miembros de esa oficina está, de algún modo, involucrado en esta conspiración?

Intercambiaron una mirada que Robin no comprendió. Era como adivinar un animal viendo solo las orejas; tenía algo que ver con la reticencia de Edwin a buscar ayuda con los Cooper o con la Asamblea durante todo el desastre. Se guardó las preguntas para unirse a los demás y pensó, con esperanza sincera, que tendría tiempo para hacerlas más tarde.

—No. Maldita sea. ¿Qué sugiere que hagamos, entonces? —respondió la señora Kaur.

Todos observaron el cuerpo de Billy Byatt. El cuchillo plegable estaba semiabierto junto al cuerpo, así que Robin lo recogió y, como la mirada aterrada de Edwin estaba pegada al cuchillo, lo dobló y guardó enseguida para sacarlo de la vista.

—¿Puede hacerlo desaparecer? Y que *no* aparezca en el río en tres días, claro —sugirió Robin. Se sintió pésimo al preguntarle algo así a una mujer que, en algún momento, se había interesado por el hombre, pero no tenía muchas más opciones.

—Esta noche no —respondió con rudeza—. No soy un pozo sin fondo, y el hechizo de cortina requirió de mucho esfuerzo —agregó ofuscada—. Volveré mañana. Tendrá que mantener al personal fuera de la habitación, Courcey.

Edwin asintió.

—¿Y qué pasará cuando sus amigos comiencen a preguntar por él? —inquirió la señorita Morrissey.

—Tengo una idea —anunció Robin al recordar a Billy durante la cena en Penhallick. *Ya no salimos*. Era de público conocimiento que la señora Kaur lo había rechazado, un agravio tan fuerte como cualquier otro—. Él fue a verla, señora Kaur. La visitó en su oficina esta noche y discutieron. Usted no sabía que aún estaba tan enfadado por todo lo sucedido entre ustedes.

—Espero que esta idea no lleve a incriminar a mi hermana por asesinato —advirtió la señorita Morrissey.

—No. Él le dijo que no podía seguir en Londres, en donde le resultaba muy difícil olvidarla —continuó Robin y analizó el rostro de la mujer—. Dijo que necesitaba alejarse de todo y de todos.

—¿Y cometió suicidio? —preguntó Edwin.

—Pensaba en un viaje impulsivo al continente o a Estados Unidos

—explicó perplejo—. ¿Creen que es más probable que piensen que acabó con su vida?

—Creería cualquiera de las dos posibilidades —dijo la señora Kaur—. Es… astuto. —Respiró hondo—. Sí, podría contar esa historia cuando comiencen a hacer preguntas. Pero *ustedes dos* vendrán a tomar el té en los próximos días. Tú también, Adelaide. Y me contarán todos los detalles. No guardaré su secreto sin nada a cambio.

—De acuerdo, podemos hacerlo —afirmó Robin.

Las hermanas Morrissey se fueron juntas, sin dar señales de esperar que Robin saliera con ellas. Bien, él no tenía intenciones de ir a ningún sitio.

Luego, Edwin limpió la vajilla rota y barrió las cenizas, mientras Robin se ocupó de mover el cuerpo a una esquina, en donde, al menos, no se tropezarían con él al caminar por el salón. Por desgracia, Edwin no tenía un arcón tan grande como para esconderlo dentro.

—Pediré más sábanas para envolverlo, en caso de que algún empleado meta la pata. Y algo de cenar. Billy se comió todo mi pan. —Edwin se apoyó contra el marco de la puerta entre el salón y el vestíbulo; los ángulos de su cuerpo creaban una geometría singular y agotada en contraste con el entorno. Miró alrededor antes de posar los ojos, escurridizos, en el rostro de Robin—. ¿Cuánto tiempo estuvieron en la ventana? ¿Cuánto escuchaste?

—Algo acerca de que el juramento permitiría que un mago absorba el poder de otros. —Robin se acercó lo suficiente para tocarlo, pero no lo hizo—. Muchas tonterías acerca de cómo esperaban tentarte si comentaban la idea frente a ti, como si no fueras mucho más hombre que Billy Byatt. Como si no fueras *nada* sin tener la magia de un toro.

—Podría haber funcionado. —El hombre acercó la mano de forma intencionada y tocó la muñeca de Robin con un dedo. Robin, lento y osado, entrelazó los dedos con los de él, y Edwin se lo permitió–. Hace un mes, hubiera funcionado.

–Eres muy valioso. Hiciste que viera el futuro.

–Creí que ya habíamos establecido que yo no lo hice. Ni siquiera sabemos si fueron… *ellos*. Debió estar latente, y algo lo despertó.

–No me refería a las visiones –repuso Robin con una sonrisa.

Los labios delgados de Edwin se retorcieron por la confusión, luego se elevarón de costado. Su mano presionó más la del otro.

–Robin –comenzó, pero fue interrumpido por un llamado a la puerta. Se soltaron las manos de inmediato, y quien estuviera del otro lado no esperó respuesta antes de intentar abrir.

–Son muy eficientes –comentó Robin–. No, espera, aún no llamaste. Vaya.

Walter Courcey estaba en la puerta, con el abrigo colgado del brazo. Robin tardó unos segundos incómodos en reconocerlo, pues apenas había visto al mayor de los Courcey en la primera cena en Penhallick, antes de que se marchara con Clifford Courcey a Londres. Los tres, Robin, Edwin y Walter, parecían igual de sorprendidos de haberse encontrado en esa situación, a pesar de que no hubiera nada extraño.

Excepto por el cuerpo en la otra habitación, se recordó Robin en su mente. Exhibió sus mejores modales, los que podían disipar la incomodidad como un golpe certero.

–Buenas noches, Courcey. Está aquí para ver a Edwin, imagino. Estábamos pensando en cenar en mi club, ¿quiere…?

–No creo que esté aquí por eso, Robin –dijo Edwin, en un tono que Robin no había oído antes.

Luego, él también notó el destello metálico: dos anillos juntos en el meñique de Walter, relucientes en contraste con el abrigo negro.

# CAPÍTULO 25

Walter cerró la puerta al entrar. Su expresión perpleja era diferente a la de Edwin. No era tan cerrada; tampoco reflejaba las defensas desesperadas y heladas de alguien que sabía que no tenía forma de defenderse a sí mismo. En cambio, era una expresión calculadora.

—Byatt no mencionó que también había reclutado al vidente. Lo crea o no, me complace verlo otra vez, Blyth. Lamento que no pueda ser en circunstancias mejores.

—¿Qué sería *mejor*, para ser exactos? —replicó Robin entre dientes.

—Por empezar —comenzó Walter y levantó la mano con los anillos—, no faltaría una parte de esto, y no hubiera tenido que llamar a la puerta de mi hermano con su ridícula insistencia de vivir lejos de su familia.

El hombre se acercó. Robin percibió el estremecimiento minúsculo de Edwin y decidió no complicar las cosas, así que dio unos pasos hacia el salón con él para evitar que Walter tuviera que empujarlos para pasar.

—¿Cómo que falta una pieza? —Edwin sonó desanimado y sin energías.

—Un objeto de poder tiene que estar completo. No debería explicarte esto a *ti*. Al unirlo, una rectificación sencilla debería haberlo convertido en la moneda otra vez, pero no sucedió. La vieja zorra conservó una parte.

Al ver la mueca de desprecio en el rostro de Walter, Robin supo que Flora Sutton se había quitado la vida frente a él para frustrar sus planes. Walter, un hombre capaz de torturarla para sacarle información. Quien empujó a su propio hermano al laberinto y lo dejó allí a morir.

—No hay nada más —dijo Edwin, aunque sonó un rastro de inseguridad. Después de todo, ¿cómo podían saberlo? Él había tomado un anillo para ir en busca del gemelo, ¿quién podía afirmar que no hubiera un tercero?

—Yo... —comenzó Walter, pero notó el cuerpo de Billy en la esquina y sus ojos se ampliaron. Tardó un momento en volver a hablar—. Vaya, vaya. No eres tan inútil como pareces, Win. ¿O fue obra suya, sir Robert?

—Byatt intentó hacerse el listo, pero no le quedaba —comentó Robin.

Una sonrisa limitada a los labios apareció y desapareció en el rostro de Walter. Mientras que Billy había estado tan tenso que podía romperse, él estaba relajado por completo. Era la postura de un hombre consciente de ser la amenaza más grande en la habitación y al tanto de su capacidad; un hombre que había dejado las inhibiciones atrás hacía mucho tiempo, enterradas bajo suelo cuando era niño. O que, tal vez, nunca las había tenido para empezar.

—Bien, entonces no nos molestemos en hacernos los listos. Edwin, dime dónde está el resto de la moneda. De lo contrario, te romperé todos los dedos de ambas manos.

Edwin había retraído los hombros como para hacerse más pequeño y, ante la amenaza, apretó las manos juntas. Al ver su reacción, la sonrisa de Walter se volvió mucho más genuina.

—Te dije que *tienes* todo lo que hay —insistió.

—Ya basta. No hay necesidad de nada de esto —advirtió Robin y se colocó entre los dos.

—Soy práctico. Las acciones directas producen resultados —respondió Walter.

—No. Creo que disfruta el miedo. Y que sabe que ha traumatizado tanto a Edwin que solo tiene que decir una palabra para conseguir lo que quiere.

—Tampoco soy un tonto. —La nariz de Walter se hinchó—. Y, al parecer, la señora Sutton tampoco lo era. A esta parte del juramento aún le falta una pieza. Ya me han hecho perder suficiente tiempo. —Levantó las manos con la tranquilidad con la que un espadachín blandiría su arma. Robin sintió la tensión de Edwin detrás de él—. Blyth, ya que parece decidido a apartarme de mi hermano, es bienvenido a recibir el castigo por él.

—Váyase al diablo, Courcey.

Tras una sonrisa mínima, Walter comenzó. Formaba el hechizo sin la meticulosidad de Edwin ni el descuido de Charlie; movió los dedos rápido y con precisión y lanzó el hechizo como un dardo, demasiado rápido para defenderse. Se sintió como una jabalina afilada que atravesó el cuerpo de Robin y sacudió sus entrañas de forma agónica. Tanto que le sorprendió ver bilis en lugar de sangre al colapsar y vomitar el suelo de Edwin. Parte de él logró pensar, con templanza en la mente teñida de rojo: *No es tan malo como los últimos ataques de la maldición.*

—Para —gritó Edwin—. Basta, Walt. Para. —La marea de dolor abandonó el cuerpo con náuseas desgarradoras de Robin. Se puso de rodillas, luego de pie. Sabía cómo volver a levantarse, podía hacerlo—. No sé dónde está, pero sí dónde lo podría haber escondido Flora Sutton, si no estaba en el laberinto con las otras piezas.

—¿Y si estaba en el laberinto? —preguntó Walter.

—Si era el caso, todo el enigma estúpido murió con Reggie, y no estás mucho mejor que ayer —repuso Edwin. Su hermano lo evaluó con los ojos entornados.

Eran como reflejos extraños uno del otro: Walter era un poco más alto y mucho más fornido, pero tenía las mismas facciones refinadas, que parecían demasiado delicadas para el resto de él, y los mismos ojos azules. Robin sintió gran admiración por Edwin, que estaba helado y rígido, pero se mantenía fuerte frente a esa mirada y el peso de su historia. Si quería decir lo que Robin creía, al menos había pensado en algo que les daría tiempo, y los llevaría a una especie de territorio propio.

—Dime dónde —exigió Walter—. Me llevaré a este conmigo —agregó señalando a Robin con la cabeza—. Si me envías a buscar una aguja en un pajar, ya sabes. No necesita las piernas para ver el futuro. —La sonrisa que exhibió fue tan nauseabunda como el hechizo.

—Tengo que mostrártelo. Me necesitas para entrar a la habitación.

Robin anticipó la desconfianza y la intención inútil de Walter de volver a ejercer dolor para sacarles información, así que intervino:

—¿Existe un hechizo que obligue a decir la verdad?

—No —respondió Walter de inmediato.

—Sí —interrumpió Edwin—. Algo así.

Los minutos siguientes fueron incomprensibles para Robin. Edwin dijo haber leído una teoría acerca de que dos hechizos podían combinarse para que fuera difícil mentir, también algo sobre una negación de un amarre de algo. Walter se negó a creerle, entonces él buscó un libro, con más testarudez que nunca al encontrarse en su zona fuerte. Tras leer la página abierta frente a sus ojos, Walter concedió que, aunque la idea podía funcionar, parecía muy imprecisa.

—Lo sé —coincidió Edwin. Hubo un extraño instante de sintonía entre los Courcey, como dos violinistas que tocan al azar y se encuentran en la misma nota por un segundo.

—Eh, no pensaba en nada *experimental* —dijo Robin. Con un golpe de sentido, antes de que Edwin hiciera algo estúpido y mártir, como ofrecerse a que su hermano mayor abusivo lo sometiera al hechizo de la verdad, agregó—: Pero le daré una oportunidad.

—Edwin, hazlo —ordenó Walter, y su hermano lo miró perplejo—. He visto el procedimiento, así que sabré si haces otra cosa. Y espero que no creas que me quedaré parado con las manos ocupadas para que puedas lanzarte sobre mí.

Robin se sintió aliviado, confiaba en Edwin para eso, más de lo que jamás confiaría en Walter.

—Billy tomó mi cordel. Ah, espera. —Edwin le lanzó una mirada al cuerpo, luego buscó otro aro de cordel en un cajón del escritorio debajo de la ventana.

El hechizo de la verdad tenía el color malva de un día de tormenta, y se sintió como respirar dentro de un sauna.

—Blyth, ¿Reggie Gatling tomó una tercera pieza de ese laberinto? —preguntó Walter con impaciencia.

—No tengo idea —respondió el joven enseguida, y el otro suspiró.

—¿A qué habitación se refiere mi hermano? ¿Por qué tiene que estar presente?

—Al Estudio Rosa. Está detrás de un espejo en la Cabaña Sutton. —Le dedicó una mirada arrepentida a Edwin, aunque la pregunta no daba lugar a ambigüedades—. Solo un heredero de los Sutton puede abrirla.

–¿*Heredero?* Explícalo –exigió el hombre.

Entonces, Robin sintió cómo el hechizo se extendió en forma de tentáculos calientes dentro de su boca, a la espera de atraparlo diciendo una mentira. Lo mejor que podía lograr era acercarse a una omisión con incomodidad. Explicó que Edwin había hecho un compromiso de sangre con la propiedad Sutton para poder salir del laberinto. Le alegró descubrir que al hechizo le agradaba que fuera directo y efusivo, y que era más fácil distraerlo con detalles irrelevantes, antes que esquivar el hecho de que Edwin los llevaría a una casa con magia profunda, ligada a su sangre. Así que comenzó a describir en detalle lo que opinaba sobre la personalidad, la apariencia y el intento de homicidio en los arbustos del maldito Walter Courcey.

Los ojos de Edwin se ampliaron, y Robin comprendió que aún no había llegado a esa conclusión.

–Suficiente. –Walter parecía en parte enojado, en parte entretenido–. ¿También cree que la anciana debió esconderlo allí? Diga sí o no.

–Sí –afirmó Robin. De verdad pensaba que, si Flora Sutton hubiera sido astuta, habría hecho que la enterraran con la pieza. Si no era el caso, era obvio, incluso para el más ciego de los tontos, que un estudio secreto, que solo ella podía abrir, era el lugar indicado.

–Muy bien, entonces allí es a donde iremos –dijo Walter.


Corría lluvia por las ventanas del tren y convertía la vista en una nebulosa de tonos verdes, grises y café. Era un sábado de septiembre frío y sombrío en comparación con el anterior, cuando Robin y Edwin había hecho el mismo viaje a Cambridgeshire.

Había muchas diferencias evidentes en las circunstancias, por supuesto. La más notable era la presencia del hermano de Edwin, envuelto en un abrigo rojo, con las manos descubiertas sobre las rodillas.

La noche anterior había sido tensa y desequilibrante. Walter no había confiado en ellos para perderlos de vista. Edwin supuso que solo la *practicidad* de su hermano y la idea de quedarse dormido en un lugar cerrado cerca de los puños de Robin habían evitado que solicitara un carruaje en medio de la noche. En cambio, había vigilado a Robin mientras enviaba un mensaje a casa para avisar que se ausentaría por un día o dos y solicitar que un mensajero le enviara sus pertenencias. Robin había señalado en tono duro que no visitaría a un amigo sin un cambio de ropa.

Luego, Walter había reservado una habitación en el Cavendish para encerrarlo con un hechizo, había hecho lo mismo con Edwin y, probablemente, había pasado una noche pacífica del sueño de los indignos en el sofá de su hermano.

Edwin apenas había logrado cerrar los ojos, así que, esa mañana, estaba exhausto y se sentía tan gris y desgastado como el día. De todas formas, intentaba ordenar sus pensamientos para crear un plan. Parte de él estaba segura de que no encontrarían nada en el estudio, y su duda más grande era si había hecho lo correcto o si tendría que haber insistido en que no sabía nada, en lugar de buscar una posibilidad remota para agitar como bandera blanca.

Cerró los ojos para reprimir el recuerdo de cómo Robin había caído a sus pies y había vomitado bilis. No. Le daría algo a Walter, porque su hermano no se detendría hasta que consiguiera el resultado que buscaba. Edwin tendría que haberse sorprendido al verlo en su puerta con los dos anillos en el dedo, pero, de algún modo, no había sucedido. Todas las piezas encajaban como una progresión lógica, una conclusión basada en precedentes. Si tenía que imaginar a una persona capaz de hacer todo lo que había sucedido hasta entonces en nombre del último juramento, alguien que valorara la magia sobre todo lo demás... el rostro se hubiera asemejado mucho al de su hermano mayor.

—¿*Qué* era la maldición de Robin? —preguntó Edwin, con lo que rompió el silencio del camarote por primera vez—. ¿Cuál es el origen? No la reconocí en absoluto.

—Aun así, pudiste eliminarla, sí que eres un fastidio. No fue obra mía, no tengo habilidad con las runas. Pero fue algo fantástico, ¿no crees? Oleadas de dolor en intervalos cada vez más breves, con una cláusula de rastreo añadida.

—Sí, muy preciso —repitió Robin con sarcasmo.

—¿Obra de *quién* fue, entonces? —Edwin hizo a un lado la pequeña llama de satisfacción por haber estado en lo cierto respecto a la cláusula de rastreo.

—De nuestro líder, en cierto modo. —Los ojos de Walter brillaron—. No creas que te diré más que eso.

Walter solo se rebajaría a seguir a un hombre que lo superara con un gran poder, y no había muchos. Edwin pensó con esperanzas en el hechizo de la verdad que había hecho el día anterior, pero su hermano lo había vigilado mientras se vestía y empacaba, así que no tenía un cordel con él. Aunque lo tuviera, no podría crear algo tan complejo sin que Walter lo notara y lo detuviera. Su hermano no era como Billy.

El corazón de Edwin dio un vuelco extraño, como si un hechizo de eco intentara crecer dentro de sus costillas, para mostrarle un pasado que pudo haber sido. No lo habían reclutado antes para esa conspiración, a pesar de que era más listo, estaba más desesperado y era mucho más propenso a morder el anzuelo de la promesa de poder que Reggie Gatling.

Ya comprendía por qué: *Walter no era Billy*. Billy había sugerido, tarde, que Edwin podía ser apropiado. Jamás en la larga vida sin esfuerzos de Walter se le hubiera ocurrido que su hermano menor sirviera para algo.

Quizás Edwin debía alegrarse por eso, aunque fuera un trago amargo. Si esas personas hubieran llegado antes que los asesinos, antes de que todo hubiera salido mal; si le hubieran vendido la cruzada por el último juramento con los fundamentos intelectuales correctos, Edwin podría haberse convertido en Reggie con facilidad. ¿Se hubiera aferrado, con patética alegría, a la posibilidad de estar por fin *del lado de Walter* y, por lo tanto, de romper el viejo patrón agotador de abuso y reacción? ¿Se hubiera quedado parado, viendo cómo le infligían una maldición de dolor a sir Robert Blyth, diciéndose a sí mismo, de forma objetiva, que el fin justificaba los medios?

No lo sabía. Se sentía sumergido en agua fría y turbia.

—*Yo* tengo una pregunta —dijo Robin—. ¿Le dijo a Billy Byatt que me asesinara la primera noche, después de darse cuenta de que no sabía nada sobre el juramento? —Exhibió la expresión suave y agradable que Edwin había aprendido a reconocer como su versión de una armadura.

—¿Que te asesinara en *Penhallick*? —Walter alzó las cejas.

—Por supuesto que no —aseguró Edwin.

—¿Qué? —replicó Robin.

—Los invitados tienen derechos. Que alguien muera en tierra comprometida la… inquieta. Y Walt visita Penhallick mucho más que yo.

—Sería mucho más fácil esperar a que volviera a Londres. Y por fortuna lo mantuvimos con vida, ¿no? No es muy frecuente encontrarse con un vidente. —Walter estaba observándolo con satisfacción, igual que Bel miraba a las personas u objetos que deseaba coleccionar, aunque sin una pizca de la alegría de su hermana.

Edwin presionó la pierna contra la de Robin, el mayor gesto de advertencia y consuelo que pudo permitirse. Tan solo compartir el mismo espacio con él se sentía como sostener una llama cerca de un fusible. Excepto por el breve instante de alivio después de la muerte de Billy, no habían tenido tiempo para hablar, y la pelea que habían tenido antes de separarse aún pesaba entre ellos como una bomba a punto de explotar. Y a Edwin le aterraba hasta los huesos que Walter también viera lo que había visto Billy. Si lo hacía, sabría que, en tanto pudiera lastimar a Robin, no necesitaría hechizos de la verdad, maldiciones ni nada similar para conseguir que Edwin hiciera lo que quisiera.

El resto del viaje transcurrió en silencio.

La estación más cercana a Sutton era en un pueblo lo suficientemente grande para que consiguieran un carro que los llevara a la finca. El conductor estaba ansioso por contarles que todos en el pueblo se preguntaban si la casa cerraría para los turistas después de la muerte de la anciana, aunque no era que alguien la hubiera visto jamás, era una famosa ermitaña, que Dios cuidara de su alma. ¿Habían estado allí antes? ¿Qué pensaban del laberinto de setos?

Edwin se había olvidado por completo de la barrera alrededor de la propiedad, hasta que Walter comenzó a inquietarse y a fruncir el ceño.

—No me agrada la sensación —dijo—. Ustedes dos están… engañándome de algún modo. La moneda no estará aquí.

—La sensación pasará. Resiste, Walt —aseguró Edwin con cautela.

—Piensa en Inglaterra —agregó Robin, en tono para nada agradable.

Walter no mostró intenciones de resistir. Cuando llegaron al extenso camino de entrada, estaba casi de pie, con los dedos hundidos en el rostro de Edwin.

—Dé la vuelta. Maldita alimaña, dile que *dé la vuelta*.

El corazón de Edwin bombeó sangre helada a sus venas. Quería esconderse.

—Walt...

—Courcey —sentenció Robin y tomó el brazo del hombre.

—*¡Deténgase!* —gritó Walter con todas sus fuerzas, y el carruaje se detuvo.

Edwin logró no atragantarse con la ironía de la situación. Él *tampoco quería* que siguieran adelante, no quería que Walter obtuviera nada de lo que quería. Y, de todas formas, lo hizo.

Cuanto más fuerte fuera el mago, más fuerte sentiría la defensa, y Walter ya no tenía el hechizo de rastreo para engañarla. Edwin no creía poder hacerlo atravesar la barrera en la hilera de olmos con facilidad, igual que Robin lo había hecho cruzar a él en el Daimler. Entonces, abrió la puerta del carro, bajó y atravesó los olmos. Al hacerlo, percibió el momento en que la propiedad lo recibió; de pronto, el aire era más fresco y vivo en sus pulmones. *Lo siento*, pensó con pesar. *Lo siento, lo siento.*

—Él es mi hermano, Walter Courcey. Es mi invitado en estas tierras.

No consiguió decir que era *bienvenido*.

# CAPÍTULO 26

El personal de Cabaña Sutton se sorprendió al ver a Robin y a Edwin otra vez, mucho antes de lo que Edwin les había dicho que volvería. Sin embargo, había un rastro de placer en la mirada de la señora Greengage, aun mientras se disculpaba por la calidad de la cena con la actitud pasivoagresiva de una experta.

Walter miró alrededor con aire crítico, y Edwin temió que les pidiera hacer un recorrido, pero ganó la determinación y los tres se dirigieron al salón, mientras los sirvientes llevaban el equipaje arriba. Walter frunció el ceño hacia la silla vacía en la que había muerto Flora Sutton; Edwin conocía esa mirada, era la búsqueda de un triunfo que superara el fracaso que había experimentado la última vez que había estado allí.

Al entrar a la habitación en último lugar, Edwin tocó el marco del espejo y, una vez más, sintió el cosquilleo de arrepentimiento en las puntas de los dedos. Si en Londres era normal y en Penhallick era un escozor ligero, en Sutton era como descubrir que había respirado de forma superficial durante toda su vida, que tenía un espacio extra para llenar dentro de las costillas. Era una sensación nueva y aún insegura, pero le daba la *bienvenida*. Era vertiginosa. La presencia de Walter indicaba que había logrado que no se filtrara en su rostro. Antes de graduarse con pantalones largos, había aprendido a no dejar que sus hermanos supieran las cosas que le importaban, si podía evitarlo.

—Muéstrame ese estudio secreto —ordenó Walter.

Edwin había dejado el colgante de rosa en un marco exhibidor colgado en la pared, entre dos muestras de tapiz bordado con flores. El exhibidor tenía forma de árbol, con pequeñas ventanas en el tronco. Edwin tomó la rosa de la ventanita inferior, la acercó al marco del espejo y vio cómo se disolvía el cristal.

El Estudio Rosa estaba superpoblado con tres hombres adultos, en especial cuando uno de ellos tenía hombros como los de Robin. Walter llamó una luz, que dejó en un cuenco de cristal vacío en medio del escritorio, un portaluz anticuado. Con el brillo que emitía, combinado con suavidad con la claridad que se filtraba desde el salón, Edwin observó los estantes ordenados y la madera lustrada, que, de repente, parecían vulnerables, listos para que los pusieran de cabeza. Recordaba la destrucción que había encontrado en la oficina de Reggie, de Robin, el día siguiente a la maldición. Walter podría ser metódico, pero también destructivo.

—¿Por dónde empezamos? Dijo que no podía usar un hechizo de rastreo para encontrarlo; ¿no? —preguntó Robin. Quizás, él también estaba pensando en la oficina revuelta. Era una pena que los objetos fueran inmunes al hechizo de detección porque al no poder definir los parámetros…

—Esperen —espetó Edwin. Unió pensamientos como si formara una oración en latín, hasta que los fragmentos tuvieron algo de sentido–. No tenemos que buscar el juramento en particular, tampoco algo mágico. Estamos en un espacio reducido y buscamos una pieza de plata.

–Prospección –dijo Walter.

–Sí –asintió Edwin. Se sentó detrás del escritorio y buscó papel y lápiz en un cajón. Cuando levantó el papel, el aire se llenó de aroma floral. Esencia de rosas. Flora Sutton había estado sentada allí, escribiéndole una carta a su sobrino nieto después de que se fuera con los dos anillos en el bolsillo. Después de haberle confiado a un familiar, y a un amarre de silencio, la seguridad del juramento, consciente de que el peligro la alcanzaría pronto. Había confiado en las cosas equivocadas.

Edwin escribió una línea, se llevó el lápiz al mentón, lo dejó para mover los dedos y pensar cómo demonios se definía la *plata* en un hechizo. Luego escribió otra línea.

–¿Prospección? –preguntó Robin.

–Si puedes definir algo, puedes encontrarlo –explicó Edwin–. Hay una historia sobre un mago que fue a California, convencido de que podría amasar una fortuna usándola para encontrar oro. *Funciona*, pero solo si ya estás cerca y si la cantidad de oro es grande.

–¿Consiguió su fortuna?

–Fue asesinado en una batalla por límites territoriales. O cayó a un pozo. O sí se hizo rico, se cambió el nombre y se casó con una heredera en Boston. Es una historia un tanto apócrifa. –Edwin miró su trabajo con el ceño fruncido.

–No estamos aquí para una lección de historia –les recordó Walter.

Edwin definió el alcance del hechizo apenas pasando los muros del estudio; podrían expandirlo para inspeccionar toda la casa después, si estaban de ánimos para revisar las cucharas y candelabros. Luego deslizó la hoja con el hechizo completo por el escritorio hacia Walter, que lo analizó, asintió y sacó el cordel de Edwin de un bolsillo de su chaleco para arrojárselo.

—Adelante —ordenó. Aún planeaba mantener sus manos libres y su poder intacto.

Crear el hechizo en el corazón de Sutton fue muy fácil, gracias al centímetro de espacio extra, el aire amigable, la sensación de que las moléculas se unían para cooperar. El hechizo fue más palpable que visual, se sentía como palpitaciones entre las manos de Edwin, como agua de un lago, moldeada de forma esférica para arrojársela a alguien en el rostro; otro de los trucos predilectos de los niños en veranos ociosos.

Al alejar las manos, el hechizo se derramó sobre Edwin y volvió a concentrarse en forma de pinchazos ligeros.

—¿Hay algo? —preguntó Walter.

—Algo. —Edwin se puso de pie para seguir los pinchazos, que se volvieron cada vez más fuertes, sin llegar a generar dolor. *Por la picazón de mis dedos, adivino…*, pensó y apenas contuvo la risa.

Primero, los dedos lo guiaron al lapicero de plata sobre el escritorio, luego a uno de los cajones, de donde sacó un abrecartas elegante, que parecía hacer juego con el lapicero. Giró despacio en el centro de la habitación; Robin se ubicó detrás del escritorio con cortesía para darle lugar. Recibió solo una señal más desde la biblioteca, en donde no había nada metálico a la vista.

Exhaló con pesar. Aunque no había estado *seguro*, había visto la intensa familiaridad en la mirada de Flora Sutton, debajo de una personalidad más fuerte de la que él tendría jamás. Había escondido su magia del mundo, había ocultado la belleza de lo que era capaz de hacer detrás de una barrera que mantenía a cualquier mago fuera de sus tierras, y había escondido su parte del juramento en el centro del laberinto. Pero había mantenido una parte oculta incluso de su sobrino nieto. No había confiado en nadie. Su mente había sido un laberinto en sí misma, cargada de sospechas, cómoda en esquinas oscuras. No era la clase de persona que mezclaría algo entre sus joyas o que lo ocultaría a la vista de todos en el dedo de alguien. Reggie había pensado en eso.

Edwin se acercó a la estantería, recorrió los lomos de los libros más altos con la mirada y se detuvo.

*¿Qué haces?*, se preguntó a sí mismo, furioso. *Flora Sutton murió para mantener esto oculto, y tú has traído a Walter directo hacia aquí.*

Se sentía bajo la hipnosis de una de las condenadas flechas de Bel, como si despertara del mismo aturdimiento. Los pensamientos lo invadieron desde todas las direcciones, su mente, frenética, buscaba información que pudiera transformar en la respuesta correcta, en la decisión correcta.

*No tengo que decirle nada a Walt*, pensó.

*Walt hará pedazos esta casa si cree que existe la más mínima posibilidad de que esté oculto dentro de estas paredes.* Mía para cuidar y sanar. *¿Hice ese compromiso o no?*

Todos los magos de Gran Bretaña.

Yo mismo le mostré ese estúpido hechizo de la verdad y, en cualquier momento, se acordará de que existe.

Obligó al flujo de pensamientos a que se acallaran y tomó una decisión.

—Aquí está —dijo.

El libro era un diccionario grueso de hechizos del siglo pasado, con bordes desgastados y el lomo blando por el paso del tiempo. Cayó abierto por la mitad, como músculos relajados, y reveló un espacio semicircular abierto a cada lado entre las páginas. La inclinación de las hojas los volvían irregulares, con bordes de papel oblicuos. Era evidente que, con el libro cerrado, el espacio formaba una esfera demasiado perfecta, creada con magia como escondite para la última pieza.

Era otro anillo. La cinta de plata tenía salientes a ambos lados en el mismo punto, como si alguien hubiera creado el espacio para una gema, pero no se hubiera molestado en colocarla. En medio de los otros dos anillos, con sus muescas triangulares, formarían uno solo, plano y grueso. Completo.

Edwin se acercó a tocarlo, pero sintió la tensión de Walter tras él, así que, en cambio, pasó el dedo por una línea del texto al azar. "Unión, ver también Fusión: una serie de hechizos con el objetivo básico de combinar dos sustancias".

Walter extendió la mano sobre el hombro de su hermano y tomó el anillo como si levantara un penique del suelo.

—Busquemos una luz apropiada. —Los guio de vuelta al salón, donde había más claridad, a pesar de que la lluvia los había seguido desde Londres, se sacó los dos anillos del dedo y colocó los tres sobre una base de exposición de madera, en la que había una vasija de cerámica. Los anillos encajaron a la perfección cuando los puso uno sobre el otro. Observó a Edwin, después a Robin, y su mirada pareció decir: no son la audiencia que hubiera esperado, pero servirán.

El hechizo que usó no fue de unión ni de fusión, sino, como había dicho antes, uno de rectificación. La clase de hechizo que arreglaría un plato roto, si a alguien le importaba lo suficiente para gastar energía en recomponerlo.

Edwin se percató de que estaba conteniendo la respiración.

No hubo un destello de luz ni nada impresionante; las uniones entre los anillos se hicieron más leves hasta desaparecer y, luego, la unión de los tres tan solo colapsó en un charco de plata. De repente, ya no había anillos, sino una moneda, con la estampa de una corona.

—Es real —dijo Robin. Edwin estaba pensando exactamente lo mismo, al punto del desconcierto.

—¿Creías que era solo una historia? —replicó Walter. Guardó la moneda en un sobre de terciopelo que había sacado de algún lado y la metió en su bolsillo interno. La única señal de satisfacción por lo que acababa de lograr fue un destello triunfal en las esquinas de los ojos.

Edwin recordó a Robin en la biblioteca de Penhallick, una semana y cien años atrás. *La magia es solo una historia.*

—Muchas historias *no* son reales y muchas otras no son objetos que puedas tocar —comentó.

—Aun así, incluso las que no son reales tienen poder —agregó Walter.

—Eso no suena lógico —bufó Robin.

—Por el contrario, las historias son la razón por la que todos hacemos lo que hacemos —respondió el hombre, relajado después de la victoria—. Byatt vivía en una sobre desamor. Reginald Gatling, el gran idiota, era el héroe de una historia sobre el primer no mago en conseguir magia. Y usted, sir Robert, tan molesto conmigo, cree que es la historia sobre el joven valeroso que se alza contra los magos malvados. De algún modo, cree que aún tiene oportunidad de recuperar la moneda, porque así *debería* terminar la trama. —Mostró una sonrisa amigable—. No es así. Y usted no es un héroe.

—La tuya es sobre hambre de poder. Es una historia tan antigua que ya es aburrida, Walt —dijo Edwin.

—La adivinación no es la única forma de ver el futuro, solo es la más clara —soltó su hermano de forma inesperada—. ¿Quieres saber la historia?

*Algo se avecina.* No sabemos qué ni cuándo, pero tenemos que aprender a utilizar todo el poder a disposición. La búsqueda del último juramento es un proyecto respaldado por la Asamblea. Es una historia en la que los magos de esta tierra obtenemos nuestro derecho de nacimiento en su totalidad, como siempre debió haber sido.

*Algo se avecina.* Billy Byatt había dicho lo mismo. Edwin observó la cabeza inclinada hacia atrás de su hermano y percibió la certeza con la que hablaba, tan sólida que podría convertirse en ladrillos y construir un muro con ellos. Tenía razón respecto a las historias.

Walter Courcey (primogénito, favorecido, quien nunca dudó de sí mismo en toda su vida), nunca había visto a nadie más que como una figura de apoyo, una herramienta. Edwin pensó en el hombre de papel que había creado en la biblioteca, al que había hechizado para que imitara los movimientos de Robin. De repente, el peligro de la situación lo sacudió y tensó cada uno de sus músculos por el miedo. Mientras veía a la moneda cobrar forma, la emoción del descubrimiento lo había mantenido a raya. Por poco había olvidado que estaban allí a la fuerza y sin garantías de poder salir a salvo.

—Sigues del lado de los asesinos. ¿La Asamblea sabe la cantidad de sangre derramada en nombre de este *proyecto*? —preguntó Edwin.

—Debo recordarte que eres tú el que tiene un cadáver en la habitación —señaló Walter.

*No por mucho tiempo*, pensó él con tristeza. Kitty Kaur ya debía haberse presentado de vuelta en el Cavendish y no parecía la clase de persona a la que la detendría una cerradura. Edwin le había escrito una nota durante la noche sin dormir, encerrado en su propia habitación. La había doblado y dejado debajo de un cepillo, con el garabato de un felino a la vista.

—De verdad, Win, tu mal genio nunca ha sido atractivo. —Walter se rio de la expresión que tenía su hermano en el rostro–. Deberías tener cuidado. Unos años más así y terminarás igual que nuestra madre.

Esa fue una muestra perfecta y clara de Walter: un latigazo de dolor, casual y preciso, lanzado por el simple hecho de haber encontrado un destello de piel ilesa y haber querido dejar su marca. El miedo de Edwin mutó hacia impotencia, que resonó en su interior y se remontó dos décadas atrás como una marea imparable. Atravesó los límites de su piel y le quemó los pies, que debieron comunicarse con el suelo, porque se oyó un crujido repentino en la madera. A continuación, una de las tablas sobre la que Walter estaba parado se levantó como si un elefante la hubiera pisado en el otro extremo.

El hombre trastabilló y cayó al suelo.

Fue como si Robin hubiera estado esperando la oportunidad, pues dio dos zancadas y llegó al hombre, con un puño listo para golpear. Walter lanzó una patada para alejarlo de sus manos, que movía con precisión. Edwin quería ayudar, pero no se sentía capaz; solo había podido lastimar a Billy porque había tenido tiempo para idear un plan, y lo que le había transmitido a la casa había sido por accidente.

El hechizo que Walter estaba formando cobró vida: un látigo blanco de poder, que se sacudió de forma salvaje para rodear la pata de una silla. Cuando el hombre sacudió la mano hacia atrás, la silla voló a través de la habitación e impactó contra Robin (Edwin extendió los brazos en vano), que se desplomó con un gruñido. Lo que había tenido en la mano cayó con un estruendo sobre la alfombra. Era el cuchillo de Billy Byatt, desplegado.

El estómago de Edwin dio un vuelco, Robin podría haber caído *sobre* el cuchillo.

Walter, que ya estaba de pie otra vez, se sacudió como un gato, se frotó un hombro y dejó caer los brazos. Edwin lo vio posar los ojos en el cuchillo y entornarlos. Mientras tanto, en el silencio repentino, Robin también se levantó, sin dejar se lanzar miradas hacia el cuchillo. Parecía que el aire se rompería con el próximo movimiento que hicieran.

–Muy bien. Ya lo intentó, ¿suficiente? *Debió* creerme cuando le dije cómo terminaba la historia. –Walter miró alrededor–. Así que le agradas a la casa, Win. Es un lugar impresionante. El laberinto es extraordinario. Y ese pequeño estudio escondido, estoy seguro de que guarda muchos secretos. Odio desperdiciar cualquier tipo de poder, créeme que lamentaré mucho reducir todo esto a cenizas.

Edwin no supo si lo que sentía era su propia furia ardiente o si la casa era sentiente y había entendido las palabras de Walter. De cualquier manera, lo sacudió el deseo de… colgar a Walter sobre su hombro, si era necesario, y cargarlo al límite de la propiedad para lanzarlo al otro lado de la barrera. Pero Walter nunca había sido de los abusivos que solo parloteaban, todas sus amenazas eran reales y las cumplía. Entonces, Edwin respiró muy hondo e intentó contener la sensación en su interior sin dejarla llegar más lejos.

–¿Y ahora qué? –preguntó.

Walter giró hacia Robin.

–No me diga, quiere borrarme la memoria –comentó el hombre.

–¿Borrarla? No. En realidad, quiero ofrecerle trabajo.

–Ja, ja –dijo Robin, sin humor.

–Olvide el juramento, no tiene nada que ver con eso. Piénselo como un pasatiempo, un proyecto apasionado. Mi trabajo es en la Asamblea, y sé que estarían encantados de que trabaje con nosotros de forma oficial en el Barril. Es casi inaudito para un no mago, pero usted es un recurso demasiado valioso para dejarlo pasar.

—No, gracias.

—Permítame reformularlo. Usted es lo más valioso en este lugar, quizás en todo el país. Lo necesitamos y lo tendremos. En cierto modo, es otra rama del servicio público. Podría hacer el bien desde allí.

—¿Qué lo hace creer que aceptaré algo que usted quiera?

—La curiosidad. Y el dinero, imagino —sugirió Walter; el rostro de Robin cambió, y él sonrió—. Lo he investigado desde el día en que mi hermano lo llevó a Penhallick, sir Robert Blyth. Sé que tiene familia que depende de usted. —Hubo un destello cargado de significado en sus ojos—. Sea razonable, Blyth. *Piense*. No deje que sus emociones arruinen el futuro. Estoy seguro de que quiere que su joven hermana *vanguardista* tenga una vida feliz, saludable y larga.

Las últimas palabras cayeron como piedras en el agua, y Robin se quedó rígido.

—No lo haría.

—¿Amenazar a sus seres queridos? —Walter extendió las manos, con la sonrisa cargada de ironía.

—Ajá. Supongo que lo haría. —Robin se inclinó, sin pensarlo, al parecer, y volvió a levantarse con el cuchillo en la mano. Walter suspiró.

—¿Debo recordarle que...?

A Edwin se le hacía difícil verlos a ambos. Su instinto hizo que mantuviera los ojos en su hermano, como la amenaza más probable, pero el hombre dejó de hablar de forma abrupta y sus ojos se desorbitaron. Edwin le siguió la mirada: Robin tenía la punta del cuchillo presionada sobre su propia garganta, en la arteria.

—Baje las manos y sepárelas, Courcey. Creo que puedo presionar más rápido de lo que usted puede crear un hechizo.

—¿Qué hace, Blyth? —exigió Walter, aunque sí bajó las manos.

—Si toca a mi hermana, me quitaré la vida —amenazó Robin. Edwin se quedó sin aliento y se mordió el interior de la mejilla; lo único que quería era arrancarle el cuchillo de la mano—. Ella no le servirá como chantaje si no tiene a quien chantajear.

—Creo que *usted* no lo haría —afirmó Walter tras una larga pausa.

—Eso es porque no lo conoces —dijo Edwin.

—¿Para proteger a alguien que amo? Claro que lo haría. No me conoce en absoluto. —Robin sonrió con amargura y presionó los dedos.

Edwin percibió el sonido ahogado de negación que brotó de él y vio a las manos de Walter sacudirse con la misma ansiedad. Hasta que todos se quedaron quietos otra vez. Una delgada línea de sangre comenzó a correr por el cuello de Robin, donde el cuchillo *acababa* de perforar la piel. Edwin sintió su propio pulso presionando como un puño o como dedos que le levantaban el rostro para que recibiera un beso.

—No tiene caso. —Walter maldijo por lo bajo—. No tienes cómo defenderte. Podría dejarte ir hoy y ponerte un hechizo de compulsión la próxima semana para cuidar tu vida por sobre todas las cosas.

—Y yo podría removerlo otra vez —agregó Edwin, con lo que Robin le dedicó una mirada de gratitud pálida y abrasadora.

—No intento engañarlo —aseguró Robin—. Sé que tiene la ventaja. Solo quiero que *escuche*. Este es el trato: tome la moneda y lárguese, y nosotros le devolveremos el favor. Me importa un comino el condenado juramento, no me ha causado más que problemas. Dejé a mi hermana y a Edwin en paz. Yo cooperaré con su estúpida Academia contándoles mis visiones. —Otra sonrisa superficial curvó sus labios—. Se supone que ese es mi trabajo después de todo. Cooperar como enlace. Les diré lo que vea y podrán hacer lo que quieran con eso. Para mí, las visiones no parecen tener utilidad.

Otra sonrisa comenzó a formarse en el rostro de Walter. No le agradaba que Robin pusiera condiciones, pero Edwin pensó que la derrota y miseria en los hombros del hombre debieron convencerlo. A su hermano le gustaba ganar tanto como a Bel, solo que jugaba juegos más sucios.

—Está muy predispuesto a negociar por el bien de otros, sir Robert. Puedo ser justo: coopere por *completo* y podrá conservar su libertad. Si da un solo paso en una dirección que no me agrade, tendré que encerrarlo para mi conveniencia en alguna habitación. Mi hermano menor se esfuerza *mucho*, pero estoy seguro de que habrá notado que puede protegerlo tanto como una bolsa de papel. —Después de un momento, Robin bajó el cuchillo—. Me quedaré con eso si no le importa —dijo el otro con picardía.

Robin le entregó el cuchillo por el mango. Walter tomó el arma, luego le estrechó la mano, rápido y con la firmeza de un hombre de negocios, y retrocedió. Al final, palpó su bolsillo para comprobar que la moneda siguiera allí.

Edwin se enterró las uñas en las manos para contener un grito. Por supuesto que Robin, el estúpido altruista de Robin, cedería por la seguridad de cualquier otra persona y no por la suya.

—Vete, Walt. Ya tienes todo lo que quieres, como siempre.

Walter bufó, pero caminó hacia la puerta que salía al corredor. Al pasar junto a su hermano, lo evaluó con la mirada.

—Soy un hombre de palabra. Una vez que salga de aquí, no te pondré un dedo encima. Pero esto es demasiado importante para dejar cabos sueltos por Londres, donde podrían meterse en mi camino. Me temo que no confío en que *tú* mantendrás la nariz fuera de esto, Win. No lo suficiente para irme sin tomar… precauciones.

Edwin estaba formulando la pregunta cuando la mano de Walter se cerró sobre su brazo, jaló hacia adelante y hacia abajo, hasta que él terminó mitad agachado, mitad de rodillas, con una mano apoyada en la mesa baja más cercana. Vio la forma de la mano delineada sobre la carpeta de encaje tejido, y un grito áspero resonó sin sentido en su garganta ante una oleada de recuerdos. Tenía diez años, estaba en la escuela, y alguien lo estaba reteniendo para que Walter le pisara los dedos cada vez más fuerte, esperando a que las súplicas se convirtieran en un chillido. Tenía veinticinco años, estaba en la habitación del Cavendish el día anterior, escuchando a Walter decir: "Te romperé todos los dedos de ambas manos".

Vio un destello de luz sobre metal: el cuchillo. Walter tenía el cuchillo. *Santo Dios*, pensó, y el miedo crepitó más allá de su piel, cual chispas en un hogar. Fue una marea de emociones similar a la que había levantado el listón de madera, pero más intensa. Su visión se enrojeció, luego se volvió negra, y todo su cuerpo se sacudió, como si el suelo estuviera haciendo erupción debajo de sus pies. La fuerza de la mano de Walter desapareció de repente de su muñeca, se oyó un chillido que pudo ser de él, a Robin gritando algo, un sonido desgarrador y sibilante y luego (nítido, como la última nota de una sintonía), el chasquido de un jarrón de cristal.

Edwin estaba temblando. Toda la *habitación* estaba temblando. Cuando se levantó, se fue aquietando poco a poco.

Walter estaba apoyado contra uno de los paneles de madera con tallado de enredaderas, solo que la hiedra ya no era solo un dibujo, sino que se estaba *moviendo*. La planta era sólida y había formado remolinos de ramas oscuras, que rodeaban las piernas de Walter y mantenían sus brazos abiertos a los lados. Edwin se llevó una mano a la boca. Casi no podía escuchar sobre el chillido de incredulidad y el pulso en sus oídos, pero Robin estaba hablando.

—Salió de la pared —aseguró en tono afectado y extraño—. Nunca vi nada moverse tan rápido. Lo arrancó de encima de ti.

Walter estaba un poco sorprendido, pero se estaba recuperando. Ante la vista de Edwin, borró la expresión perpleja de su rostro y sacudió las restricciones con un rugido, pero se quedó helado cuando las enredaderas se ajustaron como una serpiente constrictora. Entonces, el rugido dio paso a una expresión que Edwin tardó una cantidad de tiempo absurda en reconocer como *miedo*. Walter lo miró a los ojos, y ninguno habló.

*Debería estar disfrutando de esto*, pensó Edwin. Era una versión inversa del pasado, de días y días en los que Walter lo había tenido a él justo donde quería. De ese momento exacto: una pausa para saborear la primera chispa de miedo. Y el momento posterior, en el que ambos reconocían quién tenía el poder.

Edwin pensó en la Brida de duende y en las ramas de los setos que habían aferrado sus tobillos. Vio el miedo de Walter mezclándose con furia por la impotencia; lo vio abrir la boca y volver a cerrarla, como si el privilegio hubiera impactado contra el pragmatismo y todas las palabras se hubieran anulado unas a otras. Y vio a su hermano mayor mirándolo, por primera vez, como a un igual.

—No deberías haber amenazado con quemar mi casa. Creo que no le ha gustado —dijo.

—Le sacaré la moneda —intervino Robin.

—Espera.

—Edwin...

—*Espera*.

Robin frunció el ceño, pero obedeció. Edwin dejó de lado el cansancio y pensó más rápido y con más detenimiento de lo que había pensado en todo el día, concentrado en ver el panorama completo. Sí, podían tomar la moneda en ese momento, pero Walter contraatacaría con todos los recursos disponibles para recuperarla, a menos que Edwin hiciera ¿qué? ¿Borrarle la memoria a su hermano? Aunque pudiera reunir poder suficiente para hacerlo, había otras personas involucradas en eso. Le contarían todo lo que había olvidado y, una vez más, Walter iría tras ellos para buscar venganza. ¿Qué esperaba Edwin de esa situación? ¿Qué esperaba conseguir?

Libertad. Seguridad. Una oportunidad.

—Es solo una pieza. Una de tres. No sirve de nada sin las demás.

—No puedes hablar en serio. Edwin, lo *tienes*, puedes…

—¿Qué puedo hacer? ¿Asesinarlo? —replicó Edwin.

Robin palideció. Walter se quedó sin aliento, pero luego, de forma inexplicable, se recuperó con una carcajada.

—No lo harías —dijo.

—Podría hacerlo —afirmó Edwin. Sería fácil. Podía reducir el ritmo del corazón de su hermano hasta que se detuviera y así borrar la maldición que había sido para él durante el cuarto de siglo que tenía de vida. Pero sería un acto deliberado, a sangre fría y cruel, y Edwin ya había marcado el límite que no pensaba cruzar—. Podría, pero creo que tomaré tu palabra.

La señora Sutton se lo había exigido a Reggie, ¿no? "Juró con sangre", había dicho. Existía más de un compromiso de sangre en el mundo. El que Edwin planeaba era uno muy antiguo y preciso, y solo podía romperse con la muerte.

—No —comenzó Walter al ver lo que estaba haciendo, pero Edwin alzó las manos, y él se detuvo.

—Mi voto es que lo mate, Courcey. Pero haremos lo que Edwin quiera —sentenció Robin.

El hechizo tomó casi diez minutos. A pesar de que no requería mucha magia, pues tomaba el poder, en mayor parte, de la sangre de los participantes, sí era complejo. Robin buscó el cuchillo que se había caído debajo de una silla cuando la hiedra había sujetado a Walter, y, para entonces, el hechizo estuvo listo y expectante, con un brillo anaranjado sobre las manos de Edwin.

—Yo, Edwin John Courcey, soy testigo de este juramento —dijo el mago y procedió a fijar los términos: Walter no les causaría ningún daño, directo o indirecto, a Robin, a Maud Blyth ni a cualquier otro miembro de su hogar ni al propio Edwin. A cambio, podría irse con la moneda de Flora Sutton y Robin daría informes fidedignos de sus visiones a la Asamblea de Magia—. ¿Aceptan estos términos? —preguntó al final.

Robin lo miró con los ojos ligeramente sorprendidos. Había detectado el detalle faltante, al parecer. ¿Walter lo había hecho también? Edwin alzó las cejas como advertencia.

—Acepto —dijo Robin.

Después de unos segundos, Walter dio su consentimiento a regañadientes. Con un corte en la mano, pronunció su nombre; Robin hizo lo mismo. Con gotas de sangre de ambos en el hechizo, que desaparecieron como chispas blancas, Walter Clifford Courcey, de Penhallick, y sir Robert Harold Blyth, cuarto *baronet* de Thornley Hill, quedaron unidos por un compromiso de sangre. Cuando la magia hizo efecto, Robin jadeó y presionó su mano ensangrentada.

—Listo —anunció Edwin y tocó una de las vueltas de la hiedra. En general, tan cerca de Walter, estaría tan tenso que podría quebrarse, pero el miedo había abandonado su cuerpo. Nunca lo superaría por completo (había crecido con el temor pegado a cada nervio, como un hechizo lanzado a un retoño), pero no creía que volviera a ser como antes—. Gracias. Déjalo ir —le dijo a la Cabaña Sutton.

Los nervios de Walter también tenían costumbres antiguas. En cuanto la hiedra lo liberó, él levantó una mano con furia, pero era la que tenía el corte y se cerró con un espasmo en un puño impotente. *No causar ningún daño.*

—Así que has conseguido un poco de poder después de todo —soltó. Se apoyó en el respaldo de una silla (Edwin pensó que era algo muy audaz de su parte, dadas las circunstancias), y se masajeó la muñeca—. Poder que no tendrás si te alejas de esta propiedad. No te servirá de mucho entonces.

—Walt, tienes lo que querías. Tienes lo que viniste a buscar —señaló Edwin.

Pensó que recordaría por mucho tiempo la expresión en el rostro de Walter al darse cuenta de que había ganado la batalla por la causa, por el proyecto apasionado; sin embargo, Walter había perdido la ventaja sobre Robin y la capacidad de amenazar a Edwin otra vez. Entonces, el recuerdo fue reemplazado por el de una mirada que indicaba que había visto cómo algo se rompía. Se había fracturado la *historia* sobre la relación entre los hermanos Courcey. Una historia que Walter había construido y de la que Edwin siempre había creído que no podía escapar. Había quedado en pedazos.

Edwin pensó en el corazón de roble: había estallado y terminado como esquirlas en el suelo. Enderezó los hombros y, serio, miró a su hermano a los ojos.

—Este es mi hermano, Walter Courcey. A partir de ahora, revoco sus derechos de invitado. No es bienvenido en estas tierras, y lo quiero fuera de mi propiedad. *Ahora.*

Sutton era una propiedad que entendía de defensa y, más que nada, que entendía a Edwin. Y viceversa. Edwin sintió en las plantas de los pies y en el blanco de los ojos cómo la barrera recorría los jardines, las colinas, charcos y caminos en busca de la fuente del descontento y cómo la tomaba en sus garras.

Walter adquirió un tono verdoso y comenzó a dar tumbos hacia la puerta. Edwin escuchó los pasos frenéticos de su hermano, que atravesaba la casa y el camino de entrada, con los dedos clavados en sus propios brazos. Escuchó los gritos de los sirvientes mientras Walter seguía corriendo para alejarse de la finca y atravesar la barrera. Fue consciente de la red dorada de magia, salvaje y extraña, que corría a través de las raíces de los árboles y se entretejía en los rosales, de color otoñal, en los bancos de peonias, prímulas, margaritas y violetas.

Debajo de eso, aunque pareciera imposible, sentía el palpitar de las líneas ley que se cruzaban al atravesar ese lugar y alejarse hacia el norte, sur, este y oeste, y que, con su poder avasallante, le hablaban a la chispa de magia en el centro de su ser.

Cayó de rodillas de repente, pero apenas lo notó.

*Hola. Mi nombre es Edwin John Courcey y estoy decidido a hacer esto bien*, pensó.

No solo se trataba de la sensación de que su magia y su respiración eran más fáciles, sino de algo más antiguo e inexplorado. La tierra estaba recordándole que el compromiso de sangre era el contrato más antiguo celebrado, con el poder de la responsabilidad, *para cuidar y sanar*. Edwin lo aceptó, llevó la consciencia a los árboles y a las raíces de los arbustos, casi jadeó aliviado cuando la sensación se redujo y se concentró en la casa en sí misma. Aunque, durante un momento, aún le resultó avasallante: él era las uniones de los muebles de madera, el correteo de los ratones en las grietas entre los muros, los espejos, relojes, hierbas secas que colgaban de las vigas y los encantamientos de seguridad en todas las chimeneas.

–*Edwin* –estaba diciendo Robin.

Él lo absorbió todo, hasta que los lazos de conexión estuvieron solo en el salón, luego dentro de su pecho, su garganta; el mundo entero alojado allí, listo para brotar como rayos de sol si abría la boca…

Y luego solo estaban él y Robin, de rodillas en el suelo.

El rostro de Robin estaba cerca del suyo y lucía preocupado. Estaba tomándole las manos con tanta fuerza que le causaba dolor.

–Robin –dijo Edwin y tosió–. ¿Podrías devolverme mis manos?

Robin lo hizo y le sonrió con afecto y alivio, que devolvieron la luz de sol a la boca de Edwin por un momento fugaz.

–¿Te encuentras bien?

–No sé lo que soy ahora –respondió–. Pero sí, estoy bien.

Por su espíritu curioso, se apoyó sobre los talones e intentó identificar lo que estaba sintiendo. Con cierta sorpresa, descubrió que era dicha.

# CAPÍTULO 27

**La mano de Robin ya casi no sangraba, pero llamaron a una de las** criadas de la cocina de todas formas. La mujer usó un hechizo que cosquilleó y dejó una cicatriz que parecía de dos días; Robin supuso que conocer esa clase de hechizos debía ser útil en las cocinas. Mientras tanto, Edwin le explicaba a la señora Greengage por qué debían bajar el equipaje de Walter y enviarlo de vuelta a Londres, siguiendo la misma línea de lo que le había dicho a la propia Cabaña Sutton: "Mi hermano no es bienvenido aquí". La señora Greengage se había presentado, con un llamado señorial a la puerta, después de la partida apresurada de Walter. Aunque pareciera improbable, el alboroto se había circunscripto al salón, Robin tendría que haberlo deducido por el hecho de que no habían aparecido sirvientes para ver qué pasaba cuando la habitación había comenzado a temblar y la hiedra había cobrado vida. En ese momento, la enredadera tallada lucía tan inocente y quieta como las demás.

—¿Puedo preguntarle si usted y sir Robert aún planean pasar la noche aquí? —preguntó el ama de llaves.

Lo harían. Les gustaría cambiarse y, quizás, descansar antes de un almuerzo tardío. No, no necesitaban ayuda para vestirse. Robin ocultó una leve sonrisa debajo del cuello de la camisa ante la nueva autoridad en la voz de Edwin.

La señora Greengage pareció aliviada al no tener que buscar un ayudante de cámara improvisado entre los criados. Era una mujer delgada y capaz, con arrugas en los ojos con los que observaba a Edwin, que estaba recorriendo con cariño el tapizado de la silla.

—Señor, estoy segura de que la casa le mostrará el camino a su habitación. Sir Robert, hemos llevado su equipaje a la habitación contigua.

La mujer tenía razón: la casa les mostró el camino. Sutton era tan grande que la luz no alcanzaba a penetrar en los corredores de las alas más grandes, y tan antigua que la madera y la piedra oscuras la hacían sombría, profunda y fresca. El camino necesitaba iluminación y calefacción, y lo estaba por conjuntos de velas en farolas de cristal. Cada vez que Edwin dudaba al pie de una escalera o al final de un corredor, una farola brillaba un poco más para marcar el camino.

—Tendrás un enorme presupuesto en velas con esta casa —comentó Robin.

El rostro de Edwin se iluminó con una sonrisa en respuesta, aunque también llevó una mano a la pared más cercana como para proteger a la casa de la provocación de Robin. Había estado haciendo eso (pequeñas caricias, sonrisas extrañas), desde que había caído de rodillas tras la avalancha de poder de esa propiedad mágica que había expulsado a Walter de allí. También había cambios sutiles: la autoridad en su voz, los hombros más derechos.

En esa ocasión no los ubicaron en un ala de invitados. El dormitorio asignado a Edwin tenía empapelado de medallones dorados y abarcaba al menos tres habitaciones unidas con puertas internas. Había una recámara con una cama imponente con dosel en el centro y un vestidor contiguo, pero lo más notable era el espacio extenso y amigable que combinaba estudio y sala de estar. Había un grupo de sofás alrededor de una mesa clara, que parecía de mármol, con un tablero de ajedrez en el centro, dibujado con piedra negra intercalada en el blanco. Había un escritorio con una silla, un sofá individual cubierto de almohadones y un aparador con decantadores llenos y una bandeja de copas de cristal. Las paredes de seda estaban desnudas, con algunos cuadrados más claros, evidencia de dónde habían estado las pinturas, a la espera de que el nuevo ocupante los llenara a su gusto. Era la habitación soñada de todo hombre, y Robin quería envolverse en ella como si fuera una manta.

—Eres consciente de que él solo amontonará estanterías llenas de libros y sacará todo lo demás, ¿no? —le preguntó al techo.

—No será necesario —dijo Edwin—. Tengo habitaciones de sobra para mis libros. Tengo toda una casa. —Su voz flaqueó por la incredulidad.

—Sí, la tienes. —Robin dudó un momento, pero la pregunta lo había estado inquietando—. Edwin, si la Cabaña Sutton hizo *eso* con Walter, por ti, ¿por qué no hizo lo mismo por la señora Sutton cuando él estuvo aquí antes?

—Estuve pensando en eso, en lo que sentí cuando sucedió. Solo es una suposición… —Edwin se frotó el rostro. Parecía cansado, como si hubiera vivido una semana en las pocas horas que llevaban allí—. Creo que la señora Sutton llegó a la misma conclusión que yo: el grupo de Walter, sean quienes sean, sabía que ella aún tenía algo que quería, aunque solo fuera información y no el juramento en sí. Sabía que Walter era solo el comienzo. La casa no piensa, sino que responde a las sensaciones y a los deseos de las personas. Yo quería que Walter no me cortara los dedos. –Una breve sonrisa sin humor–. Flora Sutton quería llevarse los secretos a la tumba porque era la mejor manera de mantenerlos a salvo. Y eso hizo.

–Un pensamiento muy animado –comentó Robin con abatimiento.

–Lo es. –Edwin se acercó al aparador y sirvió tragos para ambos. A Robin le importaba un rábano la hora del día, pues, de repente, un refuerzo alcohólico parecía la idea perfecta.

–Un brindis, por lo más valioso en todo el país –propuso el nuevo dueño de casa.

Robin se tocó el pequeño corte autoinfringido en el cuello, que no se había molestado en señalarle a la criada. Un despertar repentino, más sexual que de dolor, siguió al ardor del licor en su garganta.

–Walter mostró su verdadero rostro, ¿eh?

–Walt consigue lo que quiere –afirmó Edwin–. Nunca ha tenido que fingir que no desea algo. No creo que sepa cómo.

Algo en esa frase rompió el corazón de Robin, pero se recompuso con el siguiente latido.

–Es extraño pensar que, si su grupo no hubiera asesinado a Gatling, yo nunca hubiera conocido la magia y las visiones nunca se hubieran… despertado.

–Y yo nunca hubiera heredado Sutton.

–Él consiguió lo que quería –continuó Robin con una sonrisa–. Y mucho más que nunca esperó. Será muy satisfactorio arruinar sus planes. –Acompañó la afirmación con el resto de la bebida de un solo trago y dejó el vaso.

–Sí –coincidió Edwin con una sonrisa parcial–. ¿Cuándo crees que se dé cuenta de que *no* prometiste devolver el favor de no interferir?

—Con suerte, no lo hará en mucho tiempo. Fue muy astuto dejarlo fuera del juramento. ¿Cómo supiste que no se daría cuenta?

Había pasado inadvertido, igual que el hecho de que, según los términos definidos por Edwin, él y Robin seguían siendo libres para sabotear los planes de Walter y para buscar el resto del juramento. Walter había conseguido una moneda, un juramento de sangre y un par de enemigos determinados, a los que no podía tocarles ni un dedo.

—No lo sabía, pero estaba tan desequilibrado que merecía la pena intentarlo.

—Alguien debió advertirle que prestara atención a sus juramento, antes de consentir a… —Robin negó con la cabeza y dejó de hablar. Edwin estaba riendo, discreto y sin remedio, y fue como una nueva clase de luz que resaltó sus colores. Al verlo, Robin no pudo recordar por qué no lo tenía entre sus brazos, y la necesidad fue tan urgente que interrumpió sus palabras.

Edwin seguía riendo cuando él lo besó. La risa se convirtió en una inhalación intensa, seguida de una presión igual de intensa en el cuello de Robin para mantenerlo cerca. Los labios de Edwin se abrieron para él. El encuentro tuvo la misma avidez, el mismo tinte carmesí de júbilo y de no estar muertos que había fluido por las venas de Robin al escapar del laberinto. Besó a Edwin con fuerza, lo bebió como agua. Se separaron solo cuando Edwin le derramó licor en la espalda, del vaso que no había tenido oportunidad de dejar. Luego se apresuró a apoyarlo junto al otro en el aparador.

—Esto es lo que haremos —comenzó Robin, al tiempo que se desabotonaba el chaleco mojado y era seguido por la mirada atenta de Edwin—. Descubriremos exactamente qué es lo que buscan Walter y sus secuaces y encontraremos las partes faltantes del juramento. —Era mejor dejar las cosas en claro.

Edwin, de labios enrojecidos, se llevó el cabello hacia atrás en un movimiento frenético, y Robin lo encontró enloquecedor.

—Eres muy optimista, debo decir.

—Ellos no saben que tengo control sobre las visiones. Ah, creo que comienzo a sentir cómo guiarlas —agregó para anticiparse a las preguntas de Edwin y lanzó el chaleco a un lado—. Ellos *tampoco* saben que la señorita Morrissey y su hermana están al tanto de lo que sucede. Solo Byatt lo sabía. Así que, ahí lo tienes, no son los únicos que tienen aliados.

Las manos de Edwin estaban en el pecho de Robin, explorando de forma deliciosa el espacio entre dos botones de la camisa. Él se permitió un breve instante ardiente de gratitud egoísta de que los dedos hubieran salido intactos de las amenazas de Walter.

—Y Walt no sabe que Flora Sutton llevaba diarios de sus investigaciones —comentó Edwin.

—Propongo una aventura sigilosa y audaz y tú tienes que arruinarla diciendo que involucrará *libros* —bufó Robin.

—Una gran cantidad de libros. —Edwin sonrió de forma provocadora—. Flora Sutton hacía magia con solo una mano y cubrió a Sutton con hechizos de los que yo nunca había oído. No creo que supiera cómo hacer magia con las reglas comunes. Y... ahora tengo sus libros. Y su tierra. —Dedicó una sonrisa a la habitación—. No sé si podré aprender a hacer lo que ella, pero lo intentaré.

—Yo creo que es probable que puedas hacer todo lo que te propongas.

Edwin se sonrojó complacido, pero dijo:

—No puedo dejar de preguntarme qué habría pasado si me hubiera propuesto... el objetivo equivocado. Te he dicho que, hace un mes, la oferta de Billy hubiera funcionado. Podríamos haber estado de lados opuestos de este enfrentamiento.

—Son tonterías. Eso nunca hubiera pasado –afirmó Robin.

—Pero yo…

—Te quedaste allí sentado, sabiendo que corrías un gran peligro; te ofrecieron magia que anhelarías tener, y aun así la rechazaste. Eres magnífico. –Las mejillas de Edwin se enrojecieron más. Robin quería escribir un libro sobre lo que pensaba de él, encuadernarlo en cuero y entregárselo para que lo leyera las veces que fuera necesario, hasta que se mirara en un espejo y viera algo de todo lo que veía en él–. Yo también tendré que ponerme en forma y tomar el control de las visiones –agregó con una mirada al corte en la mano–. Me pregunto cómo es que este juramento que creaste definirá *informes fidedignos*. Podría intentar relatarles algunas en detalle y dejar otras afuera; eso funcionó para el hechizo de la verdad. En especial si aprenderé a guiarlas…

—Robin –interrumpió Edwin–. *No me importan tus estúpidas visiones.* –Cuando Robin se lo quedó mirando, bajó las manos del pecho de él y se sonrojó más–. Es decir, me importan, pero… aunque no tuvieras otra visión en tu vida, te querría de mi lado. –Lucía tan sincero y determinado en lograr que Robin también creyera que era valioso, que todo el rencor que Robin aún guardaba por lo de Penhallick se esfumó.

—También soy un buen contrincante en una pelea, es verdad.

—Robin…

—Sé a lo que te refieres –afirmó y se acercó a darle un solo beso ligero en la boca. Edwin protestó casi sin darse cuenta cuando se alejó, y el sonido tuvo un efecto cercano a la magia de luz azul sobre los nervios del otro–. Estoy de tu lado, por supuesto. Complicaste mi vida –agregó con calidez–. Me despertaste. Eres muy valiente. No eres amable, pero te importan los demás, mucho. Y creo que sabes lo mucho que te deseo de todas las formas que pueda tenerte.

Edwin le acercó una mano al rostro, pero se detuvo, con los dedos flexionados. Tenía la expresión de alguien que había encontrado una piedra en el camino y estaba arremangándose para moverla y poder seguir adelante.

—Te debo una disculpa. En Penhallick, tenía tanto miedo que no… No pude dar el siguiente paso, aun cuando estabas allí, diciéndome lo mucho que significaba para ti desear esto. Desear…

—A ti. Te deseo a ti. —Cada vez era más fácil decirlo, estaba encontrando el lugar su boca.

—Todavía podrías lastimarme. —Edwin cerró los ojos—. Pero creo que, de algún modo, te arrancarías tu propio brazo antes de hacerlo a propósito. —Su tono se debatía entre desaprobación y admiración—. Estoy harto de tener miedo y te deseo a *ti*, lo suficiente para arriesgarme. Más que suficiente. Me haces sentir como alguien… extraordinario.

Las cosas que Robin quería decir se atoraron en su garganta. Llevó las manos al mentón de Edwin y sintió la zona áspera, donde no se había afeitado muy bien; no era de sorprender, dado que, de seguro, había tenido que hacerlo con la supervisión de Walter. Edwin tragó saliva antes de abrir los ojos y, cuando lo hizo, de algún modo, su mirada estaba desnuda, mucho más que si estuviera sin ropa. Su cabello era una selva de sombras, con destellos dorados iluminados por las velas.

*Por supuesto que estoy de tu lado. Soy tuyo*, pensó Robin.

—Quiero tocarte. Quiero sacarte todo lo que llevas puesto y… tocarte.

Edwin volvió a tragar saliva y entrecerró los ojos. Robin pensó en cómo había actuado cuando habían tenido intimidad: había sido generoso y le había brindado placer, pero había mantenido el suyo en segundo plano. O lo había apresurado para que él no lo observara con detenimiento. Había sido cuidadoso, hambriento, retraído, *temeroso*… ¿Cómo no lo había visto? "Todavía podrías lastimarme", había dicho. Edwin había aprendido a ocultar las cosas que deseaba, tanto que casi no se permitía desearlas en absoluto.

—Puedes hacerlo. Tócame —ordenó. Robin lo desvistió: primero el chaleco, luego la corbata, la camisa, la camiseta. Agachó la cabeza para besarle los hombros después de revelarlos y percibió los escalofríos ligeros en respuesta. Procedió a recorrer con el pulgar la ondulación de las costillas, de arriba hacia abajo, con cuidado. Quería ser digno del modo en que Edwin se estaba entregando, como agua al borde del hervor—. Deja de *detenerte* —advirtió el mago con un dejo de irritación. Tomó el control de la boca de Robin y lo besó con un roce de dientes. El otro sonrió y lo correspondió con uno más suave y caliente, con una delicadeza dolorosa. Cuando Edwin se alejó, respiraba con dificultad; dio unos pasos atrás, lo devoró con la mirada y dijo—: Tu turno.

Robin se apresuró a obedecer. Se estremeció por la incomodidad de sacarse los pantalones e interiores cuando su sangre y su miembro estaban agitados por la excitación, se tocó con disimulo, alejó la última prenda de una patada y giró para enfrentarse a Edwin.

Nunca pensó que se sentiría cohibido. Había estado desnudo frente a otros hombres cientos de veces en vestuarios deportivos, y en varios de sus encuentros casuales en la universidad había tenido el tiempo para desvestirse y usar una cama. Y había estado desnudo frente a Edwin antes, por todos los cielos.

De todas formas, la situación se sentía diferente, más grande y más pequeña a la vez, más profunda e íntima. La mirada de Edwin recorrió su cuerpo hasta detenerse en su rostro. Él también se había sacado los pantalones, pero aún usaba los interiores de lino, y el efecto de su erección, apenas notoria en donde presionaba contra la tela, era glorioso.

—¿Qué sucede? ¿En qué piensas? —preguntó Robin.

—Pienso en la anticipación —respondió con la voz precisa de un maestro de ajedrez—. En la imaginación. Me pregunto si la realidad podría igualarlas alguna vez.

—No por seguridad —respondió Robin, porque de eso se trataba, ¿no?—. No haría nada que no quieras, Edwin. Lo juro.

—Lo sé. —Edwin fue a recuperar el trago que apenas había tocado del aparador y, con la mirada en Robin otra vez, continuó—: Tengo que decir esto ahora porque me conozco y sé que, una vez que comencemos, podría... estar desenfocado.

—¿Desenfocado?

—Incoherente —aclaró con un hilo de voz.

El autocontrol de Robin se convirtió en aire caliente en sus pulmones, desesperado por escapar. Edwin terminó su bebida de un trago, en un gesto elegante, que movió ligeramente sus clavículas desnudas. Luego dejó el vaso otra vez.

—Quiero que me folles. Quiero sentir que no puedo escapar. Quiero todo lo que tengas para dar. —Pareció sorprenderse de seguir en pie después de pronunciar esas palabras.

—Te dije que eras valiente —respondió Robin, con la voz algo afectada.

—¿Y bien?

—Bien... Ah, sí. *Sí.*

La cama era innecesariamente grande. Robin podría recostarse a lo ancho y aún tener varios centímetros de sobra en la cabeza y en los pies. Sin embargo, resultó tener el tamaño perfecto para servir a Edwin Courcey como un banquete y recorrer cada rincón de su cuerpo, todos los huesos marcados en tobillos, codos y caderas que rogaban ser tocados. Y el cuerpo del mago sí que rogaba; era el compañero más sensible que

Robin hubiera tenido jamás. Algunos hombres tenían puntos debajo del mentón que los volvían locos, otros reaccionaban a una cosquilla detrás de las rodillas como a una caricia en la entrepierna. En mayor parte, Robin había hecho esos descubrimientos por accidente y disfrutaba despertar el placer del otro una vez que sabía cómo, pero pocas veces había tenido oportunidad de usar el conocimiento en un segundo encuentro.

Edwin parecía estar hecho de puntos sensibles. Temblaba con cada toque. Su respiración se agitó, y emitió gemidos de placer suaves y quebrados cuando Robin por fin se llevó sus dedos a la boca, uno a uno, y los succionó con toques de la lengua. Era como si alguien hubiera tomado una porción de piel que se encendía con una leve caricia o con el roce de los labios y la hubiera estirado para cubrir un cuerpo completo. *Como una encuadernación*, pensó Robin con ternura. Podía deslizar los dedos por el lomo de Edwin (y eso hizo, recorrió la columna con un dedo, vértebra por vértebra), con esperanzas de abrir el libro y revelar sus secretos.

—Ven aquí —murmuró Edwin y lo atrajo más cerca. Giró de costado para rodearlo con una pierna y presionó contra la cadera él, con su miembro abultado rozando la piel de Robin. Luego lo aferró del cabello para obligarlo a inclinar la cabeza y poder anidar el rostro en la extensión de piel entre el cuello y el hombro.

Robin se extendió sobre el cuerpo de Edwin para poder agarrarle el trasero con la mano y solo disfrutar de la sensación, al tiempo que el otro se mecía con suavidad. El cabello sedoso de su compañero le hacía cosquillas en la nariz y, cuando la dureza de la erección que sentía contra él se volvió intolerable, se alejó para poner distancia una vez más. Edwin se lo permitió; se había vuelto más torpe, con movimientos menos precisos.

Robin pensó en lo que Edwin había hecho durante su primer encuentro; se había posado sobre su hombro y lo había llevado al clímax, para después insistir en alcanzar el suyo rápido y fuerte. Entonces, se preguntó si sería demasiado descabellado asumir que el testarudo instinto de autopreservación lo había llevado a pedir lo contrario de lo que en verdad quería. Decidió que no lo era. Sin embargo, era mejor preguntar.

—Edwin, ¿quieres que… sea más lento? ¿Si es posible?

El otro se estremeció de forma tan ligera que solo fue notoria a tan corta distancia.

—Sí —respondió con voz áspera—. Sí.

Robin descendió por la cama y giró para tener mejor acceso al miembro de Edwin. El mago emitió un sonido gutural y exigente, pero cuando Robin le llevó las manos a los muslos para ubicarse entre ellos, los sintió tensos. Edwin estaba rígido, excepto por el abdomen que se movía al ritmo de la respiración. Era claro que estaba debatiéndose entre el deseo y la cautela, y Robin sufrió por ello. Era un momento para que ambos se sintieran seguros.

Con el pulgar, acarició el pliegue en la base del muslo de Edwin para aflojar los tendones y sentir la suavidad de la piel de la zona. Al descender de ese modo, sintió el peso de su propio miembro, erecto y ansioso entre sus piernas. El de su compañero estaba tenso y con la punta humedecida.

En ese momento, Robin se detuvo, lo miró a los ojos y preguntó de forma deliberada:

—¿Puedo usar la boca?

—Sí, lo que sea. Por favor —respondió Edwin con la voz ahogada.

—Fuiste tú el que me advirtió sobre los contratos abiertos.

—Robin.

—Edwin —insistió con seriedad—. En verdad creo que debes *comprender* esto antes de dar tu *consentimiento*…

El mago se apoyó en la almohada y se echó a reír; el sonido glorioso y brillante como agua sobre las rocas. Golpeó las costillas de Robin con un pie, por lo que el otro se quedó sin aire (no se había dado cuenta de que era un punto adolorido, probablemente donde lo había golpeado la silla más temprano), pero nunca pensó en alejarse.

—Bien, considérame advertido. —Edwin se apoyó en los codos y observó a Robin con humor, rodeado por un tinte de cautela, que luego se deshizo por completo en una expresión que dejó a Robin sin aliento—. Gracias —agregó por lo bajo y dejó que sus muslos se separaran, relajados e invitantes, en oposición a la tensión previa.

Satisfecho, Robin agachó la cabeza para saborearlo. Llevaba tanto tiempo anticipando ese momento, que se le hizo agua la boca. De todas formas, tardó un momento en volver a acostumbrarse a las sensaciones: la forma y el peso de una erección en la boca, el esfuerzo de la mandíbula, el sabor salado de la piel sensible. Cuando tomó la mitad de la extensión de Edwin en su boca y succionó con fuerza, supo que su compañero de cama no había estado exagerando en absoluto al decir que se volvería incoherente. Edwin parecía querer arrancar manojos de las sábanas como si fuera hierba y emitía sonidos, igual de dulces y sensibles que antes, pero apabullados y casi teñidos de dolor. Era una sinfonía de jadeos vocálicos y gemidos, al tiempo que intentaba elevar las caderas.

Robin se alejó un instante para concentrarse y reconoció, con una oleada de calor y asombro, que esa era la visión que había tenido aquella primera noche: Edwin, jadeando de placer, tendido sobre sábanas blancas. El rostro, los labios en una "O" obscena, la línea atormentada y hermosa del rostro, como un santo torturado. Al verlo así, se sintió *reverente*. En ese momento, comprendió por qué Edwin podía tener miedo de eso, de sacarlo a la luz y compartirlo con alguien más, y deseó que no se arrepintiera de la decisión ni por un segundo. Habían pasado por mucho, sufrido amenazas y soportado mucho dolor, y Edwin merecía todo el placer que Robin pudiera darle y más.

Lo había olvidado, se suponía que iría más lento. Abandonó la succión y siguió con movimientos suaves y húmedos; círculos con la lengua, besos de labios abiertos por debajo de la punta y trazos con la lengua en los nervios sensibles, con lo que hizo temblar las piernas de Edwin. Luego se alejó por completo, aturdido por su propio deseo, y se levantó mientras se limpiaba la boca con el dorso de la mano.

—Me estoy esforzando al máximo por ir despacio, pero si aún quieres que te folle, no deberías confiar en que me contenga mucho más —dijo. Edwin lo miró confundido y con el ceño fruncido—. Me correré sin que me toques en un minuto si sigo viéndote. Y luego seré inútil por completo —explicó él, y una sonrisa destelló en el rostro desenfrenado del otro.

—En mi bolso —señaló. No era aceite para el cabello en esa ocasión, sino vaselina—. Es para los labios resecos —explicó como si a Robin le importara en absoluto.

Escaparon más sonidos adoloridos de los labios de Edwin mientras Robin lo dilataba con cuidado, lubricándolo con manojos generosos de vaselina. Tuvo que detenerse cuando el otro se tensó alrededor de sus dedos, caliente, y posó besos temblorosos en la línea de cabello rubio que bajaba desde el ombligo. Se sentía abrumado por la responsabilidad y la ternura de que Edwin hubiera entrado en esa habitación por su voluntad, decidido a poner la parte más vulnerable de su ser en manos de él.

Lo ayudó a flexionar las piernas, con las rodillas separadas y levantadas para darle acceso. Tomó su propia erección en la mano, se posicionó y presionó, mordiéndose el labio ante el inmediato palpitar de placer que sintió al atravesar la resistencia inicial. Y se detuvo, sin más, apenas con la punta de su miembro dentro de Edwin. Era una tortura, pero era increíble.

—¿Te encuentras bien? —jadeó.

—Bien —afirmó Edwin.

Robin lo besó otra vez, con un suave mordisco que arrastró los labios del otro. Inclinado hacia adelante, cambió el ángulo y penetró más profundo. Entonces, recordó que Edwin había dicho que quería sentir que no podía escapar, así que le llevó los brazos arriba, uno a la vez, junto a la almohada, y le sostuvo las muñecas para probar la presión.

—¿Así… puedo…?

Edwin asintió. Su mirada era oscura como el atardecer y lucía embriagado. Robin se quedó inmóvil con mucho esfuerzo, consciente de su tamaño en comparación al de su compañero y de los músculos de sus brazos, pecho y piernas. Tuvo un momento cercano al delirio al ser consciente de cómo debía sentirse esa situación desde la perspectiva de Edwin: ambos atrapados, pero completamente seguros.

De repente, Edwin levantó la cabeza y lo besó con mucha delicadeza, un poco de costado. Robin sintió que un calor lo atravesaba como una tarde de verano, luego acompañó el beso hasta la almohada, con lo que se hundió aun más en Edwin, centímetro a centímetro. Con ambición, consumió cada sonido que salió de la boca del otro en un beso que exigía toda la atención.

Y entonces, estaba dentro de él por completo, los dos cuerpos fusionados. Luego salió, quizás hasta la mitad, y penetró otra vez con más fuerza de la que pensaba, por lo que Edwin soltó un grito cercano a un sollozo. Después de eso todo comenzó a desdibujarse.

¿Quién necesitaba magia para eso? El placer atravesaba a Robin como si se pintara sobre su piel en cada punto de contacto; como si algo más antiguo y gutural que la magia se hubiera encendido con el contacto de sus manos en las muñecas de Edwin, la presión repentina y maravillosa de las piernas de Edwin alrededor de su espalda para llevarlo más adentro. Todo se combinaba con la sensación de calor líquido y brutal que presionaba su miembro cada vez que penetraba en el cuerpo tenso y lubricado de Edwin.

Corrieron gotas de sudor dentro de sus ojos, pero, a pesar del ardor, no los hubiera cerrado por nada del mundo. Edwin se movía desenfrenado debajo de él con cada embestida brutal y sacudía la cabeza rubia de un lado al otro. También tenía sudor acumulado en la garganta mientras soltaba jadeos breves y entrecortados, que se volvían más frenéticos y parecían hablarle directamente al miembro de Robin.

Él quería aguantar, hacer que Edwin llegara primero al orgasmo, pero el suyo llegó en una oleada inevitable. Tuvo la sensación de que brotaba fuego de las manos de Edwin que devoraba ramas secas y se volvía más caliente y salvaje que cualquier cosa que hubiera visto hasta entonces. Jadeó y tomó una inhalación casi dolorosa, al tiempo que su cuerpo rebosaba con los resabios del placer.

—Robin —decía Edwin, quebrado y retorciéndose debajo de él—. *Robin.*

Volvió en sí; quería ver ese momento. Soltó una de las muñecas de Edwin para rodearle la erección y jalar una, dos, tres veces, mientras mecía las caderas al compás. De repente, los ojos del hombre se ampliaron sorprendidos, seguros y azules como el mar.

Fue muy silencioso al correrse; parecía que todos los sonidos ya habían abandonado su cuerpo. Y, bajo la llama danzante de las velas, era la imagen más adorable que Robin hubiera visto jamás.

# EPÍLOGO

—Buenos días, Edwin.

—Buenos días, Adelaide. ¿Está aquí? —preguntó Edwin, como si no viera la puerta de la Oficina de Asuntos Internos Especiales y Reclamos abierta ni escuchara la bota de Robin golpeando la pata del escritorio.

Aún eran profesionales, a fin de cuentas.

—Ah, deje las tonterías —respondió Adelaide Morrissey. Tenía tendencia a tratar a las personas como amigos de la infancia en cuando accedían a tutearse. Robin había dicho que los trataba como hermanos, pero Edwin había argumentado que él tenía un ejemplo de hermandad muy superior. Luego él había hecho una mueca y había acusado a Edwin, de forma amigable, de jugar al abogado solo porque *su* hermano era un asesino sádico.

—¡Edwin! —exclamó Robin en ese momento—. ¿Eres tú? Son más de las nueve, llegas tarde.

El recién llegado colgó el abrigo y el sombrero y entró a la oficina, con Adelaide pisándole los talones. Robin estaba sentado detrás del escritorio. Había terminado el período de luto hacía poco, por lo que todos tenían el placer de conocer el impactante (aunque para nada sorprendente), gusto de Robin por los colores. En un edificio lleno de funcionarios públicos, que solo osaban desviarse del blanco y negro habituales con alguna corbata en tonos recatados de verde oliva o azul, él resaltaba por ser el hombre con chaleco color guinda con botones dorados. Lucía tan radiante y cálido como siempre. Edwin casi tropieza con la alfombra tan solo de mirarlo y disfrutar de la pequeña semilla posesiva que germinó en su interior con un brote de felicidad. *Mío. Él es mío.*

—Perdí la noción del tiempo en el desayuno. Estaba leyendo —explicó. Adelaide simuló sorpresa con elegancia, y Robin sonrió.

—¿Los diarios de Flora Sutton otra vez? ¿Alguna pista sobre la daga y la copa?

—Sería mucho más rápido si no hubiera utilizado nombres clave para todo, como si hubiera sido una especie de agente de inteligencia involucrada en alta traición —respondió con resentimiento—. Lo hizo incluso en sus diarios privados. Aunque no es que me sorprenda.

Edwin estaba descubriendo que la mujer había sido tan brillante y trabajadora como desconfiada y recelosa. El siglo anterior, cuando a las mujeres no les enseñaban nada cercano a la magia sistemática, ella y tres de sus amigas habían formado un club y… lo habían hecho solas. Habían investigado la tierra como fuente de magia y, en consecuencia, también la historia del último juramento, luego habían pasado años rastreando los objetos hasta una iglesia medieval en un pueblito de Yorkshire. Y más años intentando borrar la historia porque supieron lo que alguien sin escrúpulos podría hacer con el descubrimiento.

—Hablando de elementos mágicos. —Robin sacó un penique de su bolsillo—. Mi propia ficha de entrada al Barril.

—¿Tuviste otra reunión? ¿Cómo te fue?

—Les di tantos detalles innecesarios sobre esa visión del caballo que incluso *yo* casi muero del aburrimiento. Ese tipo, Knox, al que designaron para que lidiara conmigo, se alegró de verme salir al final. —Las visiones se habían vuelto mucho menos frecuentes desde que había empezado a aprender cómo dejar que fluyeran a voluntad. Aún tenía muy poco control sobre lo que veía; estaban trabajando en ello, al igual que en muchas otras cosas—. Vi a esa mujer rubia otra vez —agregó—. Pensaba en ponerle nombre para poder referirme a ella. ¿Qué te parece Harriet? Estaba en un barco, uno de esos transatlánticos. Igual que lord Hawthorn la primera vez que lo vi.

Edwin había estado en un trasbordador una sola vez en su vida y había *sentido* lo verde que se había puesto.

—No creo que haya un barco en mi futuro. Y preferiría que Hawthorn tampoco lo estuviera —afirmó.

—Te contaré de inmediato si alguna vez me veo golpeándolo, ¿qué dices?

—¿Puedes fingir que lo *viste* y describirlo para mí con todos los detalles innecesarios?

—¿Podrías dejar las fantasías violentas para después del té? —dijo Adelaide—. Lo mismo con lecciones inminentes sobre espacios transicionales, gracias. Son más fáciles de digerir acompañadas con bocadillos.

Los espacios transicionales eran la base de la práctica mágica de Flora Sutton, y Edwin aún estaba intentando descifrar si ella y sus amigas lo habían aprendido o lo habían desarrollado ellas mismas. La vida y la muerte. La noche y el día... Ah, eso también estaba en ese poema estúpido. *Cargamos los dones del alba.* Estaciones y solsticios. Era todo muy agrícola; Edwin tenía que desarrollar un fuerte interés por la jardinería para seguir las notas. En su momento, pensaba que nadie estaba haciendo trabajos originales de verdad en Inglaterra.

Dos días antes, Edwin se había sentado en el jardín de rosas de la Cabaña Sutton y había hecho un hechizo de eco, en el que había visto a Flora Sutton cortando un pimpollo con tijeras con mucho cuidado. No era su espíritu de verdad, sino un recuerdo grabado en el aire. No lo había escuchado jurar que los vengaría a ella y a Reggie del único modo que sabía hacerlo: continuando su trabajo con la magia antigua, encontrando a sus amigas para advertirles de lo que estaba pasando y esforzándose por evitar que alguien usara el juramento como ellas temían que se usara. Solo podía esperar que la tierra de la señora Sutton, la tierra de Edwin, en cuyos jardines verdes y florecientes había hundido los dedos al tiempo que la imagen de la mujer se desvanecía, hubiera escuchado y sentido la fuerza de sus intenciones.

La señora Sutton había pasado su última hora de vida sintiéndose culpable por haber enviado a Reggie a su muerte. Esa culpa, junto con la familiaridad creciente que había sentido con la magia de Edwin, había sido suficiente para que, al momento de su muerte, la tierra se convenciera de aceptar a Edwin como heredero y, por lo tanto, de salvarle la vida. Edwin estaba seguro de eso aunque no supiera por qué. Podía suponer que, de algún modo, estaba escrito en sus espacios en blanco, en el momento incoherente en el que expulsó a Walter, en el que se convirtió en las tierras de Sutton y en la casa.

No dependía de él decidir si era digno, había sido elegido y lucharía por estar a la altura. De hecho, había sido elegido dos veces; su corazón volvió a encenderse al ver la sonrisa afectuosa de Robin.

—Tengo algo que mostrarte —dijo e intentó sonar casual. Se acercó para apoyarse en el escritorio junto a Robin, respiró hondo y guio la voluntad hacia la idea de lo que quería lograr. La mano en una posición, luego en otra. Había descubierto que la transición era importante después de semanas de experimentación testaruda y calambres musculares. No se había dado cuenta de lo rígida que se había vuelto su mente en torno a ciertas estructuras hasta que había comenzado a deconstruirlas a consciencia. Hacer magia con una sola mano era como aprender un idioma nuevo desde cero; más que eso, era como crear un alfabeto nuevo porque ninguno de los existentes servía a sus fines. Se sentía como rascar un trozo de arenisca, lento, agotador y satisfactorio.

—¡Eso es! ¡Lo veo! —Robin lo alentó dando las hurras.

A la luz del día, hubiera sido apenas visible, pero en la oficina con baja iluminación, la pequeña luz blanca hacía que los dedos de Edwin lucieran fantasmales.

—No es un brillo tan extraordinario —agregó Edwin con sequedad—. Para mi próximo truco, podría volar a la cima del monumento a Nelson y hacer que los leones en la base cobren vida.

Adelaide se colgó el lápiz detrás de la oreja y se acercó para ver mejor.

—Es un logro. ¡Buen trabajo!

Edwin contempló el brillo pálido en las palmas de sus manos, intangible pero innegable. A pesar del sarcasmo, sentía un orgullo intenso y maravilloso, aunque fuera una sensación tan nueva que aún estaba encontrando lugar en su interior.

Walter había estado en lo cierto: Edwin estaba más seguro en territorio Sutton, pero había heredado mucho más que poder y una propiedad, y no pensaba confinarse detrás de la barrera como un zorro en su madriguera. No cuando había tanto que hacer. Pensó en todos los libros que quedaban por leer, en la mujer rubia, en lord Hawthorn y en el peligro de ir en contra de un grupo de personas poderosas, entre las que se encontraba su propio hermano.

Al inclinarse de costado, se encontró con el hombro de Robin, firme y cálido contra el suyo.

—Es un buen comienzo. Veamos si puedo hacerlo más brillante.

Se detuvo en la transición entre inhalación y exhalación e invitó a la magia a su interior.

# AGRADECIMIENTOS

Siempre he sospechado que se puede identificar una novela debut por la extensión de sus agradecimientos y no tengo intenciones de romper la tradición, así que ajusten sus cinturones.

En primer lugar, un libro acerca de la responsabilidad que le debemos a los lugares que habitamos estaría incompleto sin reconocer que la mayoría de sus palabras fueron escritas en territorio originario ngunnawal, donde los dueños tradicionales han sido los protectores de la tierra durante miles de años.

Y ahora, a los agradecimientos.

Gracias a Alex y a Macey, mis coconspiradores y compañeros serpientes. Tiendo a decir que todos deberían tener amigos escritores, animados, sabios y con soltura engañosa. Lo que quiero decir con eso es: encuentren a alguien que los apoye, se ría con ustedes y comparta su camino, al igual que ellos han hecho conmigo. Ya agoté mi cuota de sinceridad de la década, así que no pueden esperar más que ironía e insultos mordaces hasta 2030.

Magali Ferare, gracias por amar a cada personaje como fue escrito. Emily Tesh, por cuidar tan bien de esos muchachos. Kelsey, Becca Fraimow, Marina Berlin e Iona Datt Sharma, gracias por sus comentarios invaluables sobre varios manuscritos. Gracias a Sam Hawke y Leife Shallcross por sentarse en mi sofá y dejar que les prepare tragos, y a Jenn Lyons por mantenerme motivada y hacerme reír, aun cuando era mi turno de sostener la autocompasión.

Gracias al equipo de Fox Literary: Isabel Kaufman, Ari Brezina y mi implacable agente, Diana Fox, quien nunca dejó de creer en esta historia y quien me dijo que dejara de involucrar a los personajes en escenas sexuales con heridas de gravedad. Lo siento. Podría decir que no volveré a hacerlo, pero todos sabemos que sería mentira.

Mi agradecimiento a todo el equipo de Tordotcom Publishing: mi increíble editora, Ruoxi Chen, quien luchó por este libro y lo hizo mejor, y a todos los que lo hicieron posible, entre ellos, Irene Gallo, Caro Perny y Renata Sweeney.

De Tor UK, debo agradecer a la fabulosa Bella Pagan, a Georgia Summers, a Becky Lushey y al equipo entusiasta Black Crow PR.

Un agradecimiento especial para Will Staehle por el impactante y atrapante diseño de tapa. Y a los difuntos señores Morris y de Morgan, también a Singer Sargent y a Turner, a Rennie Macintosh y a cada uno de los artistas cuyas creaciones encontraron lugar en este libro. Me gustaría disculparme con la casa solariega Wightwick Manor por haber tomado muchos de sus elementos decorativos; Penhallick, la casa en Cambridgeshire con nombre cornuallés, está inspirada largamente en la maravillosa propiedad del National Trust en las Tierras Medias Occidentales. Si se encuentran en la zona, recomiendo que le hagan una visita.

Gracias al aquelarre de libreros que leyeron y abogaron por este libro antes de que tuviera cosas como una cubierta o forma física, y a todos los que publicaron sobre él en blogs, Twitter, Instagram, YouTube o TikTok. Estoy impresionada y se los agradezco.

Gracias a todos los escritores que me precedieron y crearon las historias que me sirvieron de base, que me mantuvieron en pie y me hicieron esforzar por mejorar. Y un brindis afectuoso y agradecido a la memoria de Terry Pratchett, Diana Wynne Jones, Georgette Heyer, Joan

Aiken, P. G. Wodehouse, Dorothy Dunnett, y Dorothy L. Sayers. A mis contemporáneos en la ficción especulativa que están haciendo que el género sea más amplio, profundo, rico, peculiar y queer: me honra y emociona trabajar en la misma época que ustedes, en los mismos espacios.

Cosmas, quien espero que lea esto algún día: fuiste la trama de mi tejido cuando mi tela estaba formándose, y sé que nunca hubiera llegado hasta aquí sin tu amistad.

Gracias a mis hermanos por haber crecido envueltos en libros de fantasía conmigo y por compartir el mismo sentido del humor, y a mis padres por haber sido maravillosos, amorosos, por apoyarme y por no parecerse en absoluto a los padres en este libro. (Y un reconocimiento especial para mi madre, que fue la primera en decirme que no podía soltar este libro y que me perdonó por hacerla leer las partes picantes).

Y, por último, les debo un agradecimiento a todos los que me vieron aprender a escribir en vivo y a todo color en internet, cuyos comentarios y compañía me mantuvieron firme durante los largos años en los que reuní mis herramientas de escritura. Fandom, esto es para ustedes. Sigan hablando sobre las cosas que les interesan; no dejen que nadie los convenza de lo contrario.

# ¡QUEREMOS SABER QUÉ TE PARECIÓ LA NOVELA!

Nos puedes escribir a vrya@vreditoras.com con el título de este libro en el asunto.

Encuéntranos en

**f** facebook.com/VRYA México

**⊡** instagram.com/vryamexico

**🐦** twitter.com/vreditorasya

COMPARTE
tu experiencia con
este libro con el hashtag
#elúltimojuramento
**f** **⊡** **🐦**